À PROPOS DE L'AUTEUR

N° 1 sur les listes de best-sellers du *New York Times*, Stephanie Laurens a commencé à écrire pour fuir l'austérité du monde scientifique, mais bientôt ce passe-temps est devenu une véritable carrière. Ses romans situés à l'époque de la Régence ont captivé les lecteurs du monde entier, faisant d'elle l'un des auteurs de romance les plus populaires au monde. Stephanie a publié une soixantaine de romances historiques. Elle vit aujourd'hui avec son mari et ses deux chats près de Melbourne, en Australie, où elle partage son temps entre écriture, lecture et jardinage. Suivez son actualité et retrouvez toutes les informations sur ses romans sur son site officiel : www.stephanielaurens.com.

DU MÊME AUTEUR

DANS LA COLLECTION
Victoria

Dans la série « Intrigues à Carrick Manor » :

Tentation au manoir

Dans la série « Deux sœurs à conquérir » :

Une fiancée à tout prix
Un insupportable prétendant

Dans la série « La fierté des sœurs Cynster » :

Audacieuse Heather
Précieuse Eliza
Indocile Angelica

Au service d'une lady

Collection : VICTORIA

Titre original :
A MATCH FOR MARCUS CYNSTER

HARPERCOLLINS FRANCE
83-85, boulevard Vincent-Auriol, 75646 PARIS CEDEX 13
Service Lectrices — Tél. : 01 45 82 47 47

www.harlequin.fr

ISBN 978-2-2803-6599-4 — ISSN 2493-013X

STEPHANIE LAURENS

Au service d'une lady

Traduit de l'anglais (États-Unis) par
Marie Pascal

Victoria

HARLEQUIN

Prologue

Avril 1849
Domaine des Carrick, Dumfries and Galloway, Écosse

— Miss Niniver ? Êtes-vous là ?

Niniver Carrick était en train de caresser la tête soyeuse d'un lévrier écossais quand elle leva les yeux. En reconnaissant la voix qui s'était adressée à elle, elle retint un soupir.

Accroupie dans un enclos au milieu de la grange du vicil Egan, elle était dissimulée à la vue de Ferguson. Pendant un bref instant, elle fut tentée de rester là où elle se trouvait, protégée dans son refuge et entourée par ses chiens. Mais comme toujours le devoir l'appelait. De manière impéricuse, même, tant et si bien qu'elle se releva et épousseta ses habits d'équitation recouverts de paille. Des murs avaient été construits tout autour de l'enclos pour contenir la meute. Elle leva la tête et regarda par-dessus la cloison, en direction de l'entrée de la grange.

— Je suis là. Que se passe-t-il ?

Ferguson, le majordome du manoir des Carrick,

l'aperçut et pénétra un peu plus avant dans la grange. C'était un homme d'un certain âge, toujours très droit et sérieux, qui faisait partie des anciens du clan.

— C'est Mr Nolan.

Nolan, le frère aîné de Niniver, était devenu le laird du clan Carrick après la mort de leur père, Manachan Carrick, survenue dix mois plus tôt. Pourtant, les membres du clan rechignaient toujours à l'appeler par son nouveau titre. Ce qui était, selon Niniver, très révélateur.

Ferguson s'arrêta devant l'enclos où elle se tenait et la regarda dans les yeux.

— Sean nous a prévenus que Mr Nolan allait plus mal que jamais. Il hurle et délire comme un possédé. Bradshaw, Forrester, Phelps et Canning sont là-bas, eux aussi. Tous pensent qu'il faut que vous veniez.

Niniver fixait Ferguson tout en réfléchissant à tout ce qu'impliquait ce qu'elle venait d'entendre. Peu après la mort de leur père, Nolan s'était enfui à cheval vers une étroite corniche située sur le versant occidental du Coran of Portmark, l'un des petits pics situés sur la frange ouest des terres des Carrick. Comme la zone n'était pas habitée, Sean, le responsable des écuries, l'avait suivi à distance. Il avait raconté que Nolan s'était assis au bord de la corniche et qu'il avait regardé tout autour de lui. Comme l'endroit offrait un vaste point de vue sur le Loch Doon et le massif des Rhinns of Kells, tout le monde avait pensé que Nolan était venu là pour faire le vide et réfléchir.

Au début, il n'allait que peu fréquemment à la corniche. Mais quand il avait commencé à s'y rendre toutes les semaines, et ensuite deux fois par semaine, Sean s'était remis à le suivre. Sur le côté de la corniche, le relief formait de nombreux plis, et il était donc assez facile de s'approcher pour observer Nolan sans être vu — et d'entendre ce qu'il disait quand ses escapades étaient devenues quotidiennes et qu'il avait commencé à divaguer à voix haute.

Puis il s'était mis à se lamenter.

À présent, il tempêtait et délirait.

L'objet de sa furie était son frère aîné Nigel — celui qui avait été condamné par contumace pour avoir empoisonné leur père, et qui était également suspecté d'avoir tué deux femmes du clan. Une battue avait été organisée, mais Nigel avait disparu sans laisser de trace. Tout le monde pensait qu'il s'était embarqué pour les colonies pour rester hors de portée de la justice.

— Très bien.

Niniver déverrouilla la porte de l'enclos. En faisant bien attention à ce que les chiens ne se sauvent pas, elle en sortit, avant de refermer avec précaution derrière elle.

Elle devinait pourquoi on l'avait fait chercher. Comme tous les autres, elle s'était déjà rendue à la corniche et avait entendu les plaintes de Nolan. Il parlait à Nigel comme si leur frère se trouvait là, et il accusait clairement ce dernier d'être responsable de toutes les difficultés que connaissait le clan ces derniers temps — les difficultés qu'il incombait désormais à Nolan, en sa qualité de laird, d'affronter et de résoudre.

Ce dernier avait accepté la charge de laird sans réticence. Niniver avait l'impression qu'il avait eu à cœur de prouver qu'il était à la hauteur. Mais les semaines puis les mois avaient passé, et à présent la situation avait bien changé… Si Niniver avait dû décrire ce qu'elle pouvait observer chez son frère, elle aurait dit qu'il semblait crouler sous un poids beaucoup trop lourd pour lui.

Tout comme Norris, le plus jeune de ses trois frères, elle n'avait jamais été très proche de Nigel et Nolan, qui avaient plus de cinq ans d'écart avec eux. Cependant, au cours des huit mois écoulés, Nolan s'était davantage éloigné d'eux, un peu comme un bernard-l'ermite se retranche tout au fond de sa coquille. Le fossé qui les séparait Norris et elle de Nolan était devenu un abîme impossible à franchir. Et d'ailleurs, elle y avait renoncé.

Elle contourna la grange et jeta un regard à Ferguson. Les chefs de quatre familles du clan — Bradshaw, Forrester, Phelps et Canning — se trouvaient déjà à la corniche. Ferguson faisait également partie des aînés. Cinq votes, au conseil du clan, constituaient la majorité. Niniver se doutait de la raison pour laquelle sa présence était requise.

Elle sortit ses gants d'équitation de sa poche.

— Est-ce que vous rentrez au manoir, ou bien y allez-vous aussi ?

— Les autres m'ont demandé de venir, répondit Ferguson, je vais donc vous accompagner à cheval.

Et cette réponse confirma ses doutes. Le clan remettait en cause les qualités et les capacités de chef de Nolan, et ce n'était pas surprenant. Ils se préparaient à le lui annoncer, peut-être à le démettre de ses fonctions, et ils voulaient que Niniver — sa sœur, mais aussi le membre le plus âgé de la branche principale des Carrick après lui — leur serve de témoin.

Elle s'arrêta pour lever le visage vers le soleil printanier. Elle ferma les yeux, inspira un grand coup et relâcha son souffle. Tout ceci lui paraissait inévitable. Elle avait l'impression de se trouver engagée sur une route où tout changement de direction était impossible. Elle soupira en son for intérieur et rouvrit les yeux. Les lèvres pincées, elle se dirigea vers Oswald, son imposant hongre qui attendait placidement près de la barrière.

— Dans ce cas, allons-y.

Après avoir attaché Oswald avec les autres chevaux, un peu à l'écart, Niniver rejoignit les hommes du clan qui se trouvaient cachés dans un pli, au sud de l'étroite corniche où Nolan allait et venait.

Bradshaw, Phelps, Canning et Forrester l'accueillirent poliment. Phelps et Bradshaw avaient amené leurs fils avec eux. Après avoir échangé des salutations muettes avec ces derniers, Niniver adressa un signe de tête à Sean et au jeune domestique qui l'accompagnait, puis se mit à observer Nolan avec les autres.

La corniche rocheuse sur laquelle il se tenait se trouvait légèrement en dessous de la ligne de crête. Il allait et venait, en proie à l'agitation, et leur tournait le dos la moitié du temps. Ils ne voyaient son visage que lorsqu'il faisait brusquement volte-face. Son attention était ailleurs, pourtant. Il ne regardait jamais dans leur direction. Avec la brise du nord-ouest qui soufflait assez fort, il était peu probable qu'il les ait entendus s'ils l'avaient appelé. En revanche, le vent portait distinctement les paroles de Nolan vers leur petit groupe.

Cela faisait une semaine que Niniver ne l'avait pas vu. Il avait pris tous ses repas à la bibliothèque et avait évité tout contact, non seulement avec Norris et elle, mais avec toute la maisonnée en général. Et, à présent qu'elle l'avait devant les yeux, ce qu'elle vit la choqua.

Au cours des derniers mois, Nolan était devenu plus fuyant. Le regard hanté, il affichait en permanence un air de bête traquée. À présent, il n'était plus qu'une caricature de fou. Il avait les yeux fixes et hagards. Il était hirsute. Ses cheveux, jadis aussi blonds que ceux de Niniver, étaient devenus ternes et d'une propreté douteuse. Il avait le teint rouge et couvert de marbrures, lui qui en temps normal était aussi pâle que sa sœur.

Auparavant, il s'était toujours bien habillé et portait des vêtements non seulement toujours impeccables, mais aussi coûteux. Ceux qu'il avait sur lui à présent donnaient l'impression de ne pas avoir été quittés depuis plusieurs jours et plusieurs nuits.

Mais le plus dérangeant, c'était sa façon de marcher, raide et saccadée, comme s'il était une marionnette dont les fils étaient tirés par un apprenti marionnettiste loin d'être encore au point.

Et en ce qui concernait les imprécations qu'il poussait...

— Espèce de salaud ! Comment aurais-je pu savoir ce qui m'attendait ? Mais toi tu le savais, n'est-ce pas ? Tu le *savais*, et tu ne m'as jamais rien dit ! J'essaie donc de faire comme je peux, et tout le monde me regarde et attend de moi que je sois comme papa et que je règle tous les problèmes. Mais c'est *désespéré !* Je n'y arriverai jamais !

Il s'empoigna les cheveux et les tira avec force, grimaçant de douleur.

— Argh !

Il lâcha prise, et Niniver vit plusieurs mèches claires voleter autour de lui.

Nolan prit une voix plus grave, plus sombre et grinçante.

— Je n'en suis pas capable. Ce n'est pas comme cela que j'avais envisagé les choses. Je ne peux pas continuer à faire semblant, et je suis pris au piège ! *Au piège,* tu entends ?

Il contracta la mâchoire et lâcha :

— Ce n'était pas censé se passer comme cela.

Son ton était effrayant. Pour tous les présents, cela ne faisait aucun doute : ils étaient en train de voir quelqu'un sombrer dans la folie.

Niniver ramassa ses jupes et bondit vers le chemin qui menait à la ligne de crête. Celui qui menait à la corniche se trouvait un peu plus loin.

Ferguson la regarda faire.

— Où allez-vous ?

Elle jeta un regard en direction de Nolan.

— Je vais lui parler.

— Vous ne pouvez pas faire cela, dit Canning, qui semblait sous le choc. Dans l'état où il se trouve, il n'est pas possible d'espérer le raisonner.

— Je sais, mais je dois tout de même essayer.

Niniver regarda Canning droit dans les yeux.

— Nous savons tous comment cela va finir, mais c'est mon frère. Si je réussis à le calmer, nous pourrons tous rentrer au manoir sans avoir besoin de recourir à la violence.

Aucun des hommes présents n'approuvait, mais aucun n'avait le droit de s'opposer à elle.

Elle fit un autre pas vers Nolan.

Sean voulut la suivre.

— Je viens avec vous.

Elle le regarda.

— Non. S'il vous voit, il va se mettre dans une rage folle, vous connaissez son caractère. Et nous n'avons pas besoin de cela.

Sean soutint son regard, car il était aussi têtu qu'elle.

— Nous ne pouvons pas vous laisser l'affronter seule. Je demeurerai en retrait si vous promettez de ne pas trop vous approcher de lui.

Elle fit la grimace, avant de finir par acquiescer.

— Très bien. Je resterai hors de sa portée.

Elle se remit en marche tandis que les autres reprenaient leur surveillance de Nolan. Niniver, de même que Sean, ne le quittaient pas des yeux non plus.

Tout à coup, Nolan prit sa tête entre ses deux mains. Il appuya fort, si fort que les tendons de ses mains et de ses poignets saillirent et que ses traits se tordirent. Puis il se voûta et se ramassa sur lui-même comme s'il était en proie à une souffrance insupportable…

Il lâcha sa tête et se redressa. En écartant les bras, il hurla :

— Espèce de fou ! C'est moi que tu aurais dû tuer, plutôt !

Il fit un pas en avant — et se jeta du haut de la corniche.

Sous le piton rocheux courait une étroite et profonde crevasse aux parois de granit semblables à celles qui, nombreuses, zébraient le paysage.

Dans ce silence soudain, tous, d'instinct, se figèrent, puis la brise se mit à souffler et ils entendirent un bruit d'impact étouffé.

Le choc et la stupeur les privèrent de parole.

Jusqu'à ce que Sean murmure :

— Seigneur ! Il s'est tué !

Phelps était berger : lui et son fils, Matt, avaient toujours des cordes attachées à leurs selles, tout comme Sean.

Ils avancèrent en groupe jusqu'à la corniche. Ils

essayèrent de scruter la crevasse, mais des petits buissons et des touffes d'herbe accrochés à la paroi rocheuse empêchaient de voir ce qui se trouvait dans ses sombres profondeurs.

La crevasse était bien plus basse que la corniche et très étroite — comme une estafilade béante sur le flanc de la colline —, et bordée de gros éboulis à perte de vue. S'il n'était pas raisonnable de s'y élancer, il n'y avait pas plus de chemin pour y descendre ou même pour s'en approcher.

Phelps, Matt et Sean déployèrent les cordes. Les autres formèrent des équipes destinées à aider Sean et Matt à descendre dans la crevasse. Les bras croisés très serrés autour de sa poitrine, l'esprit vide, Niniver observa les deux hommes marcher vers le bord de la falaise et saisir chacun leur corde, tandis qu'une troisième pendait à portée de main.

Alors qu'ils descendaient dans les ombres, elle s'approcha du vide. Elle regarda en bas, avec attention, mais les buissons l'empêchaient de voir correctement.

Elle observa alors les cordes. Les hommes restés en haut les laissaient glisser, encore et encore : la crevasse était bien plus profonde que ce qu'ils avaient imaginé. Enfin, la tension sur les cordes cessa, et Sean d'abord, puis Matt, atteignirent un endroit où ils pouvaient se tenir debout.

Quelques instants plus tard, une vive exclamation — un cri de surprise poussé par les deux hommes — surgit des profondeurs. Niniver se pencha, les sourcils froncés. Sean et Matt étaient censés savoir à quoi s'attendre : pourquoi, alors, paraissaient-ils stupéfaits ?

— Qu'ont-ils dit ? demanda Ferguson, qui se trouvait

légèrement en retrait avec les autres, en attendant de devoir remonter Sean et Matt.

Avec la même moue, elle secoua la tête.

— Je ne sais pas. Ce ne sont que des bribes de voix qui me parviennent. Ils sont en train de parler, mais je ne comprends pas ce qu'ils se disent.

La troisième corde — celle que Sean et Matt avaient prévu de nouer autour du corps de Nolan — remua. Phelps vint rejoindre Niniver, mais lui non plus ne parvint pas à comprendre les murmures qui venaient de la crevasse.

Puis Sean tira sur sa corde, et Matt l'imita. Phelps retourna auprès des autres, et ils commencèrent leur travail de traction.

C'est Sean qui atteignit le bord de la corniche en premier. Lui qui d'ordinaire avait le teint plutôt rubicond était livide.

— Qu'y a-t-il ? demanda aussitôt Niniver.

Sean se mit debout.

— Nous avons trouvé le corps de Nolan. Il est mort, la nuque brisée, entre autres, comme nous nous y attendions.

Il jeta un coup d'œil à Matt, qui était en train de se relever à son tour.

Ce dernier semblait passablement secoué lui aussi.

Sean se tourna vers Niniver. Il hésita un instant, avant de lâcher :

— Le corps de Nolan se trouvait sur un autre corps. Celui de Nigel. Nolan s'est jeté dans le vide au même endroit.

Niniver cligna des yeux. Son esprit tournait à vive allure.

— Nigel s'est jeté de cette corniche *lui aussi* ?

Elle avait du mal à imaginer cela de Nigel, mais en

même temps elle ne s'attendait pas non plus à ce que Nolan mette fin à ses jours.

L'air de plus en plus sombre, Sean secoua la tête.

— Nigel se trouvait sur le dos, et le couteau de chasse de Nolan, celui qu'il disait avoir perdu l'année dernière, était planté entre ses côtes.

Niniver resta bouche bée, mais dans son esprit toutes les pièces du puzzle se mirent en place.

— Ah.

Son interjection, prononcée à voix basse, fut noyée sous les exclamations stupéfaites des autres hommes.

Elle les observa tour à tour. Contrairement à eux, elle n'était pas surprise.

C'était même tout le contraire. Enfin tout commençait à faire sens.

Il fallut plusieurs heures pour remonter les deux corps des profondeurs de la crevasse et transporter les dépouilles au manoir. Malgré les déprédations animales et les altérations naturelles dues au temps qui avait passé, le corps de Nigel était facilement identifiable. Ses vêtements étaient ceux qu'il portait au mariage de leur cousin, Thomas Carrick, et de Lucilla Cynster, la dernière fois où quelqu'un d'autre que Nolan l'avait vu.

Niniver passa le reste de la journée cloîtrée avec le conseil du clan à la bibliothèque. Norris était présent lui aussi. Même s'il avait deux ans de moins qu'elle et qu'il avait moins de souvenirs de Nigel et Nolan enfants, il avait le même point de vue qu'elle sur leurs deux frères aînés.

En passant les faits en revue les uns après les autres, Niniver et le conseil réussirent à reconstituer ce qui s'était passé. Se souvenant d'une remarque faite par Nolan au moment de l'enquête sur la mort des sœurs Burns — une enquête qui n'avait désigné aucun coupable mais au terme de laquelle de fortes suspicions avaient pesé sur Nigel —, Niniver envoya Sean à Ayr afin qu'il y pose certaines questions qui semblaient à présent pertinentes.

Sean revint le lendemain matin. Les membres du conseil se réunirent pour écouter son rapport. Une fois qu'ils eurent digéré ces nouvelles que plus personne n'attendait, Ferguson se tourna vers Niniver.

— Que fait-on maintenant ? Doit-on prévenir les autorités ?

Assise au bureau occupé par son père durant son long règne, Niniver regarda tour à tour Ferguson, puis Mrs Kennedy, la gouvernante, qui était assise à côté de lui, Canning, Phelps, Bradshaw, Sean et les autres membres du conseil. Tous la regardaient fixement, avec l'air d'attendre quelque chose.

La promesse qu'elle avait prononcée sur la tombe de son père lui revint en mémoire.

« Je ferai tout le nécessaire pour que les erreurs commises par vos enfants soient réparées et que le clan redevienne uni, fort et prospère. Je ferai tout ce que je peux et ce que je dois pour perpétuer votre héritage et diriger le clan comme vous l'auriez souhaité. »

C'était tout ce qu'elle avait pu offrir à son père en compensation de ne pas avoir réussi à empêcher l'un de ses fils de l'empoisonner.

La moindre des choses qu'elle pouvait faire désormais, c'était s'assurer que la faute en incombe au vrai coupable, et donc nommer clairement celui des fils qui n'avait été qu'une victime. Ainsi, Nigel — l'aîné et le préféré de leur père, celui qui, malgré ses faiblesses, avait été élevé pour devenir laird — pourrait être enseveli aux côtés de Manachan dans le caveau familial.

Cependant, la promesse qu'elle avait faite à son père concernait en premier lieu le clan.

— Nous devons informer les autorités de la mort de Nolan, et de tout ce que nous avons désormais compris. Mais, si cela est possible, je crois que nous devrions faire en sorte que cela ne s'ébruite pas. Je n'ai pas envie que les journaux d'Ayr et de Dumfries, et encore moins ceux de Glasgow et d'Édimbourg, fassent leurs gros titres sur les problèmes du clan.

Tout le monde acquiesça. Phelps regarda autour de lui, avant de prendre la parole.

— Ce n'est pas nous qui allons vous contredire sur ce point. Le clan a suffisamment souffert, pas besoin que notre linge sale soit déballé en public dans tout le pays.

Voyant que tous partageaient l'opinion de Phelps, Niniver hocha la tête.

— Nous allons demander à un médecin d'examiner les corps. Il confirmera ce que nous savons déjà. En attendant, je vais envoyer une lettre présentant les faits, et rien que les faits, à…

Elle s'interrompit pour réfléchir un instant, avant de reprendre.

— À Sir Godfrey Riddle, à Lord Richard, et à Thomas. Je vais leur demander de venir dès cet après-midi. Voyons si nous réussissons à régler le problème en petit comité. Ces trois hommes connaissent la situation du clan et seront d'accord pour nous aider à régler l'affaire le plus discrètement possible.

Personne ne protesta. Une demi-heure plus tard, Sean

partit remettre à leurs destinataires les trois lettres que Niniver avait écrites.

Le médecin vint. Il examina les corps et promit d'envoyer son rapport à Sir Godfrey Riddle, le magistrat local.

Sir Godfrey arriva promptement à 14 heures. Il gravit les marches du perron avec le visage sombre et préoccupé.

— Ma chère Niniver.

Après lui avoir pris les mains pour lui donner une accolade toute paternelle, il les pressa doucement.

— Quelle épreuve ce doit être pour vous.

Dans sa lettre, elle avait seulement écrit que Nolan s'était jeté dans le vide et que, suite à cela, le corps de Nigel avait été trouvé. Le visage neutre, elle inclina la tête. Comment expliquer que, alors que le décès de son père et la disparition de Nigel l'avaient ébranlée, la mort de Nolan et les découvertes qui en avaient découlé lui avaient permis de reprendre pied et de retrouver confiance en sa capacité à voir clair dans les gens ? La situation précédente, elle ne l'avait jamais comprise. À présent, tout était limpide.

Et, en ce qui concernait son chagrin, ceux qui avaient mérité ses larmes étaient morts depuis presque un an. Elle avait trop à faire pour perpétuer leur souvenir pour se laisser affecter par le décès de Nolan.

Sir Godfrey la lâcha quand Lord Richard Cynster et Thomas Carrick, le cousin de Niniver, arrivèrent à cheval dans la cour, suivis par une voiture qui dessina un grand virage pour s'arrêter au pied des marches. Thomas descendit de sa monture, tendit ses rênes à Sean, et alla ouvrir la porte de la calèche. Il aida Catriona, sa belle-mère et la femme de Lord Richard, à descendre et, comme si elle était en porcelaine, saisit sa femme Lucilla par la taille pour la déposer à terre.

Lucilla était enceinte, et il se murmurait qu'elle attendait des jumeaux. Alors qu'elle était à peine plus grande que Niniver, Lucilla avait assez forci — bien qu'il lui reste encore de longs mois de grossesse — pour que la rumeur ait des chances d'être vraie. Cependant, cette dernière adressa à Thomas un sourire rassurant et gravit les marches du perron avec facilité — s'appuyant néanmoins sur son mari —, ce qui semblait signifier que ce poids supplémentaire n'était pas un grand fardeau pour elle.

Même si elle n'avait pas réclamé leur présence, Niniver avait espéré que les deux femmes accompagneraient leurs époux et elle était soulagée que ce soit bien le cas. Après de rapides embrassades, des serrements de main, et des échanges de salutations et de condoléances, Niniver accompagna tous les « notables » au salon, où Norris les attendait.

Elle avait demandé aux laquais de revoir la disposition des meubles dans la pièce. Après avoir salué Norris, Lucilla alla s'asseoir sur un sofa, et Catriona prit place en face d'elle, sur un autre canapé. Lord Richard s'installa à côté de sa femme, et Thomas à côté de Lucilla. Sir Godfrey choisit l'un des fauteuils installés de part et d'autre de la cheminée, laissant l'autre à Niniver.

Norris avait placé une simple chaise à gauche du fauteuil de Niniver et vint s'y asseoir. Elle se tourna vers Sir Godfrey.

— Si cela ne vous dérange pas, j'aimerais que les membres du clan assistent à cette discussion, car les décisions qui y seront prises vont avoir des répercussions sur le clan tout entier.

Sir Godfrey hocha la tête d'un air sombre.

— En effet. C'est une affaire terrible pour vous tous.

Ferguson était resté à la porte. Lorsque Niniver hocha la tête dans sa direction, il fit entrer Mrs Kennedy, Bradshaw, Forrester, Canning, Phelps et Matt. Ferguson les suivit, et Sean ferma le cortège.

Une fois la porte close, Ferguson et Sean placèrent les chaises qu'ils étaient auparavant allés chercher dans la salle à manger en demi-cercle, entre les extrémités des sofas et la porte. Puis, après avoir salué de la tête les notables qui observaient un silence respectueux, les membres du clan s'assirent.

Niniver échangea un regard avec Thomas, avant de se tourner vers Sir Godfrey.

— Il est peut-être préférable que je commence par relater les événements récents. Ensuite nous pourrons passer à ce que nous, les membres du clan, en avons déduit. Enfin, je vous exposerai notre point de vue sur la mort de mon père, mais aussi sur celle de Faith et Joy Burns.

Sir Godfrey plissa les yeux.

— Je vois.

Puis il hocha la tête et dit :

— Commencez, je vous en prie.

Niniver prit une grande inspiration et décrivit succinctement les événements de la veille. Sir Godfrey interrogea Sean et Matt sur ce qu'ils avaient vu au moment où ils avaient découvert les corps. Leurs réponses furent brèves, mais complètes.

— Ainsi, dit Thomas qui, après avoir regardé Niniver, se tourna vers Sir Godfrey, il semblerait que Nolan ait en fait été le vrai meurtrier, et que Nigel n'ait été qu'une autre de ses victimes.

Thomas lui aussi trouvait de toute évidence cette nouvelle vérité plus facile à comprendre que la précédente version faisant de Nigel le coupable.

— Pff !

Sous ses sourcils froncés, Sir Godfrey observa à son tour Niniver.

— Vous avez fait allusion à des déductions et des confirmations supplémentaires. Lesquelles ?

— Lors de l'enquête sur la mort des sœurs Burns, Nolan avait dit que Nigel et lui avaient passé la nuit du décès de Faith et Joy à Ayr, dans une… maison de tolérance.

Niniver espérait que son rougissement allait passer inaperçu. Elle poursuivit.

— Suite à ce nouvel éclairage sur la disparition de Nigel, j'ai envoyé Sean demander à ces… euh, femmes… ce qu'elles savaient de cette nuit-là. Nous pensions que…

Elle regarda Sean, qui se porta à son secours.

— Nous pensions que si l'un des deux frères s'était absenté cette nuit-là, les femmes auraient pu s'en souvenir, même si les faits remontent à l'an passé.

— Et s'en souvenaient-elles ? demanda Lord Richard.

— Oui.

Sean regarda Sir Godfrey.

— Elles se souvenaient que le jeune homme blond, Nolan, était rentré chez lui à cheval cette nuit-là. Deux d'entre elles ont entendu Nolan dire à Nigel qu'il avait oublié de cacher des registres qui ne devaient pas être découverts, et donc qu'il rentrait pour les faire disparaître, mais qu'il serait de retour au matin.

— Et, poursuivit Thomas en se tournant vers Bradshaw, c'est précisément la nuit précédente que les Bradshaw sont tombés malades parce que quelqu'un avait versé des sels dans leur puits, quand Nigel et Nolan étaient tous les deux ici, au manoir. Ils ne se sont rendus à Ayr que le lendemain matin.

Norris acquiesça.

— C'est donc Nolan qui a versé les sels dans le puits. Nigel n'aurait jamais fait une chose pareille. Il aurait pu dire qu'il allait le faire, par provocation, mais il ne l'aurait jamais fait pour de bon.

Niniver regarda Sir Godfrey.

— Personne ne nous a demandé, à Norris et à moi, ce que nous pensions de l'empoisonnement de notre père par Nigel. Norris ne s'en souvient pas aussi bien que moi.

Elle adressa un bref regard à Thomas, avant de poursuivre.

— Et j'ai pu observer nos deux frères aînés bien plus attentivement que Thomas, car en présence de ce dernier, Nolan faisait toujours très attention.

Se tournant de nouveau vers Sir Godfrey, elle continua :

— Nolan souffrait, il souffrait vraiment, de la préférence de papa pour Nigel. C'était la seule véritable faiblesse de notre père : il n'a jamais vu que Nigel. Toutefois, Nolan ne détestait pas Nigel. À sa façon, Nolan l'aimait, pour autant qu'il ait été capable de ce sentiment. Mais il était le plus intelligent des deux, tandis que Nigel... Nigel était assez influençable, et il faisait implicitement confiance à Nolan. Depuis tout petit, Nolan a joué le rôle du meilleur ami de Nigel, de son confident, de son soutien le plus loyal. Je me souviens avoir assisté à des scènes de ce genre... même si à l'époque je ne comprenais pas ce que je voyais, car bien entendu, Nolan ne s'est jamais inquiété de ce dont je pouvais être témoin. Je n'étais pour eux qu'un bébé, et évidemment, d'après eux, personne n'aurait accordé le moindre crédit à ce que j'aurais pu raconter à leur sujet. Pour Nolan, ce que je voyais ou ne voyais pas, et, plus tard, ce que voyait Norris, n'a jamais été un sujet d'inquiétude.

Elle marqua une pause, avant de reprendre :

— Au cours des dix dernières années, ni Norris ni moi n'avons beaucoup vu Nigel et Nolan. Nous restions au domaine, tandis qu'ils étaient toujours par monts et par vaux, souvent à Ayr, Dumfries, Glasgow et Édimbourg. Cependant, je ne pense pas que leurs relations aient évolué, ni qu'eux, en tant qu'individus, aient changé. Ainsi, quand on a cru que c'était Nigel qui avait empoisonné notre père et tué Joy et Faith Burns, je… je ne savais que penser.

Elle tendit les mains.

— Cela paraissait étrange, obscur et confus, mais puisque Nigel semblait avoir pris la fuite… Après la disparation de notre frère, Nolan s'est tenu à carreau et il a fait du mieux qu'il a pu. Je me suis dit que, peut-être, j'avais mal interprété certaines choses, et que c'était sous la mauvaise influence de Nigel que le duo avait fait les quatre cents coups.

Elle prit une grande inspiration et ajouta :

— Et pas un seul instant, je n'aurais imaginé que Nolan puisse tuer Nigel. Parce que, comme je l'ai dit, la seule personne que Nolan ait jamais aimée dans sa vie, c'était Nigel.

Le silence s'installa.

Ce fut Catriona qui le rompit.

— Sur ce dernier point, sur le fait que Nolan aimait Nigel… Il y a eu, souvenez-vous, un vrai risque que

Lucilla voie Manachan, qu'elle comprenne qu'il avait été empoisonné, et qu'elle donne l'alarme. Nolan a donc dû sacrifier Nigel pour offrir aux autorités et à la foule le coupable qui les contenterait… C'est précisément le fait d'avoir tué la seule personne qu'il aimait vraiment qui a pu précipiter Nolan dans la folie.

Lucilla frissonna.

— En effet.

— Si je puis me permettre…, intervint Phelps. Si Nolan avait eu l'intention de laisser vivre Nigel, de le laisser devenir laird, mais d'être, lui, son éminence grise, celui qui le manipulait et régnait véritablement, si c'était ce que Nolan avait prévu au départ, mais s'il a été forcé de tuer Nigel pour se protéger, cela permettrait aussi de comprendre ces lamentations que Sean a entendues toutes les fois où il suivait Nolan à la corniche. Et de comprendre aussi ce que nous avons entendu aujourd'hui.

— Cela explique aussi, ajouta Ferguson, pourquoi Nolan se rendait à cet endroit pour lui parler. C'était pour être proche de lui, puisque c'est là que se trouvait son corps.

Thomas changea de position. Le visage impassible, il déclara :

— Je suis d'accord. Si nous acceptons l'idée que Nolan ait voulu se venger de Manachan, et qu'il contrôlait totalement Nigel, alors tuer Manachan et faire en sorte que Nigel devienne laird peut très bien avoir été le projet initial de Nolan. Il n'aurait pas eu besoin d'endosser la moindre responsabilité : peu importe ce qui aurait pu se passer, toute la faute en serait revenue à Nigel. La vengeance parfaite, du point de vue de Nolan. Il aurait tiré les ficelles que Manachan aurait voulu confier à Nigel, et tous les échecs auraient été imputés à ce dernier.

Ils évoquèrent alors divers sujets liés et révisèrent leurs précédentes conclusions grâce à cet éclairage nouveau. Mais il était évident que plus personne n'avait le moindre doute sur ce qui s'était passé au cours des mois qui avaient précédé la mort de Manachan.

Sir Godfrey finit par mettre un terme au débat.

— Je crois que nous nous accordons tous à dire que Nolan est coupable à la fois du meurtre du précédent laird et de celui des sœurs Burns.

Il se tourna alors vers Niniver.

— Je vais devoir casser mon premier jugement, mais je suppose que vous et votre clan — et il parcourut d'un regard circulaire toute l'assemblée — préféreriez que cela fasse le moins de bruit possible. N'est-ce pas ?

Niniver se sentit tout à coup soulagée.

— Exactement.

Elle observa Thomas, puis tous les autres.

— Le clan a souffert suite au scandale causé par la mort de mon père, assassiné par son propre fils. Nous aimerions autant ne pas revivre cette situation compliquée.

Elle scruta Sir Godfrey, puis Lord Richard.

— Toutefois, il faut que Nigel soit blanchi des accusations qui pèsent sur lui, afin qu'il puisse être enseveli aux côtés de notre père. Comment procéder pour que cela cause le moins de scandale possible ?

Sir Godfrey fronça les sourcils. Au bout d'un moment, il regarda Lord Richard.

Ce dernier lui rendit son regard et proposa :

— Et si nous prenions le suicide de Nolan comme une confession ? Après tout, c'est le cas.

— Et, ajouta Thomas, un procès n'est pas utile, étant donné que le meurtrier s'est donné la mort. Il n'a plus besoin d'être puni.

— Ah ! fit Sir Godfrey, qui semblait un peu plus confiant.

Après quelques minutes de réflexion, il hocha la tête avec détermination.

— Oui, en effet, c'est une bonne idée.

Pour finir, il fut décidé que, sans roulement de tambour, Sir Godfrey rouvrirait les dossiers relatifs à la mort de Manachan et des sœurs Burns, et laverait Nigel de toute accusation, suite aux aveux de Nolan confirmant que c'était bien lui le coupable de ces trois crimes. Catriona qui, par sa position de lady, entretenait des rapports étroits avec le pasteur local, se porta volontaire pour expliquer la situation au révérend Foyle, ce qui faciliterait les démarches du clan pour organiser des funérailles et une inhumation appropriées à cette nouvelle situation.

Lorsque tout fut réglé et que Niniver eut raccompagné tout le monde sur le perron, elle se sentit épuisée. Mais elle n'en avait pas tout à fait terminé.

Thomas avait été le dernier à prendre congé. Il avait sept ans de plus qu'elle. Ils n'avaient jamais été très proches, mais elle l'avait toujours considéré comme un vrai Carrick, un homme de la même trempe que son père. Après avoir aidé Lucilla à monter en voiture et avoir refermé la porte, il s'était tourné vers elle, l'avait regardée dans les yeux, lui avait pris les mains. Sans lâcher son regard, il lui avait dit :

— C'est la fin d'une période sombre pour le clan et pour notre famille.

Elle avait vu beaucoup de compréhension dans ses

yeux couleur d'ambre. Il avait entrevu les conséquences inévitables de cette journée, tout comme elle. Tout ce qu'il restait à régler, ce serait à elle de s'en occuper. Ce serait à elle de se débrouiller avec tout ce qui allait survenir.

Et, quoi qu'il se passe, elle ne ferait qu'un avec le clan, à jamais et pour toujours.

Elle trouva Norris dans la bibliothèque. Il se tenait debout devant les grandes fenêtres et contemplait le paysage en train de s'assombrir. Sans doute savait-il lui aussi ce qui se préparait, et il l'attendait probablement pour lui parler.

En réprimant un soupir, elle s'assit dans l'un des fauteuils.

Norris se tourna. Dans l'obscurité de plus en plus présente, il la dévisagea en silence. Au bout d'un moment, il demanda :

— Et maintenant ?

Elle se raidit et haussa la tête.

— Maintenant, nous allons convoquer l'ensemble du clan pour élire un nouveau laird.

Elle le regarda dans les yeux et lui demanda :

— As-tu l'intention de te présenter ?

Il rit, d'un rire un peu lugubre et moqueur.

— Non. Je n'ai pas la moindre envie de diriger le clan.

Elle s'y attendait, mais il fallait malgré tout qu'elle le lui demande et qu'il formule clairement son refus. Dès sa naissance, il avait été ignoré, pas seulement par leur père, mais aussi par l'ensemble du clan. Elle était la seule personne dont il ait jamais été proche. La seule qu'il n'ignorait pas en retour. Il n'avait aucun ami par ici, et rien ne l'intéressait dans le coin. Ses uniques centres d'intérêt et ambitions étaient universitaires, ce qui l'avait toujours emmené bien loin des terres du clan.

— Que vas-tu faire, alors ?

Elle restait sa sœur. Elle s'inquiétait toujours pour lui et elle savait que, derrière l'enveloppe froide et sombre, la réciproque était vraie.

— Je ne m'attendais pas à être libre de prendre une décision aussi vite, mais il n'y a rien pour moi ici. Il n'y a jamais rien eu.

Il enfila les mains dans les poches de son pantalon et haussa les épaules.

— À dire vrai, j'ai toujours eu le sentiment que cet endroit n'était pas fait pour moi. Je n'ai rien à faire ici.

Elle ne dit rien et se contenta d'attendre.

Se tournant à moitié, il regarda dehors, par la fenêtre.

— J'ai besoin de me forger ma propre vie. Je vais partir. Je *dois* partir, une bonne fois pour toutes. Pour toujours. Je ne reviendrai pas. Et, mis à part ce que j'ai hérité de notre père, je n'ai aucune prétention sur les revenus du clan. Tu pourras le leur dire.

Elle s'attendait à quelque chose de la sorte. Néanmoins…

— Où vas-tu aller ?

Il haussa de nouveau les épaules.

— À St. Andrews, peut-être. Je pourrai y chercher du travail… comme précepteur, peut-être, ou comme chercheur. Qui sait ? Je partirai demain matin.

Déjà ? Elle prit une inspiration un peu douloureuse et se leva.

— Tu vas t'en aller comme ça ?

Norris la regarda dans les yeux.

— Oui, et sans me retourner.

Elle faillit dire que cela signifiait aussi qu'il la laissait se débrouiller, seule, avec cette situation chaotique dont il n'ignorait pas la réalité, mais… non. Cela ne servait à rien d'essayer de le retenir. Et il avait raison : un départ si rapide sonnerait de façon irrévocable le glas de toutes les prétentions qu'il aurait pu avoir sur le titre de laird. Elle se força à acquiescer, puis se dirigea vers le bureau.

— Ne t'en va pas sans m'avoir dit au revoir.

Elle sentit son regard posé sur elle, mais elle évita de le croiser. Il marqua une légère hésitation, puis dit :

— Nous nous verrons au petit déjeuner.

Sur ce, il se dirigea vers la porte et sortit.

Elle se laissa tomber dans le siège qui se trouvait derrière l'imposant bureau. Avec le départ de Norris, elle se retrouverait seule. Le clan se réunirait et élirait un nouveau laird, appartenant à une autre famille du clan. Ce serait à elle que reviendrait la tâche de superviser le transfert de toutes les possessions du clan : les terres, le manoir — tout sauf les biens personnels de la famille Carrick, ce qui représentait un maigre montant à partager entre Norris et elle. Tout le reste appartenait au clan : les meubles, les livres qui l'entouraient dans ce lieu familier, même ses chiens. Tout ce qui faisait qu'elle se sentait ici chez elle.

Que ferait-elle, alors, une fois que le transfert serait terminé ?

Elle était assise, les yeux dans le vague, tandis que dehors la nuit tombait et que l'obscurité gagnait peu à peu toute la pièce.

Norris partait, certes, mais ce faisant, il tentait de relever le défi de construire sa propre vie. Elle avait besoin de faire la même chose, mais elle était l'opposé de son frère, car elle ne voulait surtout pas quitter les terres du clan. C'était là que se trouvaient ses racines, profondément ancrées dans ce sol d'Écosse. Elle le ressentait sans parvenir à l'expliquer. Elle s'était toujours sentie attachée à ses paysages doucement vallonnés, mais surtout à ses habitants. Elle avait grandi au milieu du clan. Elle ne s'imaginait pas le quitter et ne voyait aucune raison susceptible de l'y inciter.

— Alors je reste, murmura-t-elle.

Quoi qu'il se passe, elle trouverait bien un moyen de rester… Celui qui allait s'installer ici accepterait peut-être qu'elle occupe l'aile du manoir inhabitée depuis longtemps ?

Elle inclina la tête, y réfléchit un moment, puis haussa légèrement les épaules.

En plus de n'avoir aucune envie de quitter ces lieux, elle avait fait une promesse solennelle à son père, et elle devait la tenir.

Contrairement à ses frères aînés, elle avait foi en le clan, en ses valeurs, au fait de respecter ses obligations et de tenir ses engagements. Au fait de rendre la pareille à ceux qui nous ont donné.

Elle posa les mains à plat sur le bureau et se leva.

D'une façon ou d'une autre, elle trouverait un moyen.

Au cours des vingt-quatre années de son existence, à chaque fois qu'un coup dur s'était présenté, elle s'était accrochée à ce principe. C'était ce qu'elle ferait cette fois encore.

L'enterrement de Nigel et Nolan eut lieu trois jours plus tard. L'assemblée semblait plus curieuse qu'émue. L'atmosphère était très différente de celle qui avait prévalu lors des funérailles de leur père, mais Manachan avait été révéré par le clan et respecté par toute la communauté, tandis que Nigel et Nolan n'avaient été tolérés que parce qu'ils étaient les fils du laird. Et en ce qui concernait les fréquentations de ces derniers, elles leur ressemblaient beaucoup : de jeunes fauteurs de troubles, irresponsables, égoïstes, et uniquement préoccupés par le fait de vivre une vie de plaisir, sans le moindre égard pour autrui.

D'ailleurs certains d'entre eux vinrent assister à l'enterrement sans y avoir été spécialement conviés. Arrivés en carricks ou en phaétons, ils se saluèrent les uns les autres de manière peu discrète.

Le clan les ignora.

Au début, Niniver avait été surprise par la présence massive des membres du clan. Puis elle avait pris conscience que pour eux autant que pour elle cet enterrement marquait la fin de deux années d'incertitudes et d'angoisses, de deux années de troubles, de perte de confiance en la puissance structurante et fédératrice du clan.

Nigel fut enseveli à côté de ses père et mère dans le caveau familial des Carrick.

Nolan fut enterré dans un coin éloigné du cimetière, rejeté et renié de tous.

Ce fut elle qui jeta la première poignée de terre sur le cercueil de Nolan. Le visage de marbre, les anciens du clan prirent le relais.

Et ce fut terminé.

Personne ne ressentit le besoin de s'attarder. Tout le monde était content de tourner les talons et de s'en aller.

Alors que l'assemblée se dispersait et que les membres du clan regagnaient leurs moyens de transport, Niniver fut assaillie par plusieurs amis de Nigel et Nolan qui essayèrent de lui présenter leurs condoléances, avec un manque de sincérité patent.

Elle ne sortait que très rarement — en partie pour éviter ce type de personnes —, mais elle était depuis longtemps passée maîtresse dans l'art de cacher ses sentiments, et de porter un masque de calme et de sérénité. Toutefois, lorsque plusieurs apprentis dandys l'invitèrent à un pique-nique, elle déclina poliment leur offre, mais ils insistèrent lourdement…

Heureusement, Thomas intervint et, avec quelques mots tranchants et un regard noir, il dissipa tout ce petit monde. Puis, avec Ferguson, il accompagna Niniver jusqu'à sa calèche. Elle les laissa faire, et Thomas l'aida à grimper en voiture, avant de refermer la portière.

Sean lança les chevaux au trot et la voiture s'ébranla. C'était enfin terminé.

Elle appuya sa tête contre les coussins et ferma les yeux, en retenant les larmes qui, tout à coup, menaçaient de couler.

Sa famille avait disparu. Entièrement. Thomas était son parent le plus proche, et il avait sa propre place, son propre rôle, en tant que consort de la future lady de la Vallée.

Elle était seule, complètement *seule*. Elle n'avait pas de place, pas de rôle. Pas de vie.

Elle était celle qu'on abandonnerait sur le bord du chemin.

Mais elle savait que le clan ne la chasserait pas. Elle aurait toujours une place, un rôle en son sein, même si elle ignorait encore en quoi cela consisterait.

Il fallait rester positive — ou au moins concentrée sur

ce qu'il lui restait encore à accomplir dans la journée, sur ce qui l'attendait à présent.

La réunion du clan pour élire un nouveau laird.

Elle soupira, ouvrit les yeux et regarda par la vitre.

D'une façon ou d'une autre, elle allait trouver un moyen.

Niniver avait accepté de superviser le transfert de toutes les possessions du clan, de la famille Carrick à celle du laird qui serait nouvellement élu à l'issue de leur réunion. Pour cela, elle avait fait venir depuis Glasgow l'avocat du clan.

Quand elle arriva au manoir, un laquais lui annonça que Mr Purdy l'attendait au salon. Le visage impassible, elle alla l'accueillir.

Mr Purdy était un gentleman assez âgé avec des yeux perçants, couleur noisette. Avoir lui avoir serré la main et s'être, à son invitation, assis sur le sofa, il demanda :

— Savez-vous qui le clan va choisir ?

Elle secoua la tête tout en s'installant sur le canapé en face de lui.

— Plusieurs anciens du clan pourraient tenir ce rôle. Je me suis dit que je ferais mieux de ne pas me mêler aux discussions. Étant donné les circonstances, je pense que je ne dois pas essayer d'exercer la moindre influence sur cette décision.

Sa famille avait trahi le clan, et la perte du titre n'était que justice.

Mr Purdy fronça les sourcils.

— Vous avez un autre frère, si je me souviens bien. Il doit avoir… vingt-deux ans, n'est-ce pas ?

— Norris. Il a refusé de faire acte de candidature

pour devenir le nouveau laird, et il nous a déjà quittés pour aller faire sa vie ailleurs.

Mr Purdy pinça les lèvres, avant de hocher la tête.

— Puisqu'il ne souhaitait pas être laird, c'est aussi bien qu'il soit parti.

Elle en était arrivée aux mêmes conclusions. Le départ de Norris avait rendu la tâche plus aisée aux membres du clan, et peut-être son frère y avait-il aussi pensé. C'était ce qu'elle avait entendu dire en tout cas.

La porte s'ouvrit, et Ferguson passa la tête pour jeter un œil à l'intérieur de la pièce. Quand il vit Niniver, il sembla soulagé.

— Vous êtes là, miss.

Ferguson reconnut Mr Purdy, et il eut une légère moue, fugace. Il inclina la tête en direction de l'avocat.

— Mr Purdy.

Puis il se tourna de nouveau vers Niniver.

— Si vous voulez bien venir, miss. Tous les membres du clan sont réunis, ils attendent à la bibliothèque.

Elle avait pensé qu'elle n'aurait pas besoin d'assister à cette élection, et qu'il serait peut-être même mieux pour le clan qu'elle ne soit pas là, mais apparemment on réclamait sa présence. C'était peut-être parce qu'elle était la seule Carrick qui restait pour représenter la famille dont le clan portait le nom. Elle se leva.

— Oui, bien sûr. Je ne croyais pas que…

Se tournant vers Mr Purdy, elle parvint à sourire.

— Voulez-vous bien m'excuser, sir ?

L'avocat s'était levé en même temps qu'elle. L'air curieux, il inclina la tête.

— Bien entendu, Miss Carrick. Je vous attends ici.

Tout en se demandant ce qui avait pu aiguiser la

curiosité de Mr Purdy, elle se laissa mener par Ferguson, qui semblait pressé. Il la conduisit jusqu'à la bibliothèque et lui tint la porte.

Elle entra. Bien décidée à rester calme et maîtresse d'elle-même, elle regarda autour d'elle et vit que tous les regards sans exception — ceux des hommes comme ceux des femmes — étaient posés sur elle. Elle cligna les yeux, mais ne se laissa pas troubler. Elle chercha une place où s'asseoir. Toutes les chaises et tout l'espace étaient occupés.

Dans son dos, Ferguson s'éclaircit la gorge. Quand elle se tourna vers lui, il lui désigna de la main le siège situé derrière le grand bureau.

C'était le seul siège libre de la pièce et, apparemment, il avait été réservé pour elle. Ne laissant rien paraître de ses interrogations, elle traversa la longue pièce. Ce siège — qui se trouvait derrière le bureau massif utilisé par son père, son grand-père et tous les lairds précédents — aurait dû être réservé au nouveau chef de clan.

Ferguson passa derrière elle et contourna le bureau, puis il tira la chaise pour qu'elle prenne place. L'intention était peut-être d'ouvrir la séance de façon solennelle.

Niniver s'assit et observa son entourage. Bradshaw était debout dans un coin de la pièce. C'était un homme fort, qui avait plusieurs fois prouvé sa volonté d'agir pour le bien du clan. Mais il était un peu trop belliqueux. Forrester, un ancien du clan lui aussi, se trouvait non loin de Bradshaw. Il était entouré par sa femme et sa famille. C'était un homme tranquille, mais solide. Peut-être *trop* tranquille. Elle scruta le reste de l'assemblée — Phelps, Canning, et tous les autres candidats potentiels — à la recherche d'un signe…

Les aristocrates français avaient dû se trouver à peu près dans le même état d'esprit qu'elle en attendant que s'abatte la guillotine, songea-t-elle.

Son regard s'arrêta sur Sean, et le chef des écuries lui fit un signe pour l'encourager à poursuivre.

Elle cligna des yeux, puis se tourna légèrement pour interroger Ferguson du regard.

Le majordome la fixa en retour, comme pour lui faire comprendre qu'il voulait qu'elle… qu'elle préside la séance ?

Elle prit une grande inspiration et contempla l'assemblée. Tout le monde attendait qu'elle prenne la parole. Elle s'agrippa des deux mains au bureau et s'éclaircit la gorge. Sa voix était un peu rauque, mais elle trouva dans sa mémoire les mots adéquats.

— Pour perpétuer la tradition du clan, nous sommes réunis ici aujourd'hui pour élire un nouveau laird.

Elle scruta de nouveau Ferguson. Il était allé se placer sur un côté avec le vieil Egan.

— Avez-vous la liste des candidats ?

— Il n'y a qu'un seul nom sur la liste du clan, répondit Ferguson.

— Un seul ?

Même si cela allait faciliter les choses, elle avait cru que trois familles au moins — les Bradshaw, les Phelps et les Canning — se disputeraient âprement le titre.

Ferguson la regardait toujours.

— Cela fait plusieurs jours que nous en discutons, depuis que votre frère a choisi de se donner la mort, mais pour être honnête, nous en parlons depuis plus longtemps que cela. Et il n'y a qu'une seule personne que toutes les familles du clan accepteront de suivre, c'est donc la personne qu'il nous faut pour diriger le clan. Elle, et personne d'autre.

En observant autour d'elle, elle vit Bradshaw, Forrester, et tous les autres — ainsi que leurs femmes — hocher la tête pour témoigner de leur approbation.

— Très bien, dit-elle en reprenant son souffle. C'est parfait. Nous n'aurons même pas besoin de voter.

Et la personne qui deviendrait laird — quelle qu'elle soit — le serait avec l'approbation et le soutien unanimes du clan. Elle poursuivit.

— Alors, de qui s'agit-il ?

Ferguson la fixa droit dans les yeux.

— Niniver Eileen Carrick.

Cela faisait au moins dix ans qu'on ne l'avait pas appelée par son nom entier.

— Oui ? fit-elle en clignant les yeux.

Le regard de Ferguson se fit perçant. Il pinça les lèvres, puis déclara :

— C'est le nom qui se trouve sur notre liste.

Elle cessa de respirer. Elle sentit ses yeux s'écarquiller. Elle entrouvrit les lèvres… Elle faillit s'étrangler en se forçant à respirer et demanda :

— Vous voulez que je sois le laird… Enfin la lady ?

L'émotion qu'elle éprouvait était immense. C'était impossible à croire, et pourtant, en parcourant une nouvelle fois l'assemblée des yeux, elle dut se rendre à l'évidence. C'était elle qu'ils avaient choisie.

Pendant un long moment, elle laissa libre cours aux émotions qui la secouaient. Étant donné la promesse solennelle qu'elle avait faite à son père, étant donné le soutien sans équivoque de l'ensemble du clan…

Elle s'humecta les lèvres et, d'une voix plus basse, demanda :

— Pourquoi moi ?

Et, à sa grande surprise, ils le lui expliquèrent sans détour.

Jamais elle n'aurait cru qu'ils l'avaient observée pendant toute sa vie. Jamais elle n'aurait pensé que, au-delà de l'enfant calme et silencieuse qu'elle avait été, ils avaient vu non seulement la jeune fille, non seulement la femme qu'elle allait devenir, mais aussi la femme qu'elle était vraiment, à l'intérieur d'elle-même. Ils avaient vu, ils avaient compris, et ils l'avaient choisie.

Elle était touchée, elle était… impressionnée par leur foi en elle, stimulée par leur confiance, portée par leur assurance.

Et elle ne pouvait pas refuser, elle ne pouvait pas leur dire non.

Elle n'eut pas d'autre choix — ni d'autre envie — que de ravaler cette boule qui s'était formée dans sa gorge, rassembler toute la force qu'elle avait toujours eue en elle, et déclarer :

— Merci. J'accepte.

Et, avec ces quelques mots, elle devint la lady du clan Carrick.

Chapitre 1

Mai 1850 — presque un an plus tard
Domaine des Carrick, Dumfries and Galloway

Niniver se pencha sur le cou d'Oswald et encouragea le hongre massif à se lancer au galop. À cause de la vitesse, le vent lui fouettait les joues, et faisait voler et s'emmêler ses cheveux. Elle s'en moquait. Elle voulait juste s'élancer plus vite que le vent et oublier tout le reste.

Son esprit était tout entier accaparé par le fracas que faisaient les lourds sabots d'Oswald en frappant sur le sol et par les contractions successives de la puissante musculature du cheval. Ainsi, la colère et la frustration qui avaient menacé de la submerger étaient maintenues à l'écart. Alors qu'elle traversait les champs à vive allure, elle n'avait pas le temps de s'attarder sur les irritations, les agacements, les contrariétés et les comportements tout simplement idiots qui avaient manqué de la rendre furieuse.

À quoi pensaient-ils ? Pensaient-ils, au moins ? Ou bien ne faisaient-ils que réagir à une situation dont ils étaient bien incapables de saisir les implications ?

Depuis le manoir, elle était partie vers l'est, au-delà

des champs, avec l'envie — le besoin — de galoper. Mais les terres du clan s'arrêtaient à la grand-route. Devant elle, derrière la haie qui bordait les champs, le ruban de macadam luisait sous le soleil. Normalement, à cet endroit, elle aurait dû ralentir, tirer sur les rênes et faire demi-tour.

Mais pas aujourd'hui.

S'inclinant de plus en plus sur sa monture, elle laissa Oswald filer.

Parce que aujourd'hui elle avait besoin de bien plus qu'un peu d'exercice. Un exorcisme aurait peut-être été plus indiqué... Sinon, elle aurait perdu patience et aurait hurlé si fort sur ces importuns qu'ils en auraient perdu à jamais leur mâle assurance.

Elle laissa toute liberté à Oswald de franchir le mur en pierre qui marquait la limite du domaine des Carrick. Deux gigantesques enjambées plus tard, le cheval se ramassa de nouveau sur lui-même avant de sauter par-dessus le mur en pierres sèches qui se trouvait de l'autre côté de la route.

Niniver entendit un cri derrière elle — c'était Sean, qui comme toujours la suivait partout —, mais elle fit semblant de ne pas entendre et laissa Oswald filer vers ce qui, quelques années plus tôt, était la vallée où ils adoraient tous les deux aller galoper. Le cheval s'en souvenait, tout comme elle, mais ils n'y étaient pas retournés depuis que Marcus Cynster avait acheté la vieille propriété des Hennessy et s'y était installé.

D'habitude, elle évitait d'avoir à croiser son voisin et elle ne se risquait surtout pas sur ses terres.

Mais pas aujourd'hui. Aujourd'hui, les hommes de son clan l'avaient mise hors d'elle. Elle avait besoin de cette cavalcade et, à vrai dire, les risques de rencontrer Marcus dans cette vallée étaient minces. Elle la parcourrait jusqu'au bout, avant de faire demi-tour et de rentrer, et jamais il ne saurait qu'elle y était venue.

La vallée longue et étroite formait une courbe et s'enfonçait dans la propriété qui avait été celle des Hennessy. Niniver s'abandonna à l'instant présent, fit corps avec son cheval, et galopa librement, de façon effrénée.

Mais, lorsqu'elle arriva à la pente qui marquait la fin de la vallée, Oswald fatiguait. Jugeant plus sage de laisser son cheval se reposer avant de rentrer au manoir, elle se redressa et laissa le hongre gravir la montée au pas. Au sommet se trouvait un arbre tordu dont le feuillage offrait suffisamment d'ombre pour se protéger agréablement du soleil de l'après-midi.

Elle avait à peine remarqué jusqu'alors que le soleil brillait. Avec son teint très pâle, elle devait faire attention si elle ne voulait pas que sa peau se couvre de taches de rousseur, d'autant qu'elle ne portait pas de chapeau.

En dirigeant Oswald vers l'ombre, elle se souvint que cet endroit offrait une vue plongeante sur la vieille ferme. Construite en briques d'un rouge passé et avec des linteaux en pierre locale, la solide demeure était confortablement nichée sur un promontoire et entourée par plusieurs dépendances. De la fumée s'échappait de deux cheminées en pierre — parmi les nombreuses autres que comprenait le bâtiment.

Elle avait entendu dire que Marcus avait rebaptisé la maison et le domaine « Bidealeigh ».

Profitant de cette scène paisible, elle lâcha les rênes et laissa Oswald brouter l'herbe en attendant que Sean la rattrape. Quand il l'aurait rejointe, il ne dirait rien ; il savait ce qui avait provoqué sa colère.

Cela faisait presque un an qu'elle était la lady du clan Carrick. Depuis la fin du printemps jusqu'au début des récoltes, les premiers mois de son règne avaient été très occupés, non seulement pour elle, mais aussi pour tout le clan. Elle et les anciens du clan avaient découvert l'ampleur des déprédations auxquelles s'étaient livrés ses frères. Quand, avec Ferguson, elle s'était pour la première fois plongée dans les livres de comptes du domaine, elle n'avait pas compris pourquoi tout le monde semblait affolé. Puis elle était tombée sur le *deuxième* jeu de livres — ceux que Nolan avait cachés. Ceux qui montraient le véritable état des coffres du clan et qui témoignaient aussi de la ruine du domaine.

Cela avait été une période de rigueur et de privations, mais les anciens du clan l'avaient soutenue et, ensemble, ils avaient élaboré un plan destiné à redresser les finances du clan et à le rendre de nouveau prospère.

Ils n'en étaient pas encore là, mais la bonne impulsion avait été donnée.

Malheureusement, l'automne était arrivé et l'hiver avait suivi. La neige et les tempêtes avaient empêché tout le monde de vaquer à ses occupations. Avec le ralentissement du rythme de travail, les hommes plus jeunes, qui avaient été occupés tout l'été, avaient tout à coup eu le temps de se mettre à penser.

Et trop d'entre eux avaient choisi de penser à *elle*.

Parce qu'elle n'était toujours pas mariée.

Ce que ces idiots n'avaient pas compris, c'était qu'en tant que chef de clan — et a fortiori en tant que chef de ce clan qui connaissait de grandes difficultés — pour elle, le mariage n'était pas du tout envisageable. Elle était la seule représentante de la lignée originelle des Carrick, tandis que le reste du clan était composé de nombreuses familles qui, génération après génération, n'étaient plus que très lointainement parentes, bien que liées par des buts et des intérêts communs. Le clan l'avait élue pour une très bonne raison : parce qu'elle était la seule personne à laquelle toutes les familles du clan pouvaient accepter d'obéir.

Et c'était précisément ce qui posait problème : le clan lui obéissait.

Tout homme demandant sa main s'attendrait à devenir en l'épousant celui qui régnerait sur le clan.

Cela ne se passerait pas ainsi ! Elle ne le permettrait jamais. Le clan lui avait fait confiance en lui octroyant le titre de lady, et il était de son devoir de toujours agir pour le bien de la communauté. Et, pour cela, il était impératif que ce soit elle qui conserve le contrôle absolu de toutes les affaires du clan.

Après tout ce qu'elle avait pu observer des faiblesses des hommes, jamais elle ne confierait les rênes du clan à l'un d'entre eux. Et l'homme qui accepterait de passer au second plan derrière elle n'était pas encore né !

Elle avait accepté son célibat comme un fait inévitable, voire souhaitable, en tout cas de son point de vue. Elle avait toujours une promesse à tenir — la promesse faite à son père — et jamais elle ne se dédierait.

Malheureusement, plusieurs hommes du clan, de son âge ou plus vieux mais encore célibataires, avaient décidé de se battre pour obtenir sa main. Elle avait essayé de leur faire clairement comprendre qu'elle n'était pas une jeune femme à marier, mais aucun d'entre eux ne l'avait prise au sérieux. D'autres hommes du clan, plus sages, comprenaient. Mais pas les plus jeunes, les têtes brûlées, qui semblaient être convaincus que s'ils insistaient — s'ils faisaient quelque coup d'éclat — elle développerait pour eux un tendre penchant et leur offrirait et sa main et les commandes du clan.

Cet après-midi-là, elle avait eu envie de faire une tranquille promenade à cheval, rien de plus. Mais en arrivant à l'écurie elle était tombée sur Clement Boswell et Jed Canning qui s'invectivaient dans la cour. Pour elle. Ils s'insultaient copieusement et se vantaient l'un et l'autre d'avoir obtenu d'elle certaines faveurs — ce qui était faux, bien entendu !

Ils l'avaient vue trop tard pour se taire.

Sa seule envie avait été d'attraper leurs têtes et de les cogner l'une contre l'autre pour qu'ils retrouvent la raison, mais elle ne faisait physiquement pas le poids à côté d'eux. Alors elle s'était énervée et leur avait crié de se calmer.

C'était ce qu'ils avaient fini par faire, mais elle avait eu l'impression d'être une harpie.

Alors elle avait sauté en selle, en colère contre tous les mâles de la terre.

Heureusement pour lui, son cheval était un hongre — et donc déjà castré.

Sean arriva d'un pas tranquille sur son cheval noir et lâcha ses rênes. Il attacha sa monture à côté d'elle sans dire le moindre mot.

Il comprenait, tout comme les autres anciens du clan, mais même eux étaient incapables de l'aider. Pas à ce sujet.

Elle avait besoin d'un défenseur, de quelqu'un qui prendrait fait et cause pour elle, afin de faire ce que sa position ne lui permettait pas d'accomplir. C'est-à-dire intimider ses prétendants, leur ouvrir les yeux sur la réalité, les inciter à la respecter en tant que lady et à la laisser tranquille.

Elle ne pouvait pas s'adresser à Norris. Il avait réussi à devenir l'assistant d'un professeur d'histoire et enseignait à St. Andrews. C'était pour lui un nouveau départ très prometteur. Par ailleurs, il n'était pas assez costaud, ni assez âgé… En d'autres termes, pas assez impressionnant. Elle avait besoin d'un homme qui ait la volonté et la capacité de se battre pour elle.

Oswald s'agita à ses côtés. Revenant à la réalité, elle arrêta son regard sur la propriété qui se trouvait au loin.

« Si jamais vous avez besoin d'aide, n'oubliez pas que vous pouvez vous adresser à moi. Si la nécessité se fait sentir, surtout n'hésitez pas : demandez-moi… »

Cela faisait presque deux ans, mais elle entendait toujours la voix grave de Marcus Cynster prononcer ces mots. Elle savait qu'ils avaient été sincères.

Et elle ne pouvait plus faire semblant de ne pas avoir besoin d'aide. Une aide qu'il pouvait tout à fait lui apporter.

Si elle avait évité de le croiser jusqu'alors, c'était pour une excellente raison. Cependant, pour le bien du clan…

Elle attrapa les rênes et se tourna vers Sean.

— Attendez-moi ici. Je n'en ai pas pour longtemps.

Sur ce, elle tapota le flanc d'Oswald et se dirigea vers la propriété. Puisqu'elle n'avait pas le choix…

Marcus Cynster inspectait le canon de son fusil quand il entendit un coup sec à la porte d'entrée. Il leva la tête. Comme il avait les mains occupées, il attendit d'entendre les pas lourds de Flyte, son majordome, se diriger vers la porte.

Puis il se souvint qu'il était seul dans la maison. Les Flyte — monsieur et madame — étaient à Ayr, et Mindy, la femme de chambre qui secondait Mrs Flyte, ne travaillait pas ce jour.

Il posa le fusil sur la toile qu'il avait dépliée sur la table d'appoint qui se trouvait dans son salon et se dirigea vers la porte. Alors qu'il arrivait dans le petit vestibule d'entrée de la ferme, il entendit un autre coup, fort, autoritaire. Il était clair que de l'autre côté de la porte, le lourd heurtoir était manipulé avec autorité et détermination.

Avant même de faire sauter le loquet et d'ouvrir l'imposante porte en chêne, il était certain que la personne qui venait de frapper n'était pas l'un de ses fermiers venant lui faire part d'un problème.

Mais il ne s'attendait pas à découvrir un spectacle si charmant qu'il en illumina toute son entrée.

Cela faisait des mois qu'il n'avait pas vu Niniver Carrick, et encore, la dernière fois, il ne l'avait aperçue que de loin.

Là, il était suffisamment près pour admirer la douce couleur de ses joues de porcelaine, les reflets dorés de ses cheveux blond clair caressés par le soleil, les courbes délicates de ses sourcils bruns, et l'intelligence qui se lisait dans ses yeux couleur bleuet. La promesse sensuelle offerte par ses lèvres pleines et roses était contrebalancée par sa moue très déterminée.

D'après lui, peu d'hommes remarquaient son intelligence et son entêtement, trop distraits qu'ils étaient par sa beauté éthérée de princesse de conte de fées. Certes, il voyait la même chose que les autres — on se laissait facilement distraire par un tel physique —, mais il percevait aussi ce que cachait cette enveloppe.

Une fois de plus, il se retrouvait confronté à cette troublante réalité, et il était tout près de se souvenir pourquoi côtoyer Niniver Carrick n'était pas une idée très sage. Cette attirance qu'ils éprouvaient l'un pour l'autre… D'aussi loin qu'il s'en souvienne, ce désir avait toujours existé. Et, bien qu'ils se soient peu vus ces dernières années, il s'était encore développé.

De plus en plus.

Et si ce qu'il ressentait en ce moment précis, en ne faisant que poser ses yeux sur elle, était significatif, cette attirance incontrôlable avait encore franchi un palier supplémentaire.

Pendant de longues secondes, elle le regarda pendant qu'il faisait de même.

Puis il finit par retrouver sa voix.

— Niniver ?

Son interrogation un peu interloquée rompit le charme.

— Puis-je entrer ?

— Oui. Bien sûr.

Il recula et lui tint la porte pendant qu'elle le frôlait dans un bruissement de velours — le velours noir de sa veste d'équitation et le velours brun de ses jupes. En jetant un coup d'œil dehors, il vit sa monture habituelle, un hongre gris massif, solidement accroché à la barrière prévue à cet effet. Avec un étonnement qu'il se garda bien de laisser paraître, il se demanda si Niniver était venue seule.

Mais poser la question aurait été déplacé. Il referma donc la porte sans dire un mot et la suivit. Elle était déjà au salon. Depuis le couloir, il la vit s'arrêter près de la table et inspecter son travail en cours. Lorsqu'il traversa la pièce pour venir la rejoindre, elle se tourna vers lui.

Elle était petite et lui arrivait à peine à l'épaule, comme il mesurait plus d'un mètre quatre-vingts.

Plutôt que de la dominer de sa hauteur, il lui désigna les deux fauteuils qui se faisaient face de part et d'autre de la grande cheminée. Même si elle ne le manifesta pas verbalement, il sentit qu'elle appréciait ce geste de courtoisie, et elle se dirigea vers les fauteuils en question en faisant tournoyer ses lourdes jupes.

Il la suivit et prit place en face d'elle. Il scruta son visage, essayant d'imaginer ce qu'elle faisait ici. Pourquoi, après tous ces mois où ils étaient restés sans contact, était-elle venue le trouver ? Alors qu'elle ne disait rien et se contentait de l'observer, comme si elle était en train d'anticiper sa réaction, il déclara :

— Je vous aurais volontiers proposé un rafraîchissement, mais ma gouvernante et mon majordome sont partis faire des courses. Je ne pense pas qu'un thé préparé par mes soins vous plairait, croyez-moi.

Elle cligna les yeux, lentement, et il la vit intégrer l'information : elle était seule avec lui. Si elle avait eu l'intention de lui rendre une visite de courtoisie…

Elle secoua la tête.

— Je ne suis pas venue pour prendre le thé. Ni quoi que ce soit d'autre, d'ailleurs.

Donc, ce n'était pas une visite de courtoisie. Alors que les grands yeux bleus de Niniver le jaugeaient toujours, elle se mordilla la lèvre inférieure — il avait déjà remarqué qu'elle faisait souvent cela quand elle n'était pas sûre d'elle, ou qu'elle réfléchissait à quelque chose qui la tracassait.

Qu'est-ce qui avait bien pu l'amener jusqu'à lui, décidément ?

Il se cala dans son dossier et tenta de paraître aussi avenant et encourageant que possible.

— Alors, que puis-je faire pour vous aider ?

Maintenant qu'elle se trouvait là, face à lui, Niniver avait de sérieux doutes sur le bien-fondé de sa démarche. Mais elle avait néanmoins besoin d'aide. Elle avait désespérément besoin d'un champion, et celui qui serait idéalement susceptible de remplir ce rôle se trouvait en ce moment même en face d'elle.

Avec ses boucles noires — pas noir corbeau, mais un noir chaud, presque un acajou très foncé — lui entourant le visage, et cette mèche rebelle retombant sur son large front, avec son attitude confiante et détendue, ses mains aux longs doigts élégamment posées sur les accoudoirs, ses cuisses musclées de cavalier, son pantalon en daim, ses hautes bottes, il aurait dû sembler aussi peu dangereux qu'un dandy londonien. Mais il émanait de lui au contraire une aura que nul ne pouvait ignorer et qui, mêlée à cette impression de puissance contenue qu'il donnait, lui conférait un air presque menaçant.

Pour décourager ses prétendants importuns, elle n'imaginait pas mieux.

Oubliant toute prudence, elle croisa son regard bleu foncé — d'un bleu nuit si sombre qu'il était difficile, voire impossible, de deviner ses pensées.

— Vous souvenez-vous de la promesse que vous m'avez faite il y a quelque temps ?

Il cligna les paupières : ses cils noirs et épais lui

masquèrent brièvement les yeux, avant qu'il ne les plonge de nouveau dans les siens.

— Quand je vous ai proposé de vous aider toutes les fois où vous auriez besoin de moi ?

Elle hocha la tête, une seule fois, avec conviction.

— Oui. Celle-là même.

Elle s'interrompit pour chercher ses mots.

— J'ai besoin d'aide pour régler un problème particulier. Et je pense… j'en suis persuadée, même, que vous êtes la personne la mieux placée pour jouer ce rôle.

Il la regardait désormais exactement comme auparavant elle l'avait regardé.

— Et ce problème, quel est-il ?

— Les hommes.

La réponse lui avait échappé, sans qu'elle réfléchisse. Elle fit la grimace et développa :

— Certains hommes, des hommes du clan qui pensent que je suis forcément en train de chercher un époux, et qui se mettent en avant avec un peu trop d'enthousiasme.

Elle ne parvint pas à masquer son irritation, qui était perceptible dans sa voix.

À sa grande surprise, Marcus… se pétrifia. Il n'y avait pas d'autre mot. Son regard resta posé sur elle — il la regardait toujours et pourtant elle avait la distincte impression qu'il voyait autre chose. Qu'il voyait autre chose au-delà d'elle.

Il semblait à peine respirer.

Soudain, il cligna les yeux et oscilla légèrement. Il marqua une légère hésitation, puis demanda :

— Jusqu'à… Jusqu'à quel point se sont-ils montrés trop enthousiastes ?

Il parlait d'une voix à la fois plus basse et plus grave.

Elle hésita un instant. Avait-elle eu raison de lui livrer en pâture ces pauvres hommes du clan qui ne se doutaient de rien ? Puis elle se remémora la scène à laquelle elle avait assisté dans la cour de l'écurie. Elle leva le menton.

— J'imagine qu'on pourrait dire que, chacun à leur manière, ils essaient de me faire la cour. Mais ils se marchent sur les pieds, et ensuite, c'est l'inévitable affrontement. Mais ce qui est pire encore, c'est qu'ils se défient les uns les autres et s'encouragent à réaliser des exploits à chaque fois plus ridicules et qu'il m'est de plus en plus difficile d'ignorer.

Présentée ainsi, la situation ne paraissait pas si terrible, mais, pour elle, c'était vraiment pénible et bien plus préoccupant qu'elle n'était prête à l'avouer.

— Je sais que cela doit sembler idiot, mais j'ai un rôle à tenir et une position à défendre au sein du clan, et alors que la situation est plutôt tendue en ce moment, être confrontée à des comportements stupides à mon égard — comportements qui de plus ont tendance à me rabaisser — est déroutant, déstabilisant et parfois agaçant. Pour couronner le tout, certains des hommes concernés sont les fils d'anciens du clan, et cela ajoute une contrainte supplémentaire, et éminemment politique, à la façon dont je repousse leurs avances. Parfois, je ne peux simplement pas me montrer trop directe.

Elle soupira.

— J'ai besoin de quelqu'un pour intervenir à ma place, et leur dire à tous d'arrêter. Quelqu'un qu'ils écouteront. Car aucun d'eux ne prête la moindre attention à ce que je peux raconter.

Et, avec cette dernière phrase, toute sa frustration revint au galop.

***

D'instinct, Marcus eut envie de se porter à son secours, surtout devant un tel type d'assaut. Mais, quand il était question de Niniver, il ne savait pas s'il pouvait — ou même devait — faire confiance à son instinct. Loin de la protéger, ce qui était pourtant son but, cela aurait pu au contraire le conduire à lui faire du tort involontairement. Et c'était un risque qu'il ne voulait pas courir. Surtout pas.

Protéger Niniver Carrick était devenu sa pierre de touche personnelle, c'était en tout cas ce qui guidait son comportement vis-à-vis d'elle. Oui, il était attiré par elle — profondément, d'une manière presque viscérale. À tel point que dès qu'il avait pris conscience de la nature de cette attirance — le jour même des funérailles du père de Niniver — il avait demandé à sa mère et à sa sœur ce que la Lady, la divinité à laquelle sa famille vouait un culte, pouvait leur dire au sujet de son futur. La seule chose qui en était ressortie, c'était que son futur s'écrirait quelque part sur les terres de la Lady, c'est-à-dire dans la région, mais que son destin n'allait pas s'accomplir tout de suite.

Le moment était-il proche, alors ? Était-ce pour cette raison que Niniver était venue le trouver ? Pourquoi sinon lui rappeler une promesse vieille de deux ans ?

Niniver était-elle celle qui lui était destinée, ou… ?

C'était ce « ou » qui l'avait tenu loin d'elle au cours des mois écoulés. Cela, et son besoin incontrôlable et irrépressible de la protéger. S'il s'était rapproché d'elle, s'il lui avait fait la cour comme il en aurait eu envie, elle aurait peut-être été heureuse de lui succomber. Mais que ce serait-il passé si son destin était alors venu frapper à sa porte, et que ce destin n'était *pas* Niniver Carrick ?

Il ne pouvait pas se permettre de lui faire du mal, il devait donc garder ses distances, au cas où elle n'aurait pas été celle qui était faite pour lui.

Connaissant le caractère imprévisible du destin, il était enclin à croire que la femme que le sort lui enverrait ne pourrait pas être celle qu'il désirait plus que toutes les autres.

Il s'était donc persuadé que le destin lui enverrait une femme qu'il n'avait jamais vue auparavant.

Mais à la place Niniver était venue frapper à sa porte.

Le destin se moquait-il de lui, ou mettait-il son courage à l'épreuve ? Testait-il la force de son engagement lorsqu'il prétendait ne pas vouloir faire de mal à Niniver ?

Ou bien était-ce là sa destinée qui se manifestait ?

Niniver ne l'avait pas quitté des yeux, et il semblait clair qu'elle attendait sa réponse avec impatience. Il changea de position et se redressa, tandis qu'il cherchait d'autres solutions, d'autres choix que lui, et elle, pourraient faire.

— Je comprends… vos difficultés.

Elle était si frêle, si calme, et — d'après ce qu'il avait entendu dire — si gentille. Il savait que les gens de son clan pensaient le plus grand bien d'elle, puisqu'ils l'avaient choisie comme chef. Mais elle avait le cœur tendre et elle aurait sans doute préféré s'occuper de ses chiens : elle n'était pas faite pour affronter des colosses en colère.

— Vous avez besoin de quelqu'un que les hommes de votre clan craignent, de quelqu'un dont ils respecteront l'autorité.

Il croisa son regard. Elle ne se troubla pas, ni ne baissa les yeux.

— Pourquoi pas Thomas ? Ils le connaissent et ils le respectent, et qui plus est il fait lui-même partie du clan.

Elle plissa légèrement les yeux.

— Thomas, et vous devez le savoir aussi bien que moi, a fort à faire avec ses filles. Je ne vais pas lui demander de venir me porter secours. Je ne lui ferais jamais cela, et encore moins à Lucilla.

Marcus réprima une grimace devant ce reproche masqué. Sa sœur jumelle, Lucilla, avait elle-même donné naissance à des jumelles cinq mois plus tôt, et son mari et elle étaient en effet tous les deux très sollicités par ces deux délicieuses créatures qui étaient certes toutes menues, mais fort exigeantes.

— Vous avez raison.

C'était une mauvaise idée. Il fronça les sourcils.

— Et Norris, alors ?

Il se pencha en avant, les coudes posés sur les cuisses. Le frère qu'il restait à Niniver était certainement la personne la mieux placée pour aider celle-ci.

— Je sais qu'il est plus jeune que vous, mais d'un an ou deux ans seulement, ce qui lui fait quel âge… vingt-quatre ans ?

C'est-à-dire bien assez.

Elle pinça fermement les lèvres et plissa un peu plus les yeux.

— J'ai vingt-cinq ans. Il n'en a pas encore vingt-quatre. Mais il est parti. Il vit sa vie à St. Andrews, et je n'ai pas l'intention de lui demander de revenir. Par ailleurs, aucun des hommes du clan ne lui accorderait la moindre attention.

Niniver marqua une courte pause, avant de reprendre et d'insister :

— J'ai besoin de quelqu'un possédant un certain statut social. De quelqu'un dont le rang forcera au moins l'attention, si ce n'est l'obéissance.

Elle se leva sans prévenir. Quand il voulut l'imiter, elle lui fit signe avec brusquerie de rester assis : elle n'avait surtout pas besoin d'un torticolis en plus de tout le reste. Elle se mit à aller et venir devant la cheminée. Elle ne faisait cela que quand elle était agitée ou anxieuse. Elle avait appris à se débarrasser de cette habitude — qui en disait trop —, mais en ce moment précis elle avait d'autres soucis en tête.

Elle avait dû fournir des efforts surhumains pour y arriver, pour cacher l'effet qu'il produisait sur elle, pour ignorer ce picotement qui lui parcourait la peau dès qu'il était dans les environs. Elle s'était dit qu'elle réussirait à lui parler et à lui demander d'honorer sa promesse même si l'attirance qu'elle éprouvait pour lui n'était pas réciproque. Elle s'était fait violence, elle avait sauté le pas, elle lui avait demandé son aide, mais, pour une raison qui lui échappait, il semblait réticent.

Cette constatation ne lui plaisait pas du tout. Alors maintenant qu'elle était là, en train de plaider sa cause, elle allait tout tenter pour le convaincre.

— J'avais espéré…

Elle s'interrompit et se tourna vers lui. Puis, sur un ton très calme, ne laissant transparaître aucune émotion, elle poursuivit :

— … Que vous verriez cette faveur que je vous demande comme un service rendu à une voisine.

Il avait un visage taillé à la serpe, avec des pommettes saillantes et des joues creuses. Il avait des lèvres très mobiles, ce qui était d'ailleurs fascinant, mais lorsqu'il leva la tête vers elle, son menton ferme lui rappela qu'il n'était pas du genre à se laisser émouvoir. Ses traits étaient empreints d'une arrogance née d'une suprême confiance en lui. Pourtant, en le regardant dans les yeux, elle vit que sa remarque avait fait mouche. Même s'il ne le montrait pas, elle savait qu'elle avait touché un point sensible. L'assistance due à ses voisins. C'était quelque chose de très important dans la région.

Elle avait évité Marcus pendant des mois, et si elle devait en croire la façon dont ses sens réagissaient à sa présence, cela avait été l'une des plus sages décisions qu'elle ait prises. Même si elle n'avait pas oublié la promesse qu'il lui avait faite, elle avait hésité jusqu'alors à demander son aide, précisément à cause de cette attirance troublante qu'elle ressentait à son égard — une attirance irrépressible qui la consumait. Car de toute évidence cette attirance n'était pas réciproque. Il était un Cynster. Elle savait à quoi s'attendre avec lui : un gentleman descendant d'une noble lignée, et possédant l'arrogance naturelle et l'assurance que cette prestigieuse appartenance conférait. Si elle l'avait ne serait-ce qu'un peu intéressé, il serait venu la trouver, il le lui aurait fait savoir, et ce depuis longtemps.

Exactement comme ces idiots du clan étaient en train de le faire, mais avec bien plus de panache, sans aucun doute.

Il planta ses yeux sombres dans les siens.

— De quelle façon, exactement, imaginez-vous que moi, en ma qualité de voisin, je pourrais vous aider ?

Elle tourna la tête vers lui puis se remit à aller et venir. Elle n'avait pas poussé ses réflexions à ce point, mais puisqu'il posait la question…

— Si vous acceptiez de venir vous installer pour quelque temps chez moi, au manoir, assez longtemps pour que les autres s'en rendent compte ou pour que vous puissiez…

Elle fit un geste vague de la main.

— Réorienter leur façon de penser ?

Elle se tourna pour le regarder.

— Oui… Exactement. L'intimidation ne serait pas interdite, d'ailleurs.

Marcus pinça les lèvres afin de ne pas sourire. Puis il se remit à réfléchir et retrouva son sérieux.

— À votre avis, combien de temps cela prendra-t-il pour… communiquer aux hommes de votre clan votre désintérêt pour le mariage ?

Elle fronça les sourcils.

— Une semaine ? Deux, peut-être…

Pour sa part, il aurait plutôt dit deux jours. Il comprenait ce qu'elle lui suggérait, mais jouer le rôle de bouclier pour Niniver signifierait forcément rester collé à elle pendant tout ce temps, et il pouvait déjà prédire les résultats de cette proximité forcée. Ce serait pour lui une torture de devoir se dominer.

Elle le regardait avec espoir. Il endurcit son cœur et souleva le point qu'elle semblait négliger.

— Vous avez dit que vous aviez vingt-cinq ans. En tant que lady de votre clan, vous avez dû, j'imagine, réfléchir à vos perspectives de mariage. Pourquoi ne pas faire tout simplement votre choix ? Ainsi, le problème serait réglé.

Elle interrompit ses déambulations pour le fixer. L'expression de son visage était indéchiffrable. Puis elle déclara :

— Je n'ai aucune intention de me marier. Ni maintenant. Ni plus tard.

Quelque chose s'alluma en lui. Quelque chose qu'il éteignit aussitôt. Ce n'était pas le moment de se lancer un défi, surtout pas un défi de ce type. Il fronça les sourcils.

— Et pourquoi pas ?

Sur un ton provocant mais non dénué de douceur, il demanda :

— N'avez-vous donc pas envie d'avoir un mari, des enfants ?

Ses propres sœurs et cousines en âge de se marier ne parlaient que de cela !

Mais Niniver tourna les talons et reprit ses va-et-vient devant la cheminée. Quand elle le regarda de nouveau, son visage était toujours aussi impassible.

— Ce dont j'ai envie n'est pas la question. En tant que lady du clan, je ne peux pas me marier.

De plus en plus étonné, il continua de l'observer.

— Je ne vois toujours pas pourquoi.

Il fit cette remarque sur un ton neutre, pour l'inviter à lui fournir des explications si elle le souhaitait.

Elle soupira. Ses lèvres sensuelles se tordirent pour dessiner une grimace.

— Je suis la seule à maintenir la cohésion du clan. Si je n'avais pas été élue à sa tête, le clan aurait volé en éclats. Je ne m'étais pas rendu compte que la situation était à ce point critique, mais Sean et Ferguson me l'ont confirmé tous les deux.

Elle s'arrêta et baissa les yeux, comme si elle contemplait les dalles du sol. Au bout d'un moment, elle poursuivit :

— Mon père a donné sa vie pour le clan. Il en était le ciment et je me dois d'essayer de faire la même chose.

Elle leva la tête et le regarda dans les yeux.

— Et puisque je suis une femme, cela veut dire ne pas me marier, parce que l'homme que j'épouserais s'attendrait forcément à me remplacer à la tête du clan. Et, si une telle chose se produisait, le clan exploserait très certainement.

Il soutint son regard pendant qu'il réfléchissait à ce problème insoluble. Le défi était en train de devenir encore plus tentant… À quoi pensait-il ? Honnêtement, il l'ignorait. Et avec Niniver qui ne cessait pas d'aller et venir tout près de lui, il n'était pas persuadé de recouvrer toutes ses facultés mentales dans l'immédiat.

Marcus hésitait de plus en plus. Niniver n'aurait su expliquer comment, mais elle le sentait. Elle en était certaine, même. Et, pendant qu'elle cherchait des arguments susceptibles de le convaincre, une pensée horrible lui traversa l'esprit. Trop horrible pour l'envisager sérieusement. Elle la repoussa avec fermeté, mais le seul fait d'y avoir songé ne faisait qu'accroître son besoin désespéré de recevoir l'aide de Marcus Cynster. Avant de perdre courage, elle demanda :

— Acceptez-vous de m'aider oui ou non ?

Il ne répondit pas. Au bout d'une seconde, il détourna le regard.

Alors elle perdit son calme.

Les événements du jour l'avaient déjà durement éprouvée. Éveillée par l'affrontement dans la cour de l'écurie, nourrie par la prise de conscience qu'elle ne pourrait régler la situation de plus en plus problématique seule et qu'il fallait qu'elle demande de l'aide à quelqu'un, aiguisée par la pensée de ce qui pourrait se produire si elle ne trouvait pas d'aide et qu'elle ne parvenait pas à dissuader ses prétendants, et à présent attisée par tout ce qu'elle avait dû faire pour venir jusqu'ici et qui n'avait servi à rien, sa colère éclata.

Elle pinça les lèvres. Avec un bruissement furieux de jupes, elle se tourna et, à grands pas, commença à s'éloigner de la cheminée. Le bruit de ses talons heurtant les dalles trahissait les émotions qui se déchaînaient en elle.

— Niniver.

Elle s'arrêta. La voix de Marcus Cynster était lasse. Agacée ? Et résignée.

Elle emplit ses poumons et tourna la tête en relevant le menton. Il s'apprêtait à refuser de l'aider.

Sa colère redoubla.

Elle leva les mains au ciel. D'une voix tremblante, elle implora :

— Ne pourrai-je donc compter sur aucun homme ?

Elle pivota dans l'intention de lui adresser un regard suppliant.

Sa main, en retombant, heurta un grand bougeoir qui était posé sur une étagère. L'élan de son geste projeta l'objet dans les airs.

Elle entendit un gros bruit avant même d'avoir eu le temps de se retourner. Le lourd bougeoir gisait sur le sol.

Puis elle découvrit Marcus, les yeux fermés, inanimé dans son fauteuil.

— Oh ! mon Dieu !

L'avait-elle tué ?

Le cœur battant, elle se précipita vers lui. La tête de Marcus s'affaissa. En l'attrapant par les épaules, elle tenta de le redresser, mais il était trop lourd pour elle. Elle s'accroupit et essaya de voir son visage.

Il n'avait pas l'air mort. Elle était presque sûre qu'il respirait encore.

Luttant contre la panique qui la gagnait, elle se plaqua les doigts sur la bouche, puis les tendit pour les glisser sous le col de Marcus, à la recherche d'un pouls…

Ah, elle l'avait trouvé !

Fort et régulier, le pouls de Marcus Cynster cognait sous ses doigts.

Elle soupira et, lentement, retira sa main.

Elle resta accroupie à côté du siège, attendant qu'il revienne à lui et s'étire… ce qu'il ne fit pas.

La tête inclinée, elle scruta son visage en fronçant les sourcils, examinant ses traits sans réaction.

Au bout d'un moment, elle se redressa et se releva.

Elle le regarda pendant quelques secondes encore. Les yeux plissés, la bouche pincée, elle réfléchissait. Allait-elle oser ?

Elle décida que oui.

Elle tourna les talons et se dirigea vers la porte.

Chapitre 2

Marcus reprit lentement connaissance. La conscience lui revint peu à peu, jusqu'à ce que, enfin, il soit tout à fait de retour sur terre.

Les yeux fermés, il essaya de se souvenir…

Il était en train de parler avec Niniver. De ses problèmes.

Il était sur le point de lui dire qu'il allait réfléchir à la meilleure façon de l'aider et qu'il viendrait la trouver chez elle au manoir le lendemain ou le surlendemain pour discuter des possibilités qui s'offraient à eux. Son projet était de demander conseil à son père, même s'il n'avait pas eu l'intention de le dire à Niniver.

Et puis… un grand blanc.

Et maintenant il était… allongé quelque part sur un lit, tout habillé. Il sentait sous son corps un matelas moelleux et des draps doux. Un oreiller en plume soutenait sa tête douloureuse.

Il ouvrit les yeux et vit Niniver assise sur une chaise tout près du lit. Une lumière de fin d'après-midi perçait à travers la fenêtre et parait ses cheveux blonds d'une pâle teinte dorée. Elle avait les yeux baissés et piquait une aiguille dans quelque chose. Elle cousait.

Les bras de Marcus se trouvaient au-dessus de sa tête.

Il remua et essaya de les baisser — et se rendit compte que ses poignets étaient liés entre eux par une fine étole de soie et attachés à la tête du lit.

Le mouvement attira l'attention de Niniver. Leurs regards se croisèrent.

— Oh ! parfait ! Vous êtes réveillé.

Il aurait juré l'entendre ajouter un petit « Dieu merci. »

Il l'observa se pencher et ranger son ouvrage dans un panier, puis elle se redressa et l'examina d'un air mal assuré.

Il la scruta, l'air suspicieux.

— M'auriez-vous assommé ?

Elle haussa les sourcils.

— Non ! Enfin… Pas volontairement.

Il plissa les yeux.

— Je vous demande pardon ?

— Si vous vous souvenez bien, j'étais en colère et… j'ai perdu mon calme.

Il se rappelait vaguement son agitation, de plus en plus palpable. Puis ses souvenirs devinrent plus précis. « Ne pourrai-je donc compter sur aucun homme ? » Il pinça les lèvres en se remémorant la vive émotion qu'il avait perçue dans sa voix. Cela l'avait touché au cœur, et c'était toujours le cas.

— Je m'en souviens, oui.

— J'ai levé les mains au ciel — elle montra le geste qu'elle avait fait — et en me tournant un peu vivement j'ai projeté en l'air le grand bougeoir qui était posé sur l'étagère. Il vous a atteint en pleine tête. Vous avez une bosse près de votre oreille gauche.

Ses doux yeux bleus parcoururent son visage. Elle semblait de plus en plus inquiète.

— Je ne pensais pas que vous resteriez évanoui pendant si longtemps. Vous sentez-vous bien ?

Il grimaça. Il fit pivoter ses jambes et ses hanches pour s'asseoir au bord du lit. Il y avait assez de jeu dans ses entraves pour qu'il incline la tête et, avec ses doigts, palpe la bosse en question. Il grommela.

— Qu'avez-vous donc, vous les Carrick, à m'assommer à chaque fois que vous avez besoin d'aide ?

Elle fronça les sourcils.

— Qui d'autre vous a assommé ?

— Thomas.

Il réprima un tressaillement en tâtant la zone sensible.

— Quand les Bradshaw sont tombés malades et qu'il est venu chercher Lucilla, j'étais aux aguets. Au lieu de perdre du temps à discuter avec moi, il m'a assommé.

Il serra les dents.

— En me frappant exactement au même endroit que vous.

Le destin, apparemment, savait se servir des Carrick comme pions et connaissait l'endroit précis où il fallait frapper pour qu'il reste évanoui pendant une heure ou deux sans trop de dommages et ne puisse ainsi pas contrecarrer ses plans… Était-ce une manière de lui dire qu'il avait la tête dure ?

Ces « coïncidences » ne lui avaient pas échappé, en tout cas. Lucilla était bel et bien faite pour épouser Thomas, songea Marcus. Le destin et la Lady voulaient sans doute qu'il se trouve exactement là où il était. Avoir été assommé alors qu'il était près de flancher semblait être un signe plutôt clair.

En baissant ses mains liées, il regarda autour de lui.

— Où suis-je ?

— Chez moi, au manoir.

Il regarda Niniver dans les yeux, avant de fixer délibérément l'écharpe de soie bleu clair qui lui liait les poignets.

— Êtes-vous à ce point désespérée ?

Il leva la tête juste à temps pour surprendre un regard qui disait : « Avez-vous vraiment besoin de poser la question ? », mais elle se contenta de murmurer un « oui » un peu sec.

Il la dévisagea sans rien dire pendant quelques secondes, mais il savait que s'opposer au destin n'était pas une bonne idée. Il commençait à avoir moins mal. Lorsqu'il inclina la tête pour signifier sa reddition, il découvrit avec soulagement que la bouger n'était pas douloureux.

— Très bien.

Il se remémora rapidement la situation et le but à atteindre, en tout cas à court terme. Puis il revint à Niniver.

— Comment m'avez-vous transporté jusqu'ici ?

Du bout des doigts, il désigna la chambre et le lit.

— De toute évidence, je ne suis pas venu à cheval ni ai grimpé l'escalier jusqu'ici tout seul.

Elle eut l'air de se sentir légèrement coupable.

— Sean était avec moi… C'est le chef des écuries.

— Bizarre. Il m'a toujours donné l'impression d'être quelqu'un de raisonnable et de sensé.

À sa grande surprise, Niniver se leva et approcha sa tête de la sienne.

— Ne dites surtout pas du mal de lui.

Elle croisa les bras et le scruta avec sévérité.

— Sean est un roc. Je ne sais pas ce que je ferais sans lui. Et si vous ne vous étiez pas montré si réticent à tenir votre promesse, je n'aurais pas été obligée de le mêler à tout cela.

Il fut impressionné par sa promptitude à défendre Sean — d'autant que ce n'était pas vraiment nécessaire. En voyant son œil menaçant et sa moue décidée, il se souvint de l'énigme que représentait Niniver. Délicate, fragile, éthérée même, mais aussi déterminée, volontaire et entêtée. Tous les aristocrates des environs étaient très admiratifs de la façon dont elle se comportait en tant que lady du clan, après son élection surprise. Elle ne s'attendait sans doute pas à être choisie, mais elle avait jusqu'ici accompli de belles choses.

Et de toute évidence, songea Marcus, ce rôle de chef était l'un des éléments du défi que le destin lui avait lancé.

Allait-il vraiment le relever ?

Apparemment, oui.

— Pour servir nos intérêts, il est important que vous me disiez combien de personnes savent que j'ai été transporté ici inconscient ?

— Sean et Mitch vous ont fait monter par l'escalier de service. Personne d'autre qu'eux ne sait que vous êtes ici.

— Très bien.

Il connaissait les deux hommes de loin, pour les avoir vus quelquefois le soir, à l'auberge du village. Ils avaient tous les deux les pieds sur terre et semblaient pleins de bon sens. Et ils ne bavardaient pas à tort et à travers, même quand ils avaient un peu bu.

Niniver était en train de l'observer, d'un air un peu gêné.

— Vous avez sans doute quelques ecchymoses. Vous êtes plutôt grand, large, et lourd, et ils ont eu du mal à négocier le virage du palier.

Cela expliquait sans doute la douleur qu'il ressentait à la hanche et à l'épaule. Il essaya de réfléchir et d'élaborer un plan, mais il n'avait pas totalement retrouvé ses esprits. Pendant ce temps, Niniver restait plantée là au beau milieu de la pièce — et lui était à sa merci.

— Me voici donc ici, comme vous le souhaitiez…

Il la dévisagea.

— … Et il semblerait que je sois disposé à vous aider à régler vos problèmes.

Leurs regards se croisèrent. Se sentait-elle coupable ? Il avait plutôt l'impression qu'elle cherchait à cacher sa joie.

— Alors ?

Il fronça les sourcils.

— Comment proposez-vous que nous procédions ?

Elle cligna les yeux, avant de se rasseoir. Les mains croisées sur les genoux, elle le fixait d'un air sérieux.

— Comme je l'ai suggéré chez vous, si vous restez un peu de temps et si vous faites en sorte de vous montrer, les autres verront et sauront que vous êtes ici, en train de les surveiller, et ils cesseront de m'importuner.

C'était possible.

— Je n'habite qu'à quelques kilomètres d'ici. Je peux faire les allers et retours…

— Non.

Elle pinça les lèvres d'un air buté.

— Ce ne serait pas suffisant.

Il scruta son expression, qui n'était que détermination.

— Pourquoi ?

Cela ne pouvait être un caprice de sa part ; il devait bien y avoir une raison à son entêtement.

Elle se mordilla de nouveau la lèvre inférieure. Lèvre qu'il aurait bien voulu titiller, lui aussi. Heureusement, il parvint à ne pas le montrer. Après l'avoir observé pendant quelques secondes, elle libéra cette lèvre charnue qui le fascinait tant et déclara :

— Le manoir est le foyer du clan. La tradition veut que la maison soit toujours ouverte aux membres de la communauté, donc les portes ne sont jamais fermées à clé. Pas même la nuit.

Elle marqua une pause, puis poursuivit :

— Comme je l'ai dit, plusieurs hommes sont devenus… insistants ces derniers temps. Leur rivalité les pousse à agir et à se comporter comme il ne le ferait pas normalement, et… c'est une vieille tactique, n'est-ce pas ? Une façon radicale et imparable pour précipiter un mariage. Et il n'est pas bien difficile pour les membres du clan de découvrir quelle est ma chambre. Et je suis le seul membre de la famille à vivre ici désormais, la seule personne dont les appartements se situent à cet étage.

Le sang de Marcus s'était glacé. Il fixait Niniver. Il aurait voulu la rassurer, dissiper ses peurs — lui dire qu'elles étaient infondées —, mais il ne le pouvait pas. Parce que ses craintes n'étaient *pas* infondées, justement. Il s'agissait d'une région reculée, où les questions comme le mariage se réglaient toujours à l'ancienne. Si les hommes de son clan voulaient sa main — et, semblait-il, plusieurs d'entre eux pensaient avoir une chance de l'obtenir, malgré les protestations de Niniver —, s'ils se mettaient en tête d'obtenir par la force ce qu'elle ne voulait pas leur donner…

À cette simple pensée, tous ses instincts protecteurs s'éveillèrent.

Tout en la dévisageant, il hocha lentement la tête.

— Très bien. Je vais rester au manoir.

Elle avait raison. Il fallait qu'il s'y trouve, même de nuit, s'il voulait être un bouclier efficace. Et, étant donné qu'il semblait destiné à devenir son défenseur, il avait bien l'intention de ne pas prendre son rôle à la légère.

Il ne lui avait pas échappé que Niniver, ainsi que le destin et la Lady, l'avaient vivement encouragé à endosser ce rôle de protecteur qui l'attendait depuis sa naissance. Il lui irait comme un gant, et convenait parfaitement à son caractère et à sa personnalité. Il avait toujours supposé qu'il serait amené à jouer ce rôle, un jour, pour une femme. Il n'avait pas pensé en revanche que cette femme serait Niniver — ni que le destin et la Lady se montreraient si agréables.

Il n'était pas tout à fait certain de ne pas se méprendre sur les signes qu'on lui envoyait, mais ce qui devait être dès à présent son mot d'ordre était néanmoins à peu près clair : « Joue le jeu et tu verras bien. »

Il n'avait pas encore retrouvé toute sa lucidité. Les aspects pratiques, notamment, lui échappaient. Mettant un instant de côté la question du destin, il fit un effort de réflexion et un problème pertinent émergea de ses pensées tumultueuses.

— Qui d'autre vit ici ? Dans cette maison ?

Il se concentra de nouveau sur Niniver. Avait-elle un chaperon, ou bien étaient-ils seuls, tous les deux, sous son toit ?

Elle s'empressa de répondre.

— Ma vieille gouvernante, Hilda, occupe plusieurs pièces à l'étage supérieur. Depuis qu'il n'y a plus mon père ni mes frères, elle dîne tous les soirs avec moi.

Il hocha la tête.

— Fort bien.

Niniver dut comprendre qu'il était rassuré car, au moins, la bienséance serait respectée.

Il regarda par la fenêtre.

— Où se trouve la pièce dans laquelle nous sommes en ce moment ?

— Nous sommes dans l'aile principale. Il s'agit de la chambre jouxtant la mienne.

Elle avait répondu sur un ton neutre et guettait sa réponse.

De façon prévisible, il fronça les sourcils.

— Ce n'est pas très sage.

Malgré son mal de tête, il essaya de mettre bout à bout toutes les informations qu'il avait collectées au sujet de la maison.

Il finit par dire :

— Vous avez une aile réservée aux invités. Je pourrais occuper la chambre où logeait Thomas quand il venait vous rendre visite.

— Non.

Lorsqu'il fronça les sourcils de plus belle, elle ajouta calmement :

— L'aile réservée aux invités se trouve à l'exact opposé d'ici et de mes appartements.

Elle inclina la tête et, à voix plus basse, poursuivit :

— Les portes du logis d'un laird ne sont jamais fermées à clé. Si vous vous trouvez à l'autre bout de la maison, comment saurez-vous si quelqu'un tente de pénétrer dans ma chambre ?

Marcus la regarda pendant plusieurs secondes. Puis il rejeta la tête en arrière, fixa le plafond et soupira. Il aurait aimé se laisser retomber sur le lit et demander à l'univers : « Pourquoi moi ? » Mais Niniver n'aurait pas compris, et il n'allait surtout pas lui expliquer l'effet qu'elle lui faisait. De toute évidence, elle était loin de se douter qu'elle le troublait, sinon elle n'aurait pas proposé avec tant de légèreté de l'installer dans la chambre voisine de la sienne.

Pourtant, le danger qu'il représentait pour elle était bien plus réel que celui qu'elle redoutait.

Le destin était sans aucun doute en train de le mettre à l'épreuve. Il lui murmurait de façon séduisante à l'oreille pendant que Niniver était en train de tout organiser… Marcus se méfiait des aléas du sort, mais dans les circonstances actuelles il n'allait pas protester.

Il redressa la tête et regarda Niniver. Qu'elle le sache ou non, le destin la lui tendait sur un plateau d'argent.

— Très bien. Si je dois rester ici quelque temps, qu'allons-nous raconter aux autres ? Comment et quand suis-je censé être arrivé ? Et pourquoi suis-je ici ?

Son cerveau était de nouveau en état de fonctionner.

Niniver ne mit pas longtemps à répondre.

— Vous m'avez raccompagnée à cheval. Sean et Mitch sont les seuls à nous avoir vus arriver, et ils ne diront rien. Depuis, nous avons passé tout notre temps à la bibliothèque, à discuter — elle fit un geste vague — de sujets divers. Personne n'a mis les pieds à la bibliothèque cet après-midi, donc personne ne saura que ce n'est pas vrai. Et vous vous trouvez maintenant dans cette chambre, que vous allez occuper, parce que vous avez accepté de rester pour…

Son imagination se tarit alors. Elle le regarda en ouvrant grand les yeux, pour l'inviter à participer.

— Pour m'assurer que rien de malencontreux ne vous arrive, dit-il.

Marcus la fixa un long moment, mais cette fois encore

elle n'était pas certaine qu'il la regardait vraiment. Puis il hocha la tête comme s'il était satisfait.

— Très bien.

Il tourna la tête vers l'étole qu'elle avait nouée autour de ses poignets.

— Maintenant que j'ai accepté de prendre part à votre plan, venez me détacher.

Cela ressemblait assez à un ordre, mais elle était beaucoup trop soulagée pour en prendre ombrage. Elle se leva d'un bond et se dirigea vers le lit. Elle ralentit en approchant et fut heureuse qu'il change de position afin qu'elle puisse se pencher au-dessus de ses poignets pour dénouer l'étole sans avoir à s'appuyer contre ses jambes étendues.

Marcus s'obligea à fixer le mur. Le parfum de Niniver, un subtil mélange floral, lui caressait les narines. Il se força à penser aux questions pratiques et non à cette peau de porcelaine qui devait être aussi douce qu'un pétale… Il fronça les sourcils.

— Il va falloir que je retourne chez moi chercher des vêtements.

Alors qu'elle était toujours penchée au-dessus de ses poignets, elle baissa brièvement le regard vers lui.

— Vous pourrez envoyer quelqu'un chercher vos vêtements demain. Pour ce soir, il y a pléthore d'habits masculins ici. Ceux de Norris sont sans doute — et elle jeta un rapide coup d'œil à son torse — trop étroits. Mais les vêtements de mon père devraient vous aller, et ce soir, au dîner, il n'y aura que Hildy et moi.

— Vous avez conservé les vêtements de votre père ?

Pourtant, Manachan Carrick était mort depuis deux ans déjà.

— Je n'ai pas eu le cœur de demander à Edgar de s'en débarrasser.

Toujours occupée à défaire les nœuds, elle soupira.

— Je suppose que je devrais lui dire de donner tout ce qui pourrait servir à des hommes du clan.

Il perçut du chagrin dans sa voix. Des quatre enfants de Manachan, elle était celle qui l'avait le plus pleuré.

— Qui est Edgar ? demanda-t-il pour leur changer les idées à tous deux.

— Il a été le valet de chambre de mon père pendant des décennies, et il s'est occupé de ses affaires. Il fait partie du clan.

L'étole finit par tomber. Niniver la ramassa et se redressa. L'espace d'un instant, leurs deux visages se trouvèrent à la même hauteur, séparés par quelques centimètres tout au plus.

Une envie brûlante le saisit. Il se leva et s'obligea à s'éloigner d'elle.

Arrivé à la porte, il saisit la poignée et se tourna vers Niniver. Alors qu'elle le rejoignait, il vit qu'elle le regardait avec curiosité et interrogation.

Il ouvrit la porte et lui fit signe de passer la première.

Pendant qu'il la suivait dans le couloir, il se laissa aller à penser que le destin n'était pas une force bienveillante, comme il s'en était toujours douté. D'une façon détournée qui semblait être sa marque de fabrique, Niniver l'avait amené à relever un défi qui était bien parti pour se révéler beaucoup plus difficile qu'il n'en avait l'air.

Tandis qu'il descendait le grand escalier aux côtés de Niniver, Marcus regardait tout autour de lui — sans doute pour essayer de prendre ses repères dans cette vieille et vaste demeure, se dit-elle.

Elle se sentait plus que soulagée qu'il ait accepté de rester pour l'aider. Cependant, la sollicitation constante à laquelle étaient soumis les sens de Niniver à cause de la seule présence de Marcus, tout près d'elle —, bien plus près qu'il ne l'avait jamais été — la rendait nerveuse et agitée. Une chose était sûre : elle n'aurait pas supporté qu'il devine l'effet qu'il lui faisait, mais par bonheur elle ne pensait pas avoir dit ou fait quoi que ce soit qui puisse la trahir.

Pourtant...

Et, quand bien même Marcus viendrait à s'en rendre compte, elle ne craignait pas qu'il tente d'en tirer parti. Elle savait quel type d'homme il était : honnête, avec un grand sens de l'honneur. Ce qu'elle appréhendait plutôt, c'était d'avoir à s'interdire toute familiarité envers lui. Mais concernant Marcus elle ne nourrissait aucune espérance d'ordre sentimental. Il était un Cynster : riche, bien né, et appartenant à une noble maison. Quand l'heure viendrait pour lui de choisir une épouse, il n'aurait qu'à faire son choix parmi les jeunes filles de la haute société, de Londres ou d'ailleurs. À bien des points de vue, elle ne pouvait rivaliser avec elles.

Ce qu'il pensait d'elle était clair. Elle était une voisine qu'il avait accepté d'aider, car lui seul était susceptible de régler son problème.

Mais maintenant qu'il était ici... elle ne savait pas trop bien que faire de lui.

D'instinct, elle se dirigea vers la bibliothèque. C'était devenu son domaine, la pièce où elle se sentait le plus à l'aise. Lorsqu'elle s'asseyait au bureau, c'était là qu'elle se sentait le plus proche de son père, non pas dans le sens d'un attachement sentimental, mais dans le sens où c'était là qu'elle percevait le mieux la façon dont il avait dirigé le clan. C'était là qu'il s'était assis pendant toutes les années qu'il avait passées à la tête du clan. Assise dans ce même fauteuil, contemplant ce même décor, elle avait parfois l'impression d'entendre la voix de son père lui murmurer des paroles — pleines de colère — dans la tête.

Mais elle n'allait pas dire cela à celui qui pénétrait à sa suite dans la pièce. Elle se dirigea droit vers le bureau, s'installa dans le vieux fauteuil et attrapa les livres de comptes qu'elle avait laissés ouverts.

Elle obligea ses yeux à se concentrer sur les mots et sur les chiffres, obligea son esprit à les lire et à les retenir.

Marcus se promena dans la pièce, avant de finir par s'arrêter devant le grand bureau. Il observa le sommet de la tête de Niniver et la partie de son visage qu'il pouvait voir alors que, avec sérieux et application, elle était plongée dans sa lecture.

Elle se mit à se mordiller la lèvre inférieure.

Il esquissa un mouvement. Niniver lui adressa un regard à la dérobée.

— Je dois finir de vérifier ces comptes.

Elle désigna les livres couverts de chiffres.

— Au départ, j'avais l'intention de ne faire qu'une courte sortie à cheval, mais la bagarre dans la cour de l'écurie m'a distraite.

— Une bagarre ?

Tous ses instincts se réveillèrent, comme s'ils avaient compris qu'ils ne devaient plus être contenus. Sans doute alarmée par le ton qu'il avait pris, elle le regarda droit dans les yeux.

— Quelle bagarre ? insista-t-il.

Elle sembla hésiter, mais seulement pendant quelques secondes, acceptant de toute évidence l'idée que c'était précisément pour cela qu'elle l'avait fait venir : pour qu'il s'occupe de ses prétendants autoproclamés.

— C'était entre Clement Boswell et Jed Canning. Ils se battaient, car chacun prétendait être celui à qui j'accordais le plus de faveurs.

Elle se replongea dans ses livres de comptes.

Dubitatif, il observa son visage fermé. Que lui cachait-elle encore ? Oh ! et après tout ! Peu importait. Il le découvrirait bien par lui-même. Il savait qui étaient Clement Boswell et Jed Canning. Ils avaient le même âge que lui, mais c'était leur seul point commun. Cependant, ces deux-là n'étaient pas stupides. Il ne les aurait pas crus dangereux non plus, mais pour une femme, les hommes pouvaient être amenés à faire des choses qu'ils n'auraient jamais faites sinon.

Quoi qu'il en soit, si interrompre des bagarres entre des hommes du même acabit que Canning et Boswell était désormais le lot de Niniver, il comprenait très bien qu'elle ait fait appel à lui.

Et il était, se rendit-il compte, sincèrement ravi qu'elle l'ait fait.

Sachant comment il pourrait en apprendre davantage, il se dirigea vers la porte. Mais il s'arrêta en chemin et se retourna vers elle :

— Quels sont les noms de vos prétendants ?

Elle le regarda, avant de lui fournir une liste. Jem Hills, Liam Forrester, Stewart Canning — en plus de son frère aîné, Jed —, John Brooks, Camden Marsh, Ed Wisbech, Martin Watts, et Clement Boswell, déjà nommé.

Pendant un moment, il réfléchit à tous ces noms et à la façon dont ces hommes allaient pouvoir représenter des obstacles sur la route conduisant au but qu'il s'était fixé. Quand son attention se reporta sur Niniver, elle s'était replongée dans ses livres de comptes et l'angoisse se lisait de nouveau sur son visage.

D'un côté, il avait très envie d'intervenir et de voir ce qu'il pouvait faire pour lui ôter ce poids des épaules, pour apaiser ce regard inquiet. Il avait été élevé pour être capable de gérer un grand domaine fermier. Il pourrait très certainement l'aider, mais… chaque chose en son temps. Les prétendants d'abord, et ensuite il s'occuperait de tous les autres problèmes qui l'accablaient.

Il n'avait plus du tout mal à la tête et il avait retrouvé toutes les capacités d'organisation dont il faisait preuve en temps ordinaire. Il se mit à réfléchir, puis revint vers le bureau et attendit qu'elle lève les yeux.

— Si je pouvais vous emprunter une plume et du papier, j'écrirais à mes gens pour les prévenir que je vais rester ici jusqu'à nouvel ordre.

Sans un mot, elle lui tendit plusieurs feuilles et trouva une plume décente.

Il alla s'asseoir sur le sofa et se servit de la table basse pour écrire deux billets. Le premier à ses domestiques, pour les informer de ses projets de rester au manoir des Carrick pendant quelques jours au moins, ainsi que pour leur demander de lui apporter des affaires dès le lendemain matin et, si besoin, de le contacter par l'intermédiaire du personnel du manoir. Le second était adressé à ses parents, qui vivaient dans la vallée de Carsphairn, au sud des terres des Carrick, et les prévenait de son changement temporaire de lieu de résidence, mais sans en indiquer les raisons.

Sa mère sourirait sans doute d'un air entendu, mais refuserait d'expliquer la raison de sa bonne humeur soudaine à son père. Si ce dernier insistait, elle répondrait probablement « qu'il se passait ce qui devait se passer ».

Marcus espérait que c'était la vérité… Il en avait de plus en plus l'intime conviction, en tout cas.

Plutôt que de déranger de nouveau Niniver, il abandonna la plume sur la table, glissa les lettres qu'il venait d'écrire dans ses poches et, sans bruit, quitta la pièce.

Marcus réussit à trouver seul la cour de l'écurie. Il repéra Sean et Mitch. Ils se trouvaient en compagnie de deux autres hommes, dont l'un s'appelait Fred, si sa mémoire était bonne. L'autre était plus jeune. Il devait s'agir d'un garçon d'écurie.

Sans se presser, Marcus s'approcha du groupe. Lorsque les quatre hommes l'aperçurent, ces derniers hochèrent tous la tête avec respect. De toute évidence, ils l'avaient reconnu.

Sean l'observait d'un œil quelque peu méfiant, cependant. Marcus fit mine de ne pas l'avoir remarqué et sortit ses lettres de sa poche.

— J'aimerais que ces billets soient portés à leurs destinataires, l'un à Bidealeigh, et l'autre à la Vallée, chez mes parents.

Sean se saisit aussitôt des lettres.

— Fred et Carson vont s'en occuper.

Marcus sourit avec approbation et recula. Quelques minutes plus tard, Fred et le jeune garçon d'écurie grimpèrent en selle. Aux côtés de Sean et Mitch, Marcus regarda les deux hommes partir à cheval dans l'allée. Puis il se tourna et adressa un regard beaucoup plus appuyé à Sean.

— Et maintenant, si vous le voulez bien, vous pouvez me dire ce que vous savez au sujet de ce qui s'est passé ici. Lady Carrick m'a demandé de l'assister pour… — il fronça les sourcils — empêcher, disons, que se reproduisent des incidents semblables à celui qui a éclaté ici tout à l'heure.

Sans quitter Sean des yeux, il ajouta :

— Cela m'aiderait si je pouvais me faire une idée claire de ce à quoi je dois m'attendre.

Sean jeta un coup d'œil à Mitch.

Ce dernier eut un reniflement et fit signe à Sean de parler.

— Il est là. Et il peut s'occuper de ce dont elle a besoin mieux que nous. Ce n'est pas qu'on ait été d'une grande utilité pour séparer ces deux abrutis tout à l'heure, n'est-ce pas ? Tout ce qu'on a réussi à faire, c'est se prendre des coups de pied dans le derrière.

Les deux palefreniers avaient des silhouettes de jockeys, en un peu plus grand peut-être, mais certainement pas plus large.

— Oui, c'est vrai.

Sean regarda de nouveau Marcus.

— Le problème, c'est que ce sont les affaires du clan, si vous voyez ce que je veux dire.

Marcus voyait très bien. Il appréciait la loyauté qui empêchait Sean de parler. Il laissa son regard se perdre vers les collines au loin. Après quelques minutes, il se tourna de nouveau vers Sean et Mitch.

— Et si, en échange de votre silence au sujet des

conditions de mon arrivée ici, je jure de faire tout ce que je peux pour protéger Lady Carrick de toute nuisance, venant du clan ou d'ailleurs, et si, ce faisant, j'accepte de garder pour moi ce que j'apprendrai sur vos affaires internes ?

Sean et Mitch froncèrent tous les deux les sourcils, l'air perplexe.

Puis Sean finit par regarder Mitch, qui à son tour, regarda Marcus.

— Ça me convient.

— À moi aussi, affirma Sean en hochant la tête. Marché conclu, donc. Qu'est-ce que vous voulez savoir ?

Marcus se détendit quelque peu.

— Dites-moi tout ce que vous savez au sujet des incidents déjà survenus, et ensuite vous pourrez me parler des hommes impliqués.

La liste des incidents n'était pas courte, et incluait plusieurs épisodes au cours desquels les prétendants de Niniver l'avaient poursuivie ou presque pour lui mettre de force dans les bras les fleurs du jardin — fleurs qu'elle avait elle-même fait pousser —, ce qui avait eu pour conséquence de priver le salon de fleurs pendant plusieurs semaines car, bien évidemment, elles avaient été cueillies n'importe comment.

— Il leur est arrivé de les arracher, tout simplement, avec les racines et tout ça, dit Mitch.

— Une fois, ajouta Sean, après avoir chassé tous ceux qui se trouvaient là, je crois qu'elle s'est mise à pleurer.

Marcus crispa la mâchoire. Il avait grandi dans une maison où l'on respectait tout ce qui poussait. Si quelqu'un avait commis la bêtise d'endommager les plantations adorées de sa mère ou de ses sœurs… Il préférait ne pas imaginer ce qu'il aurait pu advenir de ce malheureux.

Ajouté à cela, il y avait eu plusieurs poursuites à cheval, et de nombreuses invitations à des soirées ou autres, qu'elle n'avait eu ni le temps ni l'envie d'honorer. L'incident le plus gênant avait été la bagarre toute récente dans la cour de l'écurie, qui — et il ne fut pas surpris de l'apprendre — avait été sensiblement plus violente à bien des égards que Niniver ne l'avait laissé entendre.

— Ça criait, ça hurlait tout autour d'elle, et elle était là, entre les deux !

Mitch jura.

— Ils n'en avaient rien à faire d'elle, et elle, elle était pâle comme un linge.

— Pourtant, ce n'est pas comme si elle était une petite nature, déclara Sean. Tout ce qu'elle a accompli en un an, et même quand Mr Nolan était encore en vie… Eh bien, je peux vous dire que c'est quelqu'un de très fort.

Marcus se sentait d'humeur de plus en plus sombre. Il hocha la tête.

Sean poursuivit :

— Mais certaines choses qu'ils disaient auraient retourné l'estomac de n'importe quelle femme. Ils prétendaient avoir eu des relations avec elle et tout ça. C'était dégoûtant. En plus, ce n'est pas n'importe quelle femme, mais la lady de notre clan !

Sean hocha la tête en direction de Mitch.

— Avec les autres, on a essayé de les arrêter, mais Clem et Jed sont des costauds.

Sean adressa un regard rapide à Marcus.

— Ils doivent peser à peu près comme vous, mais je

ne sais pas si vous auriez réussi à les séparer. Ils étaient dans une telle rage…

Sean fit la grimace.

— Il a fallu que Miss Niniver hurle pour qu'ils s'arrêtent.

Mitch fit mine de se boucher l'oreille.

— On aurait dit une harpie, mais au moins ça a attiré leur attention.

— Mais elle n'a pas aimé ça, ajouta Sean. Elle a dû prendre sur elle pour le faire. Elle tremblait comme une feuille quand elle a grimpé en selle. Si Oswald n'avait pas été son cheval depuis si longtemps et s'il n'avait pas été aussi placide, j'aurais été obligé d'empêcher Miss Niniver de partir.

Il jeta un regard à Marcus.

— C'est tant mieux que je ne l'aie pas fait.

Les lèvres serrées, Marcus lui adressa un bref hochement de tête.

— Parlez-moi maintenant de tous les hommes se déclarant être les prétendants de Miss Niniver.

Sean et Mitch obéirent. Tous les deux considéraient visiblement qu'il avait le droit de savoir. Et ils semblaient avoir accepté d'une part la proposition qu'il leur avait faite et, d'autre part, qu'il joue un rôle de défenseur auprès de Niniver.

La liste qu'ils dressèrent recoupait celle que lui avait fournie Niniver, mais Sean et Mitch donnèrent en plus les détails qu'il n'avait pas demandés à celle-ci. L'âge de ces hommes, leur métier, leur caractère et leur tempérament, la place qu'occupaient leur famille et ces hommes eux-mêmes au sein du clan. Habitué à mémoriser tous les détails des existences d'une pléthore de cousins et de relations de la famille, Marcus n'eut aucune difficulté à se caser toutes ces informations en mémoire. Il savait que tout lui reviendrait avec précision dès qu'il en aurait besoin.

Connaître précisément ses adversaires était l'un des premiers prérequis pour construire une défense appropriée et efficace ou, comme la situation actuelle semblait l'imposer, une *attaque* efficace.

Lorsque Sean et Mitch eurent terminé, Marcus hocha de nouveau la tête.

— Merci.

Ils lui proposèrent ensuite leur aide, afin d'épargner le plus possible Niniver, et il accepta. Puis il reprit le chemin du manoir.

Lorsqu'elle s'était présentée à lui pour lui demander de tenir sa promesse, Niniver avait agi de manière sensée. À présent qu'il comprenait ce qu'il allait devoir affronter, il lui paraissait évident qu'il était l'homme de la situation.

Dans l'entrée, il croisa le majordome, Ferguson, qu'il connaissait déjà.

— Lady Carrick se trouve-t-elle toujours à la bibliothèque ?

Ferguson était un homme d'âge mûr aux cheveux grisonnants, mais encore très alerte. Ce dernier lui adressa un regard légèrement méfiant.

— Il me semble, sir.

Il lui faudrait se renseigner sur la place qu'occupait Ferguson au sein du clan, songea Marcus, et réfléchir à l'opportunité d'en faire un de ses alliés dans son combat pour protéger Niniver. Pour l'instant, il se contenta d'incliner la tête. Après quelques secondes de réflexion, il gravit l'escalier.

D'après ce qu'avaient dit Mitch et Sean, aucun des prétendants de Niniver n'avait encore osé franchir la porte du manoir. Elle était donc en sécurité derrière ses livres de comptes, à la bibliothèque. Pendant ce temps, loin de la distraction que représentait sa présence, il pouvait très bien en profiter pour faire le point sur ce qu'il avait appris et, si possible, pour tenter de se faire une idée plus précise sur les problèmes nébuleux qu'il voyait se profiler à l'horizon.

Une fois en haut de l'escalier, il emprunta la galerie. Plutôt que de retourner directement à la chambre que Niniver avait insisté pour lui attribuer, il fit le tour du premier étage. Elle avait dit qu'elle était la seule pour le moment à occuper ce niveau, donc il n'eut aucun scrupule à ouvrir les portes pour inspecter les pièces. À l'instant même où il poussait la porte de la chambre située à gauche de la sienne, il sut que c'était celle de Niniver : la pièce sentait son parfum, envoûtant, reconnaissable entre tous. Il s'empressa de refermer la porte et continua son inspection.

Il trouva le passage voûté menant à ce qu'il supposait être l'aile des invités. Après l'avoir parcourue de bout en bout, il dut reconnaître que loger ici, si loin de la chambre de Niniver, n'aurait pas été une bonne idée du tout. Il retourna à l'aile principale, qu'il explora dans le sens opposé, et découvrit la porte qui ouvrait sur ce qu'il reconnut comme étant — au vu de la poussière — « l'aile abandonnée ».

Résigné, il revint à sa chambre. Après avoir fermé la porte, il se dirigea vers la fenêtre.

C'était la fin de la journée. Il admira un petit jardin cerclé de murs qui de toute évidence était entretenu avec amour. Les couleurs des boutons de fleurs se détachaient vivement sur le feuillage, assombri par la lumière déclinante. Une grille rouillée avait été installée à l'entrée, portant une pancarte manuscrite sur laquelle on pouvait lire « DÉFENSE D'ENTRER ». C'était sans doute pour empêcher toute nouvelle déprédation de la part des hordes de prétendants.

Même si le jardin regorgeait de fleurs, en regardant plus attentivement, Marcus vit plusieurs parterres piétinés où il y avait dû y avoir des plantes. Hélas, il n'en subsistait plus rien.

Devant un tel spectacle, il sentit qu'il allait avoir beaucoup de mal à contenir ses instincts. Depuis qu'il avait accepté le fait que son destin et celui de Niniver étaient liés — et qu'elle était peut-être bien celle qui était destinée à devenir son épouse —, son côté le plus primitif la considérait déjà comme sienne. C'était à lui de la protéger, à lui de la défendre.

À lui de l'obtenir.

Tout cela était très bien, mais lesdits instincts se manifestaient sans prendre en considération les obstacles qui se trouvaient sur son chemin.

Et, parmi ces obstacles, il y en avait au moins un qu'il ne s'était pas préparé à affronter. Il n'avait encore jamais réfléchi aux complications qui ne manqueraient sans doute pas de survenir s'il épousait une femme qui était chef de clan.

Mais il fallait qu'il fasse très attention à ce genre de considération désormais. Et même, il allait devoir trouver un moyen non pas tant de contourner ces difficultés, que de les annihiler.

Mais comment y parvenir et obtenir la main de

Niniver ? Mystère ! Pour l'instant, il n'avait eu qu'un aperçu du problème, mais cela lui avait suffi pour comprendre que celui-ci était bien réel, tapi quelque part tel un piège dissimulé sous des branchages n'attendant que de le voir y tomber.

Un coup frappé à la porte le tira de ses rêveries.

— Entrez.

La porte s'ouvrit, et un homme grand, mince, à la mine sombre et à l'allure presque cadavérique apparut. Il s'inclina de façon raide et formelle.

— Je suis Edgar, sir. Lady Carrick m'a informé que vous alliez demeurer au manoir un moment, et que, en attendant que l'on vous apporte vos vêtements, vous auriez besoin d'habits pour la soirée et pour la nuit.

Marcus hocha la tête.

— Je vous remercie.

Edgar inspecta Marcus de la tête aux pieds, marqua un temps d'hésitation et dit :

— Si vous voulez bien vous donner la peine de me suivre jusqu'aux appartements de l'ancien laird, il serait sans doute plus facile de choisir ce qui est susceptible de vous aller.

Marcus ne se fit pas prier pour accepter : il était curieux de voir à quoi pouvaient ressembler les appartements du vieux Manachan et ce qu'ils pouvaient révéler de lui. Même s'il avait croisé le père de Niniver à plusieurs occasions, il ne l'avait pas bien connu. L'opinion qu'il se faisait de Manachan était en grande partie tributaire de ce que Thomas avait pu dire à son sujet. Thomas était le neveu de Manachan, et il avait été proche du vieux laird acariâtre. Mais si Marcus devait épouser Niniver, étant donné la situation, il semblait alors avisé d'apprendre tout ce qu'il pouvait sur son père.

Edgar le conduisit jusqu'à la grande porte qui, comme Marcus l'avait supposé, menait aux appartements du laird. Une fois à l'intérieur, Edgar ouvrit une seconde porte, plus étroite, et précéda Marcus dans la vaste garde-robe de l'ancien maître des lieux.

Garde-robe qui était encore remplie d'affaires qui visiblement l'avaient accompagné toute une vie, une vie qui appartenait au passé.

Marcus s'arrêta juste après avoir franchi le seuil, et il vit Edgar se raidir avant d'ouvrir les portes des armoires. En passant leur contenu en revue, ce dernier murmura :

— Je pense que nous devrions trouver ici quelque chose qui vous ira.

Sa voix semblait… résignée. Marcus pénétra plus avant dans la pièce et referma la porte. La fenêtre sans rideau était une source de lumière suffisante pour ce qu'ils avaient à faire.

Bien que tout à fait capable de choisir ses propres vêtements, Marcus laissa Edgar mener les opérations. Ils trouvèrent une veste du soir qui lui allait parfaitement aux épaules, quoiqu'un peu large au niveau du boutonnage… D'un œil critique, Marcus se regarda dans le miroir en pied.

— Cela fera l'affaire. Et ce n'est que pour un soir, après tout.

Edgard tordit la bouche, comme si ce spectacle offensait ses yeux experts.

— Au moins, ce soir, vous ne dînerez qu'avec Lady Carrick et Miss Hildebrand.

Miss Hildebrand était sans doute la vieille gouvernante de Niniver.

— Cela fait-il longtemps que Miss Hildebrand vit ici ?

— Elle est arrivée quand Miss Niniver était toute petite. L'épouse du laird était encore en vie.

En examinant plusieurs pantalons, qu'il écarta, il poursuivit :

— Nous avons été surpris qu'elle reste une fois que Miss Niniver a eu terminé l'école : elle n'approuvait pas les méthodes du laird, et elle ne fait pas partie du clan. Mais elle est extrêmement dévouée à Miss Niniver : c'est pour elle qu'elle est restée.

Ainsi, Hilda Hildebrand était elle aussi une alliée potentielle. Et il allait faire sa connaissance le soir même, au cours du dîner : une bonne raison pour soigner son apparence.

Tous les pantalons de Manachan, qu'ils soient du soir ou pas, étaient bien trop larges à la taille, et vraiment pas assez longs aux jambes. Edgar finit par conduire Marcus jusqu'à l'ancienne chambre de Norris. Là, ils trouvèrent un pantalon allant assez bien avec la veste, la chemise et le veston qu'ils avaient choisis parmi la garde-robe de Manachan, ainsi qu'un pyjama.

Marcus examina ce dernier.

— Le haut est trop étroit, mais le bas devrait convenir.

Edgar sembla légèrement scandalisé.

— Retournons aux appartements du laird. Je suis sûr que nous allons y trouver un haut de pyjama. Et il vous faut une cravate, également.

Ils trouvèrent facilement la cravate, mais tous les hauts de pyjama de Manachan étaient atrocement démodés, très longs et très larges. Marcus laissa Edgar lui en donner un, mais il savait qu'il ne le porterait jamais. Dans un tel accoutrement, il aurait eu l'impression d'être l'une de ses sœurs, empêtrées dans leurs grandes chemises de nuit.

Quand, d'un air quelque peu triomphal et avec bien plus d'assurance que quelques minutes plus tôt, Edgar tendit à Marcus les vêtements choisis, il les accepta en le remerciant. Puis il marqua une légère hésitation.

Edgar le regard d'un air interrogatif.

— Pour être honnête, déclara Marcus, je suis assez surpris de constater que les affaires du vieux laird sont encore ici, comme s'il était toujours vivant. Chez nous, lorsque quelqu'un meurt, nous distribuons tous ses vêtements et affaires susceptibles de servir encore à ceux qui peuvent en avoir besoin. Nous considérons, si les possessions qu'ils ont accumulées continuent d'être utiles aux vivants, que c'est une façon d'honorer nos morts. Un dernier acte de générosité en leur nom et, pour ceux qui reçoivent ces affaires, un moyen de se souvenir.

Il ne fut pas totalement surpris de voir Edgar hocher la tête d'un air grave.

— Oui, notre clan recourt aux mêmes pratiques.

Edgar jeta un œil aux vêtements rangés dans l'armoire, avant de refermer les portes.

— À dire vrai, Ferguson, Mrs Kennedy et moi-même avons abordé le sujet à plusieurs reprises, mais… nous avons le sentiment que nous ne pouvons pas nous en mêler. Mr Nolan a toujours refusé d'envisager la chose, et maintenant il est mort… Quant à Miss Niniver, Lady Carrick, elle semble toujours très attachée à la mémoire de son père. Nous ne voyons pas comment intervenir.

Oui, c'était une décision difficile à prendre pour Niniver. Marcus avait toutefois l'impression qu'elle savait qu'il était grand temps d'affronter les choses. Il réfléchit un instant, puis dit :

— Si je peux me permettre une suggestion… Lady Carrick ne manque pas de force intérieure. Ni de caractère.

Edgar inclina la tête.

— Non, en effet.

— Cependant, comme vous l'avez remarqué à juste titre, elle a du mal à se résoudre à… laisser partir les dernières traces tangibles de la présence de son père. Elle a évoqué ce point lorsqu'elle a suggéré que j'emprunte ces vêtements.

Et Marcus brandit le petit tas qu'il portait.

— Je suis d'accord avec vous pour dire que vous ne pouvez pas prendre cette décision à sa place, mais je me demande s'il ne serait pas possible que vous et vos collègues fassiez remarquer que d'autres membres du clan pourraient avoir besoin de ces affaires. Cela paverait peut-être la voie pour elle et l'aiderait à donner des ordres allant dans ce sens. J'ai déjà constaté qu'elle agissait avec détermination quand le bien du clan était en jeu.

Il prit un air innocent lorsqu'il ajouta :

— Ce serait un geste généreux de votre part si vous essayiez de lui faire comprendre qu'en agissant ainsi elle servirait les intérêts du clan.

Edgar semblait quelque peu ébranlé. Au bout d'un moment, son expression s'éclaira et il hocha la tête.

— Je… Nous n'y avions pas réfléchi en ces termes, mais vous avez raison. Je vais en parler à Ferguson et aux autres. C'est Ferguson qui saura le mieux formuler la chose, j'en suis certain.

— Parfait.

Marcus tourna les talons et quitta la garde-robe.

Edgar le suivit, d'un pas bien plus alerte qu'à l'aller. Ils se séparèrent, et Marcus emporta les vêtements dans sa chambre.

Alors qu'il les étalait sur le lit avant de commencer à se préparer pour le dîner, il se rendit compte qu'il était empli d'un sentiment de satisfaction. Aider Niniver à affronter le crève-cœur qu'était la dispersion des affaires ayant appartenu à son père n'était pas grand-chose, bien entendu. C'était néanmoins son premier petit succès dans ce qui était destiné, s'il fallait en croire la Lady et le destin, à devenir la grande mission de sa vie : prendre soin de Niniver Carrick.

Chapitre 3

Niniver observa son reflet dans la psyché qui se trouvait dans un angle de sa chambre et se mordilla la lèvre inférieure.

La robe du soir en soie prune qu'elle avait demandée à Ella, sa femme de chambre, de sortir de son armoire réchauffait son teint pâle. Mais le corsage très près du corps et le décolleté en cœur mettaient également en valeur sa poitrine, qui paraissait plus rebondie qu'elle ne l'aurait pensé. Sa taille, par contraste, semblait incroyablement fine. Heureusement que sa modiste d'Édimbourg avait insisté pour réduire la masse des jupons qui descendaient jusqu'à terre. Ainsi, bien qu'elle soit petite, la largeur de la jupe ne la tassait pas.

Au cours de l'année écoulée, elle avait assisté à très peu d'événements mondains, et c'était toujours en habits de deuil, ou de demi-deuil, qu'elle s'y était rendue. Mais les six mois du deuil de Nigel étaient passés, et elle avait l'impression d'avoir besoin d'une robe plus… énergique pour l'aider à affronter la présence de Marcus à sa table. Ou même dans son salon.

D'un côté, elle doutait. Avait-elle choisi la bonne couleur ? Le décolleté n'était-il pas trop osé ? De l'autre, elle se disait que ce n'était pas si grave, qu'il ne fallait pas se mettre dans des états pareils, que ce n'était après tout qu'un dîner.

Marcus la regarderait peut-être, mais comme tous les autres hommes, il aurait d'autres considérations en tête. S'inquiéter de ce qu'il allait penser de son apparence était incroyablement stupide, en plus de représenter une perte de temps inutile.

— Ce sera parfait pour habiller cette robe.

Ella vint se placer dans son dos et lui passa autour du cou une chaîne en or à gros maillons à laquelle était suspendu un camée représentant un portrait de la mère de Niniver. Le pendentif était très beau, très raffiné, et c'était — en effet — l'accessoire parfait pour compléter sa tenue.

Elle porta la main au camée et examina son reflet pendant qu'Ella s'occupait du fermoir. Quand cette dernière recula, Niniver hocha la tête.

— Merci. C'est un choix très inspiré.

Pour ce dont elle avait besoin ce soir, la robe associée au pendentif ferait tout à fait l'affaire. Ensemble, ils formeraient une armure suffisante.

Elle se dirigea vers sa coiffeuse, s'assit et attrapa sa boîte à bijoux. Elle désigna ses cheveux.

— Vous pouvez commencer. Pendant ce temps, je vais chercher mes boucles d'oreilles en grenat.

Pendant qu'Ella défaisait la tresse serrée qui avait emprisonné les cheveux de Niniver toute la journée, celle-ci fouilla dans la boîte à bijoux en bois de rose qui n'était pas sans rappeler un coffre de pirate. Étant la seule femme de la famille depuis des générations, elle avait hérité d'une grande quantité de bijoux mais, comme elle ne s'y intéressait guère, elle n'avait jamais pris la peine de les trier ni même de les ranger correctement.

Elle mit enfin la main sur les deux boucles d'oreilles en grenat — de simples gouttes — au moment où Ella finissait de boucler les dernières mèches de sa création pour la soirée. Niniver regarda le miroir — et cligna les paupières.

Les yeux écarquillés, elle contempla le spectacle. Elle pensait si rarement à son apparence qu'elle avait tendance à oublier à quel point elle pouvait sembler tout droit sortie d'un conte de fées. En temps normal, ce n'était pas spécialement un atout, pas alors qu'elle devait discuter de sujets importants avec des hommes. Mais ce soir…

Elle leva les yeux et, dans le miroir, croisa le regard d'Ella. Elle sourit.

— Merci. C'est vraiment parfait.

Ella affichait un sourire rayonnant.

— Vous êtes très belle, milady. Et si je puis me permettre, c'est une très bonne chose que Mr Cynster soit là et vous donne l'occasion de briller ainsi.

Niniver dissimula un sourire narquois. Ce n'était pas comme si elle avait beaucoup de femmes à éclipser par son éclat…

Néanmoins, alors qu'elle accrochait les boucles d'oreilles à ses lobes, elle se sentait satisfaite. Et assez confiante pour descendre l'escalier sans trembler.

Elle ne parvenait toujours pas à croire qu'elle avait vraiment fait cela : qu'elle était allée à Bidealeigh pour demander l'aide de Marcus et, surtout, qu'elle l'avait assommé, bien que par inadvertance, puis plus ou moins kidnappé.

Il s'était montré plus compréhensif qu'elle ne l'aurait

cru. En fait, maintenant qu'elle y songeait, il avait semblé presque… résigné.

Mais peu importait. Il était ici, et c'était tout ce qui comptait. Même s'il n'avait pas encore eu à intervenir, elle se sentait déjà moins inquiète, moins angoissée. Elle avait moins peur que l'un des hommes du clan ne franchisse la ligne rouge et ne commette un acte irrévocable que le clan regretterait ensuite à jamais.

Le fait que Marcus séjourne au manoir et occupe la chambre située à côté de la sienne avait en effet réduit les risques qu'une chose aussi horrible ne survienne.

Assourdi par la distance, le bruit du gong les invitant à table résonna néanmoins dans toute la maison. Tout en se levant, elle jeta un dernier regard à son reflet. Peu importait le temps que cela prendrait : Marcus était là pour remettre sur le droit chemin les têtes de mule de son clan. Cela valait bien la peine qu'elle fasse des efforts pour prendre sur elle et ignorer l'effet qu'il lui faisait. Alors elle ferait de son mieux pour se montrer la plus agréable possible et se comporter en parfaite hôtesse afin qu'il passe une bonne soirée.

C'était bien le minimum qu'elle lui devait. Avec cette pensée en tête, elle se dirigea vers la porte. Malgré sa réticence initiale, Marcus avait prouvé que la confiance qu'elle avait en lui était justifiée, ce qui confirmait l'impression qu'elle avait toujours eue : il appartenait à ce type d'hommes qui n'hésitaient jamais à secourir les demoiselles en détresse.

Maintenant qu'il avait accepté de l'aider, elle savait qu'il ne reviendrait pas sur sa parole. Et, plus important encore, elle savait qu'il ne la quitterait pas avant que tout danger la menaçant ne soit définitivement éradiqué.

Elle ouvrit la porte de sa chambre et se dirigea vers l'escalier, armée d'une confiance et d'une assurance qu'elle n'avait pas éprouvées depuis des semaines.

Marcus était en train de nouer sa cravate lorsque le deuxième gong retentit. Une minute plus tard, alors qu'il vérifiait que le nœud n'était pas trop serré, il entendit la porte de Niniver s'ouvrir et se refermer. Puis elle passa devant sa porte et se dirigea vers l'escalier.

Il inspecta son reflet dans le miroir. Il n'avait pas son épingle en saphir ni aucune autre pour fixer les plis de la cravate, donc il faudrait que l'ensemble tienne tout seul. En espérant que Flyte penserait à joindre l'épingle à ses brosses, il se passa les doigts dans les cheveux, secoua la tête pour mettre ses boucles en place, puis enfila la veste du soir qu'il avait posée à plat sur le lit.

Il la boutonna et observa le résultat d'un œil critique dans le long miroir. Curieusement, sans sa montre à gousset et son épingle à cravate, il ne se sentait pas assez habillé, mais après tout ce n'était pas non plus un grand événement mondain.

En même temps, il allait être présenté à Miss Hildebrand, l'ancienne gouvernante devenue chaperon, donc un minimum d'élégance était requis. Il ne se souvenait pas l'avoir déjà croisée, mais si elle avait accompagné Niniver au grand bal de la chasse tous les ans, elle devait bien le connaître de vue, et sans doute de réputation aussi.

Tout en se dirigeant vers la porte, il s'interrogea sur l'opinion que Miss Hildebrand pouvait avoir de lui. Était-elle positive ou… ? Même s'il avait passé le plus clair de son temps à la Vallée, il n'avait pas mené une vie de moine — loin de là. En revanche, malgré ses nombreuses liaisons, il avait toujours veillé à se montrer très discret. Avec un peu de chance, Miss Hildebrand l'accepterait tel qu'il était. Ses intentions vis-à-vis de Niniver n'étaient peut-être pas innocentes, mais au moins elles étaient honorables.

Alors qu'il descendait l'escalier, il ne vit ni n'entendit personne. En pénétrant dans le grand hall d'entrée, il se rendit compte que la porte du salon avait été laissée grande ouverte. En approchant, il ne perçut aucun bruit de conversation. Niniver l'attendait-elle ailleurs ? En arrivant à la porte, il constata que ce n'était pas le cas.

Elle allait et venait devant la cheminée, non pas parce qu'elle était nerveuse mais, eut-il l'impression, avec une légère impatience. Lorsqu'elle le vit, elle s'immobilisa.

— Oh ! parfait. Vous avez trouvé votre chemin.

Ce ne fut pas très difficile…

Sa langue ne parvint pas à formuler ces simples mots, ni aucun autre. Son esprit, ses sens, étaient ailleurs.

Il fallut plusieurs secondes pour qu'il redevienne maître de lui-même et pour qu'il réussisse à prendre une inspiration dont il avait bien besoin. Il n'avait pas vu Niniver à un événement mondain depuis des années. Entre-temps, elle s'était épanouie, comme on dit.

La tenue d'équitation qu'elle avait sur elle un peu plus tôt ne rendait pas justice à sa silhouette, mais la robe rouge pourpre qu'elle portait à présent réparait cette erreur. Associée avec une coiffure très élaborée, elle mettait en valeur ses charmes absolument délectables et créait une image faite pour ravir les fantasmes masculins.

Les siens, en tout cas.

Le spectacle qu'elle offrait était si envoûtant qu'il dut faire un effort palpable afin de détacher son regard de

Niniver pour le tourner vers la femme aux cheveux foncés, au visage anguleux et à l'air sévère qui était assise sur le sofa. Vêtue d'une robe gris pâle, l'ancienne gouvernante de Niniver était une femme large et lourde qui donnait l'impression d'être peu commode.

Alors que Niniver le regardait ouvertement et directement, comme à son habitude, les yeux de Hilda Hildebrand se plissèrent et ses lèvres se pincèrent en un signe évident de désapprobation.

En essayant de se remettre du trouble qu'il avait ressenti en voyant Niniver, il se força à sourire et s'avança vers la femme dragon pour s'incliner devant elle.

— Miss Hildebrand, je présume ?

En saisissant la main que la gouvernante tendit à contrecœur, il poursuivit d'une voix douce :

— Nous sommes voisins, mais je ne pense pas avoir déjà eu le plaisir de vous être présenté.

Après lui avoir lâché la main, il se redressa et recula.

Miss Hildebrand le toisa avec sévérité.

— En effet, sir. Mais j'ai entendu parler de vous, évidemment. Et je dois admettre que j'ai été surprise d'apprendre que vous résidiez en ce moment même sous notre toit.

Ce vieux dragon ne prenait même pas la peine de masquer ses soupçons. Au lieu de lui répondre, Marcus adressa un regard à Niniver et attendit. Comme elle était toujours debout, il ne pouvait pas s'asseoir.

Comprenant le message tacite, elle vint s'installer dans un fauteuil situé au bout du sofa.

— Je vous l'ai dit, Hildy : Mr Cynster est ici parce qu'il a accepté de m'aider à régler certaines choses au sein du clan.

— C'est la vérité.

Marcus choisit le fauteuil situé en face du sofa et fixa Miss Hildebrand droit dans les yeux.

— Il semblerait que Lady Carrick ait besoin de soutien pour convaincre certains hommes de son clan qu'elle n'a l'intention d'épouser aucun d'entre eux.

Signe qu'elle dissimulait mal son scepticisme, Miss Hildebrand haussa ses sourcils sombres.

— Et c'est pour cette raison que vous êtes ici ?

— Précisément.

Marcus soutint le regard de Miss Hildebrand et l'observa le temps que celle-ci comprenne qu'il n'ajouterait pas « pour cette raison, et pour aucune autre ». Après quelques secondes de silence, il précisa pourtant :

— Je peux vous assurer que je n'ai d'autre but que la sécurité de Lady Carrick et que je ferai tout le nécessaire pour que rien ni personne ne la menace ni ne la perturbe.

Hilda Hildebrand ne le quittait pas des yeux. Il pouvait presque entendre ses réflexions tandis qu'elle devait être en train de reconsidérer son opinion première. Elle finit par lentement incliner la tête.

— Je vois.

Alors qu'elle avait déjà un peu perdu de sa raideur initiale, elle marqua un temps d'hésitation, puis osa ajouter :

— J'ai entendu dire que vous étiez un homme d'honneur, ce qui est ce que j'attends d'un héritier d'une famille telle que la vôtre.

Il dissimula un sourire qui aurait pu sembler trop prédateur. Il était évident que Hilda Hildebrand se considérait comme la gardienne de la vertu de Niniver, d'où son comportement revêche. En faire une alliée se révélerait utile à court terme, mais aussi plus tard, en supposant que le destin ne l'avait pas égaré mais bien amené dans la direction qu'il était censé prendre.

Il n'en était pas encore complètement sûr, à vrai dire, même si pour l'instant tous les présages semblaient l'indiquer.

— J'ai cru comprendre que vous aviez acheté l'ancienne propriété des Hennessy.

Miss Hildebrand réajusta son châle.

— Quels projets nourrissez-vous pour le domaine ?

En dissimulant toujours son sourire, il répondit à cette question et aux autres qui suivirent en fournissant des réponses qui auraient ravi n'importe quel père interrogeant le prétendant de sa fille.

Niniver plissait le front. Même si elle ne les interrompit pas, elle semblait de plus en plus agitée. Marcus la vit croiser les mains sur ses genoux, emmêler et tordre ses doigts. Au début, son agitation semblait liée à une certaine nervosité. Il imputa cela à la crainte qu'elle avait peut-être que les interrogations de sa vieille gouvernante ne l'agacent. Ensuite, cependant, lorsqu'il fut clair qu'il ne se trouvait pas incommodé par l'interrogatoire en règle de Miss Hildebrand, cette nervosité fit place à de l'impatience.

Mais à quel propos ? Il n'aurait su le dire.

Puis Ferguson apparut à la porte, et tous les trois se tournèrent vers lui. Il s'inclina.

— Le dîner est servi, milady.

Niniver se leva.

— Merci, Ferguson.

Marcus se leva à son tour, fit quelques pas vers le sofa et, galamment, offrit son bras à Miss Hildebrand.

Avec un hochement de tête approbateur, l'ancienne gouvernante posa la main sur sa manche et le laissa l'aider à se lever.

Il se tourna et, en souriant à Niniver, tendit son autre bras à celle-ci.

Elle marqua un temps d'hésitation qui ne dura qu'une seconde. Il eut l'impression que ce fut son impétueuse impatience qui la conduisit à se placer à côté de lui et à placer sa petite main dans le creux de son coude.

C'était ridicule, il le savait, mais il se sentit empli de satisfaction tandis qu'il conduisait les deux femmes vers la salle à manger.

Niniver marchait à côté de Marcus, heureuse qu'il ait ajusté la longueur de ses pas à ceux, bien plus petits, de Hildy et elle. Elle aurait aimé être capable de respirer plus librement : elle avait l'impression qu'une barre de fer lui appuyait sur les côtes et lui comprimait les poumons, l'empêchant d'inspirer à fond, ce qui la rendait nerveuse et lui causait de légers vertiges.

Heureusement, la salle à manger ne se trouvait qu'à quelques mètres.

Mais, apparemment, c'était suffisant pour que ses sens se rebellent et se fixent sur le grand gentleman racé et puissant qui marchait à ses côtés, séparé d'elle par une distance socialement acceptable, peut-être, mais assez proche pour que tout ce qu'il fasse lui affole les sens. Lorsqu'elle sentit son regard bleu nuit se poser brièvement sur son visage, elle eut tout à coup très chaud. Chose curieuse, ses nerfs donnaient l'impression d'être plus alertes et énergiques que jamais, prêts à profiter de la moindre occasion.

Ses vertiges ne se calmèrent pas.

Au moment où ils franchirent le seuil, elle prit une grande inspiration, retira sa main de la chaleur du bras de Marcus et contourna la table vers sa place habituelle.

Un laquais voulut venir vers elle pour tirer sa chaise, mais il s'arrêta net dans son élan et recula.

Du coin de l'œil, elle aperçut Marcus qui approchait dans son dos. Plutôt que d'aider Hildy à s'asseoir, il avait choisi de s'occuper d'elle. D'un geste de la main, elle congédia le laquais. Elle fit un pas vers sa chaise et s'arrêta. Marcus la contourna pour la lui tirer.

Elle tourna un bref instant la tête vers lui, le temps d'esquisser un sourire, inclina la tête pour le remercier et s'assit.

Il poussa sa chaise, puis se décala vers la place juste à côté.

À l'autre bout de la table, Niniver vit Hildy remercier chaleureusement le laquais qui lui avait tenu sa chaise. La méfiance initiale de son ancienne gouvernante vis-à-vis de Marcus avait disparu, ce qui était une très bonne chose. Même si Hildy ne faisait pas partie du clan et menait une existence plutôt recluse, Ferguson et Mrs Kennedy accordaient beaucoup de crédit à son opinion. Ils comptaient sur Hildy pour les tenir au courant de tout ce qui se disait en dehors des limites du domaine sur Niniver et les actions qu'elle entreprenait.

Même si elle s'était montrée tout d'abord méfiante, Hildy semblait avoir accepté la présence de Marcus.

Pendant que Ferguson servait la soupe, Niniver tenta de se souvenir quels gentlemen avaient par le passé reçu l'approbation de Hildy… Mais aucun nom ne lui vint à l'esprit. Après la mort de son père, et ensuite après avoir perdu ses frères, plusieurs amis de Nigel et Nolan s'étaient mis en tête de venir lui rendre visite, mais aucun n'avait plu à Hildy, qui avait pris un malin plaisir à les raccompagner jusqu'à la porte tous sans exception.

Ainsi, avec tout le respect dû à la conscience professionnelle de sa vieille gouvernante, la façon dont celle-ci semblait considérer Marcus était une première. Mais en même temps il était un voisin, sa famille était connue de tous, et il était sans conteste bien plus charmant et plus compréhensif vis-à-vis des questions de Hildy — auxquelles il avait répondu sans rechigner — que tous les jeunes hommes qui lui avaient précédemment rendu visite.

Et, comme il l'avait dit, il était là dans un but précis. Niniver se morigéna pour dissiper le trouble qu'il lui inspirait. Elle ferait bien de ne jamais se laisser emporter par de tels élans — en espérant très fort que Marcus en fasse de même…

Ils goûtèrent tous la soupe et, comme s'il avait pu lire dans ses pensées, Marcus lui demanda :

— Afin que je puisse servir au mieux le but que je me suis fixé, pourriez-vous m'en dire un peu plus sur le clan ?

Du regard, il inclut à la fois Niniver et Hildy dans sa requête.

— Combien de familles comprend-il ? Et combien de fermes en tout ?

Niniver s'empressa de répondre, et Marcus poursuivit ses questions, qui avaient un double but. Il avait en effet réellement besoin de comprendre la façon dont fonctionnaient le clan et le domaine, mais il avait également perçu le trouble qu'il causait chez Niniver, et la tension qui en résultait. Il était sûr que cette gêne disparaîtrait à force de se voir quotidiennement. Mais en attendant il préférait prendre ses précautions et tout faire pour que celle-ci pense à autre chose qu'à lui.

Et il avait déjà remarqué que lorsqu'elle parlait du clan, elle ne pensait à rien d'autre.

— Donc le manoir ne possède pas de ferme à proprement parler.

— Non, répondit-elle. Mais les enclos qui l'entourent servent à la reproduction et à l'élevage des chevaux. Sean, Mitch et Fred supervisent cela, et essaient de fournir aux membres du clan tous les chevaux dont ils peuvent avoir besoin, donc il est très rare que nous ayons besoin d'en acheter. Et, bien sûr, nous avons des prés et des granges pour le bétail, qui nous servent l'hiver ou pour préparer les marchés.

Marcus se remémora un événement survenu dix ans plus tôt.

— Si je me souviens bien, la plupart des fermiers des alentours viennent au manoir durant l'hiver.

Elle acquiesça.

— À l'origine, tout le monde le faisait, en tout cas en période de neige. Ces derniers temps, seuls les plus petits fermiers restent ici tout l'hiver. C'était à cela que servait l'aile qui est maintenant abandonnée : à accueillir toutes les familles du clan durant la saison hivernale.

Hildy — Miss Hildebrand — se joignit à la conversation.

— Il me semble que depuis une vingtaine d'années les fermes les plus grosses sont devenues de mieux en mieux équipées. Donc ces familles n'ont plus besoin de venir se réfugier au manoir l'hiver.

— Je vois.

Marcus se cala dans son dossier afin que Ferguson

puisse retirer son assiette. Ses questions avaient duré pendant tout le repas.

— Mais en ce qui concerne la maisonnée même, combien de personnes vivent au manoir en ce moment ?

À son expression, il était clair que Niniver dressait une liste dans sa tête.

— Vingt. Sans compter Hildy et moi-même, et en incluant notre soigneuse, Alice, et ses deux apprenties.

De l'autre côté de la table, Miss Hildebrand jeta un regard à Marcus avant de fixer Ferguson avec insistance. Le visage impassible du majordome ne trahissait rien du tout, mais Marcus aurait parié que le vieux domestique se demandait pourquoi un propriétaire terrien tel que lui logeait au manoir alors qu'il possédait lui-même une maison toute proche. Il n'avait pas fourni de vraies explications à quiconque jusqu'à présent, pas même à Sean.

Dans ces circonstances, Marcus tut sa prochaine question, qui portait sur le nombre exact d'hommes qui vivaient entre ces murs. Il avait besoin de le savoir, ainsi que si l'un d'eux pouvait représenter une menace pour Niniver. Mais il ne voulait pas semer la panique dans l'esprit de celle-ci. Il attendrait donc le lendemain pour poser la question à Ferguson. Il pourrait alors le faire de façon directe.

L'on servit le dessert : une charlotte légère avec une crème au citron.

Alors que les valets débarrassaient la table, Miss Hildebrand se leva avec cérémonie.

— Lady Carrick et moi-même allons vous laisser savourer votre digestif en toute tranquillité.

Marcus se leva pour reculer la chaise de Niniver. Il avait l'intention de retourner au salon avec elle et sa gouvernante. Il préférait leur compagnie à n'importe quel digestif. Cependant, s'attarder dans la salle à manger lui offrirait la possibilité de parler en privé avec Ferguson, et il y avait une question qu'il avait besoin de poser à quelqu'un d'autre que Niniver.

Il attendit donc que les deux femmes quittent la pièce, puis il se rassit. Les valets ôtèrent les couverts, puis se retirèrent. Ferguson réapparut avec un plateau en argent sur lequel étaient posés des verres et trois carafes.

Il mit le plateau sur la table, à côté de Marcus, avant de déclarer :

— Notre maître insistait toujours pour que ces trois alcools, brandy, porto, et le meilleur whisky écossais, soient servis.

Réprimant un sourire, Marcus se versa un doigt de whisky.

— Je suppose que vous avez entendu dire que j'avais accepté d'aider Lady Carrick à se débarrasser des nuisances causées par certains hommes du clan.

Il leva les yeux et rencontra le regard impassible de Ferguson.

— À cet effet, j'aimerais vous voir dès demain matin, vous et la gouvernante, pour faire le point sur la situation. Mais ce soir j'ai juste besoin d'une petite clarification.

Il devint plus sérieux.

— Norris. Pourquoi n'est-il pas ici ? Et pourquoi Lady Carrick a-t-elle le sentiment qu'elle n'a pas le droit de l'appeler à l'aide ?

Ferguson lui rendit son regard sans broncher. Mais, malgré son visage de marbre, Marcus décela sur les traits du vieux domestique un changement presque imperceptible. Il allait se décider à parler.

— La réponse tient plus à Mr Norris qu'à Miss Niniver. Et il faut bien l'admettre, à l'ancien laird. Il était un bon laird, il a fait de grandes choses pour le clan, mais à part Mr Nigel, il a ignoré ses autres enfants. Malgré cela, Miss Niniver a trouvé sa propre voie. Mr Nolan a essayé, mais il a échoué, et à force d'essayer il est devenu fou. Mr Norris… Nous, ici, avons toujours pensé qu'il était resté sain d'esprit en se coupant de nous tous. De nous tous sauf de Miss Niniver. Elle savait lui parler. Je dirais qu'elle le comprenait. Mais Mr Norris est parti, et sans doute est-ce une bonne chose pour tout le monde. Je sais que, malgré notre insistance, Miss Niniver refuse de lui demander de revenir.

Il haussa une épaule.

— Et elle n'a peut-être pas tort.

Marcus soutint le regard de Ferguson pendant plusieurs secondes, puis il hocha la tête et contempla le liquide ambré dans son verre.

— Oui, il se peut bien qu'elle ait raison.

Il commençait à soupçonner que, entre autres talents, Niniver possédait celui de bien connaître les gens. En tout cas les gens qui étaient proches d'elle.

Ferguson recula d'un pas mais ne s'en alla pas. Quand Marcus leva les yeux, curieux de savoir pourquoi le majordome s'attardait, ce dernier regarda les carafes et les replaça correctement sur le plateau.

— Entre nous, nous parlons. Et c'est normal, car nous faisons partie du clan. Nous sommes peut-être d'une classe inférieure à celle des Carrick, mais il nous semble que tous les hommes présents dans la vie de Miss Niniver, tous ceux qui auraient dû être là pour prendre soin d'elle, tous ceux dont elle était en droit d'attendre et d'espérer de l'aide, eh bien tous ces hommes, sans exception, sont partis et l'ont abandonnée, et l'ont laissée régler seule les affaires du clan. Et ne vous y trompez pas — le regard dur de Ferguson se posa sur le visage de Marcus —, sans elle, le clan volerait en éclats. Nous n'avions pas d'autre choix que de le lui demander, bien qu'elle soit jeune et frêle, mais elle a accepté cette responsabilité sans se plaindre.

Ferguson s'interrompit. Marcus vit la fierté et le respect qui brillaient dans les yeux du vieil homme. Puis ce dernier pinça les lèvres et se détourna.

— Il nous paraît injuste qu'elle doive tout faire toute seule, et qu'il n'y ait aucun homme qui ait les épaules assez larges pour la soutenir.

Eh bien, il y en a un à présent, songea Marcus. Il était là désormais, et venir en aide à Niniver était précisément ce qu'il avait l'intention de faire. Mais il n'en dit rien. Le moment n'était pas encore venu.

Il regarda Ferguson quitter la pièce, puis vida son verre et se leva.

Tandis qu'il se dirigeait vers le salon, il se fit la remarque que, quoi qu'il puisse se passer entre Niniver et lui, la fierté, le respect et le dévouement qu'elle suscitait chez les membres du clan les plus aguerris était quelque chose qu'il devrait prendre en considération — et préserver coûte que coûte.

Trois heures plus tard, Marcus était de retour dans sa chambre et allongé sur le dos dans son lit. Rêveur, il observait un reflet de lune danser au plafond. Le sommeil ne voulait pas de lui. Son esprit était accaparé par Niniver.

Cela n'avait rien d'étonnant, étant donné les événements de la journée. Après le dîner, ils avaient passé une bonne heure au salon, et les discussions avaient apporté leur lot de révélations. Quand il avait rejoint les deux femmes, il avait trouvé Niniver de nouveau mal à l'aise. Mais, cette fois, il avait eu l'impression que c'était parce qu'elle craignait de passer pour une mauvaise hôtesse, incapable de s'occuper de lui et de le divertir.

Il s'était retenu de lui dire que le seul fait de la contempler lui suffisait et qu'elle pouvait se contenter de rester assise dans son siège pour qu'il soit suffisamment diverti. À la place, il avait proposé de lui jouer du piano. L'idée était suffisamment étrange pour qu'elle le regarde en clignant les paupières d'un air surpris. Il en avait profité pour aller s'asseoir au piano, l'ouvrir et placer ses mains sur le clavier.

Miss Hildebrand s'était empressée de suggérer à Niniver de chanter pour l'accompagner. Cette dernière avait hésité, mais alors il avait fait courir ses doigts sur le clavier et demandé quel style de chanson elle préférait. Elle avait fini par hocher la tête et était venue se placer derrière lui. Il avait essayé les premiers accords d'un air campagnard populaire. Il avait senti Niniver prendre une grande inspiration, puis elle avait entrouvert ses lèvres rubis et s'était mise à chanter… les transportant tous au paradis.

Sa voix était incroyablement pure. Il n'avait jamais entendu de soprano plus parfaite, et pourtant plusieurs de ses cousines étaient de très bonnes chanteuses. Aucune n'égalait Niniver. Sa voix contenait de la passion et une puissance jaillissante qui évoquait tout à la fois un envol d'oiseaux et leur chant.

Oui, elle chantait comme un ange.

Il avait joué trois morceaux à la suite juste pour le plaisir de l'écouter, mais il ne put résister à l'envie d'essayer un duo. Il dut contenir la force de sa voix de baryton pour ne pas étouffer la pureté envoûtante de celle de Niniver. Mais il s'adapta, et elle aussi, jusqu'à ce que leurs voix se fondent en une harmonie qui leur sembla toute naturelle.

Sa sœur Lucilla jouait de la harpe, et c'était pourquoi il s'était tourné vers le piano. Après bien des longues soirées passées avec toute sa grande famille, il connaissait sur le bout des doigts — c'était le cas de le dire — tout un répertoire de chansons populaires. Il les joua toutes, en intercalant entre chacune des morceaux instrumentaux afin que Niniver puisse reprendre son souffle avant d'entamer un nouvel air.

À un moment, un reflet dans le couvercle du clavier attira son attention. Ferguson avait fait son apparition, leur apportant un plateau avec le service à thé. Mais, en ouvrant la porte du salon, il avait entendu la musique et s'était arrêté sur le seuil pour écouter. D'autres domestiques avaient entendu eux aussi, et ils s'étaient rassemblés près de la porte ouverte, le visage ravi.

Une heure s'était écoulée, puis Niniver finit par demander une pause, prétendant que la tête lui tournait — ce qui n'aurait pas été étonnant.

Alors, Marcus conclut leur récital par une série d'accords emphatiques. Puis il ferma le piano et se leva pour prendre la main de Niniver. Il l'invita à se tourner vers la foule amassée à la porte. Il s'inclina. Elle rit en découvrant leur public, puis elle fit la révérence, et les domestiques, encouragés par Miss Hildebrand, applaudirent, l'air béat.

Ce fut un moment de plaisir tout simple. Il regarda

Niniver, vit un bonheur sincère sur son visage, et se sentit… comblé. Très heureux.

Presque grisé.

Et, s'il devait ressentir cela à chaque fois qu'il réussirait à faire en sorte qu'elle soit heureuse, il n'y avait pas de meilleure raison de se consacrer tout entier au bonheur de Niniver !

Il était perdu dans ses pensées lorsque les braillements commencèrent.

Ô belle et blonde jeune fille à l'air joyeux !
Pose sur moi tes yeux brillants…

Il s'agissait des premières phrases d'une chanson campagnarde populaire. Mais elles étaient chantées si faux que la paix de la nuit s'en trouva troublée pour de bon.

Incrédule, Marcus releva la tête lorsque vint la suite de la chanson, hurlée par une voix de ténor caverneuse.

Non, il avait bien les yeux ouverts, ce qui signifiait que ce n'était pas un cauchemar.

Il entendit le plancher craquer dans la chambre voisine, puis quelques pas légers. Mais la sérénade qui se poursuivait engloutit tout le reste.

Marcus jura, rabattit les couvertures et se leva d'un bond. L'air de la nuit était frais sur son torse nu et le plancher était froid sous ses pieds, mais il ignora ces sensations désagréables. Il ouvrit la fenêtre et, en s'appuyant sur le garde-fou, il se pencha à l'extérieur afin que la lune éclaire son visage.

Une espèce de grand échalas se tenait debout dans

l'allée gravillonnée. Lorsque le regard assassin de Marcus se posa sur lui, l'importun en resta bouche bée.

Au moins cet idiot avait cessé de chanter.

— Comme vous pouvez le constater, je ne suis ni belle ni blonde. Et mon air doit être tout sauf joyeux. Puis-je suggérer que vous boucliez votre clapet ?

L'homme, qui le fixait toujours, ferma la bouche.

Les yeux plissés, Marcus hocha la tête.

— Parfait. Maintenant disparaissez.

Mais l'individu restait toujours planté là. Son regard glissa à gauche de Marcus, vers la fenêtre voisine. Il écarquilla les yeux et dévisagea de nouveau Marcus.

— J'ai dit *déguerpissez* ! grogna ce dernier. Et si vous tenez à vos cordes vocales, je vous conseille fortement de ne jamais recommencer pareille stupidité.

L'homme déglutit avec peine — Marcus vit nettement sa pomme d'Adam bouger — avant de déporter derechef le regard vers la gauche.

— N'y pensez même pas !

La voix de Marcus était devenue encore plus basse. Sur un ton glacial et menaçant, il ajouta :

— Croyez-moi, il ne vaut mieux pas que je descende pour vous aider à trouver votre chemin.

Les yeux comme des soucoupes, l'homme déglutit de nouveau, puis il baissa la tête — et prit ses jambes à son cou.

En se penchant davantage, Marcus l'observa tourner à l'angle de la maison. Il guetta le bruit des sabots de cheval jusqu'à ce qu'ils disparaissent. Alors seulement il entendit la fenêtre de Niniver s'ouvrir.

Sa voix flotta dans les airs jusqu'à lui.

— Merci.

Il résista à l'envie de se tourner et de la contempler. Il fit ce qu'il put pour ne pas penser à l'apparence qu'elle pouvait avoir, tout juste tirée du lit et encore à demi ensommeillée. Puis il sentit la chaude caresse de son regard effleurer ses épaules nues.

Remerciant le ciel que Niniver ne puisse pas le voir en dessous de la taille, il s'agrippa au garde-fou jusqu'à avoir mal aux mains et se força à se concentrer.

— Qui était-ce ?

Sa voix gardait des intonations sombres et menaçantes.

Elle hésita un instant avant de répondre :

— Jem Hills.

L'un des hommes qu'elle avait déjà nommés. Il fit des efforts pour se souvenir.

— L'un des fils du plus gros bûcheron du clan ?

— Oui.

— A-t-il déjà fait cela ?

Elle hésita un peu avant de reconnaître :

— Deux fois. Mais il est facilement impressionnable : je ne pense pas qu'il reviendra.

Mais ce Jem Hills était déjà revenu à la charge *deux* fois, parce que Niniver toute seule n'avait pas réussi à lui faire suffisamment peur. Marcus grogna.

— Il ferait mieux de ne pas reparaître ici, sinon il va découvrir à quel point *moi*, je suis facilement irritable.

Ce qui était étrange, au contraire, car normalement il ne se mettait pas souvent en colère. Mais quand il était question de Niniver…

Il aurait voulu se forcer à reculer et à s'écarter de la fenêtre.

— Espérons que nous ne serons plus dérangés cette nuit.

— Non... Enfin, oui.

Elle soupira, puis murmura doucement :

— Bonne nuit.

Il réussit à lui rendre son salut et non pas à seulement marmonner quelque chose. Il attendit qu'elle ferme sa fenêtre pour en faire de même et retourner au lit.

Une fois sous les couvertures, il reprit sa contemplation du plafond, sans parvenir à évacuer cette colère très particulière qui lui courait toujours dans les veines.

D'instinct, il savait ce dont il s'agissait. Il fallut toutefois plusieurs longues minutes pour qu'il accepte de mettre un nom sur ce qu'il ressentait. *De la jalousie possessive.* La seule pensée de ce que Jem Hills avait pu voir — ce que Marcus s'était interdit de regarder, mais ce dont aurait pu profiter ce sombre idiot si Marcus n'avait pas été là — suffisait à raviver cette colère.

Il avait abordé cette soirée sans être totalement sûr que défendre et protéger Niniver était sa destinée. Maintenant cela ne faisait plus l'ombre d'un doute. Il ne pouvait plus échapper à son destin.

Pour le meilleur ou pour le pire, il n'y avait qu'un seul chemin, tout tracé.

Pour lui. Pour elle.

Pour eux deux.

Alors que cette conclusion résonnait comme un clairon dans sa tête, il ferma les yeux — et, à sa grande surprise, le sommeil vint le cueillir sans tarder.

Après avoir refermé sa fenêtre, Niniver était restée dans l'ombre à regarder sans être vue.

La vision qui était gravée dans son esprit était de celles qu'elle aurait dû chercher à effacer à tout prix. À la place... Elle s'arrêtait sur chaque courbe, chaque ligne, ancrant à chaque fois un peu plus ce souvenir en elle.

Marcus s'était penché en avant afin que Jem puisse le voir. Et ce faisant, elle avait pu elle aussi profiter du spectacle. Son regard, échappant à tout contrôle, s'était attardé sur les muscles puissants des épaules et des bras de Marcus, sur la force que l'on devinait chez lui... Elle avait eu bien du mal à former la moindre pensée cohérente.

Pire encore, en reculant, il s'était légèrement décalé et lui avait ainsi offert une vue encore meilleure sur son torse magnifique baigné par le clair de lune...

La bouche de Niniver en était encore toute sèche. Même en essayant de toutes ses forces, elle ne parviendrait jamais à oublier cela.

Elle l'avait entendu retourner vers son lit, qui avait grincé alors qu'il s'y était recouché.

Elle revoyait ses mains, ses longs doigts agiles qui parcouraient le clavier du piano lorsqu'il avait joué tous ces airs et chanté avec elle, offrant le meilleur contrepoint à sa voix qu'elle ait jamais entendu. Ces mêmes mains, aperçues quelques minutes plus tôt, ces doigts élégants, accrochés au garde-fou blanc, avaient alors semblé bien plus terribles et menaçants.

Mais cela résumait sans doute parfaitement bien ce qu'était Marcus : élégant et sophistiqué extérieurement, puissant et dangereux intérieurement.

Les doigts glacés de la nuit s'insinuaient sous sa chemise de nuit. Elle tenta de se secouer pour sortir de sa torpeur et retourna à son lit. Elle s'installa sous les couvertures, mais de nouveau le désordre de ses sens causé par tout ce qu'elle avait vu se rappela à elle, de même que le chaos de son esprit se laissant trop facilement distraire. Elle se comportait vraiment comme une jeune écervelée ! Ce n'était pas en ressassant ce genre de visions qu'elle allait réussir à cacher la fascination et l'inclination qu'elle éprouvait pour lui. Pourtant, il fallait non seulement qu'elle les cache, mais aussi qu'elle les combatte.

Elle se remémora la soirée, les nombreux sourires qu'ils avaient échangés autour du piano, la camaraderie qui s'était installée, portée par la musique.

Mais elle savait aussi quel type d'homme il était, et c'était même pour cela qu'elle avait capitulé et s'était résignée à aller demander son aide. Parce qu'elle savait qu'il prendrait les choses en main, de la même façon autoritaire et sans concession que celle avec laquelle il avait réglé son compte à Jem Hills.

De même, elle savait qu'avec les hommes comme Marcus, les marques de gentillesse n'étaient rien d'autre que cela : de la simple gentillesse. Marcus avait été éduqué ainsi. Il faisait partie de ceux à qui l'on avait appris depuis leur naissance à être aimables et protecteurs envers les femmes. Il ne fallait donc rien y voir de plus.

Et croire qu'il puisse se montrer prévenant envers elle autrement que par instinct n'était que sottise.

Elle ferma les yeux et força son esprit à se détourner de lui pour se concentrer sur l'incident qui venait de se produire. Marcus s'était révélé si intimidant qu'avec un peu de chance Jem ne pourrait pas s'empêcher de raconter ce qui s'était passé. Et alors le message circulerait : elle n'était plus seule pour faire face au comportement stupide de certains hommes du clan.

Son esprit dériva une fois de plus vers l'image de Marcus qui s'était imposée à elle : celle d'un homme de caractère.

Elle ne nourrissait plus le moindre doute : elle pouvait compter sur lui pour qu'il la protège de toute menace extérieure.

Mais protéger son cœur ? Ses sentiments stupides et puérils ?

Pour cela, elle ne devrait compter que sur elle-même.

Chapitre 4

Marcus commença officiellement à faire sa cour en bonne et due forme dès le lendemain matin. Attablé derrière une montagne de jambon, de saucisses et de *kedgeree* — une spécialité qu'il adorait —, il passa en revue son plan d'attaque en attendant que Niniver fasse son apparition.

Son but était clair : demander la main de celle-ci et s'imposer à ses côtés.

Les principaux obstacles ? D'après ce qu'il avait déjà pu observer, ils découlaient du fait qu'elle soit chef de clan.

Normalement, dans un couple — et en particulier dans la classe sociale à laquelle il appartenait —, l'homme représentait le pouvoir, en tant que détenteur d'un titre, de propriétés, de richesses et d'influence. La femme apportait une dot — sous forme d'argent, de terres, ou autres —, mais son rôle ensuite n'était que de soutenir son mari.

Telle était la situation communément acceptée.

Mais, dans ce cas particulier, les choses ne pourraient pas se passer ainsi. Oui, il était un grand propriétaire terrien, il était riche, et il avait des relations haut placées dans tout le royaume. Mais c'était *Niniver* qui était chef de clan, *elle* qui tenait son pouvoir du fait de son élection par les membres de sa communauté. S'ils se mariaient, ce ne serait donc pas à elle de le soutenir, mais bien le contraire.

Cette perspective — qui semblait être aussi sa destinée — était étrangement rassurante. C'était comme si, par sa naissance et par l'éducation qu'il avait reçue, il était plus que quiconque qualifié pour ce rôle.

Être l'époux d'une femme de pouvoir n'était pas une position convoitée par beaucoup d'hommes. Et très peu se seraient acquittés de ce rôle avec succès. Plusieurs années auparavant, sa grand-mère Helena lui avait fait remarquer que seuls les hommes d'une assurance à toute épreuve pouvaient faire de bons consorts. C'était le cas de son père, et c'était aussi le cas, désormais, de Thomas. Helena avait ajouté qu'être consort ne signifiait pas être moins que les autres hommes, mais que cela demandait, au contraire, de s'élever au-dessus du commun. Il fallait appartenir à ce type d'hommes dont l'identité et l'estime de soi ne dépendaient pas d'un titre, et encore moins de la soumission qu'une épouse pourrait témoigner à leur égard.

En pensant à toutes les femmes de sa grande famille, Marcus étouffa un petit ricanement. Aucune ne pouvait être qualifiée de « soumise ». Elles et leurs conjoints se trouvaient sur un pied d'égalité, et les maris en question avaient découvert que la vie de couple était bien meilleure ainsi. À tous les points de vue.

Marcus s'inscrivait dans cette tradition masculine. Ses attentes, ses idées, ses envies trouvaient leurs racines dans cette façon de voir. Et c'était pour cette raison qu'il n'avait aucun doute sur ses capacités à devenir le protecteur, le défenseur et le principal soutien de Niniver.

En un mot : son époux.

Car il en était sûr à présent : c'était la place que lui avaient assignée la Lady et le destin. Et c'était celle qu'il convoitait désormais.

Mais comment y parvenir ?

C'était la seule question pour laquelle il n'avait pas encore de réponse.

Il entendit les pas légers de Niniver dans le couloir. Il leva les yeux alors qu'elle entrait dans la salle à manger.

Elle le vit. Leurs regards se croisèrent et elle ralentit, puis lui adressa un sourire et s'approcha.

— Bonjour. Et merci encore de m'avoir débarrassée de Jem.

— Je vous dirais volontiers que je l'ai fait avec plaisir, et c'est le cas, mais un tel incident n'aurait jamais dû se produire.

Il se leva et attendit pendant qu'elle prenait deux tranches de pain grillé. Mais ensuite, à sa grande surprise, elle préféra aller s'asseoir à l'autre bout de la table. Ferguson était arrivé avec une théière. Il la posa devant la place qu'avait choisie Niniver, puis lui tint sa chaise.

Une fois qu'elle fut installée, Marcus se rassit et, la voyant chercher quelque chose des yeux, lui passa le pot de confiture. Leurs doigts se frôlèrent, et comme il s'en doutait, il frissonna à ce contact. Il savait qu'elle avait ressenti la même chose mais, sur la défensive, elle ne laissa rien paraître.

Toute la longueur de la table les séparait. De toute évidence, s'asseoir là plutôt qu'à sa place de la veille, c'est-à-dire à côté de lui, avait été de la part de Niniver un choix délibéré.

Ainsi, elle faisait la farouche. Tout bien considéré, ce n'était pas une surprise. Il était expert pour apprivoiser les animaux craintifs et, d'après ce que l'expérience lui avait enseigné, les femmes n'étaient pas tellement différentes dans leur manière de faire. Il aurait tout le temps pour vaincre ses réticences une fois qu'il aurait éliminé les menaces qui pesaient sur elle.

En la regardant étaler la confiture, il se demanda, comme c'était souvent le cas quand il observait ses sœurs dans des circonstances similaires, comment des bouts de femme comme Niniver, Lucilla et Annabelle pouvaient survivre jusqu'au déjeuner en n'avalant que deux tranches de pain et quelques tasses de thé.

Niniver reposa la confiture et attrapa la théière.

Laissant tomber ce mystère, il se reconcentra sur elle et sur ses problèmes récents.

— Vous avez dit que Jem vous avait déjà joué la sérénade à deux autres occasions.

Ces incidents ne figuraient pas sur la liste que Sean et Mitch lui avaient fournie. Plutôt que de dresser un catalogue des faits dans leur totalité, il dit :

— Je suis déjà au courant pour la bagarre dans la cour de l'écurie. Mais que s'est-il passé d'autre ? Des incidents similaires ont-ils déjà eu lieu ?

Niniver plissa le front et réfléchit. Elle finit par dire :

— Le premier « incident », comme vous dites, s'est produit au début de l'été dernier. Carter Bonham et Milo Wignell sont venus m'inviter à un pique-nique en leur compagnie.

Ce souvenir lui arracha une grimace. Puis elle croisa le regard fixe de Marcus.

— Ils ont essayé d'insister, mais j'ai prétexté que j'étais en deuil pour les éconduire. Ils sont revenus à la charge un peu plus tard dans l'année, fin octobre, je crois. Mais je les ai vus arriver dans leur phaéton et j'ai demandé à Ferguson de leur dire que j'étais absente. Ils ne sont pas revenus… enfin, pas pour l'instant. Et puis il y en a eu d'autres comme eux…

— Attendez.

Marcus se pencha en avant, les sourcils froncés.

— Bonham et Wignell ne font pas partie du clan, n'est-ce pas ? Et quand vous dites « d'autres comme eux », vous voulez dire « d'autres aristocrates », c'est bien cela ?

Elle résista à l'envie de se mordiller la lèvre.

— Oui.

— Mais je croyais que les hommes qui vous importunaient faisaient *tous* partie du clan.

— En ce moment, oui. Ce sont tous des membres du clan. Mais les autres étaient des amis de Nigel et Nolan.

Marcus la regarda pendant un moment, puis il serra les lèvres. Il hocha la tête.

— Donnez-moi tous les noms.

Elle obéit. Quand elle eut terminé, il se cala dans le dossier de sa chaise. L'expression de Marcus laissait entendre qu'il était en train d'ajouter tous ces noms à une liste qu'il avait en tête. Puis il la regarda de nouveau et lui fit signe de continuer.

— Parlez-moi de tous les incidents dont vous vous souvenez.

Elle réprima un soupir et s'exécuta.

La liste était longue. Plus longue qu'elle ne s'en était

rendu compte de prime abord. Elle n'avait jamais essayé de la dresser, pas même de tête.

Certains des incidents en question l'avaient secouée, mais la plupart d'entre eux étaient assez risibles, voire amusants. Cependant, une fois arrivée au bout de sa litanie, elle scruta Marcus et ne vit pas la moindre pointe d'amusement sur son visage. Son expression était fermée et intransigeante, ses traits tendus.

Il y avait en lui quelque chose de fort, de menaçant, presque. La tension qui l'habitait était palpable. Cependant, comme la nuit passée, aucune de ces promesses assassines n'était tournée contre elle. Au contraire, c'était comme si elles étaient déployées tel un bouclier destiné à la protéger.

Elle réprima malgré elle un frisson, qui n'était pas causé par la crainte, mais par l'admiration.

Marcus perçut ce frisson, et toute son attention se tourna de nouveau vers Niniver. Il l'observa pendant une seconde. Elle était vraiment étonnante. Malgré les assauts répétés contre sa paix et sa tranquillité qu'elle avait dû subir au cours de l'année écoulée, depuis qu'elle avait été élue pour diriger le clan, elle demeurait toujours… elle-même. Calme, posée, et prompte à prendre le recul nécessaire sur les événements.

Mais ces attaques — car c'était bien de cela qu'il s'agissait — devaient cesser. Entre autres, elles ajoutaient une pression supplémentaire alors que, s'il avait bien compris, Niniver se battait pour maintenir le clan à flot. La seule conséquence positive était que ces incidents avaient amené celle-ci jusqu'à lui.

Ils lui avaient fait prendre conscience qu'elle avait besoin d'un défenseur, et que ce défenseur, ce devait être lui.

Elle inclina la tête et l'interrogea du regard.

— Est-ce tout ce que vous vouliez savoir ?

— Oui.

Il s'interrompit un instant avant de poursuivre.

— J'ai besoin de connaître toutes les personnes impliquées pour pouvoir savoir qui surveiller. Et je dois aussi savoir ce qu'ils ont fait, parce que cela me donne une idée de leur détermination.

Elle posa sa serviette à côté de son assiette.

— Et vous paraissent-ils déterminés ?

Il se leva et fit le tour de la table.

— Jem et la plupart des autres sont encore hésitants. Il sera facile de les décourager. Mais pour ce qui en est des autres… Je pense aux amis de Nigel et Nolan, en particulier.

Arrivé derrière la chaise de Niniver, il la tira pour qu'elle puisse se lever.

— Pour eux, je réserve mon jugement.

Il lui prit la main et l'aida à se lever.

Il sentit les doigts de Niniver frémir, puis elle les dégagea. Elle leva les yeux vers lui avant de le précéder hors de la salle à manger.

— Je serai à la bibliothèque toute la matinée.

Niniver était soulagée d'avoir réussi à prononcer ces mots assez facilement. Ses poumons s'étaient bloqués : elle avait l'impression de ne plus pouvoir respirer. Ses sens se manifestaient de plus belle et lui faisaient remarquer d'une manière brutale que Marcus était tout près, qu'il la suivait. Maudits soient-ils ! Et en ce qui concernait ses doigts qu'il avait tenus, sa peau qu'il avait touchée… Ce contact la brûlait encore.

Ridicule !

Elle était bien décidée à ignorer toutes ces réactions.

Il se comportait exactement comme un homme tel que lui devait se comporter vis-à-vis d'une femme comme elle. Rien de plus.

— Oui, poursuivit-elle, pour l'instant, il est nécessaire que je vérifie et contrôle chaque dépense qui a été faite pour ou par le domaine. Comme cela ne fait pas encore un an que je suis à la tête du clan, j'apprends toujours les rudiments du métier. Et comme nous comptons beaucoup de fermes, de maisons différentes… Mais vous devez avoir l'habitude.

Elle marcha aussi vite qu'elle put dans le couloir — elle se retint de se mettre à courir.

Une fois qu'elle eut poussé la porte de la bibliothèque, il la suivit à l'intérieur et referma la porte derrière eux.

Niniver s'avança jusqu'au bureau situé dans le fond de la bibliothèque. Puis elle se retourna. La pièce grande et large — la plus vaste de tout le manoir — semblait soudain plus petite que d'habitude.

Marcus prenait tellement de place, et pas seulement physiquement. C'était comme si l'aura qu'il dégageait dominait tout l'espace en se l'appropriant.

Vite, Niniver alla se réfugier derrière le bureau de son père, là où elle se sentait toujours en sécurité.

Marcus la vit disparaître derrière le bureau et s'enfoncer dans le gros fauteuil usé. Comme la veille, il l'observa se plonger dans les livres de comptes et vit, peu à peu, l'inquiétude gagner ses traits. Et, comme la veille, il résista au besoin impulsif de lui proposer de l'aider à gérer le domaine. Cela faisait un an qu'elle le faisait seule et qu'elle s'en tirait de façon très honorable. Elle n'avait donc pas besoin pour le moment de son concours en ce qui concernait ce problème particulier.

D'abord la protéger et la défendre. Ensuite la soulager de ses soucis.

— Y aurait-il une autre pièce de libre… un bureau, par exemple, que je pourrais utiliser ?

Il ne précisa pas pourquoi : elle n'avait pas besoin de savoir.

Elle leva les yeux avec une expression soulagée qui lui donna envie de sourire. Mais il se domina. Puisqu'elle était sur la défensive, il disparaîtrait de ce qui était visiblement sa pièce préférée et la laisserait se détendre. Pour l'instant.

— Il y a un petit bureau au bout du couloir…

Elle désigna l'endroit avec sa plume.

— Nigel l'utilisait du vivant de notre père, dit-elle. Plus personne ne s'en sert.

— Ce sera parfait.

Il hocha la tête en direction des gros livres de comptes.

— Je vous laisse travailler.

Il tourna les talons et se dirigea vers la porte. Il n'avait pas besoin de voir la gratitude éclairer les traits de Niniver pour savoir qu'il avait pris la bonne décision.

Après avoir refermé la porte de la bibliothèque, il s'arrêta dans le couloir pour réfléchir à ce qu'il allait faire ensuite. D'un pas décidé, il se dirigea alors vers le bureau, prêt à passer à l'étape suivante pour s'imposer comme le champion de Niniver.

La pièce, assez petite, contenait un bureau et le fauteuil qui allait avec, deux chaises étroites disposées juste devant, et une grande étagère sur chacun des deux murs latéraux. Quelques vieux journaux y étaient empilés, et rien d'autre. Aucune décoration, ni aucun accessoire, hormis la lampe en cuivre posée sur un coin du bureau qui, sans elle, aurait été complètement nu.

Marcus était installé dans le fauteuil avec, dans son dos, une fenêtre qui donnait sur la cour de l'écurie. Il regardait Ferguson et l'actuelle gouvernante, une certaine Mrs Kennedy, qui étaient assis en face de lui.

— Mon rôle, tel que je le conçois, consiste à protéger Lady Carrick de toute menace, physique ou autre. Personne ne s'en prendra à elle. Personne ne la mettra en colère. Personne n'insistera auprès d'elle pour obtenir je ne sais quelle faveur. Et si quelqu'un l'importune, je réagirai sans aucune circonspection.

Même s'ils ne firent aucun commentaire, Ferguson et la gouvernante semblaient aux anges.

Marcus les observa un moment, avant de poursuivre :

— Hier soir, nous avons eu droit à une visite nocturne de la part de Jem Hills, qui pensait que Lady Carrick avait envie d'une sérénade. Disons que j'ai… parlé avec lui, et je lui ai fait comprendre qu'il s'était mépris.

Ferguson et Mrs Kennedy firent tous les deux la moue.

— Je…

Le vieux majordome jeta un regard interrogateur à la gouvernante, qui secoua énergiquement la tête.

— *Nous* n'avons rien entendu du tout.

— Et c'est normal. Vos chambres donnent sur l'avant du manoir, donc vous ne pouviez pas savoir ce qui se passait de l'autre côté, là où se trouvent les appartements de Lady Carrick. C'est précisément pour cela que je dois continuer à occuper la chambre qui se situe à côté de la sienne. Elle a de toute évidence besoin d'être protégée de jour comme de nuit.

Cela semblait plaire un peu moins au majordome et à la gouvernante, mais aucun ne chercha à protester.

Marcus était tout à fait certain que tous les deux seraient prêts à tout pour soutenir et protéger Niniver. Malgré toute leur bonne volonté, ils n'avaient néanmoins pas été capables, à l'instar de Sean et Mitch, d'agir efficacement. Mais, en même temps, ils se trouvaient peut-être entravés par des questions de politique interne liées au clan. Ce qui n'était pas son cas. Lui pouvait agir quand les autres étaient forcés de temporiser. Et, quand il serait question de traiter avec les amis de Nigel et Nolan, il serait bien plus à même de le faire que n'importe quel membre du clan.

— Après l'épisode d'hier soir, j'espère que Jem va faire savoir à tout le monde que Lady Carrick n'est plus seule, et que quiconque voudra se mêler de sa vie aura d'abord affaire à moi. En bref, j'ai l'intention de m'imposer comme son champion.

Il marqua une courte pause pour donner plus de poids à ses paroles et continua :

— Je suis sûr que toute la maisonnée a bien conscience qu'avoir Lady Carrick comme chef de clan est un trésor inestimable. J'apprécierais que vous fassiez savoir à tous que ce trésor a désormais un gardien. Un gardien qui le protégera férocement et qui ne tolérera plus aucune autre tentative d'intrusion au manoir.

Il était impossible de ne pas lire le soulagement sur les traits ridés du majordome et de la gouvernante. Cependant, au lieu de hocher la tête et d'acquiescer, ils marquèrent un temps d'arrêt et échangèrent un long regard.

Ferguson finit par se tourner vers Marcus.

— Nous apprécions beaucoup que vous ayez l'intention d'agir pour le bien de Miss Niniver…

— Vraiment, ajouta Mrs Kennedy en agitant la tête, ce qui fit voleter ses boucles grises, contrastant avec son expression très sérieuse.

Ferguson prit une grande inspiration un peu heurtée.

— Cependant, vous ne faites pas partie du clan, et nous aimons tous beaucoup Miss Niniver. Et comme il n'y a plus personne à qui s'adresser la concernant, eh bien…

Avec courage, Ferguson croisa le regard de Marcus.

— Nous avons le sentiment qu'il est de notre devoir de vous demander quelles sont vos intentions vis-à-vis de Miss Niniver, enfin… de Lady Carrick.

Il s'était préparé à cette question. En effet, il n'en attendait pas moins d'eux, qui semblaient si dévoués envers Niniver. Et honnêtement, s'ils ne la lui avaient pas posée, ils auraient baissé dans son estime.

Ce qu'il n'avait pas anticipé, en revanche, c'était la réaction viscérale que cette question avait provoquée en lui. Mais s'il avait rétorqué un « elle est à moi » net et définitif, il n'aurait pas forcément marqué un point. En gardant son air calme et paisible, il expliqua alors :

— Il lui appartiendra entièrement de le décider, et c'est tout à fait normal.

C'était une réponse honnête et sincère, même si elle ne rendait pas compte de la violence de ses sentiments. Mais il préférait continuer de les garder secrets.

Ferguson et Mrs Kennedy relâchèrent leur souffle de concert et hochèrent la tête. Leur soulagement était palpable. Ils savaient qui il était, ils savaient qu'ils pouvaient se fier à sa parole. Sa déclaration avait balayé leurs angoisses et dissipé toutes leurs réticences. Grâce à cela, le majordome et la gouvernante — et avec eux, tous les domestiques — allaient devenir des alliés de poids dans son combat pour défendre Niniver.

Ferguson croisa de nouveau son regard, puis se leva et s'inclina.

— Merci, sir. De notre part à tous.

Mrs Kennedy se leva à son tour et esquissa une révérence.

— Nous serons heureux de faire tout ce qui est en notre pouvoir pour nous rendre utiles. Tout ce qui pourra alléger le fardeau qui pèse sur les épaules de Miss Niniver…

Marcus sourit et se leva lui aussi.

— Je suis sûr que vous pourrez vous rendre utiles, en effet. Je vous ferai savoir en temps voulu en quoi vous et les domestiques pourrez m'aider.

Une fois Ferguson et Mrs Kennedy sortis, Marcus se rassit. Au bout d'un moment, il se tourna pour regarder par la fenêtre.

Il était très satisfait de la façon dont s'était déroulé cet entretien. La conclusion de cette entrevue ne l'étonnait pas, mais il aurait pu avoir plus de mal à obtenir le soutien des domestiques. Il était heureux que cela se soit fait si facilement.

Ce qui l'avait surpris, par contre, c'était la violence de sa réaction à la question de Ferguson. Ou plutôt la violence de sa réaction à la suggestion implicite que Niniver ne lui appartenait pas encore.

Il n'y avait rien d'étrange à éprouver ce type de sentiments vis-à-vis de celle que le destin avait choisie afin qu'elle devienne son épouse, mais qu'il soit d'ores et déjà en proie à une telle possessivité était un brin déconcertant.

Cela faisait moins de vingt-quatre heures qu'il

avait accepté le fait que Niniver était celle qui lui était destinée, la figure centrale de sa vie et de son avenir. Il s'attendait à passer par différentes phases, progressives, avant d'atteindre le stade ultime de la possessivité, celui où il aurait proclamé haut et fort : « Elle est à moi et à personne d'autre. »

Apparemment non. Apparemment, ses instincts les plus primaires avaient pris les devants et se trouvaient déjà au bout de la route, et tiraient sur la corde pour aller plus loin et plus vite encore.

Ce qui pourrait poser problème, étant donné que la très farouche Niniver n'avait encore aucune idée de la direction qu'il avait prise, et encore moins du rôle qu'elle était destinée à venir jouer dans sa vie. D'une façon ou d'une autre, elle devait bien s'en douter, mais sans en avoir la certitude, car cela faisait des années qu'il dissimulait avec le plus grand soin ce qu'il ressentait pour elle.

Pendant de longues minutes, il fixa la cour de l'écurie, le regard perdu dans le vague. Puis il finit par tourner de nouveau le dos à la fenêtre.

Cette vérité, sa raison et ses instincts l'avaient comprise et acceptée. Alors peut-être serait-il sage de passer à présent à la vitesse supérieure et d'entreprendre sérieusement de convaincre Niniver de devenir sa femme ? À la chasse, il pouvait se montrer patient, mais dans les circonstances actuelles la patience n'amènerait rien, pas alors que tout son être était déjà engagé dans cette poursuite.

Cela dit, il voyait une autre complication se profiler à l'horizon. Même s'il parvenait à la convaincre de se donner à lui, il ne pouvait pour autant demander sa main avant d'avoir anéanti toutes les menaces, physiques et autres, pesant sur elle.

S'il se montrait trop pressant, sa demande en mariage risquait plutôt de ressembler à une demande de paiement pour services rendus…

Il distingua dans son dos des bruits qui le firent de nouveau regarder par la fenêtre. Dans la cour de l'écurie, Johnny, son domestique, venait d'arriver. Ce dernier était en train de descendre de cheval et l'un des sacs de voyage de Marcus était attaché à sa selle.

Marcus se leva et se dirigea vers la porte.

Chaque chose en son temps.

Marcus était dans sa chambre en train de vider le sac que Johnny lui avait apporté, quand soudain il aperçut Niniver monter l'escalier. Elle traversa le palier et se dirigea vers sa chambre.

Il l'entendit ensuite marcher, entendit des bruits de chaussures sur le sol.

Quelques minutes plus tard, la porte de Niniver s'ouvrit de nouveau et, d'un pas décidé, elle traversa le palier. Il se tourna vers sa porte, qui était restée ouverte, juste au moment où elle arrivait sur le seuil.

Elle le vit et sourit.

— Je vais passer le reste de la matinée à entraîner nos chiens. Je me demandais si vous aviez envie de m'accompagner.

— Bien sûr.

Pourquoi avait-elle eu besoin de poser la question ? Elle savait qu'il aimait les chiens autant qu'elle.

Elle s'était changée et avait passé sa tenue d'équitation. Lui portait déjà une chemise, un pantalon et des bottes. Abandonnant son sac à moitié vidé, il se dirigea vers le lit pour enfiler la veste de cheval qu'il y avait posée.

— Où se trouve la meute ? Je me souviens que Thomas a dit que vous l'aviez déplacée vers une ferme du domaine.

— J'ai dû cacher les chiens car sinon Nigel les aurait vendus.

Elle haussa les épaules.

— Ou bien Nolan… Je ne sais plus qui était responsable de quoi.

— Mais vous avez sauvé les chiens, et c'est le principal.

Il la rejoignit près de la porte, et elle recula. Côte à côte, ils se dirigèrent vers l'escalier.

— J'ai réussi à cacher les meilleurs.

Elle marchait à ses côtés, et paraissait bien plus détendue et naturelle que plus tôt dans la matinée.

— La meute se trouve toujours chez le vieil Egan. Il avait une grange dont il ne se servait pas et il était le responsable du chenil du temps de mon père. Donc je la lui ai confiée. Deux de ses neveux l'aident. Je pense qu'il est content de pouvoir transmettre son savoir.

Ils empruntèrent l'escalier.

— Au fait, déclara-t-il à brûle-pourpoint, je tenais à souligner le fait que je ne peux pas vous protéger des importuns si je ne suis pas avec vous.

Il accrocha son grand regard bleu quand elle tourna les yeux vers lui.

— Donc, si cela ne vous dérange pas, j'apprécierais que vous acceptiez de ne pas quitter la maison sans m'en avoir averti au préalable.

Elle l'observa pendant un moment, puis regarda droit devant elle.

— Très bien.

Il aurait préféré qu'elle le lui promette, mais elle semblait sincèrement disposée à se plier à sa demande, et du moment qu'elle consentait à l'avertir de ses sorties, ce serait faire d'une pierre deux coups que de l'accompagner dans des excursions comme celle qu'ils s'apprêtaient à faire. D'une part tous ceux qui les verraient remarqueraient sa présence à ses côtés — et avec un peu de chance, ils en parleraient autour d'eux —, et de l'autre, passer du temps avec elle hors de la maison lui donnerait l'occasion de la préparer en douceur à l'idée de devenir sa femme.

Dans la cour de l'écurie, Niniver attendait au soleil pendant que Sean, Mitch et Marcus sellaient leurs chevaux. Celui de Marcus se montrait turbulent. Quand il fit sortir le hongre, ce dernier secoua la tête, comme s'il était déjà prêt à partir au galop. Mais, à la surprise de Niniver, Marcus tendit les rênes à Fred. Le temps de lancer un bref « Tenez-le » à Mitch, qui guidait Oswald, et il s'approcha d'elle.

Oh ! non.

Elle eut à peine le temps de penser ces mots avant que Mitch ne lui amène Oswald.

S'arrêtant devant elle, Marcus sourit et la saisit par la taille.

Il la hissa en selle comme si elle était plus légère qu'une plume. Pour lui, c'était sans doute ce qu'elle était. La sensation de ses mains et de ses doigts lui enserrant fermement la taille menaçait de lui faire perdre ses esprits, mais il la relâcha et recula. Le souffle court, elle baissa la tête et s'employa à positionner correctement ses bottes et ses jupes. Lorsqu'elle réussit tant bien que mal à prendre une inspiration, elle parvint à articuler un faible « merci » et fut soulagée quand, apparemment rassuré de constater qu'elle n'allait pas tomber de son perchoir, il tourna les talons et retourna à son cheval.

Il grimpa en selle d'un seul mouvement fluide, tout en force et en puissance. Malgré ses efforts pour ne pas regarder, elle ne put s'empêcher de se délecter de ce spectacle.

Il dirigea son cheval gris vers la porte qui fermait la cour de l'écurie, et elle prit une inspiration plus profonde. Elle redressa le dos, leva les rênes d'Oswald, puis le talonna pour rejoindre Marcus hors de l'écurie.

Après tout, c'était ce qu'elle avait voulu. Il avait très clairement décidé de s'acquitter avec sérieux de la tâche consistant à repousser ses prétendants, et il avait de toute évidence l'intention de rester au manoir quelques jours au moins. Il faudrait juste qu'elle s'habitue à sa présence et qu'elle s'accoutume à tous ces petits contacts qui n'étaient rien d'autre que des marques de courtoisie.

Elle lui avait proposé d'aller voir les chiens, parce qu'elle savait que c'était une passion qu'ils partageaient et qu'il apprécierait autant qu'elle de passer un peu de temps avec la meute. Quelques heures de plaisir partagé étaient un cadeau qu'elle pouvait lui faire, en échange de l'aide qu'il avait bien voulu lui apporter.

Le bruit régulier des sabots sur le sol l'apaisa. Pour elle, monter à cheval était aussi facile que respirer — plus facile, même, en tout cas quand Marcus était à proximité… Elle aimait le mouvement, elle aimait être dehors, elle adorait la caresse du soleil sur son visage et du vent dans ses cheveux.

Elle sentit le regard de Marcus sur elle, mais elle ne tourna pas la tête pour le croiser. Du coin de l'œil, elle vit sur ses lèvres un petit sourire plutôt satisfait…

Ne regarde pas ! Ne regarde pas !

Cette fois, elle se contrôla. Et, gardant le regard bien droit devant elle, elle ouvrit la voie.

Deux heures plus tard, elle caressait la tête de sa chienne préférée. Puis elle leva les yeux vers Marcus avec un immense sourire aux lèvres.

— Le moment est sans doute venu de rentrer.

Les regrets teintaient sa voix, elle s'en rendait compte. Ce n'était pas étonnant : les heures qui venaient de s'écouler avaient été encore plus délicieuses qu'elle ne l'avait imaginé. Partager sa passion pour les lévriers écossais avec quelqu'un qui non seulement la comprenait, mais éprouvait aussi la même fascination qu'elle pour ces grands chiens intelligents avait été plus qu'un plaisir. Cela avait été… une vraie renaissance. Cela faisait si longtemps qu'elle n'avait rien partagé avec personne.

Marcus était appuyé contre le mur du large enclos. Il lui rendit son regard, mais ne releva pas sa remarque.

— Parlez-moi plus en détail de ce flair exceptionnel que vous avez remarqué chez vos chiens, dit-il. Pensez-vous vraiment que la mère l'ait transmis à ses chiots ?

Elle se leva et épousseta ses jupes.

— Il est encore trop tôt pour le savoir.

Elle désigna la chienne.

— Ses petits sont encore trop jeunes pour qu'on commence leur dressage, ou même pour qu'on teste leur flair. D'un autre côté, je n'ai découvert cette caractéristique que chez elle et ses sœurs, et dans une moindre mesure, chez les mâles appartenant à la même lignée. Donc je croise les doigts.

Ils avaient passé une heure à soumettre la meute — des

animaux sains et forts, et triés sur le volet — à toute une batterie d'exercices standards. Pour être des chiens de chasse vraiment efficaces, les lévriers écossais avaient besoin qu'on répète très fréquemment ces exercices de dressage. Niniver avait mis au point les siens, mais ils différaient très peu de ceux que Marcus utilisaient. Il s'y était adapté très rapidement et avait beaucoup apprécié de pouvoir l'aider à travailler avec les chiens un peu plus âgés.

Il avait aussi fait en sorte de profiter de chaque occasion qui s'offrait à lui pour la toucher : une main dans le dos dès qu'il passait derrière elle, un petit contact sur son bras pour attirer son attention. Leurs doigts s'étaient même frôlés quand ils avaient examiné l'un des lévriers. Des contacts bien innocents, même si son but était loin de l'être.

Mais alors, elle lui avait parlé de cette caractéristique qu'elle essayait de développer : un flair hors du commun qu'elle avait détecté chez plusieurs sujets appartenant à une même famille. Normalement, les lévriers écossais étaient surtout utilisés pour leur vue exceptionnelle : ils étaient capables de repérer des proies à une très grande distance et, grâce à leur vitesse, ils excellaient dans la poursuite. En plus de cela, ils étaient capables de pister leur proie en reniflant le sol, caractéristique typique de tous les lévriers. Cependant, seulement quelques races étaient connues pour leur capacité à flairer aussi dans l'air, et les lévriers écossais n'en faisaient pas partie — normalement. Toutefois, d'après ce que Marcus en savait, les éleveurs et les dresseurs n'avaient jamais spécialement cherché à développer cette qualité chez les lévriers écossais.

La découverte de Niniver pourrait bien bousculer les

idées reçues et faire grand bruit, et il se sentait honoré et très heureux qu'elle s'en soit ouverte à lui. Qu'elle lui ait suffisamment fait confiance pour lui révéler son secret.

Chaque chose en son temps... Le reste suivrait.

Alors qu'elle approchait, il vint aussi vers elle.

— Je vois très bien les avantages qu'il peut y avoir à posséder une meute composite. Il y a beaucoup moins de risques à perdre une trace si vous avez des chiens qui savent pister en reniflant en l'air aussi bien qu'en reniflant à terre.

Il tendit le bras et lui prit la main pour l'aider à garder l'équilibre lorsqu'elle secoua ses bottes l'une après l'autre pour les débarrasser de la paille qui s'était collée sous ses semelles. Puis il la lâcha et recula. Ce contact ne pouvait lui avoir échappé, mais elle l'avait accepté sans réticence.

Un nouveau petit progrès.

Il attendit sur un côté de la grange qu'elle referme le portail. Il ne s'agissait pas d'un espace construit exprès pour l'élevage et le dressage des chiens comme Marcus en possédait un. Ici, tout avait été fait pour convertir du mieux possible la grange originelle en une série d'enclos. Une petite arène avait été aménagée juste à l'entrée, avec une cour clôturée pour pouvoir entraîner les chiens. Malgré ce côté un peu bricolé — par Niniver elle-même et, s'il avait bien compris, par le vieil Egan, l'ancien responsable du chenil —, les aménagements étaient tout à fait fonctionnels et les chiens pouvaient être élevés dans des conditions plus que satisfaisantes.

Quant à l'élevage même, c'était Niniver en personne qui le supervisait et qui en avait établi le programme. Marcus s'était toujours posé la question, mais il avait eu l'occasion de passer quelques minutes avec le vieil Egan.

Pendant qu'il avait regardé Niniver se faire obéir au doigt et à l'œil par dix des lévriers les plus expérimentés, il avait discuté avec le vieil homme et avait pris la mesure de toute l'admiration et de tout le respect que l'ancien éleveur éprouvait pour elle.

Après ces quelques heures, Marcus lui aussi était empli de respect et d'admiration. En la regardant travailler avec les lévriers et diriger ces bêtes parfois difficiles, il avait pu découvrir une autre facette de Niniver. Elle était ferme, compétente et déterminée, et elle savait comment obtenir le meilleur de ceux à qui elle commandait. Toutes les caractéristiques d'un grand chef.

Niniver était une femme tout en complexité et en contradictions. Un fascinant mélange de délicatesse, de fragilité et de vulnérabilité d'une part, et de force, d'intransigeance et de détermination de l'autre.

Après un dernier regard à ses chiens, elle se tourna vers lui.

— Pourrais-je voir les chiots sevrés ? lança-t-il.

Il se demandait combien elle en possédait, et si, en termes de santé et de vigueur, ils se distinguaient des siens. Il sourit.

— Je me prépare à être impressionné.

Elle rit.

— Bien sûr que vous pouvez les voir.

Elle se dirigea vers le fond de la grange.

— Ils sont par là.

Il la suivit. Il se sentait incroyablement heureux d'avoir réussi à lui arracher ce rire plein de légèreté et d'insouciance. Cette fraternité née de leur passion commune pour les lévriers était idéale pour abattre ce mur hérissé de piquants qu'elle avait érigé entre eux.

Dix minutes plus tard, ils étaient assaillis par une masse de petites bêtes qui jappaient et frétillaient dans l'un des enclos situés au fond de la grange — mais, soudain, des bruits d'altercation parvinrent jusqu'à eux. Des voix masculines, assourdies par l'épaisseur des murs, qui provenaient de l'entrée de la grange.

Puis un homme cria ce qui ressemblait à un « non » vigoureux.

Marcus eut l'impression que cette protestation venait du vieil Egan. Puis tous les autres bruits furent noyés sous un concert de jappements et d'aboiements.

— Restez ici, ordonna-t-il à Niniver.

Il traversa la grange dans l'autre sens, en direction des portes qui étaient grandes ouvertes. Plusieurs larges silhouettes masculines se découpaient dans le contre-jour et s'agitaient. Puis des lévriers apparurent, de plus en plus nombreux.

Qui que soient ces hommes, ils étaient en train de libérer les chiens dont les enclos étaient situés près des portes.

— Mais que diable font-ils, sacrebleu ?

Marcus pressa le pas. Alors que le nombre des chiens libérés grandissait, il jura et se mit à courir.

Lorsqu'il fut suffisamment près pour bien voir, il ralentit pour mieux observer cette scène de chaos. Un homme massif se tenait juste à l'entrée et retenait Egan, qui se débattait et lançait des injures. Deux autres — la même silhouette de brutes épaisses — parcouraient l'allée centrale de la grange et ouvraient tous les enclos. Plus de vingt lévriers, tous adultes, couraient dans l'allée. À cause du bruit qu'ils faisaient, les hommes n'avaient pas entendu Marcus arriver.

Puis il perçut dans son dos des bruits de pas précipités.

La brute la plus proche, avec un sourire niais, avait la main sur la porte de l'enclos où étaient rassemblées les chiennes pisteuses de Niniver.

Cette dernière bouscula Marcus et se jeta sur l'homme, lui attrapant le bras pour l'empêcher d'ouvrir la porte.

— Non ! Ed, que faites-vous ?

Ed ? L'un des hommes du clan ?

Le dénommé Ed ne l'avait pas vue arriver. Instinctivement, il se raidit pour la repousser, avant de se rendre compte de qui il s'apprêtait à envoyer voler dans les airs. Mais trop tard. Avec un visage presque comique, il essaya de retenir son geste violent, mais Niniver était déjà en train de tomber à la renverse.

Marcus se précipita et la rattrapa par le bras. Se servant de ce poids supplémentaire pour se donner davantage de force, il arma son bras et administra un spectaculaire coup de poing dans la mâchoire d'Ed.

Le géant grogna et recula en chancelant, l'air désormais plus choqué que surpris.

Marcus en profita alors pour lui crocheter les jambes. Ed atterrit bruyamment sur le sol recouvert de paille.

Marcus se rendit compte qu'il avait été bien mal avisé de s'imaginer que Niniver lui obéirait et resterait sagement en retrait. En l'aidant à se remettre debout, il dit :

— Occupez-vous d'Egan et des lévriers. Laissez-moi ces brutes et n'essayez pas d'intervenir.

Lorsqu'il vit son visage tendu, la fureur qui animait son regard et le bref hochement de tête qu'elle lui adressa, il comprit qu'elle ne discuterait pas cette fois.

Rassuré, il se remit à la tâche, ce qui consistait à régler les problèmes de Niniver. Et celui-ci en premier.

La tête du géant avait heurté le sol. Il était à moitié assommé et clignait les paupières. Ses acolytes venaient à peine de se rendre compte qu'ils avaient une compagnie inattendue.

Les lévriers étaient encore en train de courir partout, mais Niniver les appela et les bêtes, obéissantes, accoururent vers elle.

Marcus se pencha, saisit l'homme à terre par le col et la ceinture, le souleva et l'envoya dans les jambes du plus proche de ses amis.

Les deux hommes atterrirent dans un recoin sombre près des portes.

— Hé ! Qu'est-ce qui vous prend, vous !

Empli d'une rage belliqueuse, l'homme qui tenait Egan jusqu'alors s'élança à l'intérieur de la grange.

Marcus évalua la situation. Niniver se trouvait à présent aux côtés du vieux dresseur, près de la porte. L'homme qui se dirigeait vers lui avait dû la voir, mais il était plus intéressé par le fait de défendre ses amis.

Se campant fermement sur ses pieds, Marcus le laissa approcher.

Juste avant qu'il ne soit à portée de main, il s'avança et enfonça son poing dans le ventre du colosse.

L'homme se plia en deux avec un gémissement. Marcus le saisit par la tête et lui décocha un bon coup de genou.

L'homme hurla et, toujours plié en deux, recula en chancelant.

La mâchoire serrée, Marcus l'attrapa par la nuque, le traîna vers l'entrée de la grange et, sans pitié, l'envoya choir dans la poussière de l'enclos extérieur.

Il revint alors vers les deux autres.

Le deuxième individu venait de se remettre sur pied. Dès qu'il vit Marcus, il se jeta sur lui.

Marcus fit un pas de côté, puis pivota et, quand l'homme se retourna, le frappa en pleine face.

Son adversaire cria et porta les mains à son nez.

Marcus l'agrippa par les cheveux, l'entraîna vers les portes et l'envoya valser dehors lui aussi.

Entre-temps, Ed s'était relevé. En se cognant partout, il tituba jusqu'aux portes. Tout ce dont il avait besoin, c'était d'un bon coup de pied au derrière pour l'aider à trouver son chemin, et Marcus fut heureux — ravi, même — de pouvoir lui rendre ce service.

Après s'être assurée qu'Egan n'était pas blessé, Niniver avait fait rentrer les lévriers dans leurs enclos. Elle se dirigea ensuite vers Marcus, qui se trouvait à l'entrée de la grange.

Il se tenait droit et immobile, à l'exception des doigts de sa main droite qu'il remuait.

Les trois lourdauds avaient perdu de leur superbe, assis par terre à marmonner des injures avec des airs de victimes. C'est surtout cela qui provoqua la fureur de Niniver.

— Ed Wisbech. Liam Forrester. Stewart Canning.

Elle les nomma pour Marcus, mais aussi pour les mettre en cause solennellement. Les yeux plissés, elle les vrilla tous les trois du regard.

— Espèce d'écervelés ! Avez-vous la moindre idée des dégâts que vous auriez pu causer ? Qu'est-ce qui vous a pris de venir ici et de libérer les chiens ?

Les trois hommes regardaient tour à tour Niniver et

Marcus, mais c'était surtout ce dernier qu'ils dévisageaient avec crainte et respect.

Elle perdit patience.

— Eh bien ?

Stewart Canning, celui qui avait tenu Egan et semblait l'instigateur de ce plan insensé, ravala ce qui ressemblait fort à des larmes.

— On ne pensait pas à mal. On s'est juste dit que peut-être vous aviez du mal à choisir entre nous tous, vu qu'on est nombreux à vouloir votre main. Donc on a passé une sorte de pacte.

Liam Forrester parla à travers ses mains qui étaient toujours plaquées sur son nez.

— On s'est mis d'accord pour organiser comme un concours entre nous. Le gagnant était censé obtenir le privilège de demander votre main, et les deux autres n'auraient pas eu le droit de protester ni de s'interposer.

— On essayait juste de vous rendre les choses plus faciles, dit Ed en se tenant toujours la mâchoire, sur un ton qui suggérait que Niniver aurait dû leur être reconnaissante.

Elle serra les poings.

— Cela n'explique pas ce que vous faisiez avec les chiens. Avec *mes* chiens.

Il s'agissait peut-être de la meute des Carrick, mais tous les membres du clan savaient que c'étaient ses chiens à elle. Elle avait élevé, soigné et dressé chacun d'eux. Elle avait dû ruser et mentir pour protéger ceux qu'elle avait encore et empêcher ses frères de les vendre.

Stewart haussa ses épaules massives.

— C'était ce qui nous est passé en premier par la tête. On avait prévu de choisir un chien chacun et de leur faire faire la course. Le chien le plus rapide aurait donné la victoire à celui qui l'avait choisi.

— Comme c'étaient vos chiens et tout ça…, dit Liam. Ça nous paraissait une bonne idée.

Marcus émit un bruit étranglé. Niniver supposa qu'il étouffait un rire incrédule. D'une voix aussi neutre que possible, elle fit remarquer :

— Ces lévriers ne peuvent pas faire la course. Ce sont des animaux qui chassent en meute, ils unissent leurs efforts pour débusquer et ramener les proies. S'affronter à la course est quelque chose qui leur est totalement étranger. Si vous vouliez organiser une course, il aurait fallu prendre des bêtes appartenant à trois meutes différentes, et même dans ce cas… Oh ! et puis… !

Elle leva les bras au ciel.

— Mais pourquoi est-ce que je perds mon temps à essayer de vous expliquer cela ?

Elle se mit à faire les cent pas, mais se reprit presque aussitôt. Non, pas de déambulations. Elle se campa face aux trois hommes et les fixa avec un regard toujours aussi furieux.

— C'est en tant que chef de clan que je m'adresse à vous. Tous les trois, vous êtes interdits de chasse pendant une année. Si jamais j'apprends que l'on vous a vus en train de chasser, même en dehors des terres du clan, je vous attaquerai en justice avant même notre conseil. Jamais plus vous n'approcherez des lévriers, ni de cette ferme, ni d'Egan ou de sa famille.

Elle se redressa et les toisa avec mépris.

— Me suis-je bien fait comprendre ?

Cette décision n'avait rien pour leur plaire. Les lèvres serrées, ils la scrutaient d'un air rebelle. Mais un simple petit regard sur leur gauche — et Marcus — et ils écarquillèrent les yeux, puis s'empressèrent de regarder de nouveau Niniver en hochant servilement la tête.

Marcus s'approcha d'elle. À voix très basse, il lui murmura :

— Ne gâchez pas cette jolie démonstration d'autorité en ajoutant quoi que ce soit d'autre. Contentez-vous de hocher la tête, de tourner les talons et de retourner dans la grange. J'ai besoin de parler à ces trois énergumènes un moment sans que vous soyez là.

Sans quitter des yeux les trois compères, elle hésita pendant une petite seconde. Mais elle avait demandé à Marcus d'intervenir, et c'était ce qu'il avait fait, avec beaucoup d'efficacité. Elle ne voulait pas penser à ce qui aurait pu se passer s'il n'avait pas été là. Elle devait donc lui faire confiance : il savait ce qu'il faisait.

Alors, le regard toujours braqué sur eux, elle hocha la tête, puis fit demi-tour et entra dans la grange.

Marcus ne bougea pas et garda son regard planté sur les trois camarades qui, au moins, avaient eu le bon sens de rester assis par terre dans la poussière. Ils le dévisageaient aussi, avec méfiance et inquiétude, comme s'ils avaient assez peu envie d'en découdre de nouveau avec lui.

Il attendit d'être sûr que Niniver soit hors de portée d'oreille, puis il s'avança, ce qui sembla alarmer les trois hommes. Il les fixa droit dans les yeux l'un après l'autre, puis sourit. Pourtant, il n'avait pas du tout envie de plaisanter.

— Je ne le répéterai pas deux fois. Considérez cela comme votre dernier avertissement. Lady Carrick m'a demandé de la protéger et de régler les problèmes particuliers qui se présentent à elle en ce moment, et j'ai accepté. Les anciens du clan le savent. Même si je comprends les règles de votre communauté, je n'en fais pas partie. De ce fait, je peux agir pour le bien de votre lady en toute liberté et sans la moindre crainte. Et rien ne pourra m'influencer ni me faire dévier de mon but, qui est d'assurer sa sécurité et son bien-être.

Il marqua une pause, afin que ses propos soient bien compris, puis reprit :

— Par conséquent, si à partir de maintenant vous tentez quoi que ce soit susceptible de contrarier Lady Carrick, je m'occuperai personnellement de vous. Elle est peut-être magnanime. Je ne le serai pas. Si je viens vous trouver, vous vous en souviendrez longtemps.

Sans ciller, il continua de fixer les trois hommes.

— Voici comment les choses vont se passer à partir de maintenant. Faites passer le message autour de vous. Si certains d'entre vous sont stupides au point de chercher à importuner Lady Carrick, c'est devant moi qu'ils auront à répondre, et non devant elle.

Il leur adressa un dernier regard glacial.

— Maintenant, je vous suggère de disparaître, afin qu'elle n'ait plus à souffrir votre triste vue aujourd'hui.

Sur ce, il tourna les talons et rejoignit Niniver dans la grange.

Dans son dos, il entendit des murmures, mais aussi le bruit des trois hommes en train de se lever. Une fois qu'il fut dans l'ombre, il se retourna. D'un pas mal assuré, ils se dirigeaient vers leurs chevaux.

Satisfait, il s'enfonça dans la grange et trouva Niniver en train de parler à Egan. Le vieil homme essayait de donner le change, mais il était clairement secoué.

— Vous devriez rentrer déjeuner, dit Niniver, qui

avait la main posée sur l'épaule d'Egan. Mr Cynster et moi allons finir de vérifier que les chiens sont tous là et qu'ils vont bien, et avant de partir, nous fermerons.

Marcus acquiesça.

— Nous allons nous en occuper.

Les neveux du vieil homme vaquaient à leurs occupations dans la grange un peu plus tôt, mais ils étaient sans doute retournés à la ferme ensuite pour aider la femme d'Egan. Ils étaient jeunes tous les deux. Marcus voyait bien dans les yeux d'Egan ce que ce dernier était en train de penser. Si Marcus et Niniver n'avaient pas été là, et que seuls lui et les deux garçons avaient été présents quand les trois colosses étaient arrivés…

— Ne vous inquiétez pas, cela ne se reproduira plus, dit Marcus en inclinant la tête en direction de la porte.

L'on entendait les sabots des chevaux qui s'éloignaient.

— J'ai eu une petite conversation avec eux et je doute qu'ils aient envie de recommencer. Ni eux, ni personne d'autre, d'ailleurs.

Le vieil Egan inspira plus profondément. Il se redressa et hocha la tête à son tour.

— Merci.

Il se tourna vers Niniver et réussit à sourire. Il lui prit la main et la tapota affectueusement.

— Ne vous en faites pas pour moi, milady. Je suis un dur à cuire. Mais je crois que je vais rentrer déjeuner, sinon ma femme va se demander où je suis passé.

Niniver sourit d'un air encourageant. Egan s'en alla. Puis elle tourna les talons et se dirigea vers les enclos.

Marcus la suivit.

— Que faut-il faire ?

— Je vais rassembler tous les lévriers ici.

Elle s'arrêta près de l'enclos le plus proche, où les chiens qui avaient été libérés semblaient avoir été regroupés.

— Il faut les reconduire chacun à leur enclos.

Elle était capable de reconnaître tous ses chiens. En suivant ses directives, il ramena donc chacun d'entre eux dans le box qui lui était attribué.

Cette occupation aurait dû le calmer, mais ce ne fut pas le cas.

Marcus ressentait un besoin de plus en plus fort de tendre la main vers Niniver, de la toucher, de lui caresser la joue, de la prendre dans ses bras. Et cette compulsion était exacerbée par les conséquences qu'avait eues l'incident sur elle. Elle s'était refermée et avait de nouveau déployé tous ses boucliers. Mais derrière, elle était tendue, et fragile. Il repensa à l'allusion qu'il avait faite un peu plus tôt : ce n'était pas seulement physiquement qu'elle était menacée par ces incidents. Et cette prise de conscience ajouta à son besoin de réagir. De faire quelque chose pour abattre de nouveau ces murs et retrouver l'atmosphère heureuse, détendue et agréable du petit interlude qu'ils avaient partagé, avant que ces trois brutes ne se montrent et n'envoient tout voler en éclats.

Plus il y pensait, moins il se sentait disposé à supporter que les actes de trois idiots puissent nuire à son propre projet.

Au moment où il enfermait le dernier lévrier dans son box, le besoin d'agir était devenu presque intolérable. Les avant-bras posés sur les murs de l'enclos, il regardait les chiens sans les voir.

Niniver vint le rejoindre. Elle contempla l'enclos, puis relâcha lentement son souffle.

— Merci.

Elle fit un petit geste de la main.

— Pour tout.

Elle s'interrompit une seconde, puis reprit, sur un ton neutre et très terre à terre :

— Nous devrions rentrer au manoir. Le déjeuner doit être prêt depuis longtemps, et vous devez avoir très faim.

Il tourna la tête pour l'observer. Il attendit qu'elle le regarde dans les yeux.

— J'ai faim, mais pas de nourriture.

Elle cligna les paupières.

Il se redressa et se rapprocha d'elle.

Les yeux écarquillés, elle recula. Son dos heurta la séparation entre l'enclos et celui d'à côté.

Il s'immobilisa juste devant elle, puis posa les mains en haut de la porte, de part et d'autre de Niniver, qui se retrouva emprisonnée. Il savait ce qu'il voulait — ce dont il avait faim. Et il savait très bien pourquoi.

Niniver se figea et battit l'air des mains, comme si elle hésitait sur la conduite à tenir. Alors qu'il approchait encore, elle les laissa retomber contre le torse de Marcus. À cause de la posture de ce dernier, les pans de sa veste étaient écartés. Les paumes de Niniver touchèrent sa chemise, et il sentit aussitôt sa peau le brûler.

Le désir s'empara de lui, impérieux et puissant. Il lutta pour que rien ne paraisse sur son visage.

Elle le fixait, presque bouche bée, comme si elle ne comprenait pas ce qui se passait. Elle l'interrogea du regard, puis elle s'humecta les lèvres et murmura :

— Qu'y a-t-il ?

Il inspira, et ce doux parfum floral qu'il aimait déjà tant parvint jusqu'à son cerveau. Ses sens salivaient d'impatience.

Son esprit ne fonctionnait plus correctement. Mais Niniver semblait attendre une réponse, alors il mit des mots sur les sentiments qui se bousculaient dans sa tête.

— Vous protéger a un prix.

Au cours de l'heure passée, il avait eu comme une prise de conscience. Accepter de devenir son champion — ce qui était le rôle auquel était en droit de prétendre un futur époux — était une chose. Jouer ce rôle en était une autre.

Et sa possessivité s'en trouvait exacerbée. Chez les hommes comme lui, l'instinct de protection et la possessivité étaient presque toujours les deux faces d'une même médaille.

Il l'avait toujours su, mais il n'avait jamais rencontré une femme susceptible de susciter chez lui ces deux réactions à la fois. Niniver avait toujours été l'exception, mais jusqu'ici il n'avait pas eu l'occasion d'agir physiquement pour la défendre… et c'était l'incident d'aujourd'hui, semblait-il, qui avait tout déclenché.

Il quitta les grands yeux bleus de celle-ci pour poser son regard sur ses lèvres pleines et nacrées.

En ce moment précis, il ne savait pas trop s'il devait en vouloir aux trois idiots du clan. S'ils n'avaient pas débarqué, l'obligeant à avoir recours à la force, en serait-il là maintenant ?

Il oublia cette question lorsqu'il pencha la tête.

À sa grande surprise, elle se hissa sur la pointe des pieds et approcha ses lèvres des siennes.

Niniver n'arrivait pas à croire qu'elle puisse être aussi chanceuse. Si un baiser était la rétribution qu'il demandait pour la protéger, alors elle était tout à fait prête à payer. Elle n'était que trop disposée à lui offrir ce baiser et à s'accorder le plaisir de l'embrasser. Lui, l'homme de ses rêves qui était pourtant bien réel, celui qu'elle rêvait d'embrasser depuis des années.

Les lèvres de Marcus étaient aussi fermes et autoritaires qu'elle les avait imaginées. Elles la buvaient à petites gorgées, et ce contact, cette pression, cette mise en appétit commençaient à éveiller sa faim à elle aussi.

Puis, du bout de la langue, il traça le contour de ses lèvres. Elle les entrouvrit et, lorsque sa langue pénétra dans sa bouche, une violente sensation l'envahit.

Le goût qu'il avait — une petite pointe de café, et une forte saveur mâle — l'enivra. Timidement d'abord, elle vint à sa rencontre, le caressa du bout de la langue. Puis, enhardie, elle joignit sa langue à la sienne.

Il émit un bruit sans doute censé l'encourager et inclina la tête. Il plongea dans cette étreinte et sembla s'y perdre autant qu'elle.

Elle était en train de perdre pied. De couler. De se noyer dans le plaisir. Leurs bouches se fondirent et une chaleur intense se diffusa en elle.

Elle avait toujours les mains à plat sur son torse. Lentement, elle les referma, en s'accrochant à sa chemise. La douceur du fin coton offrait un délicieux contraste avec la chaleur brutale qu'elle sentait sous le tissu, la chaleur des muscles puissants contre lesquels étaient appuyés ses poings.

Fascinant.

Il s'approcha encore, l'enveloppant avec son corps, ses longs bras, son torse large, ses hanches étroites, tout ce qu'elle convoitait depuis presque dix ans.

Et bientôt la fascination lui tourna la tête.

Elle était étourdie par toutes ces sensations, par ces contacts répétés qui assaillaient ses sens en émoi.

Puis l'émerveillement surgit quand elle comprit ce que son cœur lui soufflait.

Quand elle comprit que, contrairement à ce qu'elle avait cru depuis toujours, elle ne laissait peut-être pas Marcus Cynster indifférent.

Marcus eut du mal à étouffer un gémissement quand les mains de Niniver se cramponnèrent encore plus fort à son torse, comme si elle voulait l'agripper. Comme si, pas plus que lui, elle ne voulait que cette étreinte prenne fin. Puis, dans une poussée de désir pleine de délicatesse — chose qu'il n'avait jamais expérimentée avant ce baiser —, elle l'embrassa avec plus d'audace, presque avec fièvre.

Cela commençait à ressembler à une demande évidente…

Il fallait qu'ils arrêtent, lui comme elle.

Ce qui signifiait qu'il devait reprendre le contrôle de la situation et freiner de toutes ses forces. *Maintenant*, avant que la situation ne leur échappe pour de bon, tant que lui pouvait encore réagir, car concernant Niniver cela semblait déjà trop tard.

Mais, jusqu'à ces dernières minutes, il ignorait qu'un simple baiser pouvait… exploser ainsi. Qu'il pouvait si vite emplir tout l'espace, jusqu'à déborder de la promesse d'une passion rouge sang. Incroyable et fascinant à la fois…

Pourtant, l'émotion qui les avait conduits jusque-là était la même que celle qui insistait en ce moment précis pour qu'il interrompe cette étreinte, toute merveilleuse qu'elle soit.

Protéger Niniver signifiait que jamais il ne pourrait lui faire de mal. Et s'ils continuaient à s'embrasser ainsi, avec cette chaleur de plus en plus torride, cette passion explosive, la situation allait rapidement devenir très dangereuse.

S'il n'arrêtait pas ceci au plus vite, ils allaient se retrouver à rouler sur la paille d'un enclos.

Non !

À cette pensée, il parvint à tirer sur ses rênes. À contrecœur, il interrompit ce baiser, se retira des profondeurs soyeuses de la bouche de Niniver.

Cela demanda des efforts, mais il avait suffisamment de savoir-faire pour procéder malgré tout en douceur. Leurs lèvres finirent par se quitter. Elle relâcha doucement son souffle, et il se détacha d'elle.

Il baissa la tête vers Niniver. Elle avait le visage tourné vers le haut et ses yeux étaient toujours fermés, mais le désir lui avait coloré les joues en rose. Puis elle cligna les paupières et les ouvrit. Ses yeux couleur bleuet plongèrent dans les siens. Et il y vit de la passion : comme une étincelle dorée au milieu de tout ce bleu.

C'était assez pour le moment. Avec cette pensée bien en tête, il se força à reculer. Ils avaient besoin de se connaître davantage avant d'aller plus loin. Il voulait qu'elle le désire comme lui la désirait, qu'elle le choisisse en toute connaissance de cause, parce qu'elle ne pouvait plus se passer de lui, et non pas parce qu'elle s'était laissé emporter par une passion passagère.

Elle le regardait dans les yeux. Et, tout à coup, il ne sut plus quoi dire. Alors il laissa de nouveau les mots jaillir comme ils le souhaitaient.

— Merci. Je… J'avais besoin de cela.

Elle sourit, avec une assurance toute féminine qu'il

n'avait encore jamais vue chez elle. Mais aussitôt elle tourna la tête et se dirigea vers la porte de la grange.

— Nous devrions rentrer. Nous allons être très en retard pour le déjeuner.

Elle ouvrit le chemin, puis attendit qu'il ferme les battants de la porte et mette en place la lourde barre qui les bloquait.

Ils avaient laissé leurs chevaux dans le champ juste à côté. Il l'aida à grimper en selle, puis monta à son tour et la suivit jusqu'au manoir.

Chapitre 5

Pour Niniver, le reste de la journée se passa dans un tourbillon mental. Ce baiser… changeait tout.

Il avait ouvert une porte qu'elle pensait condamnée pour elle à jamais.

Une porte ouvrant sur des rêves que, un an plus tôt, elle s'était résignée à abandonner.

Mais ce baiser signifiait que…

Alors qu'elle descendait l'escalier ce soir-là, elle finit par reconnaître qu'elle ne savait pas exactement ce que ce baiser laissait présager.

Cependant, de toute évidence, Marcus la désirait.

Il la désirait en tant que *femme*.

Durant toute sa vie d'adulte, elle avait espéré qu'un homme la courtiserait pour elle-même, et non pas parce qu'elle était la fille du chef de clan. Et si elle avait eu le choix et avait pu décider de quel homme il aurait pu s'agir, elle l'aurait nommé lui.

Elle ne s'était pas encore remise de voir son rêve le plus secret devenir réalité.

Ici. Maintenant.

Elle ne pouvait pas l'épouser, mais ils pouvaient avoir une liaison.

Cette pensée — cette possibilité — lui fit passer la porte du salon dans une espèce de transe qu'elle ne se souvenait pas avoir jamais éprouvée.

Marcus était déjà là, assis avec élégance dans l'un des fauteuils situés près de la cheminée. Il se leva quand elle entra.

Aussitôt, les yeux bleu foncé de ce dernier se fixèrent sur son visage. Le cœur de Niniver manqua un battement — puis s'affola — lorsqu'elle croisa ce regard intense, scrutateur, puis elle se souvint du contact de ses lèvres sur les siennes, de l'avidité avec laquelle il l'avait embrassée. Avec un regain d'assurance, elle sourit et vint s'asseoir dans le fauteuil face à lui.

Hildy était assise dans sa position habituelle, sur le sofa. Ses yeux perspicaces passèrent de Niniver à Marcus, mais elle revint à Niniver et dit très calmement :

— Mr Cynster vient de me dire qu'il s'était passé un incident fâcheux ce matin au chenil.

— Oui, mais…

Niniver adressa un bref regard à Marcus.

— … Le problème a rapidement été réglé, et les lévriers n'ont rien eu.

— À ce propos, dit-il, je suis toujours émerveillé de songer que vos lévriers possèdent ce flair si rare.

Le fait qu'il tente de changer de conversation n'avait de toute évidence pas échappé à l'attention de Hildy. Marcus regarda Niniver dans les yeux.

— Qu'est-ce qui vous a fait supposer que certains individus de votre meute étaient capables de suivre une piste pas seulement à terre mais aussi dans l'air ?

Elle sourit et relata bien volontiers les épisodes qui avaient éveillé ses soupçons.

Le sujet, nourri par l'intérêt sincère que Marcus portait à ses réponses, les occupa pendant tout le dîner. Puis Niniver eut l'idée de le faire un peu parler de lui en l'interrogeant sur ses propres chiens, et sur les caractéristiques éventuelles qu'il aurait pu remarquer chez eux.

Hildy devait s'ennuyer prodigieusement, mais à la surprise de Niniver, son ancienne gouvernante n'essaya pas une seule fois de faire dévier la conversation vers des sujets plus généraux.

À la fin du repas, Marcus déclina les digestifs et préféra retourner au salon avec Niniver et sa gouvernante. Plus tôt dans la soirée, il était descendu avant que le premier gong ne retentisse, en espérant pouvoir discuter un peu avec Miss Hildebrand avant que Niniver ne les rejoigne. La chance lui avait souri, et il avait pu échanger quelques mots avec le chaperon de celle-ci. Il avait notamment appris que Niniver adorait danser — la valse en particulier — mais qu'elle en avait très rarement l'occasion. Et aussi que Miss Hildebrand savait jouer du piano et que ses doigts restaient alertes car elle répétait souvent les derniers airs à la mode.

À présent, les mains nouées dans le dos, il traversait le couloir derrière ces dames, empli d'un enthousiasme qu'il n'avait pas ressenti depuis des années.

Ce baiser — leur premier baiser qui, pour l'instant, était aussi le seul — lui avait ouvert les yeux. Si l'incendie devait se propager avec cette vitesse et cette férocité, et s'il voulait qu'ils apprennent à mieux se connaître avant de s'aventurer plus loin, alors il devait profiter de chaque occasion.

Après qu'ils furent rentrés au manoir et qu'ils eurent déjeuné, Niniver s'était enfermée dans la bibliothèque, prétextant qu'elle devait travailler. Comprenant qu'elle avait besoin de réfléchir et de se calmer les nerfs après ce baiser révélateur à bien des égards, il l'avait laissée tranquille et avait consacré son après-midi à élaborer des plans.

Alors qu'elle entrait dans le salon aux côtés de Niniver, Miss Hildebrand déclara :

— Vous m'avez inspirée, hier soir.

Elle se dirigea vers le piano.

— Je crois que c'est à mon tour de vous divertir.

Surprise, Niniver s'arrêta au milieu de la pièce pour observer son chaperon. Marcus la rejoignit et lui toucha le bras. Lorsqu'elle le regarda, il désigna de la tête les fauteuils et demanda :

— Et si nous allions nous asseoir ?

Il l'aida à s'installer, puis s'assit en face d'elle. Aussitôt, les premières mesures d'une sonate emplirent la pièce.

Miss Hildebrand était une excellente pianiste, en effet. C'était un plaisir d'être assis et de se laisser bercer par la mélodie. Marcus gardait un œil sur Niniver et il constata que les effets de la musique s'étaient déjà fait sentir : elle avait les yeux mi-clos et toute trace de tension avait quitté son visage. Ce petit pli pensif qu'il avait remarqué sur son front depuis qu'il était au manoir avait disparu.

Dans l'après-midi, il avait de nouveau pu discuter avec Ferguson dans l'intimité du bureau. Comme il s'en doutait, Niniver portait sur ses frêles épaules toutes les responsabilités incombant au clan, puisque chaque transaction commerciale concernant le domaine passait par elle, et qu'elle en contrôlait scrupuleusement les finances. En tout cas, elle s'en tirait bien mieux que ses frères, mais la pression à laquelle elle était soumise était source d'inquiétude chez les anciens du clan.

Marcus avait aussi l'intention de tout faire pour l'alléger de ce poids, mais pour cela il allait devoir procéder avec prudence et délicatesse afin de ne pas porter atteinte à sa dignité ni à son autorité. À chaque fois qu'il la voyait se diriger vers la bibliothèque, il avait envie de la suivre et de lui proposer son aide. Mais même s'il avait conscience qu'il devait la conquérir sans tarder, il devait s'en tenir à son précepte : « Chaque chose en son temps. »

La seule chose qu'il puisse faire, alors, c'était accélérer la marche du temps.

Comme ils l'avaient décidé avec Miss Hildebrand, le troisième morceau qu'elle joua fut une valse. Se levant avec souplesse, Marcus se présenta devant Niniver. Elle avait reconnu les premiers accords et était en train de regarder sa vieille gouvernante d'un air surpris. Comme il s'approchait, elle se tourna vers lui.

Il s'inclina. Puis, en se redressant, il lui tendit la main :

— Voulez-vous bien, Lady Carrick, me faire l'honneur de m'accorder cette danse ?

Elle eut un rire pétillant, et bientôt sur son visage le plaisir remplaça la surprise. Les yeux brillants, elle inclina la tête et posa sa main dans la sienne.

— Je vous remercie, Mr Cynster.

Il l'aida à se lever.

— J'en serais enchantée, dit-elle.

Il sourit et la prit dans ses bras.

— Nous allons tout faire pour, en tout cas.

Elle sourit, et il commença à valser en occupant tout l'espace du grand salon.

Niniver continuait de sourire, mais elle eut tout

de suite très peur de ne jamais réussir à reprendre son souffle et de s'écrouler raide morte — la pression sur sa cage thoracique était si forte. Dans son dos, elle sentait la main de Marcus lui brûler la peau, comme s'il n'y avait pas quatre épaisseurs de soie pour les séparer. Mais ce n'était pas tout. Les sensations se superposaient et s'amplifiaient les unes les autres : il y avait aussi le contact de ses doigts fermes autour des siens, l'assurance du bras qui la tenait, la facilité avec laquelle il la faisait tourner. Tout ceci n'était rien, pourtant : il y avait surtout cette proximité, le frôlement occasionnel de sa veste du soir contre la soie de son corsage, la pression de sa cuisse entre les siennes lorsqu'il l'attirait plus près de lui pour prendre un virage en tourbillonnant, la puissante virilité qu'il dégageait, la conscience d'être captive entre ses bras… Était-ce étonnant, dans ces conditions, qu'elle ne puisse pas respirer ?

Mais son instinct de survie reprit le dessus, et elle réussit à prendre une inspiration, puis une autre. Cependant, même si ses poumons se trouvaient davantage à leur aise et qu'elle ne se sentait plus du tout au bord de l'évanouissement — ou plutôt, au bord de la pâmoison —, ses sens continuaient de tourbillonner, affolés par cet afflux de délices.

Les plaisirs simples la réclamaient, lui murmuraient à l'oreille et essayaient de la séduire en lui promettant qu'il n'y avait aucun danger, qu'elle pouvait profiter de tout sans contrainte, que tout se passerait bien et qu'elle n'avait aucun souci à se faire tant qu'elle était en train de virevolter entre ses bras.

Elle découvrit qu'il était étonnamment facile de laisser de côté sa prudence innée, car non seulement elle était en train de valser, mais surtout elle était en train de valser *avec lui*. Avec Marcus Cynster. L'homme de ses rêves.

Il était tellement plus grand qu'elle qu'il avait commencé par faire de plus petits pas pour ne pas la déséquilibrer. Mais la retenue féminine n'avait jamais été la caractéristique première de Niniver : elle était habituée à parcourir la campagne à grandes enjambées chaussée de ses bottes d'équitation. Il se rendit vite compte qu'elle était prête à se montrer plus aventureuse et se mit à se déplacer de façon moins contrainte. Et, avec un sourire aux lèvres et le regard rieur, elle le suivit.

Ils tourbillonnèrent plus vite, avec plus de puissance, s'envolant presque dans les virages. Ils avaient la tête qui tournait. Ils étaient enchantés. Et, indéniablement, heureux d'être ensemble.

Ils s'encourageaient l'un l'autre. Et bientôt ils se mirent tous les deux à rire. Après un dernier virage, Marcus la fit tourner sur elle-même avant de s'arrêter. Lui tenant toujours la main, il s'inclina avec exubérance. Elle sourit et exécuta à son tour sa plus belle révérence.

Il l'aida à se relever, puis lui lâcha la main et ils se tournèrent tous les deux pour applaudir Hildy.

Cette dernière sourit et leur demanda :

— Encore ?

Niniver jeta un bref regard à Marcus. Leurs yeux se croisèrent un instant, puis ils se tournèrent de nouveau tous les deux vers Hildy et dirent :

— Oui, s'il vous plaît.

Celle-ci obéit et joua une nouvelle valse très rapide et enlevée, puis elle poursuivit avec un morceau plus calme.

Le rythme plus lent permit à Niniver de reprendre ses esprits, de calmer ses sens — qui avaient été jusque-là emportés par l'énergie de la danse — afin qu'ils se concentrent sur autre chose. Sur Marcus. Sur l'intensité de son regard bleu nuit, qui trouvait un écho dans le beau modelé austère de son visage, dans ses traits affirmés, et dans la force maîtrisée de ses bras, dans sa musculature longue et élégante. La grâce avec laquelle il se déplaçait se manifesta de nouveau. C'était une grâce qui soulignait sa puissance physique, qu'il exerçait avec maîtrise et si peu d'efforts, et dont il usait avec tant d'efficacité.

Il y avait chez lui — et cela avait toujours été le cas — tant de choses qui lui parlaient, qui parlaient à la femme en elle. Elle l'avait toujours su, mais là, en ce moment, alors qu'elle valsait lentement dans son propre salon, la réalité de ce lien s'imposait à elle. Il s'enroulait autour d'elle, l'enveloppait et l'affectait d'une façon qu'elle n'était pas certaine de bien comprendre.

Niniver respirait plus lentement, en prenant des inspirations plus profondes. Ses sens étaient en éveil et s'emplissaient de Marcus.

En ce moment précis, elle avait l'impression qu'elle pouvait oublier le reste du monde et être, purement et simplement, la femme qu'elle avait le plus envie d'être : celle qui était là, en train de valser entre ses bras.

Marcus sentit qu'un changement s'était opéré en Niniver — et en lui. Il n'aurait su dire exactement ce que c'était. Leurs regards ne s'étaient pratiquement pas quittés pendant cette dernière danse, plus lente. La profondeur des yeux couleur bleuet de Niniver s'était accrue. Son regard n'était pas devenu plus rêveur, mais plus riche, plus profond. C'était comme une éclosion, un épanouissement. Quelque chose d'infiniment désirable, et qui participait de ce qui les lierait l'un à l'autre. Et quelque chose en lui avait changé pour accompagner cette mutation. Pour s'y allier et pour l'encourager.

Ce qu'ils étaient en train de tisser devenait de plus en plus dense et complexe.

Et la prise de conscience de ce changement s'accompagna chez lui d'une bouffée de chaleur, qui n'était pas une brusque poussée de désir comme un peu plus tôt dans la journée, mais une vague implacable de plus en plus torride, signe d'un besoin de plus en plus impérieux.

Il put en observer les signes chez elle aussi : dans ses yeux brillants, dans la douceur bienveillante de son sourire, qui était une invitation. Et en guise de réponse, il sentit des changements s'opérer en lui.

Il ne reconnaissait que trop bien ces symptômes, il savait parfaitement où tout cela allait les mener — il savait où le tumulte grandissant qui faisait rage dans leurs veines finirait par les conduire —, et la tentation était grande de laisser faire, de laisser leur passion les emporter vers cette inéluctable fin.

Pourtant…

Tout allait trop vite.

Il le savait au plus profond de lui. Ce n'était que la veille qu'il avait accepté de rester pour l'aider, et déjà, ils se précipitaient la tête la première vers la passion : les complications potentielles étaient trop importantes pour qu'il les ignore.

Cependant, tenir à distance ce qui cognait déjà dans ses veines nécessita toute sa détermination, et ce fut d'autant plus compliqué qu'il n'avait aucune envie de brider cet élan qui les poussait l'un vers l'autre.

Encourager ce lien naissant avait été son but pendant ces trois valses. Son intention avait été de séduire Niniver, mais il ne s'attendait pas à être séduit lui-même. Pourtant, il ne pouvait pas faire machine arrière. Et il ne le voulait pas, d'ailleurs.

Mais il devait faire en sorte de ne pas se laisser tourner la tête, tant qu'il le pouvait encore.

Au moment précis où Miss Hildebrand posa le dernier accord, il cessa de faire valser Niniver et se força à la lâcher. Il s'inclina et elle exécuta une révérence. Lorsqu'ils se redressèrent, ils se tournèrent tous les deux pour applaudir la vieille gouvernante.

Cette dernière sourit et inclina la tête. Puis elle adressa un petit regard à Marcus.

Très discrètement, il secoua la tête.

Sans se départir de son sourire, Miss Hildebrand referma le piano et se leva.

— C'est assez pour ce soir. C'est l'heure du thé à présent.

Niniver lui adressa un petit regard interrogatif, mais se dirigea néanmoins vers la sonnette. Ferguson devait déjà être en chemin, car il entra dans la pièce avec le plateau de thé moins d'une minute plus tard.

Marcus s'assit et but son thé. Il sentait toujours son pouls cogner au bout de ses doigts. Et, d'après les petits regards à la dérobée qu'il adressait à Niniver, il comprit qu'elle aussi était encore troublée. Cette dernière valse, plus lente, avait été une erreur tactique.

Mais, en même temps, comment aurait-il pu savoir que leurs passions — leurs pulsions les plus profondes et les plus puissantes, celles qui les amèneraient à se retrouver nus dans un lit — remonteraient pour tous les deux si près de la surface ?

Il ne s'y attendait pas. Et l'effet de surprise ne s'était

pas encore dissipé. Un baiser plus fougueux et passionné que prévu était une chose. Mais ceci ? C'était quelque chose qui serait compliqué à contrôler, il le savait très bien.

Leur thé bu, ils se levèrent et quittèrent le salon.

Il se tenait à présent dans le hall d'entrée et regardait Niniver et Miss Hildebrand monter l'escalier. Au coup d'œ que Niniver lui jeta en se retournant, il comprit qu'elle voulait poursuivre ce lien qui était en train de naître et de grandir — si vite — entre eux. Mais ils n'allaient pas franchir le pas, ni elle ni lui. Pas encore.

Lorsqu'elle fut sur le palier, elle s'arrêta et le scruta.

— Vous ne montez pas ?

Dans la chambre à côté de la sienne ?

Les lèvres serrées, il secoua la tête.

— Je veux vérifier quelques petites choses d'abord. Je monterai un peu plus tard.

La tête inclinée, elle l'observa pendant une seconde, puis elle esquissa un léger sourire.

— Très bien.

En se détournant, elle murmura :

— Bonne nuit.

Il répondit la même chose et les suivit du regard jusqu'à ce qu'elles disparaissent de son champ de vision. Puis il repoussa définitivement les derniers assauts de la tentation, plissa le front et essaya de recadrer ses pensées pour trouver le bon équilibre permettant de calmer ses ardeurs tout en accroissant sa détermination à la protéger.

Une demi-heure plus tard, il était appuyé contre la balustrade de la terrasse qui courait tout autour du rez-de-chaussée de l'aile abandonnée. En fixant l'obscurité, il réfléchissait à la façon de mettre fin à la pratique établie de longue date mais désormais intenable de laisser les portes du manoir toujours ouvertes, même la nuit.

Il aimait cette idée de manoir refuge pour tous les membres du clan. Simplement, il ne comprenait pas pour quelle raison les Carrick n'avaient pas songé à faire installer une cloche ou une sonnette à l'entrée.

Néanmoins, les portes extérieures allaient devoir être fermées à clé. Maintenant, alors que le bon état des routes rendait l'accès à la propriété relativement facile, et alors que Niniver avait laissé sous-entendre qu'un membre du clan — ou même quelqu'un d'autre — pourrait chercher à prendre le contrôle du clan en précipitant un mariage…

À cette seule pensée, il se crispa. Mais c'était absolument vrai que la communauté tout entière courait un énorme risque à laisser Niniver si exposée, si vulnérable.

Voilà l'argument, décida-t-il, dont il se servirait pour que cette pratique soit remise en question. Puis abandonnée.

Il se redressa et observa les abords du manoir. Plutôt que d'essayer de percer la noirceur d'encre de la nuit, il tendit l'oreille. Aucun bruit ne perturbait le silence. Aucun chanteur de sérénade ne s'était encore montré, et il était déjà presque minuit.

S'il connaissait bien les mœurs des campagnes, l'histoire de son intervention de la veille au soir, à laquelle avait dû se rajouter celle de son coup de force au chenil, avait déjà dû faire le tour des fermes et des cottages, être passée de voisins en voisins, de pères en fils autour de l'âtre.

Très bien.

Il était conscient d'éprouver une certaine satisfaction à l'idée que les autres hommes sachent qu'il était là aux côtés de Niniver désormais, et que par conséquent elle était inapprochable. Il plissa le nez. La possessivité était un trait de caractère qu'avaient en commun beaucoup d'hommes de sa famille, mais qu'ils savaient aussi faire taire et, quand c'était possible, dissimuler. Il faudrait qu'il fasse attention à ne pas laisser voir cet aspect de sa personnalité.

Un bruit léger parvint à ses oreilles. Des pas ?

Il se tourna juste à temps pour voir Niniver surgir de l'angle de la bâtisse.

Alors qu'elle marchait vers lui, le clair de lune mettait en valeur ses cheveux clairs et sa peau pâle, et parait amoureusement les courbes sveltes de son corps menu d'un argenté miroitant, tant et si bien que pendant un instant il se demanda si ce n'était pas une vision née dans les brumes surchauffées de son esprit. Mais alors, derrière la lumière or et argent de la lune, il reconnut le bleu de la robe qu'elle avait portée au cours de la soirée, ainsi que le bracelet et le collier d'aigue-marine qui lui ornaient le poignet et le cou.

Elle était réelle. Le clair de lune ne faisait que la faire paraître plus éthérée encore, un peu comme une déesse lunaire venue sur terre pour tenter les simples mortels.

Pour le tenter lui, du moins.

Il eut un coup au cœur lorsqu'elle s'arrêta devant lui.

La tête penchée, elle l'observa.

— Je me demandais où vous aviez disparu.

De toute évidence, elle n'avait eu aucune velléité pour se changer ni se préparer à aller se coucher. Il tenta de repousser au fin fond de son esprit cette observation, et la conclusion évidente qui en découlait.

— Je vérifiais la sécurité de la maison. Vous, le clan tout entier, devez abandonner cette tradition consistant à laisser les portes du manoir ouvertes la nuit. À notre époque, et tout particulièrement en ce moment, c'est trop risqué.

Elle plissa le nez et, comme lui, elle se tourna pour regarder l'obscurité.

— Je partage votre opinion, ce qui ne doit pas vous surprendre. Mais c'est une tradition si ancienne…

Elle fit un geste vague de la main.

— Nous n'avons pas la même tradition à la Vallée, dit-il, mais en même temps le domaine a toujours été dirigé par une femme.

La mère de Marcus était l'actuelle lady de la Vallée.

Il reprit :

— Même si quelqu'un avait suggéré que cette coutume soit adoptée, je ne pense pas que les époux consorts y auraient été favorables.

— Apparemment, expliqua-t-elle, la coutume a été instaurée il y a longtemps, suite à un incident qui n'est même pas survenu par ici. Quelque part dans les Highlands, une famille de petits fermiers a voulu se réfugier dans le manoir du clan durant une tempête hivernale. Mais les portes étaient fermées, et personne à l'intérieur n'a entendu leurs appels. Toute la famille a été retrouvée morte de froid sur les escaliers du perron. De là est née l'obligation de ne jamais fermer les portes.

Il répondit abruptement :

— C'était avant l'invention des sonnettes.

Elle eut un léger sourire.

— C'est vrai.

Au bout d'un moment, elle soupira et leva la tête.

— Je vais en parler à Ferguson…

— Non, laissez-moi faire.

Comme elle l'interrogeait du regard, il poursuivit :

— C'est quelque chose dont je peux me charger, et vous avez des soucis plus pressants. J'en parlerai à Ferguson et, ensemble, nous trouverons une solution.

Il formula une prière muette pour être autorisé à la libérer au moins de ce poids. Mais c'était quitte ou double : soit elle acceptait, soit elle se braquait…

Au bout d'un moment, elle inclina la tête.

— Très bien. Je vous laisserai faire.

Le triomphe qu'il ressentit fut aussi intense que disproportionné. Toutefois…

Il contempla le paysage autour de lui, les champs alentour, avant de l'observer de nouveau. Il attendit qu'elle se tourne et croise son regard, puis, poussé par le besoin de savoir, il demanda :

— Qu'est-ce qui vous a amenée ici ?

Il était inutile d'essayer d'éviter le sujet. D'ailleurs, en plus du reste, il voyait bien qu'elle était si têtue qu'elle ne le permettrait pas.

Elle le dévisagea un moment, avant de dire :

— Je me suis rendu compte que je ne vous avais pas payé pour la protection que vous m'avez accordée hier soir, quand vous avez renvoyé Jem Hills chez lui.

Il la fixa avec incrédulité. Le payer ? Puis il comprit ce qu'elle voulait dire.

« Vous protéger a un prix. » C'étaient ses propres mots, et comme il était tentant de la laisser continuer à croire que l'interprétation qu'elle en avait donnée était juste ! Mais les mensonges ne menaient jamais nulle part, et surtout c'était avec le destin qu'il traitait. Seule la Lady savait ce qui pourrait se passer s'il ne corrigeait pas l'erreur d'interprétation de Niniver. Mais comment l'expliquer à celle-ci ?

Il prit une grande inspiration, retint son souffle un instant, puis déclara :

— Ce n'est pas ce que je voulais dire. Vous n'avez pas à payer ou à donner quoi que ce soit en retour. Rien du tout.

Elle le regarda d'un air interdit. Il vit dans ses yeux qu'elle était en train de se remémorer le moment où il avait prononcé cette phrase dans la grange.

— Si ce n'est pas ce que vous vouliez dire, que vouliez-vous dire, alors ?

Il pinça les lèvres, ferma les yeux pendant une seconde, puis les rouvrit et se força à formuler les mots suivants :

— C'est moi qui dois payer.

Elle parut encore moins comprendre.

— Je ne vois pas pourquoi. Et encore moins comment.

Il ne voulait surtout pas parler du « comment ».

— C'est la contrepartie... le résultat, de toute l'énergie que je mets en œuvre pour vous protéger. Cela n'a rien à voir avec ce que je ressens vraiment, mais les conséquences seraient...

Il résista à l'envie de se passer la main dans les cheveux.

— C'est compliqué.

Niniver observa son expression fermée. Le ton sur lequel il avait prononcé cette dernière phrase signifiait qu'il entendait mettre fin à la discussion, mais elle n'était pas venue jusqu'ici pour être congédiée aussi vite. Alors elle essaya de voir les choses de son point de vue masculin. Elle essaya d'imaginer ce que cela pouvait faire de se mettre à sa place.

— Je ne comprends pas... Le prix que vous avez à payer est comme une dette qui vous devez régler après avoir agi pour me protéger, comme vous l'avez fait avec

Jem hier soir, et plus encore tout à l'heure avec les trois énergumènes dans la grange ?

Elle le fixa en écarquillant les yeux.

— Est-ce exact ?

Le regard de Marcus s'était assombri. La tension se lisait sur son visage mais se remarquait aussi dans tout son corps. Il aurait sans doute préféré qu'on lui arrache une dent plutôt que de répondre. Mais il finit par hocher la tête.

— C'est à peu près cela, oui.

Sa voix était devenue plus grave et plus rauque. Mais en avait-il seulement conscience ?

— Et ce prix, cette dette…

Elle s'approcha et il se tourna pour lui faire face, le dos appuyé contre la balustrade. Elle ne lâcha pas son regard.

— S'il faut en juger d'après ce qui s'est passé dans la grange, alors le paiement pour honorer cette dette est quelque chose qui peut ressembler à ce qui découle… Par exemple, d'un baiser.

Il n'allait pas répondre à cela. Ni oui, ni non, ni rien du tout. Elle le sut aussitôt, aux traits de son visage, à ses lèvres serrées. Cela n'avait pas d'importance. Son silence était la seule confirmation dont elle avait besoin. Et qu'elle, la petite Niniver Carrick, puisse le troubler lui, au point qu'il ait besoin de l'embrasser pour apaiser ses désirs… Elle ne se croyait pas dotée d'un tel pouvoir. Mais l'idée était séduisante, grisante même.

Elle sourit avec douceur, sans la moindre pointe de défi. Puis elle baissa les yeux.

— Donc j'avais raison de dire que vous aviez bien droit à une… récompense pour vous être occupé de Jem.

Elle se rapprocha et colla ses pieds contre les siens.

— Et bien sûr…

Elle leva les yeux et croisa son regard si proche et si sombre.

— … Il y a vos efforts pour convaincre Ferguson de fermer les portes.

— C'est vrai. Mais…

Elle attrapa le revers de sa veste et se pencha vers lui, en approchant ses lèvres des siennes.

— Y a-t-il une raison qui nous empêcherait de procéder à un paiement anticipé ?

Sans doute surpris par cette question, il émit un petit rire, mais redevint très vite sérieux. Il posa les mains sur celles de Niniver, qu'il pressa contre son torse. Il scruta son visage un moment, puis sa poitrine se souleva.

D'une voix calme, il demanda :

— Avez-vous la moindre idée de ce que vous êtes en train de faire ?

— Non. Mais je suis tout à fait certaine de vouloir le découvrir.

Elle se hissa pour coller sa bouche à la sienne, et l'embrassa.

Très vite, il entrouvrit les lèvres et l'embrassa en retour. Il prit même le contrôle du baiser, qu'il rendit plus intense.

Les lèvres de Niniver étaient autoritaires, exigeantes, et celle-ci n'était que trop prête à tout donner. À se rendre et à le tenter pour qu'il aille plus loin. Pour qu'il en prenne davantage.

Pour qu'il montre à quel point il la désirait, elle, la femme qu'elle était, celle qu'elle pouvait être.

La femme qu'elle se sentait capable de devenir, tout du moins entre ses bras.

Les lèvres de Marcus, sa bouche virile, s'emparaient

de tout ce qu'elles pouvaient, et elle s'en réjouit, prête qu'elle était à le suivre où il voudrait bien l'emmener. La chaleur de cette étreinte, prélude à davantage d'intimité, avait de quoi séduire.

Puis il murmura quelque chose d'inintelligible, et la chaleur de ses mains autour des siennes disparut, puis ses bras se refermèrent autour d'elle. Il se détacha de la balustrade et l'attira tout contre lui. Il prit possession de ses sens avec un baiser incandescent, puis il l'emporta avec lui vers les flammes.

Et, même s'ils étaient tous les deux immobiles, elle tourbillonnait de nouveau, ses sens tournoyaient dans un paysage de chaleur et de désir, de passion et d'envie.

Il lui montrait le chemin, celui qui conduisait à tout ce qu'elle voulait, et instantanément elle voyait et comprenait. Et elle suivait.

Alors elle lâcha le revers de sa veste, posa les bras sur ses épaules, glissa les paumes jusqu'à son cou, et l'attira à elle. Puis elle l'embrassa à son tour avec toute la fougue et l'enthousiasme qui bourgeonnaient en elle.

Il la désirait. Elle sentait son sexe en érection contre son ventre.

Et elle le désirait aussi. Elle l'avait toujours désiré, et à présent, enfin, elle était libre de le lui montrer.

Lui montrer à quel point elle avait envie de lui et de tout ce qu'il pourrait lui montrer. De tout ce qu'elle pourrait vivre avec lui et aucun autre.

Il était sa seule chance d'être celle qu'elle pouvait être, d'apprendre qui était vraiment cette femme, et de découvrir la vérité qui étayait ses rêves les plus débridés.

En retirant une main de sa nuque, elle lui toucha la

joue, la caressa, puis l'embrassa de façon encore plus pressante.

Il tressaillit comme si son assaut avait causé une brèche dans son mur d'enceinte. Puis les mains de Marcus quittèrent son dos pour glisser jusqu'à ses flancs. Il lui saisit brièvement la taille, puis sa main remonta de plus en plus haut, jusqu'à se poser sur son sein drapé de soie.

Elle gémit doucement, et ce son resta emprisonné entre leurs lèvres. À peine capable de croire à ces impulsions débridées qui la saisissaient, elle se rapprocha néanmoins encore pour l'encourager dans ses audaces.

Ce fut ce qu'il fit, et elle ne put plus respirer. Elle était incapable de penser, pas avec toutes ces sensations qui se déchaînaient en elle : la chaleur de la paume de Marcus sur sa poitrine, la force de ses longs doigts qui pétrissaient langoureusement, puis le plaisir aigu lorsque ces mêmes doigts firent le tour de son mamelon, le capturèrent et le pincèrent doucement…

Elle faillit interrompre leur baiser sous l'effet du plaisir qui se propageait en elle. De désespoir, elle enfouit les deux mains dans les cheveux épais de Marcus. Surprise par le contact de ses boucles soyeuses, elle les ébouriffa, puis s'y cramponna alors qu'il la caressait de plus belle. Alors elle s'abandonna à ce plaisir qui emportait tout sur son passage.

Marcus n'arrivait plus à penser. Non pas qu'il en ait spécialement besoin : c'était un chemin qu'il avait souvent emprunté. Mais c'était la première fois qu'il était incapable de contrôler… quoi que ce soit. Il était clair que Niniver suivait son propre programme, et ce programme avait tout l'air de vouloir subvertir le sien. Elle semblait capable de faire ce qu'aucune femme n'avait jamais réussi auparavant : faire sauter tous ses barrages et miner tous les subterfuges qu'il avait mis au point pour garder le contrôle.

Caresser sa poitrine aurait dû conduire une novice comme elle à l'abandon passionné. Et c'était le cas. Il ne s'attendait en revanche pas à ce que ce geste presque anodin — une caresse à travers plusieurs épaisseurs de tissu — puisse le bouleverser à ce point et libérer si facilement le démon assoiffé de désir qui vivait en lui.

La combinaison de ce désir et de la passion de Niniver créait une force vorace.

La seule expérience ne suffisait pas à se dresser contre cela, contre son propre désir et l'ardeur que Niniver déployait devant lui.

Et ce désir, qui révélait aussi son aspiration la plus profonde, ne concernait pas seulement Niniver. Lui aussi avait envie de cela — qu'ils soient ensemble, en train d'explorer leurs passions sans aucune retenue, sans craindre de s'exposer.

Ah, comme il avait *besoin* d'elle. Mais ce n'était pas possible. Pas encore. Pas ce soir.

Alors qu'il était emporté vers les flammes de la passion qu'ils avaient fait naître et entretenues ensemble, alors que leur baiser était devenu incendiaire et qu'il venait de se rendre compte qu'il avait posé une main sur ses fesses et qu'il plaquait Niniver contre son sexe en érection, il chercha désespérément quelque chose à quoi se raccrocher, et comprit que cette chose était là depuis le début.

Cette chose, c'était elle. À ses yeux, elle était une nymphe irrésistible, mais elle était aussi la femme tendre, bienveillante et dévouée qu'il avait juré de protéger.

Et l'instinct de protection devait toujours — *toujours* — passer avant la possessivité.

Un apaisement intérieur l'envahit aussitôt. Malgré ce désir qui les dévorait, il y voyait de nouveau clair, et il savait quoi faire.

Petit à petit, il les fit redescendre sur la terre ferme. Pas trop vite, pas trop violemment. Pour ne pas créer de tension ni de frustration inutiles.

Ils s'embrassaient encore, leurs lèvres étaient toujours soudées. Ils se touchaient, mais la force qui les avait animés tous les deux diminuait à chaque respiration.

Le tourbillon de leurs désirs mêlés ralentit, sa puissance diminua… momentanément.

Niniver n'était pas assez expérimentée pour s'opposer à lui. Elle le suivait où qu'il aille, et lorsqu'elle se rendit compte qu'il avait changé de direction, ils étaient déjà trop loin pour faire demi-tour. Les flammes s'étaient faites braises.

Des braises encore fumantes, peut-être, mais sans sa participation active, elle ne pourrait les raviver.

Pas ce soir.

Lorsqu'il finit par relever la tête et que leurs lèvres se séparèrent, il scruta son visage. Il contempla ses cils battre, puis ses paupières se soulever lentement, révélant des yeux éclairés par la lumière des étoiles et la lueur déclinante de leur passion.

Elle le regarda à son tour, et il y avait suffisamment d'interrogations dans les prunelles de Niniver pour qu'il s'empresse de lui fournir une explication.

— Nous ne pouvons pas aller plus loin pour l'instant.

Elle inclina légèrement la tête, sans détourner son merveilleux regard du sien.

— Pas encore. Pas ce soir, dit-il.

C'était ce qu'elle voulait entendre, il en était certain. Elle esquissa un léger sourire teinté d'une assurance… qu'elle devait être loin d'éprouver. Elle lui adressa un sourire si vulnérable et vrai qu'il en oublia un instant de respirer.

Il l'aida à retrouver son équilibre, et il la lâcha.

Elle inclina la tête.

— Très bien, murmura-t-elle.

Le châle fin qu'elle portait drapé sur ses épaules avait glissé jusqu'à ses coudes. Elle le remit en place, puis regarda Marcus.

— Allez-vous monter à présent ?

Il secoua la tête, même si ce simple mouvement parut peut-être un peu crispé.

— Non. Je veux vérifier quelque chose d'abord.

Il désigna du menton la façade de la maison et la porte par laquelle elle était sans doute sortie.

— Allez-y, vous. Et… Pour ma tranquillité d'esprit, voulez-vous bien fermer à clé la porte de votre chambre, juste pour cette nuit, en attendant que je parle avec Ferguson ?

Elle haussa légèrement les sourcils, mais acquiesça tout de même.

— Très bien.

Elle marqua un très léger temps d'hésitation, puis murmura :

— Bonne nuit, alors.

Il la regarda s'en aller. Il ne bougea que quand elle ne fut plus dans son champ de vision.

Puis il secoua la tête, comme s'il pouvait ainsi dissiper les nuages de fascination qui subsistaient. Seigneur !

Comment aurait-il pu savoir qu'une sirène sommeillait en elle ?

Et maintenant qu'il l'avait réveillée, qu'allait-il faire ? Cette nouvelle assurance, toute sexuelle, qu'elle était en train d'acquérir n'était pas spécialement compatible avec l'approche progressive et prudente qu'il tentait d'instaurer.

Néanmoins, elle était retournée à l'intérieur et, avec un peu de chance, elle devait se trouver en ce moment dans l'escalier qui menait à son lit. À sa chambre, dont elle allait soigneusement fermer la porte à clé.

Ainsi, même s'il changeait d'avis — même si ses instincts les plus primaires l'emportaient sur son côté plus sage —, il ne pourrait pas la suivre. Elle n'aurait rien à craindre. Même de lui.

Il réfléchit à cela pendant quelques minutes supplémentaires, puis il jura tout bas et se dirigea vers la partie principale du manoir, qu'il contourna. Tant pis pour la tradition du clan : il allait fermer toutes les portes.

Niniver était toujours éveillée, allongée dans son lit, quand Marcus revint à sa chambre. Elle entendit ses pas approcher dans le couloir, puis la porte de sa chambre s'ouvrir et se fermer. Elle écouta le bruit qu'il faisait en se déplaçant dans la pièce. Elle l'imagina en train de se déshabiller. Puis le lit grinça et elle n'entendit plus rien.

« Pas encore », avait-il dit. Très bien. Elle pouvait attendre.

Mais pas beaucoup plus longtemps.

S'ils devaient avoir une liaison — et après la journée d'aujourd'hui, elle était bien décidée à ce qu'ils en aient une —, alors ils ne devaient pas tarder. Elle ignorait jusqu'à quand Marcus allait séjourner au manoir. Il avait promis qu'il resterait jusqu'à ce que les hommes de son clan aient compris qu'elle n'épouserait aucun d'entre eux, et elle lui faisait confiance pour qu'il respecte sa parole. Mais combien de temps cela allait-il prendre ?

Le temps qu'il resterait correspondait au temps qu'ils auraient. Elle se connaissait trop bien : elle était presque sûre qu'une fois qu'il serait rentré à Bidealeigh, elle n'aurait pas le courage nécessaire ni la confiance en elle pour faire seller Oswald et aller le rejoindre là-bas… pour quelques heures, ou pour une nuit.

Elle était la lady du clan Carrick. Les ladies de clan n'entretenaient pas de liaison, pas au grand jour en tout cas, et d'éventuelles allées et venues entre Bidealeigh et le manoir (de la part de Marcus ou de la sienne) ne passeraient pas inaperçues.

Mais, tant qu'il séjournait entre ces murs, ils pouvaient en profiter. Seuls ses domestiques les plus dévoués sauraient. Et ils se tairaient.

Jamais elle n'aurait imaginé que la possibilité d'entretenir une liaison avec lui se présenterait, ni qu'il se révélerait être aussi attiré par elle qu'elle l'était par lui. Mais c'était bien le cas. Elle n'était ni naïve ni innocente au point de ne pas comprendre ce qu'il avait l'intention de faire avec elle. Elle en avait eu — ou plutôt avait senti — une preuve évidente.

Et ce « pas encore » signifiait qu'il était partant. Mais peut-être s'était-il senti autant pris de court qu'elle par la force de leurs passions et peut-être avait-il voulu faire en sorte que les choses aillent plus lentement.

C'était quelque chose qu'elle pouvait comprendre. Mais,

maintenant que la possibilité de vivre ce qu'autrement elle ne connaîtrait jamais s'était présentée, elle allait la saisir à pleines mains.

Elle était déterminée à en découvrir le plus possible au sujet de la femme qu'elle pourrait être entre ses bras.

Chapitre 6

Le lendemain matin, Niniver retrouva Marcus à la table du petit déjeuner. Elle fit irruption dans la salle en souriant avec enthousiasme.

— Bonjour.

Il était en train de manger, et il inclina la tête en guise de réponse.

De bonne humeur et énergique comme jamais, elle alla chercher sur la table du buffet ses deux tranches de pain habituelles.

Grâce à la veille et à ces moments passés dans la grange, au salon, et sur la terrasse, la journée qui s'annonçait était synonyme de promesses, en tout cas pour elle.

Et, espérait-elle, pour lui aussi. Elle ne savait pas vraiment comment nouer une liaison, mais elle était confiante : à eux deux, ils trouveraient un moyen.

Il se leva lorsqu'elle approcha de la table et tira la chaise située à côté de la sienne. En souriant toujours, elle fit le tour de la table et s'assit.

Elle attendit qu'il reprenne sa place, puis lui adressa un regard interrogatif.

— Je dois aller à Ayr pour diverses affaires et pour quelques commissions. Normalement, c'est Sean qui devrait m'accompagner. Mais je me demandais si vous ne préféreriez pas me servir d'escorte.

Il planta ses yeux sombres dans les siens. Il soutint son regard pendant une petite seconde, puis répondit succinctement :

— Avec plaisir.

Réprimant un sourire, elle attrapa le pot de confiture.

— Parfait. Il faudra partir après le petit déjeuner.

Tout en fixant son assiette remplie de saucisses, d'œufs et de *kedgeree*, il grommela ce qui pouvait passer pour un acquiescement.

Il se passa un long moment, durant lequel elle étala sa confiture, mangea et but son thé, pendant qu'il vidait peu à peu son assiette. Puis il dit :

— Au fait, avant que j'oublie : j'ai parlé avec Ferguson ce matin. Malgré le poids des traditions, il est d'accord avec moi, avec nous, au sujet de la nécessité de fermer les portes. Il est parti à la recherche des clés. Il dit qu'il fera en sorte que le manoir soit fermé tous les soirs, et il donnera les clés de la petite porte latérale à Sean, Mitch et Fred, au cas où, pour une raison ou pour une autre, ils auraient besoin d'entrer.

Elle acquiesça.

— Très bien. Je dois admettre que je dormirai mieux en sachant qu'aucun importun ne pourra s'introduire ici.

Marcus était certain qu'il dormirait mieux, lui aussi. À la seule idée que… Mais, Dieu et la Lady soient loués, le problème était réglé. À la place, il se concentra sur la journée qui l'attendait et les difficultés potentielles que présentait le fait de passer de longues heures hors du domaine en compagnie de Niniver.

Pendant qu'elle buvait une deuxième tasse de thé, il repoussa son assiette vide et demanda :

— Avez-vous l'intention de faire atteler une voiture ? Ou bien allons-nous nous déplacer à cheval ?

La tasse de thé à la main, elle ouvrit de grands yeux. Elle réfléchissait de toute évidence au pour et au contre de ces deux possibilités.

Elle avait le regard dans le vide. Il en profita pour scruter son visage, ses traits si fins, pour s'abreuver de tout ce qu'il pouvait voir.

Dès l'instant où elle avait accepté la chaise qu'il avait tirée pour elle, il s'était rendu compte qu'elle avait perdu une bonne part, si ce n'était la totalité, de sa réserve et de sa méfiance. Apparemment, les événements de la veille les avaient totalement balayées. Et, alors qu'elle avait toujours conscience de sa présence, plus encore qu'auparavant, semblait-il, cela avait l'air de l'encourager plutôt que l'inhiber.

Ce qui était précisément ce qu'il voulait. Cependant, tenir les rênes d'une Niniver prête à prendre le mors aux dents et à partir au triple galop n'était pas une mince affaire. Surtout en sachant qu'il lui restait encore à définir la bonne façon de se comporter avec elle — la guider et la protéger sans passer par des ordres, trop autoritaires ou écrasants.

Comment se comporter avec Niniver était devenu son souci premier.

Elle hésitait toujours. Il se retint de suggérer d'y aller plutôt à cheval. Il le savait par expérience : passer plusieurs heures dans une voiture fermée avec elle aurait été source de complications. Il n'ignorait pas ce qui pouvait se passer dans une voiture fermée en train d'avancer tranquillement sur une route déserte…

En reposant sa tasse, elle déclara :

— Nous n'avons rien de lourd à ramener, et j'aime mieux me déplacer à cheval.

Elle le regarda.

— À moins que vous ne pensiez que nous devrions prendre la voiture.

— Non.

Il se redressa et posa sa serviette à côté de son assiette.

— Je préfère le cheval, moi aussi.

Il recula sa chaise et se leva.

— Je vais dire à Sean de seller les chevaux. Dans combien de temps serez-vous prête ?

Elle lui sourit.

— J'ai juste à passer ma tenue d'équitation. Je vous retrouve dans la cour de l'écurie.

Il inclina la tête et se retira, ce qui était le meilleur moyen de s'assurer qu'elle ne changerait pas d'avis.

Ils partirent rapidement et arrivèrent à Ayr en milieu de matinée. Cette grande ville animée de la côte nord-ouest n'était pas seulement la plus proche bourgade de cette taille, mais elle était aussi la plus facile à atteindre. Au bout de l'allée, ils s'étaient contentés de suivre la grand-route, jusqu'à arriver au centre-ville.

L'horloge de la Wallace Tower indiquait 11 h 30 lorsque Marcus tint la porte du bureau de l'avocat de la famille Carrick pour laisser Niniver sortir. Ce rendez-vous avec l'homme de loi était très important. Même si Marcus n'avait pas insisté pour rester avec elle, préférant attendre à l'extérieur du bureau, il comprit au visage détendu de Niniver et à l'air affable de l'avocat lorsqu'il s'inclina pour la saluer que l'entrevue s'était bien passée.

Elle n'avait pas entamé la bonne humeur de Niniver, en tout cas, car elle se lança ensuite dans les courses avec enthousiasme, et acheta diverses choses non pas pour elle, mais pour les domestiques ou le clan.

— Et maintenant, où allons-nous ?

Il s'arrêta à côté d'elle. Elle s'était immobilisée sur le trottoir pour consulter une liste qu'elle avait sortie de sa poche.

— Chez l'apothicaire.

Elle leva les yeux de sa liste et regarda de l'autre côté de la rue animée.

— Ferguson m'a demandé de racheter cette nouvelle poudre qui soigne les brûlures.

Marcus en profita pour lui prendre le bras, puis il l'escorta sur le passage piéton et, une fois qu'ils eurent traversé, sur le trottoir. La boutique de l'apothicaire se trouvait vers le bout de la rue, à l'angle avec le Marché Nouveau.

Ils entrèrent. Il resta en retrait pendant qu'elle parlait à l'apothicaire. Ils étaient tous les deux connus de la plupart des commerçants, mais, s'il était resté à côté d'elle, ils se seraient automatiquement adressés en premier à lui… l'homme. Même chez l'avocat, bien que le réceptionniste ne l'ait jamais vu, ce dernier avait à peine regardé Niniver et lui avait demandé à *lui* avec qui il avait rendez-vous !

Au cours de son existence, il avait eu vaguement conscience des difficultés auxquelles les femmes comme sa mère et sa sœur étaient confrontées, mais dans leur cas et face aux personnes qui les côtoyaient, elles possédaient toutes deux une autorité naturelle qui ne laissait planer aucun doute quant au rang qu'elles occupaient et au pouvoir dont elles jouissaient.

Niniver, cependant, semblait si délicate et si fragile qu'au premier regard, les gens avaient tendance à la considérer comme quelqu'un de peu d'importance, comme quelqu'un qui pouvait être ignoré ou regardé de haut.

L'apothicaire n'avait pas commis cette erreur. Une fois que les gens connaissaient mieux Niniver, savaient qui elle était et avaient été en contact avec elle, ils révisaient leur premier jugement. Malgré cela, s'il se tenait à ses côtés, il la… rapetisserait. Les gens recommenceraient sûrement à ne pas la prendre au sérieux.

Cette idée l'offensait au plus haut point. Une autre facette de sa jalousie possessive.

Elle en terminait avec l'apothicaire, qui promit de préparer la poudre au plus vite afin que Sean puisse venir la chercher dans la semaine. Lorsqu'ils furent de nouveau sur le trottoir, Marcus lui reprit le bras. Alors qu'il la tenait fermement, il la suivit dans une des allées qui menaient aux rives de l'Ayr River. Le poissonnier qui avait les faveurs de la cuisinière du manoir, Gwen, officiait dans l'une des petites boutiques situées le long du quai, non loin de l'Auld Brig o'Doon, le vieux pont médiéval.

Pendant qu'ils marchaient dans la rue, Marcus gardait Niniver près de lui de manière à pouvoir la protéger en cas de menace, quelle qu'elle soit. Mais, une fois entrés chez le poissonnier, il se plaça derrière elle. Le commerçant les avait reconnus tous les deux mais, après avoir salué Niniver, il s'était spontanément tourné vers Marcus !

D'un seul regard, ce dernier redirigea l'attention du marchand vers elle.

Quand ce dernier alla chercher son livre de commandes, elle se tourna vers Marcus, mais il ne fit pas le moindre commentaire. Elle passa commande et ils ressortirent. Marcus lui reprit le bras. Très content de lui, il se laissa reconduire vers High Street et ses merceries.

Ils remontaient la rue, s'arrêtant dans telle boutique, tel magasin. Le fait de marcher avec elle à son bras le faisait se sentir plus calme, plus apaisé. Et lorsque sa nouvelle mission consistant à se tenir derrière elle, en retrait, porta encore ses fruits, il éprouva une joie un peu ridicule.

Un petit détail réglé, un petit souci en moins.

Quand ils approchèrent de nouveau de la Wallace Tower, il leva les yeux vers l'horloge.

— Il est midi et demi.

Il regarda Niniver.

— Êtes-vous prête à déjeuner ? J'ai réservé une table à l'auberge.

L'auberge Tam O'Shanter était la meilleure de toute la ville, et elle se trouvait au bout de High Street, près du croisement avec Carsphairn Road. C'était l'auberge que fréquentaient Marcus et sa famille. En plus de tout le reste, l'écurie de l'établissement offrait le meilleur accueil possible aux chevaux des Cynster.

Niniver étudia sa liste.

— Encore deux choses à acheter, mais nous pourrons nous en occuper après déjeuner.

— Parfait.

Ils continuèrent leur promenade. L'auberge se trouvait à deux pas de là, sur le même trottoir. Comme d'habitude, le centre-ville était très animé et bruyant. En plus du trafic fluvial, il y avait un grand port à l'embouchure de la rivière, ce qui encourageait fortement le commerce.

Marcus étudiait les lignes de ce qui semblait être le dernier modèle de phaéton lorsque Niniver ralentit. Il observa autour de lui. Ils se trouvaient devant la vitrine d'un joaillier.

Il s'arrêta et suivit son regard pour voir ce qui avait attiré son attention. Il avait déjà remarqué qu'elle avait un faible pour les bijoux assez peu classiques, bien qu'il ne l'ait jamais rien vue porter de très excentrique, même aux bals auxquels ils avaient assisté tous les deux.

Il ne fut pas difficile de deviner ce qui lui avait plu : une parure composée d'un délicat collier, de boucles d'oreilles et d'une bague, disposée sur un écrin de velours noir. L'ensemble, même s'il était très joli, était relativement simple. Les pierres étaient circulaires, bien que taillées avec expertise. Mais c'était la couleur des pierres qui attirait le regard. Au début, il crut avoir affaire à des aigues-marines, mais il vit une petite étiquette indiquant qu'il s'agissait de saphirs bleu pâle provenant des lointaines mines de Ceylan.

Les pierres étaient de la même couleur que les yeux de Niniver.

Elle laissa échapper un petit soupir, puis elle se détourna de la vitrine.

— Joli.

Elle le contempla, sourit et repartit, le tirant presque par le bras.

— Venez… J'espère vraiment qu'ils nous ont gardé cette table.

Il marcha à ses côtés le temps de dépasser deux autres

boutiques, puis ils traversèrent l'allée qui conduisait à l'écurie derrière l'auberge. Une fois devant la porte de l'établissement, il lâcha le bras de Niniver et attrapa la poignée.

— Je propose que vous rentriez et que vous disiez à Mac que nous sommes là.

Mac était l'aubergiste.

— Moi je vais aller jeter un coup d'œil aux chevaux. Ned était un peu énervé tout à l'heure. Je veux être sûr qu'il se soit bien calmé.

Elle hocha la tête.

— Très bien. Je vais aller prendre notre table.

Il sourit et, en s'inclinant, s'effaça pour la laisser entrer. Puis il referma la porte, vérifia à travers les grandes vitres qu'elle se dirigeait bien vers le fond de la salle, puis tourna les talons et retourna chez le joaillier.

Mac accueillit Niniver avec un grand sourire et, avec son air débonnaire habituel, la conduisit à la table qu'il avait réservée pour Marcus et elle : un peu à l'écart au fond de la salle à manger, à côté d'une fenêtre qui donnait sur un petit jardin.

Après s'être installée, Niniver retira ses gants de cheval et les posa sur ses genoux. Le geste attira son attention sur ses mains.

Elle observa ses doigts sans bague. Ce saphir bleu pâle aurait été très joli à son doigt, mais elle imaginait tout à fait le prix que le joaillier devait en demander : un prix largement au-dessus de ses moyens. Elle ne pouvait pas se permettre une telle dépense alors qu'elle se démenait pour réparer les dommages causés par ses frères sur les finances du clan et de la famille.

— Lady Carrick… Quel plaisir !

Lorsqu'elle leva les yeux, elle vit un homme aux cheveux noirs, assez beau, mais d'une beauté un peu trouble, debout à côté de sa table. Son apparence était un peu trop négligée à son goût, et alors qu'il avait des traits plutôt réguliers, les rides qu'une vie dissipée avait dessinées près de son nez et de sa bouche gâchaient l'effet d'ensemble. Ce fut grâce à sa bouche, d'ailleurs, qu'elle le reconnut. Elle esquissa un faible sourire.

— Mr McDougal.

Elle ne savait à peu près rien sur Ramsey McDougal, mis à part que ces dernières années il avait été un ami proche de Nigel et Nolan. Cela suffisait pour qu'elle s'en méfie. Mais elle devait se montrer polie.

— Vous semblez en bonne forme.

— Oui, en effet, je me porte très bien, merci.

Sans plus de façons, McDougal tira une chaise et s'assit à sa droite.

— Je suis heureux d'avoir l'occasion de vous demander comment vous vous portez. La fin malheureuse de Nolan, et tout ce que vous avez découvert ensuite, a dû vous ébranler.

Comme McDougal la regardait avec l'air d'attendre une réponse, elle se força à dire :

— C'était il y a presque un an. Tout ceci est derrière moi maintenant.

— C'est ce que je vois, répondit-il tout sourire. Vous ne portez plus le deuil, ce qui est une bonne nouvelle pour tout le monde. C'est agréable de vous voir renaître au monde, ma chère. Dites-moi, pourrons-nous espérer vous voir au bal de la chasse ?

— C'est possible.

Mais elle n'avait aucune intention d'assister à quelque bal que ce soit, pas alors que tant d'hommes semblaient intéressés par sa main… et son statut.

Malgré l'expression débonnaire de McDougal, son regard se fit plus acéré.

— J'imagine que cela ne fait pas longtemps que vous ne portez plus le deuil. Avez-vous l'intention de vous montrer en société… Enfin, dans ce qui passe pour la société dans ces contrées ?

Cette question illustrait parfaitement les raisons pour lesquelles elle fuyait les mondanités, ici ou ailleurs.

— Malheureusement, j'ai beaucoup trop à faire en ce moment. Je dois m'occuper des affaires du clan.

— Ah oui…

McDougal hocha la tête.

— J'en ai entendu parler. Élue lady de votre clan ! Un immense honneur, en effet.

— C'est vrai.

Que pouvait-elle dire d'autre ?

Elle croisa ses deux mains sur la table et resta à les fixer.

Au lieu de comprendre qu'elle souhaitait le voir partir, McDougal se rapprocha davantage et baissa la voix en prenant des airs de conspirateur.

— Mais si vous me permettez mon audace, ma chère, une telle responsabilité doit être un bien lourd fardeau pour de si frêles épaules.

Peu s'en fallut qu'elle ne se mette en colère. Elle leva les yeux et croisa le regard noisette de McDougal.

— Je ne trouve pas. Pas du tout, même.

Il la scruta avec attention — jusqu'au moment où une ombre recouvrit la table.

Niniver leva les yeux. Et remercia le ciel. Elle jeta un bref regard à McDougal.

— Permettez-moi de vous présenter Mr Marcus Cynster.

— Nous nous sommes déjà rencontrés.

McDougal adressa un très bref signe de tête à Marcus.

— Cynster.

Le regard sombre de Marcus ne quitta pas le visage de l'autre homme.

— McDougal, répondit-il en inclinant très légèrement la tête.

Marcus tourna les yeux vers Niniver. Le soulagement de celle-ci était évident, ce qui contribua à apaiser cette poussée de possessivité qui s'était emparée de lui quand il était entré dans la salle à manger et avait vu Ramsey McDougal bien trop près d'elle.

McDougal était ce qu'on pouvait appeler un goujat.

Il l'ignora. Sans cesser de fixer Niniver dans les yeux, Marcus sourit — avec décontraction, pour la rassurer — et saisit le dossier de la chaise qui se situait face à elle.

— Avez-vous déjà commandé ?

— Non, je vous attendais.

Il s'assit, puis croisa le regard attentif de Mac et lui fit signe. L'aubergiste prit aussitôt son calepin et s'approcha de leur table.

Mac présenta les plats du jour. Pendant que Niniver et Marcus passaient commande, McDougal plissait le front et s'agitait.

Quand Mac se retira, Marcus se tourna vers McDougal, un sourcil levé.

— Vous vouliez, McDougal ?

Ce dernier le scruta un instant, avant de dévisager

Niniver avec insistance. McDougal ouvrit alors la bouche, mais Niniver le coupa dans son élan.

— Mr Cynster m'aide à régler certaines affaires concernant le clan. Je crains que vous ne deviez nous excuser, sir, il y a quelques sujets brûlants dont nous devons absolument discuter.

Marcus eut envie d'applaudir, mais il se retint. Lui-même n'aurait pas réussi à se débarrasser de cet importun aussi vite. Pas sans lui coller son poing dans la figure, ce qui n'aurait sans doute pas été du goût de Mac.

McDougal fixa de nouveau Marcus.

— Je vois...

Après une brève hésitation, il recula sa chaise.

— Dans ce cas, je vous laisse à vos discussions.

McDougal se leva et tendit la main. Avec une réticence manifeste, Niniver tendit la sienne, et il se pencha au-dessus de ses doigts.

— Lady Carrick. Sachez que, au cas où vous auriez besoin d'aide, je serais heureux de vous apporter toute l'assistance qui est en mon modeste pouvoir.

Il jeta un bref coup d'œil à Marcus.

— Une façon pour moi d'honorer la mémoire de vos frères.

Lâchant enfin la main de Niniver, McDougal inclina la tête en direction de Marcus.

— Cynster.

— McDougal.

Marcus lui adressa un vague signe de tête et attrapa la pinte de bière que Mac venait de poser sur la table.

Niniver prit son verre de poiré et but. Marcus remarqua qu'elle ne leva pas les yeux jusqu'à ce que le bruit de la porte se refermant derrière McDougal leur parvienne.

Quand elle fut certaine qu'il était parti, elle fronça les sourcils.

— Je n'aime pas cet homme.

— Vous avez un excellent instinct.

Il marqua une pause, puis demanda :

— Comment connaissez-vous McDougal ?

D'après ce qu'il savait, cela faisait plusieurs années qu'elle fuyait les mondanités, et McDougal n'avait fait son apparition que depuis deux ou trois ans.

— Il était ami avec Nigel et Nolan. Ce qui, bien sûr, ne m'incite pas à poser sur lui un regard bienveillant. Mais j'ai l'impression qu'il ne se rend même pas compte de mes réticences.

Marcus hocha la tête. De toute évidence, il n'avait pas besoin de la mettre en garde contre McDougal. Elle avait déjà compris quel type d'homme il était.

Et Marcus espérait que ce dernier avait compris quel type d'homme il était lui.

Mac arriva avec deux assiettes. De la tourte au gibier pour lui, et la spécialité de la maison, la tourte du berger, pour Niniver. Ils mangèrent sans attendre. Après quelques minutes de silence satisfait, Marcus demanda :

— Alors, que nous reste-t-il à faire avant de rentrer ?

— Nous ne sommes pas obligés de rentrer dès maintenant.

Marcus s'arrêta sur le trottoir devant la quincaillerie où s'approvisionnait le clan. Il n'y avait plus rien sur la liste de Niniver, puisqu'ils venaient tout juste de commander cette nouvelle tête de pompe que Ferguson réclamait. Marcus vérifia l'heure sur sa montre à gousset.

— Il est à peine 2 heures de l'après-midi.

Même si la table que Mac leur avait attribuée était plus à l'écart que les autres, la salle de l'auberge n'en était pas moins un lieu public. Ils avaient beaucoup parlé pendant le repas, certes, mais leurs rapports étaient restés assez impersonnels par la force des choses. Trouver McDougal en train de tourner autour de Niniver l'avait passablement énervé. Et, tout bien considéré, il avait l'intention de profiter de toutes les occasions offertes pour poursuivre la cour qu'il entendait faire à celle-ci, et surtout dans des endroits qui empêcheraient toute réaction un peu trop enthousiaste de la part de Niniver.

Et d'ailleurs, elle semblait aussi prête que lui à profiter de ce moment. Elle ramena en arrière les mèches blondes qui s'étaient échappées de son chignon à cause de la brise, puis regarda vers l'ouest.

— Marchons en direction de l'église et du pont, et ensuite prenons Harbour Street jusqu'à l'Esplanade. C'est toujours agréable de se promener par là quand il fait beau et que le soleil brille.

— Ce qui est le cas aujourd'hui, donc profitons-en, ajouta-t-il.

Il proposa son bras et elle accepta, se laissant même attirer tout près de lui.

Alors que ses jupes frottaient contre les bottes de Marcus et que les sens de ce dernier avaient pleinement conscience de cette silhouette mince et troublante qui était en train d'avancer collée à lui, ils contournèrent la vieille église et son grand clocher, puis traversèrent le Brig o'Doon et remontèrent Harbour Street où la brise, plus forte, charriait des senteurs marines.

— Je dois reconnaître, dit Niniver, que j'étais très contente de vous avoir auprès de moi pour congédier

McDougal. Si j'étais venue avec Sean, j'aurais dû manger seule, et je ne me serais jamais débarrassée de McDougal. Il est du genre collant.

— Vous pouvez me croire, répondit Marcus sur un ton pincé, ce fut un plaisir.

Une seconde plus tard, il pencha la tête vers elle.

— Je reconnais que j'aime assez être votre champion et envoyer paître vos prétendants importuns.

Il la fixa dans les yeux en souriant.

— Je crois que je suis fait pour ce rôle.

Elle rit et regarda devant elle.

— Oh ! oui. Pour ce rôle, vous n'avez pas de mal à puiser en vous pour faire surgir ce côté sombre et menaçant caractéristique des Cynster.

Quelques pas plus loin, elle ajouta :

— Dites-moi : tous vos… Sont-ils vos cousins ? Les hommes de votre âge qui sont venus au mariage de Thomas et Lucilla ?

— Plus ou moins. Certains sont cousins germains, d'autres cousins éloignés, et d'autres sont seulement des amis très proches.

— Ah. Donc… Tous vos cousins sont ils comme vous ?

Elle se tourna pour l'observer mieux et ouvrit grand les yeux.

— Je sais que, physiquement, ils vous ressemblent assez, mais sont-ils aussi menaçants que vous ?

Il la regarda avec une expression qui sous-entendait que la réponse était évidente.

— Ce sont des Cynster. Nous sommes tous assez doués pour la menace.

Il marqua une pause, puis ajouta :

— Même les femmes.

Elle rit.

Il sourit en retour : il aimait décidément le son de son rire… Tout en se disant cela, il se rendit compte qu'il ne l'avait jamais entendue rire avant son arrivée au manoir. Mais en même temps, au cours des dernières années, elle n'avait pas beaucoup eu l'occasion de s'amuser.

Il se promit d'y remédier.

Mais d'abord, il devait la faire changer d'avis à propos du mariage. Il devait la convaincre que l'épouser *lui* n'impliquerait aucun des risques qu'elle avait identifiés de manière claire et précise. Avec n'importe quel autre, il aurait très certainement été difficile pour elle de conserver sa place de chef de clan. Et d'après ce que lui avaient fait comprendre Sean, Ferguson et Edgar, dès que Niniver serait évincée, le clan volerait en éclats.

Même s'il n'appartenait pas à un clan à proprement parler, il était un Cynster : il comprenait ce que signifiaient l'esprit de famille mais aussi ce que le clan signifiait pour elle. Elle semblait de même vouer une loyauté très profonde envers la mémoire de son père et l'héritage de ce dernier. Elle y avait fait allusion à plusieurs reprises.

Il devait trouver un moyen pour qu'elle le voie comme son défenseur incontestable et surtout pas comme une menace potentielle. Comme un homme souhaitant soutenir et conforter sa position plutôt que la saper.

Qu'elle le voie comme quelqu'un de menaçant était à la fois une bonne et une mauvaise chose. Tout dépendait du point de vue…

Ils atteignirent l'Esplanade et empruntèrent la promenade pavée qui surplombait la plage. La grande étendue de la baie d'Ayr s'étirait jusqu'à l'horizon. Ce jour, l'eau était bleu étain, et parsemée çà et là de petites touches de blanc, là où le vent soulevait quelques vagues.

— Vos frères et votre sœur cadette se trouvent-ils en ce moment chez vous, au manoir de Carsphairn ?

À la question de Niniver, les yeux de Marcus se posèrent sur son visage. Des dizaines de fins fils dorés dansaient autour de sa figure et créaient comme un cadre vivant animé. Cette impression de vie était accentuée par les couleurs que la brise avait fait naître sur sa peau d'ordinaire si pâle.

— Annabelle est déjà partie avec le duc et le reste de notre famille en vue de la Saison. Elle et Louisa, Lady Louisa Cynster, la fille du duc, font partie d'un petit cercle de quatre jeunes femmes qui… — comment dire ? — chassent en groupe.

Il sourit malgré lui, ne pouvant s'empêcher de ressentir un certain amusement devant la conduite de sa sœur, puis croisa le regard intrigué de Niniver.

— J'ai entendu dire qu'une quantité non négligeable de gentlemen à marier sont paniqués devant ces amazones d'un nouveau genre.

Elle lui adressa un regard interrogatif, et dut conclure à juste titre qu'il ne plaisantait pas.

— Elles semblent un peu… effrayantes, les femmes de votre famille.

Il vit l'ouverture et la saisit.

— Dans ma famille, les femmes tendent à être aussi puissantes que les hommes, et dans tous les domaines qui comptent vraiment. Je n'ai pas un seul exemple, dans notre cercle, de femme qui soit douce ou effacée. Et même si nos inclinations naturelles nous portaient de prime abord vers autre chose, nous les hommes avons appris à faire avec.

Avec le plus de sincérité et d'affabilité possible, il ajouta :

— Nous avons appris à répondre aux besoins des femmes qui insistent pour tenir les rênes de leur propre vie.

Elle regarda devant elle. Au bout de quelques pas, elle fit remarquer :

— Ce n'est pas la norme.

— Pour les autres, peut-être. Mais pour nous, si.

Il laissa échapper un petit rire un peu chagrin.

— Nous avons appris que nous n'avions pas vraiment le choix. C'est : « Adapte-toi ou vis une vie de solitude. »

Il n'avait jamais rien dit de plus vrai.

— Hum.

Au bout d'un moment, elle revint à sa première question.

— Et vos frères ?

— D'après ce que je sais, Calvin et Carter sont à la maison. J'imagine qu'ils se cachent, espérant éviter les premières bousculades de la Saison à Londres. Je suppose tout de même qu'ils finiront par y aller, pour voir leurs amis. Mais peut-être choisiront-ils Édimbourg.

Elle le regarda.

— Maintenant que vous vivez à Bidealeigh, n'êtes-vous pas triste de ne plus avoir vos frères et sœurs autour de vous ?

Il dut réfléchir avant de répondre.

— Ce ne sont pas tant mes frères et sœurs qui me manquent. Ils ne sont jamais bien loin, ils passent me voir, ils m'écrivent, etc. Quand on fait partie de la même famille, on ne perd jamais le contact. Mais ce qui me manque, c'est d'avoir des gens autour de moi.

Il ne s'en était jamais rendu compte auparavant, mais il se sentait seul à Bidealeigh, sans personne à ses côtés. Il était plus dans son élément, plus heureux, au manoir des Carrick.

— Je suis habitué à avoir une grande maisonnée autour de moi, avec beaucoup de gens, d'échanges, des choses qui se passent tout le temps : des sorties et des invitations à programmer, des problèmes à régler, des questions à traiter…

— Vous êtes habitué à être occupé, dit-elle en hochant la tête d'un air décidé. Je me suis rendu compte que moi aussi je préférais, et de loin, être occupée comme je le suis maintenant, plutôt que de rester les bras croisés toute seule dans mon coin, comme c'était le cas avant.

Un peu après, elle ajouta :

— Pourquoi avez-vous appelé votre propriété Bidealeigh ? Je me suis toujours posé la question. Ce n'était pas le nom que lui avait donné Hennessy, l'ancien propriétaire, n'est-ce pas ?

— Non, mais Bidealeigh était le nom plus ancien du domaine, avant l'époque de Hennessy. Cela peut se traduire par « un endroit où attendre », et pour plusieurs raisons, cela me paraissait un nom approprié.

Ils étaient arrivés au bout de l'Esplanade et, par un accord tacite, ils firent demi-tour pour rentrer à l'auberge en coupant par la ville. Après qu'ils eurent traversé la route et fait quelques pas sur le trottoir d'en face, Marcus poursuivit :

— Quand Lucilla et Thomas se sont mariés, il était simplement temps pour moi de déménager. Ce n'est pas que Thomas et moi nous soyons disputés, mais plutôt qu'il avait besoin que je ne sois plus là pour distraire et perturber tout le monde alors qu'il était en train d'apprendre les devoirs qui revenaient à mon père, mais que moi, par le passé, j'ai assumés. Si j'étais resté à la Vallée, cela aurait été une source supplémentaire de difficultés et d'agacement à la fois pour Thomas et pour moi.

Elle posa d'autres questions, sur les moutons qu'il élevait et sur ses activités à Bidealeigh. Il s'agissait là de questions auxquelles il pouvait répondre sans peine. Tandis qu'une partie de son esprit s'y employait, il saisit la chance qui lui était offerte de faire le point sur la situation. Où en étaient-ils à présent, elle et lui ? Qu'est-ce que cette journée lui avait appris ? Que lui restait-il à accomplir ?

Alors qu'au départ il avait pensé que la meilleure façon de progresser serait d'écarter ses prétendants pour pouvoir ensuite se concentrer sur la conquête de Niniver, les événements de la veille avaient rendu ce plan intenable. Pour commencer, la protéger avait déjà exacerbé sa possessivité jusqu'à rendre très compliqué le fait de brider les réactions et les instincts que provoquait cette même possessivité. Niniver en était sans doute bien consciente et avait décidé de se laisser aller à la passion amoureuse avec lui. Il ne savait pas encore bien ce qu'elle avait en tête et jusqu'où elle voulait aller, mais dans ces circonstances, il était certain qu'il ne pouvait compter sur lui-même pour que certaines limites ne soient pas franchies, pas si elle le provoquait de la sorte. Et il ne pouvait sans doute pas non plus compter sur le fait que Niniver décide de faire machine arrière.

C'était donc à lui que revenait la lourde tâche de gérer l'évolution de leurs relations. Et il semblait évident qu'il serait sage de la convaincre qu'il serait plus prudent pour elle de l'épouser avant que cette passion de plus en plus incandescente ne les consume tous les deux.

Oui, c'était ce qu'il devait faire. Il devait la convaincre que l'épouser ne représenterait pas une menace pour sa position de chef de clan, ni pour la vie qu'elle avait l'intention de mener. La convaincre qu'il voulait s'allier avec elle, devenir une part intégrante de sa vie, et non l'inclure de force dans la sienne.

Oui, Bidealeigh portait bien son nom, car il avait attendu. Attendu de trouver le bon endroit, attendu que son vrai rôle se manifeste. Et c'était ce qui s'était produit. Avec elle.

Il n'avait pas besoin de s'en convaincre. Il savait, au fond de son cœur, que c'était la vérité.

Ils étaient revenus vers des artères plus animées. Il l'attira plus près, à la fois pour la guider parmi la foule et la protéger. Il repensa à ce qu'il savait — à vrai dire, pas grand-chose — des événements ayant conduit au mariage de ses parents et à ce qu'il avait pu observer de l'histoire entre Lucilla et Thomas. Toutefois, dans les deux cas, ni le statut de sa mère ni celui de Lucilla n'avaient jamais été menacés.

Et cela faisait une énorme différence avec Niniver.

Alors qu'ils commençaient à apercevoir l'auberge, Marcus se rendit compte que pour le couple que formaient ses parents, de même que pour celui de Lucilla et Thomas, le défi le plus important avait résidé dans l'acceptation pour ces hommes naturellement dominants de ne jouer qu'un rôle de soutien. Pour sa part, il était déjà pleinement conscient de cette tâche qu'il aurait à accomplir et tout à fait prêt à le faire.

Le défi qu'il avait à relever consistait à convaincre Niniver qu'il en était capable.

Il devait trouver un moyen de la persuader que malgré sa force, il la soutiendrait toujours et jamais ne tenterait de briguer son pouvoir.

Il fallait qu'il l'amène à lui faire confiance.

Niniver pénétra dans la cour de l'écurie de l'auberge en soupirant malgré elle. Cette journée touchait à sa fin. Certes, il leur faudrait plusieurs heures pour rentrer, mais monter à cheval était un exercice que Marcus et elle appréciaient. Ils ne parleraient pas, et elle n'en apprendrait pas davantage sur sa vie.

Mais elle n'avait pas à se plaindre. La journée avait été merveilleuse en tout point, et bien plus reposante que ne l'étaient d'habitude ses excursions à Ayr. Avec Marcus à ses côtés, elle s'était constamment sentie détendue, et protégée des dangers. *Des dangers comme McDougal.* Avec Marcus à ses côtés, McDougal n'avait rien été de plus qu'une irritation passagère. Alors que si Marcus n'avait pas été là, McDougal aurait été un vrai fléau et il lui aurait sans doute gâché sa petite sortie.

À la place, elle avait vécu sa plus belle journée depuis des mois, et peut-être même depuis des années.

Marcus et elle s'arrêtèrent dans la cour de l'écurie. Elle retira son bras lorsque les garçons d'écurie allèrent chercher leurs chevaux. Comme Marcus se tournait pour parler au chef palefrenier, elle laissa son regard s'attarder sur lui.

Ses sens commençaient à s'habituer à sa présence. Ils ne se hérissaient plus quand il était à proximité. Au contraire, ils frémissaient de plaisir anticipé.

Que ses sens le voient comme une source de plaisir ne devait pas la surprendre, mais l'impact qu'il avait sur elle était plus profond que cela encore. En sa compagnie, elle se sentait à l'aise et pleine d'assurance, bien plus qu'avec n'importe qui d'autre.

Elle pouvait lui poser des questions sur lui, sur sa famille, et il répondait toujours. Il avait voulu en savoir plus sur elle en retour, avec un intérêt qui l'avait incitée à répondre avec naturel et sincérité.

Ce n'était pas seulement qu'elle ne se sentait pas menacée par lui, songea-t-elle alors que les garçons d'écurie amenaient leurs chevaux et qu'elle décrochait la longue traîne de son habit de cheval. Mais elle sentait aussi — elle le *savait* — qu'il la protégerait quoi qu'il arrive. Qu'elle ne devait pas craindre les autres parce qu'il était là, à ses côtés. Qu'elle pouvait compter sur lui.

Que, d'une certaine façon, il tenait à elle, ce qui n'était pas le cas de grand monde.

Un garçon d'écurie amena Oswald. Marcus vint la rejoindre. Elle lâcha sa traîne, se redressa, et il posa les mains sur sa taille.

Elle croisa son regard bleu foncé.

Les coins de ces yeux insondables se plissèrent lorsqu'il lui sourit.

— Prête ?

Elle acquiesça.

Il la souleva et la hissa en selle. Après s'être assuré qu'elle était bien installée, il la relâcha.

Elle cala ses pieds dans les étriers et épousseta ses jupes tout en s'interrogeant sur cette oppression soudaine qu'elle ressentait au niveau de la cage thoracique. Était-elle due au contact qui venait de se produire ? Ou bien n'était-ce pas plutôt la prise de conscience de l'importance que Marcus était en train de prendre dans sa vie et de la proximité qui s'était si vite installée entre eux qui lui coupaient le souffle ?

En levant la tête, elle croisa son regard.

Il fit faire quelques pas à son cheval, et elle les rejoignit. Côte à côte, ils quittèrent l'écurie de l'auberge et s'engagèrent sur la grand-route, en direction du domaine.

Chapitre 7

Quelques heures plus tard, le soleil déclinait dans le ciel, projetant des ombres qui s'allongeaient sur le macadam tandis que Marcus et Niniver suivaient le ruban que dessinait la grand-route.

Il chevauchait avec décontraction à ses côtés, bridant Ned dès qu'il lui prenait des envies de grande vitesse. Oswald, le cheval bai de Niniver, était plus vieux et plus sage. Il ignorait les provocations à peine voilées de Ned et semblait heureux de se dégourdir en alternant le trot et le galop tranquille.

Ils prirent de la vitesse, les longues pattes de leurs chevaux avalant les miles avec fluidité. Niniver était une excellente cavalière. Marcus ne se sentait pas obligé de constamment la surveiller. Bien entendu, parce que c'était Niniver, ses sens restaient toujours sur le qui-vive, cependant il était agréable de ne pas ressentir le besoin d'être constamment en alerte ou sur ses gardes.

Son intention première avait été de profiter de cette longue route pour réfléchir à la façon de gagner sa confiance, mais la paix de la campagne, la douce chaleur du soleil couchant et le mouvement lent et régulier des chevaux combiné au plaisir simple d'être avec elle et de jouir de toutes ces choses ensemble l'avaient plongé dans une espèce d'engourdissement mental où le seul fait d'exister semblait suffire.

Et où trop réfléchir semblait proche du sacrilège.

À voir la douce courbe de ses lèvres et son expression détendue, il en déduisit que Niniver ressentait la même chose.

Ils arrivaient à la limite nord de la propriété. Le début de l'allée n'était plus qu'à cinq cents mètres environ.

Mais, soudain, un bruit sec claqua dans l'air.

Les deux chevaux se cabrèrent. L'un d'eux hennit.

Ned devint fou. Marcus dut lutter tandis que le cheval plein de force s'agitait dans tous les sens et ruait.

Oswald s'emballa.

Marcus ne pouvait pas jeter le moindre coup d'œil à Niniver, pas tant qu'il n'avait pas réussi à reprendre le contrôle de Ned.

Il se montra implacable, et tira et tira encore sur les rênes jusqu'à ce que le puissant animal redevienne obéissant.

Puis il regarda autour de lui et poussa un juron.

Oswald avait franchi le petit mur de pierre qui bordait la route et galopait comme l'éclair à travers les champs.

Niniver s'accrochait au dos d'Oswald, mais elle n'était pas assez forte pour brider la vigoureuse bête. Marcus connaissaient ces champs, c'était sa propriété, les terres de Bidealeigh. Et la zone vers laquelle Niniver et son cheval se dirigeaient était hérissée de rochers et de restes d'anciens éboulements de granit !

Si Niniver tombait…

Si Oswald chutait et roulait à terre…

Marcus ne perdit pas de temps à réfléchir. Il cessa de tirer sur les rênes et talonna les flancs de son cheval gris.

Ned se lança dans le sillage d'Oswald. Il sauta par-dessus le muret en pierre, amortit le choc et fila aussitôt tout droit.

Marcus se plaqua contre l'encolure de sa monture. En le guidant avec ses mains et ses genoux, il incita le massif animal à aller plus vite.

Oswald était fort, mais plus vieux et plus lent. Peu à peu, Ned gagnait du terrain.

Mais pas assez vite.

Marcus connaissait bien le terrain. Il savait que tout près, il y avait un rétrécissement, là où la vallée formait une courbe. C'était un endroit où un cheval au galop était obligé de virer brusquement. Et c'était aussi un endroit où les rochers affleuraient partout.

Ned rattrapait son retard. Il s'était calmé et avait surmonté sa panique, et il semblait absolument déterminé à poursuivre Oswald.

Marcus se prit à espérer. Ils arriveraient peut-être juste à temps pour qu'il puisse saisir les rênes d'Oswald et le forcer à ralentir.

L'un des sabots d'Oswald dérapa sur une pierre. L'animal chancela. Niniver manqua être jetée à terre et poussa un cri.

Marcus dut alors prendre une décision : de quel côté ? S'il choisissait la descente, il serait plus facile pour lui de la libérer de sa selle, mais si Oswald virait, elle pourrait tomber de l'autre côté, et il n'aurait peut-être pas le temps de faire le tour pour la rattraper…

Il opta pour le côté de la montée.

Oswald tourna brusquement et Niniver hurla. Elle perdit les rênes — et commença à basculer.

Sans la quitter des yeux, Marcus poussa son cheval. Ned répondit en accélérant l'allure.

Il lâcha les rênes, se pencha en avant autant qu'il osa le faire, tendit les bras…

Il réussit à atteindre Niniver. Au prix d'un effort considérable, il l'attrapa. Entre elle qui donnait des coups de pied et lui qui tirait de toutes ses forces, ils libérèrent ses bottes des étriers. Puis il la souleva et la prit dans ses bras tandis que Ned suivait Oswald dans le virage étroit.

Niniver, qui essayait tant bien que mal de respirer, s'accrochait à Marcus de toutes ses forces.

Libéré du poids de sa cavalière et sorti du goulot d'étranglement de la vallée, Oswald rua avant de s'emballer de nouveau.

Ned voulut le suivre, mais le poids de deux personnes sur son dos le ralentit.

Installant Niniver en travers de la selle, Marcus la maintint fermement contre lui d'une main, et de l'autre il reprit les rênes.

À son grand soulagement, le cheval répondit et ralentit.

Le cœur de Marcus cognait.

Tout comme celui de Niniver. Il lui jeta un regard et vit son pouls palpiter à la base de son cou.

Elle était blanche comme un linge. Elle le fixa avec les yeux écarquillés, l'air stupéfait et hagard.

— Êtes-vous blessée ?

C'était la seule chose qui lui importait.

Elle sembla reprendre légèrement ses esprits et remua les articulations. Très vite, elle grimaça.

— Ma cheville gauche.

Elle était à bout de souffle.

— Je l'ai tordue en me libérant de la selle. Mais sinon…

Elle posa les yeux sur le visage de Marcus, tandis que le sien retrouvait un semblant d'animation.

— Merci. Je suis saine et sauve… Grâce à vous.

Il soutint son regard pendant un moment. Il avait lui aussi le plus grand mal à respirer et luttait pour retrouver son sang-froid. Puis il pencha la tête — et l'embrassa.

Ce fut plus fort que lui. Il lui fallait au moins cela, enfin.

Il fallait qu'il rassure la bête qui couvait et piaffait en lui, pour se prouver que Niniver était là, bien vivante, et toujours sienne.

Et elle l'embrassa à son tour, levant les mains pour lui attraper le visage. Il entrouvrit les lèvres, et elle fit glisser les mains le long de son crâne, auquel elle se cramponna fermement. Et, pendant un instant, ils laissèrent libre cours à la passion.

Niniver était en vie, dans ses bras, elle l'embrassait, elle n'était que légèrement blessée.

Pour l'instant, c'était tout ce qui comptait.

Commençant à retrouver son souffle, il prit une grande inspiration et mit fin à ce baiser.

Elle le regarda en clignant les paupières. Elle semblait de nouveau perdue. Mais la couleur était revenue sur ses joues.

Le tumulte de sentiments qui agitait Marcus l'empêchait de réfléchir, et plus encore de parler. Comment les hommes de sa famille parvenaient-ils à garder toute leur tête si ce… ce chaos intérieur était le prix qu'il fallait payer pour protéger leurs compagnes ?

Oui, elle était dans ses bras, bien vivante, elle respirait plus calmement à présent, et il sentait son poids tout chaud serré contre lui, mais son instinct insistait pour qu'il la ramène chez elle le plus vite possible, dans un endroit où elle serait vraiment en sécurité.

En ne la lâchant surtout pas, il guida Ned vers la grand-route. La fièvre qui lui agitait l'esprit finit par se calmer et sa logique reprit le contrôle. Il fronça les sourcils.

— Avez-vous une idée de ce qui a pu se passer ?

Avec la même mimique, elle secoua la tête.

— Non. Nous galopions tranquillement. Et là, tout à coup, il y a eu un bruit. Oswald a henni et s'est cabré.

Elle changea de position pour caler son dos contre le torse de Marcus. Elle fixa la route devant elle pendant un moment, puis demanda :

— Était-ce… un coup de feu ? Ce bruit soudain qui lui a fait peur ?

Marcus sentit sa mâchoire devenir dure comme de la pierre.

— Je crois.

L'idée que quelqu'un ait pu tirer si près d'elle le rendait fou.

Niniver aurait pu s'en tirer avec bien pire qu'une cheville blessée, et celui qui avait tiré ce coup de feu était peut-être encore dans les environs, à chasser comme un idiot beaucoup trop près de la route.

Elle se tordit pour regarder dans son dos.

— Et Oswald ?

— J'enverrai Sean le chercher. Il va bientôt cesser sa course. Pour l'instant…

Il fit aller Ned au petit galop.

— … Je vous ramène à la maison.

Où elle serait enfin en sécurité.

Une fois qu'il serait certain qu'elle allait bien, qu'elle ne risquait plus rien, et qu'elle était sous bonne protection, alors il pourrait se mettre en chasse lui aussi.

Niniver commençait seulement à recouvrer ses esprits et un rythme cardiaque à peu près normal lorsqu'ils entrèrent au trot dans la cour de l'écurie. Elle se sentait toujours étourdie et toute tremblante. Être tenue si fermement dans les bras rassurants de Marcus était la seule chose qui parvenait à la calmer. Ses bras d'acier qui l'encerclaient, son torse solide et chaud dans son dos, ses cuisses puissantes qui la maintenaient étaient devenus la seule réalité à laquelle elle se raccrochait.

Elle avait failli mourir.

Elle aurait très bien pu se briser le crâne en tombant sur des rochers.

En prendre conscience l'avait glacée d'effroi.

Leur arrivée dans la cour, alors qu'ils étaient tous les deux sur Ned et qu'Oswald n'était pas en vue, causa un instant de panique. Sean jura et se précipita en courant vers eux, avec Mitch et Fred sur les talons.

Marcus s'arrêta aussi près que possible de la porte latérale du manoir.

Sean attrapa Ned par la bride et maintint fermement le grand cheval gris.

— Que s'est-il passé ?

— Quelqu'un a tiré un coup de fusil bien trop près de la route juste au moment où nous passions. Oswald s'est emballé.

Marcus pencha la tête pour observer le visage de Niniver. Elle affichait une expression sinistre, et son regard trahissait son inquiétude.

— Pouvez-vous tenir debout ?

Elle cligna les paupières.

— Je… Je crois.

Elle sentait une vive chaleur à la cheville, mais elle n'avait pas mal.

Marcus la saisit par la taille et la posa avec précaution à terre.

— J'ai rejoint Lady Carrick avant qu'elle ne tombe, mais elle s'est tordu la cheville en se libérant des étriers.

Lorsqu'elle fut debout, une vive douleur se fit sentir à sa jambe gauche. Elle souffla et s'accrocha au mollet de Marcus, qui était toujours en selle.

— Ne bougez pas… Attendez !

Il prit sa main toujours cramponnée à sa botte et Mitch l'attrapa. L'air très inquiet, ce dernier s'était placé à côté d'elle. Il prit ensuite Niniver par le bras pour la soutenir.

Marcus descendit de cheval.

— Où cela s'est-il passé ? demanda Mitch.

— Nous venions juste de franchir la limite nord du domaine.

Niniver poussa un petit cri étouffé alors qu'elle basculait sans prévenir : Marcus s'était penché pour la prendre dans ses bras.

Quand il se redressa, il croisa son regard surpris.

— Vous ne devez pas vous appuyer sur cette jambe.

En la portant avec autant de facilité que si elle avait été une enfant, il se dirigea vers la porte du manoir.

Fred se précipita pour l'ouvrir et la tenir grande ouverte.

Alors que Marcus se décalait pour qu'ils puissent passer tous les deux, elle regarda dans son dos et vit que Mitch et Sean suivaient.

Le tonnerre des talons de leurs bottes sur le sol carrelé

du couloir fit accourir Ferguson. Quand il vit Niniver dans les bras de Marcus, il pâlit.

— Que s'est-il passé ?

Marcus répondit avant qu'elle puisse le faire.

— Un coup de feu a effrayé son cheval. Elle a failli être jetée à terre, mais je l'ai attrapée à temps. Malheureusement, en se libérant des étriers, elle s'est tordu la cheville.

Il fixa Ferguson dans les yeux.

— Il faut que nous enlevions sa botte avant que sa cheville ne se mette à enfler, et ensuite il nous faudra de la glace pour appliquer sur l'articulation.

— Oh ! Seigneur !

Mrs Kennedy était arrivée derrière Ferguson juste à temps pour tout entendre ou presque.

— Je vais aller chercher une bassine d'eau glacée. C'est ce qu'il y a de plus efficace.

— Nous serons dans le salon, lança Marcus alors qu'il emportait Niniver.

Pendant qu'il traversait le hall d'entrée, elle observa son visage. Il semblait taillé dans la pierre et affichait une expression dure.

— Ce n'est qu'une cheville, vous savez, dit-elle. Et tant que je ne m'appuie pas dessus, je n'ai même pas mal.

Le regard qu'il lui adressa fut extrêmement bref et terriblement sombre.

— Vous allez avoir très mal quand nous allons découper votre botte.

— La découper ?

Elle cligna des yeux.

— Non, dit-elle, avant de contempler ses pieds. Ce sont mes bottes préférées.

Fred les dépassa.

Marcus s'arrêta pour le laisser ouvrir la porte du salon.

— Il faut enlever cette botte. En la découpant, nous vous ferons moins mal.

Elle contracta la mâchoire.

— Vous avez dit que la découper me ferait mal de toute façon. Posez-moi là — avec autorité, elle désigna l'un des canapés — et laissez-moi voir si j'arrive à extirper mon pied.

Il obéit et la déposa comme si elle était en porcelaine. Tous les autres arrivèrent dans la pièce. Ils semblaient si inquiets qu'elle n'eut pas le cœur de leur dire de s'en aller. Ella se précipita pour l'aider, de même qu'Alice, la soigneuse du clan. En serrant les dents — mais en essayant de le dissimuler —, elle chercha la bonne position pour attraper le talon de sa botte et commença à tirer.

Avec l'aide d'Ella et d'Alice, elle réussit la manœuvre. Mais l'effort pour surmonter la douleur tout en bannissant le moindre gémissement la laissa à bout de forces et la fit frissonner intérieurement.

Marcus était agenouillé à ses pieds. Au moment précis où le talon de Niniver sortit de sa botte, il tira dessus et la tendit à Ella, puis soutint avec douceur son pied blessé tandis qu'Alice lui palpait la cheville et l'examinait pour en vérifier la mobilité.

— C'est juste une vilaine entorse, finit par se prononcer Alice. L'eau glacée est le meilleur traitement.

— Merci.

Niniver se décala pour pouvoir s'appuyer contre le dossier du sofa et, discrètement, reprendre son souffle.

Le regard acéré que Marcus lui adressa lui fit comprendre qu'elle ne le bernerait pas. Mais il semblait sensible à l'inquiétude croissante de toutes les personnes qui les entouraient.

Puis Mrs Kennedy arriva avec une grosse bassine remplie d'eau et de glace. Elle aida Niniver à ôter son bas puis, secondée par Ferguson et Marcus, elle installa de multiples coussins autour de celle-ci pour qu'elle puisse s'y appuyer, ainsi qu'une pile de livres sur laquelle ils posèrent la bassine.

— Parfait.

Mrs Kennedy recula.

— Nous remettrons de la glace toutes les demi-heures. Cela devrait empêcher votre cheville d'enfler.

Ferguson ne semblait toujours pas rassuré.

— Nous devrions peut-être envoyer chercher le médecin.

— Non.

En luttant pour s'imposer, Niniver déclara :

— Ce n'est qu'une banale entorse à la cheville. Grâce à Mr Cynster, je m'en tire sans autre blessure.

Ses mots ne semblèrent pas avoir le moindre impact sur l'assemblée : ils restèrent tous là, en train de la regarder d'un air soucieux, comme si elle était une enfant incapable de décrire correctement ce dont elle souffrait.

Hildy fit alors irruption dans la pièce. Quelqu'un avait dû monter à ses appartements pour la prévenir de l'incident. Lorsqu'elle aperçut Niniver, Hildy se prit la tête entre ses mains ridées.

— Oh ! mon Dieu !

Elle fendit la foule pour se précipiter vers le sofa.

— Vous avez failli tomber de cheval ?

Hildy s'effondra dans le fauteuil le plus proche.

— Ma chère, combien de fois vous ai-je dit que cette brute n'est pas un cheval pour une lady ?

Niniver plissa le front.

— Ce n'est pas la faute d'Oswald. Quelque chose l'a surpris.

Le terme était bien en dessous de la réalité. L'air préoccupé, elle scruta du regard les rangs serrés devant elle.

— Sean.

Elle venait de repérer le chef palefrenier que la silhouette de Ferguson cachait à moitié.

— Voulez-vous bien partir à la recherche d'Oswald, s'il vous plaît ?

Marcus se tourna vers Sean.

— Quand nous l'avons vu pour la dernière fois, il se dirigeait vers la partie orientale des terres de Bidealeigh, et il a sans doute filé plus vers l'est. Mais si j'étais vous, je vérifierais d'abord à la ferme. Il a peut-être trouvé tout seul le chemin de l'enclos qui se trouve derrière mes écuries, là où sont rassemblés mes autres chevaux.

— Compris. Je vais le chercher.

Sean hocha la tête en direction de Marcus puis de Niniver, avant de tourner les talons et de se frayer un chemin parmi la masse de personne assemblées jusqu'à la sortie.

Niniver regarda autour d'elle. Tous affichaient des airs préoccupés. Elle se força à sourire.

— Merci à tous, mais je n'ai besoin de rien d'autre.

Mis à part de calme et de solitude. Comme personne ne bougeait, elle se tourna vers Marcus.

Il comprit d'un simple regard. Sans se départir de son air grave, il s'adressa à Ferguson et Mrs Kennedy.

— Miss Hildebrand et moi-même allons rester avec

Lady Carrick. Si vous pouviez faire en sorte qu'on apporte de la glace dans une demi-heure, ce serait parfait.

— Oui, sir.

Mrs Kennedy sembla accepter à contrecœur de ne pas pouvoir rester avec les autres pour surveiller Niniver et s'assurer qu'elle allait vraiment bien.

Elle dit à celle-ci :

— Si vous avez besoin de quoi que ce soit, milady, demandez à Mr Cynster de sonner, et nous vous apporterons tout ce que vous voudrez à la vitesse de l'éclair.

— Justement, dit Niniver, un thé ne serait pas de refus.

— Bien sûr !

Ravie d'avoir quelque chose à faire, Gwen, la cuisinière, secoua la tête.

— Je vais aller faire chauffer la bouilloire tout de suite.

Ferguson et Mrs Kennedy commencèrent à faire sortir tout le monde. Marcus parla avec Mitch et Fred. Les palefreniers adressaient à Niniver des regards inquiets, mais ils hochèrent la tête et suivirent les autres dehors.

Edgar entra au moment où tous s'en allaient, portant un châle en tricot, une couverture, et deux vieilles cannes ayant appartenu au père de Niniver. Il les tendit à Marcus puis, avec précaution, disposa la couverture sur les genoux de Niniver.

— D'après mon expérience, lorsqu'on a ce type de blessure, c'est utile de garder le reste du corps bien au chaud.

Maintenant qu'il en parlait, Niniver se rendit compte qu'elle se sentait glacée, en effet.

— Merci, Edgar.

Elle accepta le châle bien chaud et se le passa sur les épaules.

— Voilà.

Edgar recula, puis hocha la tête. Il regarda les cannes.

— Ce sera pour plus tard. Ainsi, vous ne risquerez pas de vous blesser de nouveau.

Elle lui adressa un sourire plein de gratitude. Edgar s'inclina et partit. Il referma la porte du salon derrière lui et, enfin, elle put fermer les yeux et se laisser aller sur les coussins.

Elle entendit Marcus se déplacer, puis le bruit doux des coussins lorsqu'il s'assit dans le fauteuil à sa droite. Elle n'eut pas besoin de regarder pour savoir que Hildy et lui échangeaient un coup d'œil. Mais aucun d'eux ne parla, ce qu'elle apprécia. Elle garda les yeux fermés jusqu'à ce que Ferguson arrive avec le thé.

Gwen n'avait pas seulement préparé du thé, mais aussi des tranches de cake au citron. Niniver se rendit compte qu'elle était affamée — et Marcus aussi semblait-il. À eux deux, ils dévorèrent tout le gâteau et vidèrent la théière.

Hildy buvait son thé à petites gorgées. Niniver sentait le regard inquiet de son ancienne gouvernante sur son visage. Mais, quand Ferguson vint rechercher le chariot et remettre de la glace dans la bassine, Hildy se leva et épousseta son châle.

— Je vais monter un moment. Comme vous ne pouvez pas bouger et que vous allez donc être forcée de vous reposer, et comme Mr Cynster est d'accord pour rester à vos côtés et s'assurer que c'est bien ce que vous faites, alors je vais en profiter pour terminer mon courrier. Si vous avez besoin de moi, vous n'aurez qu'à sonner.

Niniver essaya de sourire, mais ce fut difficile. Les contrecoups du choc commençaient à se faire sentir.

— Je compte bien me reposer, n'ayez crainte. Je vais

rester assise ici jusqu'au dîner. Il va falloir m'excuser, en revanche, car je ne m'habillerai pas pour dîner ce soir.

Hildy poussa un petit soupir.

— Comme si cela dérangeait qui que ce soit ! Reposez-vous, c'est tout, et nous nous verrons à l'heure du dîner.

Elle partit.

Niniver soupira sans même s'en rendre compte et ferma les yeux. Mais, presque aussitôt, la porte s'ouvrit de nouveau. Elle souleva les paupières. Sean se tenait sur le seuil. Elle lui fit signe d'entrer.

— Avez-vous trouvé Oswald ?

— Oui.

Sean s'arrêta devant elle, mais son regard se posa sur Marcus.

— Le vieux grigou était là où vous avez dit qu'il serait, dit-il en hochant la tête. Derrière vos écuries, en train de papoter par-dessus la clôture avec vos chevaux.

Niniver scruta le visage sinistre de Sean. Il lui cachait quelque chose, elle le sentait.

— Il n'est pas blessé, au moins ?

— Il n'a que des bricoles, qui vont vite guérir. Mais...

De nouveau, les yeux de Sean glissèrent vers Marcus, avant de revenir vers elle.

— J'ai pu voir pourquoi il était devenu fou. Il y a une estafilade assez profonde sur son flanc droit, provoquée d'après moi par la balle d'un fusil de chasse.

— *Comment ?*

Marcus se leva d'un bond.

— Quelqu'un a tiré sur... ?

Il fixa Sean, qui soutint froidement son regard. Puis il se tourna vers Niniver et mit des mots sur ce qu'ils savaient tous les trois.

— Cette partie de la route est à découvert, sans arbres ni buissons pour boucher la vue. Le terrain est relativement plat.

En plissant les yeux, il ajouta :

— Personne n'aurait pu nous tirer dessus, u point de toucher votre cheval, sans nous avoir *délibérément* visés.

Marcus marqua une pause puis, se sentant gagné par une fureur froide, il conclut :

— Niniver, quelqu'un a tenté de vous tuer.

Une demi-heure plus tard, Niniver était épuisée par ses tentatives pour convaincre Marcus qu'il n'y avait aucune raison logique pour que quelqu'un ait voulu la prendre pour cible.

— C'était forcément un accident, répéta-t-elle au moins pour la dixième fois.

Marcus ne disait pas un mot, mais rien dans son expression, et encore moins dans ses yeux sombres et durs, ne laissait penser qu'il était d'accord. En fait, elle n'était même pas sûre qu'il l'écoutait.

Elle souffla et se laissa retomber sur les coussins. Sean était parti pour s'occuper d'Oswald, mais il avait refusé de garder pour lui la blessure de l'animal, ou au moins de n'en parler qu'aux palefreniers comme elle le lui avait demandé. Non vraiment, pour lui, il était impensable de ne pas avertir Ferguson d'une menace qui affectait le clan de manière si grave.

Et Marcus était d'accord avec cela. Elle l'avait vu dans le regard qu'il avait échangé avec Sean avant que ce dernier ne s'en aille.

Marcus allait et venait comme un lion en cage. Et il en avait l'allure dangereuse.

Elle recommençait à avoir froid. Elle resserra le châle sur ses épaules et frissonna.

Marcus s'immobilisa et la fixa.

— Vous avez froid ?

— Oui.

Et s'il ne cessait pas ses allées et venues… Elle se décala légèrement sur le sofa.

— Peut-être que si vous vous asseyiez à côté de moi…

Il hésita, mais elle n'eut pas à le demander deux fois. Il vint s'installer à côté d'elle.

Aussitôt, elle sentit la chaleur de son corps massif se propager sur le côté qui était proche de lui. Elle avait déjà remarqué qu'il semblait toujours beaucoup plus chaud qu'elle, comme s'il avait de la fièvre, alors que ce n'était pourtant pas le cas. Peut-être que tous les hommes de grande taille étaient ainsi.

Elle n'avait pas du tout l'esprit clair. Ses pensées s'égaraient dans tous les sens et refusaient de se poser.

Elle se décontracta et laissa volontairement sa hanche entrer en contact avec celle de Marcus. Puis elle s'appuya pour de bon contre lui.

Elle le sentit qui la regardait, puis il dégagea son bras qui était prisonnier entre eux deux et le posa autour de ses épaules afin qu'elle puisse se blottir davantage contre son corps chaud et musclé.

Elle soupira et se laissa gagner par cette paix, par cette chaleur, par le réconfort de ce contact humain.

Il lui prit la main droite et, du pouce, la caressa doucement.

Peu à peu, les pensées de Niniver s'apaisèrent.

Les perspectives auxquelles elle faisait face ne lui

plaisaient guère. La tête appuyée contre son torse, elle finit par lâcher dans un murmure :

— Pourquoi voudrait-on me tirer dessus ?

— Je ne sais pas.

Il bougea la tête. Les lèvres de Marcus lui effleurèrent les cheveux.

— Mais nous le découvrirons, dit-il.

Elle inspira avec peine.

— J'ai peur, avoua-t-elle.

— Il ne faut pas. Je suis là.

— Allez-vous rester à mes côtés ?

Il ne dit rien. Pendant un moment, elle se demanda s'il allait répondre. Elle retint son souffle, mais alors il dit à voix basse :

— Je ne sais pas ce qui se cache derrière cela, mais il est hors de question que je vous laisse affronter la situation seule.

Il était profondément sincère, elle l'entendait au son de sa voix. Ce n'étaient pas que des paroles en l'air. C'était une promesse solennelle.

Pour la première fois de sa vie, elle avait quelqu'un de son côté. Quelqu'un d'assez fort pour la défendre.

Et, pour la première fois, elle savait qu'elle pouvait faire confiance à cette personne, qu'on ne l'abandonnerait pas.

— Merci, chuchota-t-elle.

Et elle ferma les yeux.

Le soleil était bas sur l'horizon lorsque Ramsey McDougal rentra à la chambre qu'il occupait dans une pension sordide située dans les petites rues derrière le port d'Ayr.

Il jeta son fusil de chasse sur le lit défait, s'effondra

sur la seule chaise de la pièce et attrapa la bouteille de whisky bon marché qui trônait, avec un unique verre, sur le plateau rayé de la table bancale placée juste devant lui. Il ne restait que quelques doigts d'alcool dans la bouteille. Il avait bu le reste avant d'avoir cette grande idée et d'aller attendre sa proie le long de la grand-route…

Il versa du whisky dans son verre et but cul sec.

Puis il frémit.

Bon sang. Qu'est-ce qui lui avait pris ?

C'était la colère, principalement, qui l'avait poussé à agir de la sorte. Après les revers de la semaine passée, apprendre par ses contacts que son plan avait fonctionné et que Niniver Carrick en était — enfin ! — réduite à se tourner vers quelqu'un d'extérieur au clan pour l'aider lui avait redonné espoir. Puis il l'avait aperçue par la fenêtre de l'auberge et avait eu le sentiment que pour une fois le destin lui souriait. Il était entré pour faire la conversation à Niniver avec de grandes espérances. Mais ces espérances avaient été anéanties quand Marcus Cynster avait fait son apparition et qu'il était devenu clair que c'était ce dernier que Niniver avait choisi pour l'aider.

Une colère noire s'était emparée de lui. C'était sous son emprise qu'il avait avalé la quasi-totalité de la bouteille de whisky, qu'il était parti à cheval avec son fusil et qu'il avait failli tuer le pigeon qu'il avait prévu de plumer !

Bah !

Il versa le reste d'alcool dans son verre. Il fixa la bouteille vide pendant plusieurs secondes, puis la repoussa.

— Je n'aurais peut-être pas dû aller aux courses la semaine dernière.

Si, dans une vaine tentative pour renflouer ses pertes, il n'avait pas joué aux courses, il aurait été plus riche de quelques centaines de livres — ou moins endetté, en tout cas. Qui plus est, il aurait mieux surveillé son petit pigeon. Le moment où elle était arrivée à bout de patience ne lui aurait pas échappé et il aurait pu, avec subtilité, se présenter à elle en endossant le rôle qu'il s'était donné tant de mal à préparer : celui du valeureux défenseur des faibles femmes. Une fois bien installé dans son rôle, le gentleman escroc qu'il était n'aurait pas eu de mal à profiter de la situation.

Mais au lieu de cela…

Il grinça des dents.

Elle avait tenu si longtemps, comment aurait-il pu savoir qu'elle avait atteint la semaine dernière son point de saturation ?

— Et comment aurais-je pu imaginer qu'elle se précipiterait chez *Cynster* pour lui demander son aide ? se mit-il à brailler.

Il prononça le nom de son rival avec tout le mépris dont il était capable.

Mais Cynster était bel et bien là, et il récoltait maintenant les fruits de ce que lui, Ramsey McDougal, avait semé. Même s'il n'avait pas spécialement envie de le savoir, il supposait que Cynster avait sauvé Niniver et qu'il jouissait désormais d'une aura de héros.

Ce n'était pas juste. Cynster n'avait même pas besoin d'argent.

Ramsey si.

Désespérément, même.

En terminant son whisky, qu'il but jusqu'à la dernière goutte, il essaya de réfléchir à la suite. Connaissant Cynster, il était possible qu'il ait décidé d'aider Niniver par pure grandeur d'âme. Pour sa part, Ramsey ne se voyait pas agir de façon aussi désintéressée, mais il comprenait le concept. *Noblesse oblige*, etc., etc. Lui-même était né dans ce milieu, donc cette notion ne lui était pas étrangère, mais il la considérait comme largement surévaluée.

— Cependant, murmura-t-il, cela pourrait signifier que si je ronge mon frein et me contente d'attendre patiemment, Cynster va peut-être rentrer chez lui une fois la situation stabilisée.

Et la voie menant vers Niniver Carrick serait de nouveau libre pour lui.

C'était tout à fait possible.

Malheureusement, dans cette affaire, Ramsey McDougal manquait cruellement de temps.

Et si, comme c'était probable, il ne pouvait pas se permettre d'attendre que Cynster disparaisse de lui-même, alors il allait devoir trouver un moyen… d'accélérer un peu les choses, afin que la jolie Niniver lui revienne.

Chapitre 8

Elle avait failli mourir aujourd'hui. Et cependant, grâce à Marcus, elle respirait encore.

Alors que l'après-midi cédait doucement la place au soir, ces mots repassaient en boucle dans l'esprit de Niniver, charriant avec eux des ondes de choc, de stupeur et d'effroi. À chaque fois qu'elle repensait à ces dernières minutes sur le dos d'Oswald, la terreur s'emparait d'elle.

Elle revoyait la mort en face.

Puis elle clignait les yeux et se rendait compte que Marcus était toujours assis à côté d'elle, son bras autour de ses épaules, sa main sur la sienne.

Sa chaleur qui contrastait avec la froideur de l'eau autour de sa cheville et la réalité tangible de son corps contre le sien la rassuraient et la convainquaient qu'elle était bien vivante.

Alors elle se sentait soulagée, et pleine de gratitude.

Malgré tout, les mauvais souvenirs persistaient, ce qui n'était guère étonnant. Elle alla plus loin dans ses réflexions, et le soulagement et la gratitude furent détrônés par la prise de conscience plus aiguë de ce que signifiait être en vie, comme si les événements de l'après-midi avaient élargi ses horizons émotionnels dans toutes les directions.

Marcus finit par bouger et retirer son bras. Elle était sur le point de protester contre la disparition de cette source de chaleur, de ce soutien muet, lorsqu'un bruit à la porte attira son attention.

Marcus se leva alors que Hildy et Edgar entraient. Ils s'étaient de toute évidence concertés et lui apportaient ce dont, d'après eux, elle devait avoir besoin : une serviette pour sécher son pied, une paire de bas en laine, et une bande pour sa cheville.

Elle les laissa s'agiter. Non seulement c'était plus simple ainsi, mais c'était aussi ce dont ils — Edgar, Hildy et, également, le reste du clan — avaient besoin. Ils avaient besoin d'avoir le sentiment de s'être occupés d'elle du mieux qu'ils le pouvaient. Tandis que Hildy lui tamponnait le pied avec la serviette pour le sécher et débattait avec Edgar au sujet de la meilleure façon de lui bander la cheville, Niniver se demanda qui, dans le clan, connaissait déjà la nouvelle.

D'après ses souvenirs, le coup de feu venait du côté de la route qui bordait le domaine. Le tireur se trouvait donc très certainement sur les terres des Carrick.

Cela dit, elle ne pouvait croire que ledit tireur fasse partie du clan. Qui cela avait-il pu être, alors ? Et qu'est-ce qui l'avait poussé à agir de la sorte ? Elle ne voyait pas à qui sa mort aurait pu profiter…

Marcus se tenait quant à lui devant la cheminée, les mains croisées dans le dos, le regard fixé sur Edgar et Miss Hildebrand qui étaient en train de s'occuper de Niniver. Maintenant qu'il s'était écoulé suffisamment de temps et que la tempête qui faisait rage en lui s'était relativement apaisée, maintenant qu'il pouvait constater de ses propres yeux qu'elle allait à peu près bien, il pouvait repenser de manière plus froide et calme à l'incident et à ses conséquences.

Ce qu'il n'oublierait jamais, c'était la façon dont Niniver s'était accrochée à lui après qu'il l'eut arrachée à sa selle. Quand l'horreur avait fait tomber toutes les barrières de l'éducation et de la retenue et qu'elle l'avait regardé… il avait vu ses émotions, pures, réelles, vraies, dans ses grands yeux.

Consciemment ou pas, elle lui faisait confiance. Elle lui aurait confié sa vie. Elle s'était tournée vers lui et s'était accrochée à lui. Elle savait qu'il ne la lâcherait pas. Qu'il la protégerait.

De la même façon qu'il lui avait tenu la main au cours de l'heure écoulée, et qu'elle avait accepté cette proximité et le fait d'être rassurée par elle.

Il avait franchi un premier obstacle : gagner sa confiance.

Et il en avait franchi un autre également dans la foulée : le clan le voyait désormais comme un héros providentiel, celui qui était capable de protéger leur lady et ne reculerait pas devant la tâche, alors qu'eux-mêmes ne pouvaient le faire, que ce soit de façon individuelle ou collective. Niniver elle-même avait reconnu qu'aucun membre du clan n'aurait pu l'aider à chasser McDougal. Mais lui le pouvait, et c'était ce qu'il avait fait. De la même façon, un certain nombre de membres du clan — Sean, Mitch, Fred, et d'autres sans doute — savaient que seul un cavalier comme lui, sur un cheval de la valeur de Ned, aurait pu rattraper Oswald à temps pour sauver Niniver.

Si un autre que lui avait été avec elle, elle aurait au mieux été sévèrement blessée, mais il était hélas bien plus probable qu'elle serait morte.

Tout le clan aurait été effondré — avant de voler en éclats.

Avec elle, c'était le clan tout entier qu'il avait sauvé. Et tous ici le savaient.

Un autre obstacle de franchi.

Il ne s'attendait pas à progresser aussi vite, mais les incidents semblaient se multiplier à une cadence accélérée. Il avait le sentiment — l'instinct du chasseur, peut-être — qu'il y avait une certaine urgence dans cette affaire. Même s'il ne voyait pas encore d'où venait la pression, il savait qu'elle existait.

Miss Hildebrand avait apporté des mules plates à Niniver. Avant de les lui enfiler, on lui avait enlevé son autre botte. Marcus avait de sérieux doutes sur le bien-fondé de s'appuyer déjà sur cette jambe blessée, mais Edgar et Miss Hildebrand attrapèrent chacun Niniver par une main et l'aidèrent à se lever.

Marcus revint auprès d'elle juste au moment où, se tenant sur une seule jambe, elle acceptait les cannes qu'Edgar avait apportées.

L'idée de ce dernier n'était pas mauvaise, mais Manachan était bien plus grand que Niniver et les cannes en question n'étaient pas à sa taille.

Elle essaya de trouver une autre façon de les tenir, mais l'une d'entre elles lui échappa des mains et, déséquilibrée, elle fut obligée de s'appuyer sur son pied blessé, laissant échapper un cri de douleur. Marcus n'y tint plus et il la porta dans ses bras.

Elle le regarda en clignant les paupières, puis tourna la tête et tendit à Edgar la canne qu'elle tenait toujours.

— Demain peut-être. Elles peuvent presque me servir de béquilles.

Edgar étudia les cannes en fronçant les sourcils.

— Je vais voir ce que je peux trouver d'autre.

Ferguson avait fait son apparition et se tenait sur le seuil. Marcus se tourna vers lui.

— Le dîner est servi, milady. Sir. Miss Hildebrand.

— Parfait, répondit celle-ci en s'effaçant, tout en faisant signe à Marcus de passer le premier.

Il traversa le hall, le couloir, et porta Niniver jusqu'à la salle à manger. Ferguson tint la chaise où elle avait l'habitude de s'asseoir. Marcus l'y déposa avec délicatesse. Elle s'installa, arrangea ses jupes, puis il mit la chaise bien en place.

Il s'assit juste à côté d'elle — c'était désormais sa place attitrée — et désigna du regard l'imposant siège qui se trouvait en bout de table.

— Vous ne vous asseyez pas en bout de table, fit-il remarquer sur un ton interrogateur.

Elle déplia sa serviette et secoua la tête, avant de contempler la place en question.

— Un jour peut-être, mais... pas encore.

Marcus vit que Miss Hildebrand lui adressait un regard lourd de sens. Alors que Ferguson servait la soupe, Marcus essaya de se représenter ce qui, aux yeux de Niniver, pouvait bien l'empêcher de s'asseoir à la place de son père. Vraiment, de quoi pouvait-il s'agir ?

Au cours du repas, il repensa aux commentaires qu'elle avait faits sur l'héritage paternel et sur son souhait de le préserver. Il était presque certain que cette histoire de place à table était liée à cela.

Niniver et Miss Hildebrand discutèrent des différentes courses que Niniver avait faites à Ayr, ce qui le laissa libre de suivre le cours de ses pensées. Il passa en revue toutes les petites informations que Niniver avait pu, de-ci de-là, laisser échapper.

Il aurait parié qu'il y avait quelque chose qu'elle ne lui avait pas encore dit à propos de la situation du clan — quelque chose que, peut-être, elle n'avait dit à personne. Il était plus que qualifié pour l'aider sur ce point, mais il aurait déjà fallu qu'elle prenne la décision de lui en parler et de lui demander son aide pour cela également.

Il espérait qu'elle le ferait, mais il ne pouvait pas la forcer à sauter le pas. Il le comprenait très bien et l'acceptait.

Comme il l'avait espéré — et comme le destin, à sa façon, l'avait promis —, être le champion de Niniver était semblait-il une occupation à temps plein. La protéger et la défendre en cas d'attaque était une chose, mais il y avait aussi tout ce qui était susceptible de nuire à sa tranquillité d'esprit, et il pouvait tout autant s'en occuper.

Il lui adressa un petit regard, puis porta ses yeux plus loin, vers la chaise vide en bout de table.

Son but était clair, à présent. Il œuvrerait jusqu'à ce qu'il la voie assise là, et qu'elle soit assez sûre d'elle pour réclamer cette place qui lui revenait de droit.

Le dessert, une charlotte russe — l'un des desserts préférés de Niniver, apparemment — le tira de ses pensées : pendant qu'elle savourait cette douceur, le plaisir se lisait sur son visage.

Il n'y avait plus chez elle la moindre trace de tension, se rendit-il compte. Elle avait dit que, du moment qu'elle ne s'appuyait pas sur sa cheville, elle n'avait pas mal, et il n'y avait en effet aucun signe de souffrance dans ses yeux, et encore moins sur ses lèvres gourmandes.

Niniver était une énigme, décidément. Elle ressemblait à une poupée de porcelaine, fragile et délicate, mais elle était de chair et de sang, et bien plus forte et solide qu'elle ne le paraissait.

Malgré les épreuves que lui avaient fait subir la vie et le reste de sa famille, la poupée ne s'était pas encore cassée. Elle n'était même pas fêlée.

Comme surgie de nulle part, la voix de Lady Osbaldestone résonna dans sa tête, et il sourit de la justesse de ses propos.

Niniver surprit son sourire. Elle s'y arrêta, puis le fixa dans les yeux.

— Qu'y a-t-il ?

Il sourit plus franchement. Il soutint son regard un moment, puis expliqua :

— Je pensais à la façon dont les grandes dames de Londres vous décriraient, et en particulier la mieux placée de toutes, que je connais.

Elle eut l'air sceptique.

— Êtes-vous sûr de vouloir me le dire ?

Sans cesser de sourire, il inclina la tête.

— Elle dirait que vous avez une « trempe d'acier ». C'est un compliment et, venant de cette femme en particulier, un compliment qui vaut son pesant d'or.

Elle rosit légèrement.

— Eh bien, merci.

Aussitôt, elle regarda à l'autre bout de la table.

— Sommes-nous prêts à nous retirer ?

Miss Hildebrand confirma d'un hochement de tête. En souriant toujours pour lui-même, Marcus se leva. Niniver se tourna vers lui, mais avant qu'elle puisse parler, il déclara :

— Je n'ai aucune envie de rester assis ici à m'alcooliser. Je vais plutôt vous accompagner au salon.

Avec l'aide de Ferguson, il la libéra de sa chaise, puis il la porta de nouveau dans ses bras.

Elle se laissa faire et, pendant qu'ils traversaient le couloir, elle renifla en l'air.

— Je sens le cheval, dit-elle, c'est épouvantable.

— Et moi aussi, sans doute.

Il intercepta son regard qui le scrutait.

— Il aurait été difficile pour vous de vous changer pour le dîner, et pour ma part j'ai choisi de vous tenir compagnie. Puisque Miss Hildebrand ne s'est pas plainte, je suppose que nous sommes tout excusés.

Elle acquiesça sans rien dire.

Il l'emmena jusqu'au sofa. Niniver se cala contre les coussins. À sa grande surprise, mais aussi pour son plus grand plaisir, Marcus s'installa au piano et se mit à jouer. Il était vraiment un excellent pianiste. Elle se détendit et se laissa emporter par la musique.

Au bout de plusieurs morceaux, elle se rendit compte qu'il jouait sans partition, de mémoire, mais aussi en suivant son cœur, interprétant les morceaux qui se présentaient spontanément à son esprit. Il y avait dans sa musique la force, la passion et l'énergie de la vie. Il jouait pour exorciser ses émotions et, ce faisant, il exorcisait les siennes.

Le thé arriva, mais Marcus n'en voulut pas et continua de jouer. Elle but à petites gorgées, les yeux fermés, et laissa la musique lui parler et lui remplir l'esprit.

Au moment où il était en train de conclure — ses doigts étaient encore sur le clavier, les notes résonnaient de plus en plus faiblement —, elle ouvrit les yeux et croisa son regard. Elle sentit alors qu'un lien très fort était né. Un lien créé par la musique qu'il avait jouée, reconnu par leurs sens, porté par ce regard, et pourtant si réel qu'il lui faisait l'effet d'un vrai contact.

Une caresse.

Il baissa les yeux, brisant le lien. Puis il ferma le couvercle du piano et se leva.

— Merci, Mr Cynster.

Tout en réajustant son châle sur ses épaules, Hildy se leva à son tour.

— Quelle interprétation impressionnante.

C'était le mot juste, en effet. Niniver contempla Marcus avec émerveillement pendant qu'il recevait les compliments de Hildy en inclinant sa tête brune. Puis il se redressa et vint vers elle.

Comme toujours, ce fut l'intensité avec laquelle il la dévisageait qui la frappa. Elle en avait désormais conscience : cela flattait sa féminité. Et elle commençait à apprécier cela.

Elle se rendit vaguement compte que Hildy le suivait.

— Êtes-vous prête à vous lever, très chère ? Je pense vraiment qu'il serait sage de vous retirer et de reposer cette cheville.

Hildy l'observa, puis jeta un bref coup d'œil à Marcus.

— Allez-vous vous débrouiller ? Qu'en pensez-vous ?

En fixant Marcus — et son expression tout en retenue —, Niniver répondit :

— Je vais très bien me débrouiller, Hildy. Vous pouvez monter. Mr Cynster et moi-même allons vous suivre.

Une lueur de soupçon passa dans les yeux de Marcus, puis, comme elle s'en doutait, il se pencha et, avec une facilité déconcertante, il la porta dans ses bras.

Il adressa un signe de tête à Hildy.

— Si vous vouliez bien avoir l'obligeance d'ouvrir la porte…

Hildy passa la première dans le couloir, puis dans le grand escalier. Mais, lorsqu'ils arrivèrent à celui qui menait à l'étage supérieur et à ses appartements, elle s'arrêta.

— Je suis sûre qu'Ella vous attend dans votre chambre, je vous souhaite donc une très bonne nuit, ma chère.

Hildy inclina ensuite la tête vers Marcus avec déférence.

— Mr Cynster.

À l'unisson, Niniver et Marcus lui souhaitèrent bonne nuit à leur tour. Était-ce le fruit de son imagination ? Marcus semblait quelque peu déconcerté d'être laissé seul avec elle dans ses bras.

Elle faillit sourire. Qu'il était bête ! Tout le monde ici lui faisait confiance. Surtout quand il était question d'elle.

Et ils lui faisaient tous confiance à elle aussi. Le clan tout entier s'en remettait à elle pour qu'elle prenne les bonnes décisions. Cette confiance était quelque chose qu'elle avait gagné au fil des années, et pas seulement depuis son élection à leur tête. Et ce soir, elle avait la ferme intention de prendre la bonne décision.

Il la porta jusqu'à sa chambre. Il s'arrêta devant la porte et elle se pencha pour l'ouvrir.

Il entra.

— Attendez, dit-elle, et il s'arrêta.

Elle se retourna et repoussa la porte avec force pour la fermer.

Une fois sûre que c'était bien le cas, elle se détendit dans ses bras, pendant que Marcus regardait tout autour de lui dans la pièce.

La lampe située près du lit dispensait une lumière chaude. Elle éclairait son beau visage viril, mais mettait aussi en évidence le fait qu'il n'y avait personne d'autre dans la chambre. Alors que son regard bleu nuit était à présent ouvertement soupçonneux, il demanda :

— Où est Ella ?

— Ella ne m'aide jamais à me préparer pour la nuit, sauf si je sonne pour l'appeler, ce que je fais rarement.

Elle soutint son regard pendant quelques secondes, avant de tourner la tête en direction du lit.

— Vous pouvez me poser là.

Il regarda de nouveau autour de lui, mais il n'y avait pas d'autre possibilité. S'il la déposait devant sa coiffeuse ou dans le fauteuil situé près de la cheminée, cela ne lui rendrait pas du tout service.

La mâchoire crispée, il traversa la pièce, s'arrêta à côté du lit, se pencha et la déposa sur les couvertures, la tête sur les oreillers.

Pendant qu'il l'installait, elle passa les doigts derrière le nœud de sa cravate.

Il sentit le tissu glisser autour de son cou, baissa les yeux et s'immobilisa. Sans la lâcher, il fixa le petit poing de Niniver accroché à sa cravate puis, lentement, il leva les yeux vers elle.

— Niniver…

— Vous souvenez-vous de notre discussion sur le prix de la protection que vous m'offrez ?

Il serra la mâchoire de plus belle.

— Cela ne s'applique pas à ce cas particulier.

Elle inclina la tête et l'observa sans chercher à s'en cacher.

— Moi je crois que si, au contraire. Et plus encore que toutes les autres fois… Et, vraiment, vous mentez mal.

À chaque fois qu'il l'avait portée, il l'avait fait avec

beaucoup de retenue et de prudence : avec un contrôle si sévère qu'il n'avait servi qu'à souligner le fait qu'il avait en fait très envie de l'étreindre pour de bon. De la serrer très fort contre lui, plutôt que de la traiter comme une fleur délicate. Elle avait senti la tension en lui, elle l'avait entendue dans la musique qu'il avait jouée.

— Quoi qu'il en soit — et elle le regarda bien dans les yeux — je ne parlais pas de vous. J'ai découvert aujourd'hui que défier la mort avait aussi un prix. Et pour moi, ce prix, c'est l'affirmation de la vie.

Elle savait exactement ce qu'elle faisait. En se servant de la prise qu'elle avait et de la force même de Marcus pour faire contrepoids, elle se hissa jusqu'à ce que ses lèvres ne soient plus qu'à quelques millimètres des siennes. Sans le quitter des yeux, elle sourit et dit doucement :

— Pour moi, ce prix, c'est vous.

Et, fermant les paupières, elle posa ses lèvres sur les siennes.

Tout d'abord, il résista, à sa bouche et à ses mots, puis il se rendit en gémissant.

Et il prit le contrôle de leur baiser.

Mais dans les limites qu'elle voulut bien fixer. Elle n'était pas disposée à le laisser réfléchir suffisamment pour qu'il se souvienne du gentleman qu'il était avant tout. Ni pour qu'il se figure qu'il savait mieux qu'elle de quoi il retournait et que ceci — ce qu'elle avait l'intention de faire — s'écartait du droit chemin.

C'était bien le cas, mais elle n'était pas disposée à entendre le moindre argument contraire. Pas ce soir. Aujourd'hui, elle avait survécu. Ce soir, elle allait vivre.

Lors de ce moment terrifiant où elle avait cru qu'elle allait mourir, elle avait regretté chaque minute de vie dont elle n'avait pas profité. Oui, elle avait amèrement regretté de ne pas avoir saisi les chances qui s'étaient présentées à elle d'explorer la vie, et de la vivre dans tout ce qu'elle avait à offrir. Mais surtout, lors de cet instant de prise de conscience aiguë, elle avait regretté de ne pas avoir pris Marcus Cynster comme amant.

Ce soir, elle payait tribut. Au destin, à la vie. Elle allait donner et recevoir, rendre et réclamer, portée par le soulagement, la joie, et l'insatiable envie de vivre que le fait d'avoir survécu avait fait naître en elle.

Leurs lèvres fusionnèrent, leurs langues se mêlèrent alors que, entre eux, la chaleur croissait. Les lèvres de Marcus étaient fermes, autoritaires, exigeantes, mais elle était toute prête à donner ce qu'elles réclamaient. Il partait à l'assaut et prenait. Elle cédait et séduisait. Mais ils étaient déjà allés aussi loin. Ce soir, elle en voulait plus. Bien plus.

Ce soir, elle voulait tout.

Sans lâcher sa cravate, elle retomba sur le lit.

En reprenant instinctivement son souffle, il la suivit et finit par s'allonger à côté d'elle.

Leurs lèvres ne se lâchèrent pas. L'étreinte était torride et sans répit.

Il se pencha au-dessus d'elle, la força à ouvrir davantage les lèvres et, avec plus d'autorité et de possessivité encore, s'empara de sa bouche. En guise de réponse, elle enfila les doigts de sa main libre dans ses boucles soyeuses. Elle lui agrippa le crâne et lui rendit son baiser avec tout ce qu'elle gardait en elle.

Avec son cœur, avec son âme.

Avec le désir qui enflait en elle.

Et le baiser devint incendiaire. Ce fut une éruption de

pure chaleur, la promesse d'une déflagration si intense qu'elle aurait pu la consumer. Cette promesse dirigea son esprit et ses sens vers Marcus et rien que lui. Le reste du monde disparut. La pièce autour d'eux cessa d'exister, et il n'y avait plus qu'eux, en train de s'enfoncer dans les couvertures, soudés l'un à l'autre et pris dans une course effrénée pour assouvir une passion devenue soudain plus puissante qu'eux.

La séduction qu'opérait la langue impitoyable de Marcus en caressant la sienne accaparait toute sa conscience. Puis il posa la main sur son sein, qu'il se mit à pétrir, et elle perdit le peu de raison qu'il lui restait encore.

Elle le voulait et il la voulait, ici, maintenant, et rien d'autre ne comptait.

Alors avec une détermination sans faille, elle fit en sorte qu'ils obtiennent ce dont ils avaient tous les deux besoin.

Elle lâcha le nœud de sa cravate pour enfouir les doigts dans les plis du tissu. À tâtons, elle retira la longue épingle. Sans interrompre la communion de leurs bouches, elle ôta la main de ses cheveux, réussit à piquer à l'aveugle l'épingle sur le revers de sa veste, puis entreprit de défaire le nœud de la cravate, en bénissant Marcus en silence de ne pas avoir cédé à la mode idiote des nœuds multiples et compliqués.

Il continuait à lui caresser la poitrine. Il semblait savoir exactement où poser les doigts et comment la toucher pour lui faire perdre la tête et lui donner la chair de poule rien qu'en imaginant la prochaine de ses caresses.

Respirer devint accessoire, et le peu d'air qui lui emplissait les poumons venait de lui. Elle était trop accaparée par les sensations violentes qu'il faisait naître en elle pour se préoccuper de l'étourdissement qui la gagnait. Du moment qu'elle absorbait la moindre de ses caresses, c'était tout ce qui comptait.

Il savait ce qu'il faisait. Chaque contact n'avait d'autre but que d'accroître sa prise de conscience, affûter davantage ses sens. Lui ouvrir les yeux sur leur entente parfaite. Sur ce merveilleux partage. Les mains expertes de Marcus sculptaient son corps. Malgré les épaisseurs de tissu, la fermeté brûlante de ses paumes et de ses doigts la réclamait avec urgence. Avec une concentration extrême, il consacra ces moments à lui montrer tout ce qu'il y avait à apprendre, et elle se dédia tout entière à cet apprentissage, s'imposant comme l'élève la plus appliquée et la plus avide de connaissances qu'il ait jamais connue.

Sous ses mains expertes, elle réagissait en se cambrant, haletant, gémissant, alors que son corps, qui semblait ne plus connaître de limites, répondait à l'appel de Marcus. Elle avait délibérément lâché la bride pour être libre d'explorer toutes les voies qu'elle pourrait trouver avec lui. Elle sentait — elle le *savait* — qu'elle était destinée à être cette femme sensuelle qui était en train de s'éveiller en elle.

Cette certitude et l'assurance qu'elle engendrait lui donnèrent des ailes. La cravate de Marcus pendait, dénouée. Lentement, elle tira dessus et la lança loin du lit. Le désir était accru par cette confiance grandissante, et cela la poussa à agir avec audace, à déboutonner sa veste et son veston et à les ouvrir largement. Elle se hissa pour libérer les épaules de Marcus et son torse.

Avec un gémissement étouffé, il mit momentanément un terme à leur baiser et à leur étreinte pour se sortir les bras de sa veste, qu'il envoya voler avec une violence à peine contenue.

Ravie de constater que la passion n'était pas moins vive chez lui que chez elle, elle rit.

Il chercha son regard. Le sien était ardent. Puis il prit son visage entre ses mains et l'embrassa avec une fièvre qui ne fit qu'accroître son étourdissement.

Elle posa les mains à plat sur son torse. Tout en lui rendant son baiser avec ardeur, elle fit glisser les doigts jusqu'au plastron de sa chemise. Elle continuait d'entretenir sa passion avec la sienne, avec son désir flagrant, tandis que ses doigts, à l'aveugle, défaisaient les boutons un à un. Puis elle écarta les pans de sa chemise et posa les mains contre sa peau.

Merveille.

Les yeux fermés, elle se laissa enivrer par la sensation de ce contact lui brûlant les paumes. Puis ses mains parcoururent le torse de Marcus, son abdomen musclé, en prenant le temps de sentir, de toucher, de suivre les contours, d'apprendre. D'apprendre tout ce qu'elle avait besoin de savoir, de connaître : la splendeur sculptée de ses épaules, ses pectoraux, la chaleur et la fermeté de sa musculature, le contact un peu rêche du duvet sombre qui recouvrait sa peau tendue. Et de prendre conscience, aussi, de la façon dont il réagissait à son contact.

Il s'était figé et haletait plutôt qu'il ne respirait. Comme s'il était pris dans un piège sensuel qu'elle lui aurait tendu, il restait immobile, alors qu'elle le testait et découvrait que promener ses doigts autour de ses mamelons le faisait se tendre davantage, que les effleurer du plat de la main le faisait frissonner.

Lui faisait fermer les yeux encore plus fort et lui faisait à elle, ressentir…

Ils ne s'embrassaient plus. Leurs sens étaient concentrés sur le toucher, sur le contact.

Marcus n'arrivait pas à se défaire de l'emprise de Niniver. Il n'arrivait pas à inspirer suffisamment d'air pour retrouver la raison, et encore moins pour s'inquiéter de l'avoir perdue. En ce moment précis, tout ce qu'il savait, c'était qu'il avait un besoin absolu de reprendre le contrôle dont elle s'était emparé. Il avait déjà ouvert la veste d'équitation en velours de Niniver. Pendant qu'elle caressait et explorait son torse et ses épaules, avec un mélange irrésistible d'innocence et de désir, il porta les doigts aux petits boutons de nacre qui fermaient son chemisier.

Jamais il n'avait défait des boutons aussi rapidement. En temps normal, il aurait ralenti ses mouvements pour faire durer ce moment, pour exacerber leur envie à tous les deux. Ce soir, ils n'avaient pas besoin de ce genre d'encouragement. Il brûlait déjà d'un désir immense et mourait d'envie de sentir la peau de Niniver sous ses mains, de sentir sa douceur, sa finesse.

Il était incapable de penser au-delà de cela. Pas pour l'instant. Il était, en fait, incapable de penser tout court.

Niniver emplissait son esprit, ses sens. En ce moment précis, elle était sa seule réalité.

Et elle avait beaucoup trop de vêtements sur elle. Ses mules. Ses bas. Ses jupes. Ses jupons. Ses sous-vêtements.

Il n'était pas intimidé. Et elle non plus. Il ôta tout cela sans ménagement, et elle se laissa faire. Puis elle inversa les rôles.

Tous les lacets furent défaits. Le tissu glissa. La soie crissa sur la peau satinée avant qu'il ne l'en débarrasse.

Ses propres bottes tombèrent à terre.

Elle répliqua en déboutonnant son pantalon, tira dessus. Avec la rapidité de l'éclair, tout vola dans les airs. Tout sauf son bandage.

Mais tout le reste, oui.

Il ne s'attendait pas à cela. Il ne s'attendait pas à ce qu'elle fasse preuve d'une telle ardeur et il ne s'attendait pas non plus à y répondre de façon aussi instinctive.

Lorsqu'elle le força à s'allonger, il se laissa tomber sur elle.

Leurs corps entrèrent en contact, peau contre peau.

Et elles s'embrasèrent.

Sans la moindre hésitation, ils plongèrent tous les deux dans les flammes.

S'il avait été capable de penser, il aurait sans doute été surpris, mais leurs sens avides étaient comme pris de frénésie. Il aurait peut-être pu essayer de refréner sa propre ardeur, mais contenir celle de Niniver — et y résister — était mission impossible.

Il prit son visage entre ses mains, plaqua sa bouche sur la sienne et la dévora.

Elle alla à sa rencontre et s'unit à lui, elle l'incita à aller plus loin, puis elle lui rendit le plaisir reçu, redonna l'assaut brûlant avec un abandon débridé qui le laissa chancelant.

Niniver l'emporta dans un irrésistible tourbillon d'insatiable envie, à l'image de leurs passions mêlées, grandissantes, se provoquant l'une l'autre et se nourrissant l'une de l'autre. Et, avec un abandon absolu, elle l'accompagna, en s'offrant à lui et à cet appétit dévorant qu'ils avaient l'un de l'autre.

Lorsqu'il referma la main autour de son sein, elle étouffa un cri. Il prit dans sa bouche son mamelon rosé à la pointe tendu et l'aspira avec force. En guise de réponse, elle lui saisit la tête, se cambra et gémit. Ses mains brûlaient de caresser chaque centimètre carré de la peau soyeuse de Niniver, de découvrir chaque courbe, chaque creux. Il les laissa courir sur son corps comme bon leur semblait, et elle frémit et tendit à son tour les mains vers lui, pour attraper, réclamer, supplier.

Sa coiffure s'était défaite. Alors qu'il embrassait avec ferveur son autre sein, elle laissa retomber sa tête sur l'oreiller, où s'éparpillèrent mille mèches d'or.

Ils avaient laissé la lampe allumée, et il en était heureux. Il était heureux qu'elle se soit lancée dans cette étreinte sans chercher à se dissimuler dans l'obscurité. Il se régalait de ce spectacle, de cette peau d'albâtre auquel le désir conférait un hâle rosé.

Sous ses cils fins, ses yeux brillaient, éclairés par la plus brûlante des passions.

Il ne savait que trop bien où tout cela allait les mener. Il connaissait le chemin que leur avait fait prendre leur irrépressible désir. Mais il ne parvenait pas à se concentrer suffisamment longtemps pour dire si la destination vers laquelle ils filaient à toute allure était bonne ou mauvaise.

Ce soir, pour le meilleur ou pour le pire, les décisions les plus importantes lui échappaient.

Découvrir qu'il existait une force assez puissante pour le commander était déjà, en soi, un fait suffisamment extraordinaire pour le rendre captif. Pour forcer celui qu'il était vraiment — caché sous l'armure de sophistication et de bonne éducation qu'il portait tous les jours — à sortir au grand jour afin d'explorer cette femme qui comptait pour lui plus que toute autre, et de sentir le pouvoir de séduction de celle-ci. Afin de voir la montée de son désir féminin, sa passion grandissante, afin de sentir son envie et son avidité désespérées.

Afin de se délecter de tout cela, de s'en imprégner.

Et se repaître d'elle comme du plus enivrant des élixirs, laisser sa passion se mêler à la sienne et éclater dans une éruption incandescente. Afin de laisser les flammes le dévorer, lui brûler le cœur et l'égarer jusqu'à ce que répondre à son appel soit la seule impulsion dont son cerveau soit encore capable.

Ils roulaient sur le couvre-lit, lui au-dessus, elle en dessous, mais tout aussi dominante et soumise au désir à la fois. Ils étaient déjà habitués aux plaisirs infinis que leur causait leur nudité : ils avaient parcouru chaque centimètre carré de la peau de l'autre, étaient allés aussi loin dans leur exploration réciproque.

Pour découvrir ces plaisirs, elle avait fait preuve de bien plus d'enthousiasme et de ferveur qu'il ne l'aurait imaginé. Ce qui lui restait de raison était toujours vaguement stupéfait par la rapidité et la facilité avec lesquelles ils étaient arrivés jusque-là. Son instinct avait pour sa part accepté — et approuvé — son engagement et sa détermination sans le moindre problème.

Au plus profond de lui, il *savait* qu'elle avait raison.

Il savait que cette nuit était destinée à terminer ainsi. Que cette rencontre et cette union particulières étaient ce qui était écrit.

Il avait tracé une ligne de baisers fervents sur le ventre de Niniver. Il commença à descendre plus bas, mais elle poussa un petit cri étranglé et lui saisit le visage entre ses mains pour l'attirer à elle.

Avec urgence.

Il la laissa faire comme elle l'entendait. Il la laissa

presser sa bouche contre la sienne. Il la laissa l'embrasser — lui communiquer sa passion —, puis il entrouvrit les lèvres et prit le contrôle de ce baiser pour s'abreuver d'elle.

Elle avait peut-être raison. Malgré son enthousiasme, il supposait que c'était la première fois qu'elle faisait l'amour, et ce qu'il avait en tête serait peut-être allé un peu trop loin, tout du moins pour commencer. Cela pourrait venir plus tard. Pour l'instant…

Elle avait déjà écarté ses douces cuisses blanches, afin qu'il s'installe entre elles. Sans interrompre leur baiser, il envoya ses doigts en éclaireur, et la découvrit brûlante et humide.

Lorsqu'il la sentit si douce, mais aussi si prête à le recevoir, une grande chaleur lui envahit le bas-ventre.

Il trouva son entrée, il en fit le tour, et elle gémit. Il l'embrassa plus passionnément et enfonça un doigt en elle. Elle se cambra aussitôt sous lui.

Vite, il la prépara. Sans un mot — avec de petits gémissements, avec ses lèvres et sa bouche, avec ses mains implorantes —, elle le supplia d'aller plus loin.

Puis il ôta ses doigts, lui écarta davantage les cuisses, et se souvint.

Se détachant à grand-peine de leur baiser, il regarda son visage empourpré. Il réussit à demander :

— Votre cheville ?

Niniver ouvrit les yeux et le fixa sans bien comprendre. Elle réussissait à peine à penser, et il voulait savoir…

— Elle va bien. Elle repose sur le lit. Je ne vais pas m'en servir… pour cela.

Elle ne voyait en effet pas trop comment elle pourrait en avoir besoin ! Mais en même temps, qu'en savait-elle ?

Son sang semblait bouillir dans ses veines et lui

communiquer cette chaleur extraordinaire. En cet instant, les seules choses qu'elle voulait — et il les lui fallait, ces choses —, c'était être la femme qui se reflétait dans les yeux bleu nuit de Marcus et se baigner dans les flammes de son désir.

Elle n'attendit aucune réponse, aucun accord. En lui agrippant le crâne, elle ramena les lèvres de Marcus sur les siennes et glissa vers le bas du lit en écartant les jambes.

Quand le membre en érection de Marcus entra en contact avec sa chair brûlante, elle s'immobilisa.

Elle sentait l'extrémité de son sexe tout près de son entrée. Un peu plus tôt, elle l'avait caressé sur toute sa longueur et avait été fascinée par l'étrangeté de cette peau fine et lisse tendue autour de quelque chose d'aussi dur et imposant, et elle s'était brièvement demandé comment il allait entrer en elle…

Tout en elle se crispa, et elle frémit.

Alors qu'elle était plaquée contre le lit par son torse puissant, il glissa une main sous ses fesses pour incliner son bassin vers le sien. De l'autre main, il attrapa une de ses cuisses, pour l'inciter à s'ouvrir davantage.

Il l'embrassa. Avec soudaineté et force, il plongea dans sa bouche et aida le feu à se propager dans ses veines. Elle poussa un cri muet. Tous ses sens se concentrèrent sur cet assaut inattendu.

Il contracta les longs muscles de son dos et la pénétra.

Il força son entrée, puis se glissa doucement en elle.

En haletant, elle s'accrocha à lui et sentit comme un pincement lorsque son hymen se rompit. Mais bien plus violente fut l'incroyable sensation causée par le corps de Marcus, si dur et brûlant, emplissant le sien.

Elle se sentit céder, seconde par seconde, centimètre par centimètre.

Il ne s'arrêta que quand il ne put aller plus loin, que quand il l'eut emplie tout entière.

Alors il s'immobilisa. Son corps était plus que rigide, et Marcus se contrôlait avec une poigne de fer. Ses muscles tressaillirent. Il l'agrippa plus fort.

Elle le sentit esquisser un mouvement pour retirer ses lèvres des siennes, mais quelque chose en elle se rebella contre toute idée de séparation. En lui agrippant plus fort les épaules et la nuque, elle l'empêcha de bouger et, avec ses lèvres et sa langue, elle le ramena à un échange qui n'était plus le même.

Il était en elle, désormais, ils étaient unis… L'interaction de leurs bouches était le reflet de cette intimité.

Ce partage merveilleux et total, c'était, comprit-elle, la définition même de l'intimité.

Mais elle en voulait davantage. Elle ne savait pas bien comment obtenir cela, mais en l'embrassant, elle déversa tous ses désirs les plus passionnés, toutes ses envies les plus ardentes et, avec lenteur et prudence, se mit à onduler sous lui.

Elle se rendit compte que ce mouvement lui venait naturellement, et elle contracta ses muscles internes autour de lui afin de caresser la partie la plus sensible de son anatomie, afin de l'encourager à poursuivre.

Il frémit.

Puis il se mit à aller et venir en elle. Lentement tout d'abord, puis, alors qu'elle bougeait avec lui — alors qu'elle calquait son rythme sur le sien et qu'elle l'incitait à continuer —, il l'emporta dans la danse.

Et il le fit comme il agissait dans tous les autres domaines, avec un contrôle absolu.

Il donnait des coups de reins de plus en plus puissants et l'emmenait de plus en plus loin, jusqu'à ce que tous ses sens s'abandonnent à cette chaleur, aux flammes qui s'élevaient et les dévoraient.

Le frottement de son corps sur le sien, *dans* le sien, était délicieux. Sentir son poids glisser sur elle était le bonheur même.

Il avait laissé ses lèvres sur les siennes, sa bouche sur la sienne, et ils partageaient chaque souffle, chaque halètement, chaque gémissement.

Plus vite, plus fort, plus loin. Avec insistance, mais sans un mot, alors que la tension qui s'emparait d'elle était de plus en plus vive, elle lui en demandait toujours plus. Et il lui donnait tout ce qu'elle voulait, alors que, heureuse de pouvoir le faire, elle le soutenait et l'accompagnait dans cette escalade.

Oui, elle était heureuse d'être la femme qu'elle voulait être, la femme qu'elle avait toujours sentie qu'elle pourrait être entre ses bras.

Puis la tension atteint un nouveau pic et continua de grimper, plus vive, plus aiguë.

Mais Niniver avait besoin de plus encore. Elle s'agrippa à Marcus et, dans un gémissement, murmura son nom.

Il répondit en s'insinuant plus profondément en elle, dans sa bouche et dans son corps. Ils avaient la peau en feu, le corps trempé. Il l'emportait vers un sommet fait de sensations pures.

Un dernier coup de reins, et ce fut comme si une source se libérait et se déversait.

Tout à coup, le monde s'effondra, et ils s'envolèrent vers des sommets de sensations et de plaisir.

Elle eut l'impression de se briser tandis que l'extase se propageait partout dans ses veines, jusqu'à ce que la délivrance — la vraie — la gagne.

Elle eut vaguement conscience de le sentir se raidir entre ses bras et étouffer un cri de jouissance.

Puis il s'effondra sur elle, et elle l'étreignit.

Vidée et flottant sur un océan de bonheur, elle le serra contre elle et écouta leurs cœurs battre.

Marcus revint très lentement sur terre. Lorsqu'il eut repris suffisamment ses esprits pour se rendre compte qu'il était toujours allongé sur Niniver — et qu'il l'écrasait très certainement —, il réussit à retrouver assez de force pour ôter les mains de ses courbes délicieuses et se retirer d'elle. Puis il s'allongea à ses côtés.

Elle ne sembla pas apprécier qu'il la quitte. Elle ne se réveilla pas, mais grogna dans son sommeil et suivit son mouvement, se tournant pour glisser les bras sous sa taille et poser la tête sur sa poitrine.

Il sentit quelque chose se contracter en lui. En la maintenant contre lui avec douceur, il attrapa les draps et en couvrit leurs corps qui commençaient à avoir froid. Il tendit le bras pour éteindre la lampe, puis il approcha Niniver plus près de lui et l'installa tout contre lui. Il posa alors le menton contre sa tête, ferma les yeux, et se laissa aller.

Il succomba à un sommeil comblé. Quand il se réveilla, la lumière du clair de lune avait tourné dans la pièce, indiquant que plusieurs heures s'étaient écoulées.

Niniver dormait profondément, toute chaude et blottie contre lui.

Elle se trouvait exactement où elle devait être. Au plus profond de lui-même, il le savait sans le moindre doute et l'acceptait sans sourciller.

C'était la manifestation même du destin.

Faire Niniver sienne faisait partie intégrante de son but. Après les événements de la journée, il avait eu besoin — avec une férocité stupéfiante qu'il ne comprenait toujours pas complètement — de la sentir sous lui, offerte, d'entendre ses cris d'abandon alors qu'il s'enfonçait dans son corps.

Et il avait réussi. Maintenant, elle était sienne.

Et, oui, il constatait qu'il était devenu sien lui aussi.

Il s'agissait, semblait-il, d'un juste échange.

Ainsi le destin, sous la forme d'un sombre idiot armé d'un fusil, l'avait conduit jusqu'au lit de Niniver et les avait fait devenir intimes. Désormais, ils étaient donc liés de façon irréversible, car il n'allait plus jamais la laisser partir.

Fort bien. La prochaine étape serait, de façon évidente, de la convaincre de l'épouser.

Une demande en mariage semblait peut-être un peu trop précipitée. Alors qu'il aurait été heureux de prononcer les mots adéquats dès qu'elle se réveillerait, comment aurait-elle réagi à une proposition aussi soudaine ?

Il contempla sa tête blonde d'un air perplexe. Vraiment, il n'avait pas la moindre idée de ce qu'elle aurait pu penser s'il avait prononcé ces mots irrévocables là, tout de suite.

Il avait des sœurs. Il avait des cousines. Il savait très bien que la plupart des hommes croyaient que si une vierge bien née se donnait avec passion, c'était parce qu'elle pensait au mariage. Mais, si c'était peut-être souvent vrai, il ne fallait pourtant pas se fier à cette supposition. Les plus sages des hommes s'en méfiaient, même dans les circonstances les plus normales.

Avec Niniver, les circonstances étaient tout sauf normales. Elle pensait que son rôle de chef de clan rendait le mariage trop risqué, et il comprenait son point de vue. Son analyse était correcte — mais avec tout homme autre que lui.

Il n'était pas une menace pour son rôle de chef. Et il ne le serait jamais.

Pour lui, le mariage n'était en aucune façon lié avec ce qu'elle pouvait lui apporter. Avant toute chose, pour un homme comme lui, le mariage devait être lié à ce que *lui* pouvait lui apporter, c'est-à-dire la sécurité, la protection, le soutien, le partage des fardeaux qui pesaient sur ses épaules.

Il savait très bien quel était son rôle.

Mais pas elle.

Elle pensait qu'il était comme la plupart des hommes qu'elle connaissait, mais ce n'était pas le cas.

Elle était attirée par lui et elle avait eu assez envie de lui pour le conduire jusqu'à son lit, même si la précipitation de ses actes était peut-être en grande partie due au fait d'avoir côtoyé la mort de près.

Elle s'était cependant lancée dans cette aventure après l'avoir informé de sa décision de ne jamais se marier. Donc, même si elle était prête à poursuivre cette liaison, cela ne signifiait pas pour autant qu'elle allait en une nuit changer de point de vue sur le mariage.

Ce n'était pas en lui demandant sa main de but en blanc qu'il obtiendrait le résultat qu'il souhaitait. Pire encore, toute déclaration prématurée risquait de le desservir, car elle pourrait le faire apparaître comme une menace. D'après lui, malgré les sentiments profonds qu'elle pouvait ressentir pour lui, elle était plus que capable de le congédier pour ce qui était, selon elle, le bien du clan.

Plus il y pensait, plus il lui semblait que demander tout de suite sa main n'était pas la plus sage des décisions.

Cela ne signifiait pas pour autant qu'il devait attendre trop longtemps non plus. Il suffisait qu'il réussisse à lui faire changer d'opinion sur lui et qu'elle découvre l'idée qu'il se faisait de leur mariage.

La façon la plus simple de procéder était peut-être de faire en sorte qu'elle tombe amoureuse de lui. Son père et Thomas étaient parvenus à se faire aimer, c'était donc quelque chose qui devait être à sa portée.

Il passa la demi-heure suivante à réfléchir à une stratégie.

Peu à peu, la fatigue le gagna.

Alors que son esprit commençait à dériver, il repensa à McDougal. Il l'avait envoyé promener, et Niniver avait clairement montré où allaient ses préférences. McDougal n'avait pas semblé très heureux, et il aurait très bien pu deviner qu'ils allaient rentrer par la grand-route en fin d'après-midi…

McDougal pouvait-il être celui qui leur avait tiré dessus ?

Sur Niniver ?

Ou bien sur lui ?

Cette dernière hypothèse semblait un peu plus probable, mais de tels soupçons étaient néanmoins tirés par les cheveux.

Il savait toutefois que McDougal était originaire des

Highlands, et Marcus avait beaucoup de contacts dans cette région. Se renseigner à son sujet serait très facile.

Il bâilla et s'enfonça plus profondément dans le lit.

— Même si c'est juste pour ma tranquillité d'esprit…

Il ferma les yeux et se laissa emporter par le sommeil.

Chapitre 9

Quelques heures plus tard, Marcus était assis dans la salle à manger, en train de déguster une énorme assiette de *kedgeree*, lorsque Niniver fit son apparition.

Elle s'arrêta, et leurs regards se croisèrent. Ils se dévisagèrent pendant un bref instant, puis elle lui adressa un immense sourire.

— Bonjour.

Il inclina la tête et murmura un « bonjour » plus retenu. À voir ses yeux grands ouverts et son sourire un peu forcé, il comprit qu'elle était mal à l'aise et ne savait comment se comporter avec lui, maintenant qu'ils étaient intimes. Il baissa le regard.

— Comment va votre cheville ?

Elle semblait se déplacer sans contrainte.

— Bien mieux.

Niniver se dirigea vers la table du buffet.

— Le bandage est très efficace. Je peux marcher normalement, et je n'ai pas mal.

Alors qu'elle se servait, il se concentra sur son assiette. Il s'était forcé à quitter sa douce chaleur et à regagner sa chambre avant qu'elle se réveille pour lui épargner un inévitable moment de gêne. Et pour être sûr, aussi, de ne pas de nouveau succomber à ses charmes. Maintenant qu'il avait vécu de telles délices, le seul fait de penser à leurs corps en train de s'étreindre lui donnait douloureusement envie d'elle. Quand il était question de Niniver, il ne possédait plus toute sa volonté. Si elle insistait, si elle le lui demandait, il la suivrait n'importe où.

Mais la protéger était une tâche qui comprenait de multiples aspects. Et l'un d'entre eux consistait à éviter à Niniver toutes souffrances inutiles, même si lesdites souffrances étaient les conséquences de ses actes à elle.

Pour couronner le tout, il ignorait quel jugement elle pouvait porter sur ce qui s'était passé entre eux la nuit passée. Pour lui, malgré sa grande expérience des femmes, ces moments torrides avaient été plus intenses que tous ceux qu'il avait connus précédemment. Comme Niniver était celle qui lui était destinée, il s'y attendait. Plus qu'une surprise, l'intensité de leurs ébats avait été une confirmation bienvenue. Mais elle était novice, quant à elle, et malgré sa nature passionnée elle manquait d'expérience. Même s'il savait qu'il lui avait donné du plaisir, il ignorait si les attentes de Niniver avaient été comblées.

Il était assez atterré de constater qu'il était en train de douter de lui et de ses performances. Si Niniver avait été expérimentée, l'idée qu'il ait pu se montrer défaillant ne lui serait même pas venue à l'esprit. Mais il était son premier amant, et elle n'avait aucun point de comparaison lui permettant de juger ce qu'ils avaient vécu ensemble.

Alors qu'elle approchait de la table et qu'un valet se précipitait pour l'aider à s'installer juste en face de lui, Marcus scruta le visage de Niniver, ses traits. Malgré lui, il dut alors reconnaître qu'il était aussi mal à l'aise qu'elle.

À présent qu'elle avait eu le temps d'y repenser, avait-elle aimé partager ces moments d'intimité avec lui, ou non ?

Depuis qu'il était adulte, c'était la première fois qu'il manquait à ce point de confiance en lui et qu'il se sentait si vulnérable. Avec toute autre femme, la question n'aurait pas été aussi importante, mais avec elle, elle était cruciale.

Et c'était d'autant plus déstabilisant qu'il n'aurait sans doute pas la réponse tout de suite.

Niniver disposa ses toasts dans son assiette. Elle sentait le regard de Marcus sur son visage, mais elle ne leva pas les yeux pour le croiser. Comment devait-on se comporter avec quelqu'un avec qui l'on avait passé la nuit ? Lui devait savoir comment faire, mais pas elle. Quand elle s'était réveillée et qu'elle avait constaté qu'il n'était plus dans sa chambre, elle s'était dit que le plus sage serait de faire comme si de rien n'était. Mais, maintenant qu'elle se trouvait face à lui, elle ne voyait pas bien comment cela pouvait fonctionner. Entre eux, il s'était opéré un changement fondamental, et tout en elle le savait.

— Tenez.

Elle leva les yeux. Il tendait le pot de confiture.

— Merci, dit-elle en l'attrapant.

Leurs doigts s'effleurèrent. À la place du trouble qu'elle avait éprouvé toutes les fois où ils s'étaient frôlés au cours des jours précédents, elle ressentit une chaleur rassurante. Elle posa le pot de confiture et prit une grande inspiration, puis observa l'assiette de Marcus.

— Je vais peut-être goûter le *kedgeree*.

Maintenant qu'elle y réfléchissait, elle se sentait affamée.

Il regarda le petit monticule qu'il avait l'intention de raser complètement.

— Il est excellent. Votre cuisinière — Gwen, c'est bien cela ? — s'y connaît en hareng fumé.

Elle recula sa chaise et se leva pour aller se servir.

— Il me semble qu'elle a elle-même un faible pour le hareng fumé, ce qui peut expliquer cela.

Une minute plus tard, elle revint à table et goûta le plat à base de poisson, de riz et d'œufs. Elle avala une bouchée et hocha la tête.

— Vous avez raison. C'est délicieux. L'assaisonnement est parfait.

Après l'avoir regardée manger pendant un moment — était-ce le fruit de son imagination, ou bien était-il légèrement amusé ? —, il murmura :

— Il me semble que Gwen prépare du *kedgeree* presque tous les matins. Est-ce la première fois que vous le goûtez ?

Sans lever les yeux, elle réfléchit, puis répondit :

— J'en mangeais quand j'étais plus jeune, c'est certain, mais je ne pense pas y avoir goûté depuis que Gwen est devenue cuisinière.

Elle avala une autre bouchée et déclara :

— Le sien est vraiment différent.

Il recommença à manger.

— J'imagine que chaque cuisinière a sa propre recette.

— C'est vrai — et elle leva sa fourchette —, vous n'avez qu'à penser à toutes les recettes d'œufs brouillés qu'il peut exister. Il s'agit pourtant d'une préparation simple.

— Vous avez raison. J'ai goûté une fois des œufs brouillés aux truffes. C'était étrange.

Ils continuèrent à échanger leurs expériences culinaires et gustatives. À sa grande surprise, le petit déjeuner se passa de manière plus agréable et naturelle qu'elle ne l'aurait pensé. Et lorsqu'ils se levèrent de table, même si elle n'était pas certaine d'avoir encore trouvé la bonne façon de se comporter avec lui après la grande intimité de la nuit précédente, elle avait bien l'impression qu'il partageait ses incertitudes et hésitations.

Cette constatation la rendit un peu moins nerveuse. Ils marchèrent côte à côte jusqu'au hall. Là non plus, ses nerfs ne se hérissèrent pas. Ils étaient en éveil, certes, mais apaisés, tout comme ses sens, qu'il lui semblait entendre ronronner.

Elle força son esprit à se concentrer, à réfléchir sur ce qu'elle avait à faire durant cette journée. Elle s'arrêta et regarda Marcus.

— Je dois m'occuper des affaires du domaine. Je serai à la bibliothèque.

Il lui désigna le couloir qui y menait.

— Passez devant, je vous en prie.

Elle se mit en marche, et il la suivit sans se presser. Une fois devant la bibliothèque, elle ouvrit la porte et se dirigea tout droit vers le bureau qui se trouvait tout au fond de la pièce. Comment allait-elle pouvoir se concentrer sur les rapports, les comptes et les lettres auxquelles elle devait répondre s'il restait au même endroit qu'elle ?

Mais comment se débarrasser de lui ? Cette intimité nouvelle qu'ils partageaient lui donnait-elle de nouveaux droits ? Ou, tout du moins, de nouvelles attentes ?

Elle contourna le bureau, s'arrêta devant le vieux fauteuil, et considéra la pléthore de documents posés sur le plan de travail, et qui attendaient tous qu'elle les examine. Marcus se tenait de l'autre côté du bureau et la contemplait, quand on frappa à la porte. Ils se retournèrent de concert.

— Entrez.

La porte s'ouvrit, et Ferguson apparut.

— Si vous avez un moment, milady, plusieurs membres du clan aimeraient vous parler.

Elle se força à davantage d'attention.

— Oui. Bien sûr.

Elle hésita à s'asseoir, et y renonça finalement. Elle était plutôt petite et, quoi que ces hommes aient à lui dire, elle ferait tout aussi bien de rester debout. Elle se tourna vers Ferguson, qui avait attendu, comme pour lui laisser le temps de se préparer mentalement.

— Je vous en prie, faites-les entrer.

Alors que le vieux majordome se tournait vers les personnes qui se tenaient dans le couloir, du coin de l'œil, elle vit Marcus bouger. Il se rapprocha et vint se poster derrière elle, légèrement sur sa gauche. Elle avait remarqué que son attitude avait changé depuis quelques minutes. Il n'avait plus rien de détendu et semblait même presque menaçant, comme s'il voulait lancer un avertissement.

Que penser de cela ? Oui, que devait-elle penser du fait qu'il affiche si clairement son soutien à son égard ? Avant qu'elle puisse trancher la question, son attention fut attirée par les hommes qui franchirent la porte les uns derrière les autres.

Elle se méfia instinctivement lorsqu'elle vit de qui il s'agissait. Jed Canning était suivi par son frère cadet, Stewart. Derrière eux entrèrent John Brooks, Ed Wisbech, Jem Hills, Liam Forrester, Martin Watts, Camden Marsh, puis, fermant la marche, Clement Boswell.

Tous les hommes du clan qui, au cours des derniers mois écoulés, lui avaient compliqué l'existence.

Elle lutta pour masquer son trouble.

— Vos prétendants ? murmura Marcus dans son dos.

Elle hocha brièvement la tête, mais ne se retourna pas. Il avait parlé trop bas pour que quelqu'un d'autre qu'elle ait entendu. Ferguson avait fait entrer les hommes. Ils se placèrent en ligne dans la bibliothèque, face à elle. Sean entra après Clement Boswell. Il ferma la porte et se planta devant elle.

Tous regardaient Ferguson avec l'air d'attendre quelque chose.

— Ils veulent vous dire quelque chose.

Le vieux majordome observa tous les hommes alignés. Ils avaient tous l'air extrêmement mal à l'aise.

Puis Liam Forrester leva la tête, s'éclaircit la gorge et déclara :

— On voulait tous vous dire qu'on était désolés. Pour toutes les choses qu'on a faites, quand on voulait vous forcer à choisir l'un d'entre nous.

Il baissa prudemment les yeux.

— On voulait s'excuser, et puis promettre, aussi, de ne plus jamais vous importuner.

Jem Hills se tordait nerveusement les mains.

— Oui. On ne viendra plus chanter sous votre fenêtre la nuit.

— On n'abîmera plus vos fleurs, ajouta Stewart Canning. C'est promis.

— Et Clem et moi…

Pour ne pas se trouver en reste devant son frère cadet, Jed Canning parla à son tour, en jetant un regard à Clement Boswell, qui opina du chef.

— On voulait s'excuser de vous avoir fait peur en se bagarrant, dit-il. On ne voulait pas vous effrayer, ni dire ce qu'on a dit.

— On s'est laissé emporter, en fait, grogna Clement.

Impassible, Marcus écouta chaque homme présenter ses piètres excuses à Niniver et promettre de ne plus l'importuner. Fort bien… Mais il sentait que ce n'était pas seulement pour cela qu'ils étaient tous là.

Chacun d'entre eux, après avoir pris la parole, le fixait avec insistance. Durant cette prestation, Ferguson et Sean n'avaient cessé de regarder dans sa direction, comme pour vérifier qu'il écoutait et qu'il entendait le message implicite qu'ils étaient venus livrer.

Marcus comprit alors. Ils s'écartaient de son chemin pour lui laisser le champ libre.

Nul besoin de mots. Ils lui signalaient ainsi de la façon la plus claire possible qu'ils le soutiendraient dans sa conquête de la main de Niniver.

Tous autant qu'ils étaient, ils étaient réconfortants, encourageants, mais aussi agaçants. Il ne s'était pas rendu compte que son comportement avait été à ce point transparent, mais apparemment ses intentions concernant Niniver avaient été plutôt bien comprises et, système clanique oblige, elles étaient largement connues de tous. Mais le plus énervant, c'était que les hommes du clan de Niniver allaient désormais être là à observer, à attendre, à guetter, pendant qu'il lui faisait la cour…

La mâchoire serrée, il se dit qu'au moins aucun d'entre eux ne se mettrait en travers de son chemin, et que s'il avait besoin d'une quelconque aide tous seraient prêts à se précipiter pour lui rendre service.

Et, bien sûr, Niniver ne serait plus dérangée par les pitreries de ces messieurs.

Tout bien considéré, c'était comme si le destin l'avait de nouveau aidé à faire un grand pas en avant.

Alors il décida d'ignorer ce mauvais pressentiment qui lui chatouillait la nuque.

Niniver se tenait derrière le bureau et fixait tous ces idiots en luttant pour garder un visage impassible. À chacune de leurs excuses maladroites, son cœur saignait un peu plus. Maudits soient-ils ! N'auraient-ils pas pu attendre quelques jours ?

Elle venait juste de découvrir les plaisirs qu'elle pouvait trouver entre les bras de Marcus, et n'y avait goûté qu'une seule fois. Et voilà ces idiots en train de démontrer qu'il n'avait plus aucune raison de rester au manoir ! Non, il n'avait plus aucune raison de rester sous son toit — et de continuer à explorer avec elle le territoire qu'ils avaient à peine découvert la nuit passée.

D'abord, ces lourdauds l'avaient perturbée et agacée avec leurs coups d'éclat ridicules et, maintenant qu'elle avait enfin réussi à tirer profit de cette situation, ils la contrariaient de nouveau !

Ah !

Elle avait envie de crier, mais bien sûr elle ne le pouvait pas. Elle devait garder son calme. Elle ne pouvait même pas leur répondre sèchement.

Le dernier à présenter ses interminables excuses fut Clement Boswell, qui, il est vrai, s'était encore plus mal conduit envers elle que les autres. Lorsqu'il eut terminé la longue énumération de ses fautes, il adressa un regard plein de commisération à ses acolytes.

— Je savais qu'on n'aurait jamais dû écouter ce type.

Les autres acquiescèrent en grimaçant, l'air sombre. Ils avaient visiblement honte de leur comportement.

— *Quel* type ?

La question posée par Marcus faillit faire sursauter Niniver. Il était resté jusqu'alors tellement silencieux qu'elle avait presque oublié sa présence.

Clement adressa un regard prudent à Marcus.

— Un aristo… Euh, un gentleman je veux dire. L'air un peu gêné aux entournures. On le voyait souvent en train de boire à l'auberge du village.

— Oui, renchérit Jed Canning. C'est lui qui nous a donné des conseils pour nous rapprocher de vous, milady.

Jed haussa les épaules.

— Ça nous a semblé une bonne idée de suivre ses conseils, vu que c'était un gentleman et tout ça. On s'est dit qu'il devait mieux savoir que nous, ce qui pourrait vous plaire.

Niniver était stupéfaite. Avant qu'elle ait le temps de retrouver sa voix, Marcus demanda :

— À quoi ressemblait-il, ce gentleman ? Savez-vous comment il s'appelle ?

Les hommes se regardèrent, puis Jed se tourna vers lui.

— Il était plutôt grand, mais pas autant que vous. Les cheveux bruns.

— Les yeux marron, ajouta Liam Forrester. Et ses habits étaient un peu défraîchis, un peu usés, si vous voyez ce que je veux dire.

— Noisette, les yeux, plutôt, précisa Ed Wisbech. Et le seul nom que j'aie jamais entendu, c'est Doug. L'aubergiste l'appelait Mr Doug. Mais ça fait plusieurs semaines qu'on ne l'a plus vu.

Marcus connaissait le propriétaire de l'auberge du village depuis toujours. S'il avait besoin d'informations supplémentaires — ou d'une confirmation —, il n'aurait pas de mal à les obtenir. Il hocha la tête.

— Merci. Je crois savoir de qui il s'agit. Prévenez-moi si vous le revoyez dans les parages.

— Oh ! si on le revoit, on aura nous aussi deux-trois trucs à lui dire, vous pouvez en être certain.

Clement Boswell fit craquer ses jointures. Comme chacun des hommes présents, il semblait bien décidé à obtenir quelques explications musclées, en effet.

Marcus regarda Sean, puis Ferguson, et hocha la tête. Sean recula et ouvrit la porte. Ferguson fit signe aux autres de sortir. Après s'être inclinés et avoir salué Niniver et lui, les hommes filèrent. Sean et Ferguson hochèrent une dernière fois la tête et les suivirent.

Quand la porte se referma, Niniver se tourna vers Marcus.

— Ramsey McDougal ?

Il croisa son regard et vit la colère briller dans ses yeux.

— Tout porte à le croire.

Son esprit en avait déjà tiré plusieurs conclusions, mais il lui manquait les preuves.

Niniver scrutait son visage, sans qu'il sache ce qu'elle y cherchait vraiment. Au bout d'un moment, elle se tourna de nouveau vers son bureau, observa les piles de papier, puis tira son siège et s'assit.

— Au moins, ils savent maintenant que ce n'est pas une bonne idée de suivre les conseils de McDougal.

Elle commença à fouiller parmi ses documents puis, comme si elle se parlait à elle-même, elle murmura :

— Parfois je me demande si je vais un jour réussir à venir à bout de ce que m'ont légué Nigel et Nolan.

Marcus, qui n'avait pas bougé d'un pouce, entendit toute la colère contenue dans sa voix et s'interrogea… Mais, tant qu'il ne lui avait pas prouvé qu'elle pouvait lui faire entièrement confiance, il n'allait pas la pousser à lui donner de plus amples explications.

Et vu la crispation de sa bouche et de son menton, elle ne paraissait pas du tout prête à lui en fournir.

Il semblait presque certain qu'il existait un problème plus sérieux touchant le domaine ou les finances du clan — ou les deux —, mais il ne pouvait pas l'aider tant qu'elle ne le lui avait pas expressément demandé...

Était-ce une bonne ouverture ? Était-ce le bon moment pour lui parler mariage, maintenant que les hommes de son clan s'étaient clairement retirés de l'affaire ?

Il se mit à réfléchir aux façons d'aborder le sujet.

Elle reposa brusquement un papier sur une pile et en prit un autre, puis elle poussa un petit cri de dégoût.

— Du fumier ? Qui aurait pu penser qu'il était possible de se quereller à propos du *fumier* ?

Son ton de plus en plus agacé ainsi que la brusquerie de ses gestes témoignaient clairement de son état d'esprit.

Ce n'était décidément pas le moment de poser un genou à terre... Marcus murmura :

— J'ai plusieurs lettres à écrire. Si vous me cherchez, je serai dans le bureau.

— Hum.

Elle remua la tête pour montrer qu'elle avait entendu, mais elle ne leva pas les yeux de ses papiers.

Marcus se dirigea vers la porte. Sa demande en mariage attendrait un moment plus opportun. Pour l'instant, il devait s'occuper du problème McDougal. Protéger Niniver devait rester sa priorité absolue.

*
**

Il revint à la bibliothèque une heure plus tard. Niniver était toujours assise à son bureau à étudier les papiers qui étaient étalés devant elle.

Elle leva les yeux quand il referma la porte. Elle l'observa traverser la vaste pièce sans mot dire. Il s'étonna devant l'expression étrange qu'il voyait sur son visage. Elle le fixait d'un air tendu et inquiet, un peu comme si elle était sûre de ne plus jamais le revoir.

Peut-être croyait-elle qu'il allait repartir dès le lendemain ?

Cela ne risquait pas !

Il ne savait pas ce qui l'avait amenée à penser cela, mais il n'allait pas plier bagage, et il ne se laisserait pas congédier non plus. Surtout pas après ce qui s'était passé entre eux la veille au soir.

Il s'arrêta devant le bureau et tendit deux des lettres qu'il venait d'écrire. Il avait déjà donné à Sean celle qui était destinée à sa famille pour que ce dernier aille la leur porter à la Vallée.

— Si vous pouviez apposer votre cachet, ce serait parfait.

L'air légèrement buté — elle en était encore à fixer ses papiers avec contrariété lorsqu'il était entré —, elle prit les lettres et regarda quels étaient leurs destinataires.

— Glencrae ? C'est un parent à vous, n'est-ce pas ?

— Oui. Il a épousé l'une des cousines de mon père. Ils vivent dans les Highlands.

Elle écrivit son nom et son titre dans un coin, puis examina la deuxième lettre.

— Les Hemmings, à Glasgow, sont des parents de Thomas, dit-il. Cette fois, il s'agit de relations à vous.

Elle marmonna quelque chose et apposa son nom.

— Merci.

Il récupéra les lettres et les déposa dans le plateau situé dans un angle du bureau. Le plateau contenait déjà plusieurs missives rédigées de l'écriture nette et toute féminine de Niniver.

Elle regarda de nouveau les papiers étalés devant elle, avec un de ces airs… C'était bien simple : elle semblait presque anéantie.

Puis elle recommença à se mordiller la lèvre inférieure.

L'instinct de Marcus lui ordonnait d'attendre qu'on lui dise quel était le problème, mais il réfléchit, hésita… Puis il se dirigea vers le fauteuil le plus proche, le tira jusqu'au bureau et s'assit.

Et il attendit.

Lentement, elle leva les yeux, jusqu'à ce qu'elle les pose sur son visage. Elle faisait toujours la moue. Elle l'observa pendant un moment, puis demanda :

— Vouliez-vous quelque chose en particulier ?

Plusieurs réponses lui vinrent à l'esprit, mais il les tut.

— En fait, je me demandais si vous seriez intéressée par quelque chose que je peux vous proposer.

Sur un ton neutre, il continua :

— J'ai aidé mon père à administrer le domaine de la Vallée pendant plus de dix ans. Je m'en suis occupé tout seul pendant presque une année, quand mes parents sont partis en voyage, avant l'arrivée de Thomas. Maintenant, je gère mon propre domaine. Je m'y connais plutôt bien en agriculture. Et je maîtrise la question du commerce également.

Il inclina la tête. Il soutint le regard de Niniver et, en prenant toute la mesure de l'angoisse qu'il contenait, il dit avec autant de douceur qu'il le put :

— Vous vous trouvez visiblement devant une difficulté. Si je peux vous aider, juste en vous écoutant si vous le souhaitez, je suis là. N'hésitez pas.

La moue de Niniver disparut peu à peu. Elle le fixa. Elle était clairement en train de réfléchir à une décision qu'elle devait considérer comme cruciale. Alors que les secondes s'égrenaient, il se demanda une fois de plus ce qu'elle pouvait bien cacher. Et, s'il avait deviné juste, elle devait cacher cela à tout le monde, et depuis un certain temps.

Elle finit par prendre une grande inspiration. Sans le quitter des yeux, elle pinça les lèvres, puis se lança :

— Quand je me suis plongée la première fois dans les comptes du domaine après la mort de Nolan, je n'ai pas compris pourquoi il paraissait toujours si… préoccupé. Durant les derniers mois de son existence, il était toujours dans un état non pas tant de rage que de désespoir paniqué. En ouvrant les livres de comptes, je ne savais pas quoi chercher. Mais je sais compter, et j'ai vécu au domaine toute ma vie. J'avais donc quelques idées, mais tout ce qui concernait les comptes — les paiements, les commandes, les fournitures, les bénéfices — me avait l'air en ordre. Si l'on ne pouvait pas vraiment parler de prospérité, tout semblait en tout cas conforme à ce qu'on aurait pu attendre…

Elle le regarda de nouveau puis, à voix basse, dit :

— Ce n'étaient pas les vrais registres. Nolan gardait de faux livres de comptes ici, dans cette pièce, au cas où quelqu'un aurait voulu les consulter. Les vrais se trouvaient dans sa chambre. Quand je les ai trouvés et que j'ai commencé à les feuilleter…

Elle s'interrompit alors que sa voix se brisait et prit une autre grande inspiration.

— Quand j'ai fini par prendre la mesure de la situation *réelle* du clan… j'ai compris la panique de Nolan.

— Était-ce aussi terrible que cela ?

— À ce train-là, le clan n'aurait pas tenu l'année. Je me suis demandé si c'était ce qui avait précipité la fin tragique de Nolan. Il avait tué pour devenir laird, mais une fois laird… il avait totalement échoué.

— Mais vous, vous avez réussi à redresser la situation.

Marcus marqua une courte pause, avant de demander :

— Comment avez-vous fait ?

— J'avais de l'argent qui m'appartenait : la sœur aînée de mon père était d'une nature prodigue, et j'ai hérité de sa petite fortune. Je possédais aussi quelques fonds venant de la famille de ma mère. J'ai transféré cet argent sur le compte du clan.

Elle s'interrompit, avant d'ajouter :

— Personne ne le sait, je vous demande donc de garder cela pour vous.

Il hocha la tête.

— Donc votre argent a renfloué le clan pendant la tempête. Mais ce n'est pas ce qui vous inquiète maintenant.

— Non, en effet.

Elle regarda les papiers qui recouvraient son bureau.

— Je crains que tout l'argent que je possède ne suffise pas.

Il garda le silence pendant un moment, mais alors qu'elle se contentait de se mordiller la lèvre, sans avoir l'air de vouloir ajouter quoi que ce soit, il se cala contre son dossier, croisa les jambes, et fixa les livres de comptes.

— L'une des choses que m'a toujours répétée mon

père, et qu'il a répétée à tous ses enfants, y compris à ses filles —, c'est qu'il faut demander de l'aide quand on en a besoin. Et que la vieille coutume qui consiste à serrer les dents et à essayer de se débrouiller tout seul n'est pas une force, mais au contraire une faiblesse.

Il marqua une pause, avant de reprendre :

— La famille Cynster est considérée comme l'une des plus riches et des plus puissantes du pays, et ce n'est pas sans raison. La principale raison de ce succès, et c'est également ce qui fait notre force, c'est que cette richesse et ce pouvoir ne découlent pas que d'un seul homme, ni même d'une seule branche de la famille. Par exemple, mon oncle est duc, donc si l'on a un problème politique, c'est à lui qu'il faut s'adresser. À lui, et à ma tante, la duchesse, car son pouvoir et ses relations sont aussi étendus que ceux de son mari. Mais si l'on a une question concernant les vergers, alors c'est à mon cousin Spencer Cynster qu'il faut la poser. Pour les chevaux, personne ne fait davantage autorité que Demon Cynster et son épouse, Felicity. Pour les investissements et les placements, c'est Rupert Cynster le spécialiste. Pour les questions touchant les bijoux, les antiquités, ou même les maisons, il faut s'adresser à Alasdair Cynster. Et ainsi de suite.

En la regardant de nouveau, il poursuivit :

— Il faut juste demander. Si vous rencontrez un problème concernant un domaine que vous ne maîtrisez pas, il faut vous adresser au spécialiste de la question. Et si lui-même ne connaît pas la réponse, il connaît forcément quelqu'un qui pourra vous répondre.

Il désigna de la tête les lettres qu'il avait déposées sur le plateau.

— Je voulais en savoir un peu plus sur Ramsey McDougal, alors j'ai demandé. J'ai écrit à Glencrae, parce que McDougal est originaire des Highlands, et que Glencrae est un comte des Highlands et, par là même, bien placé pour savoir ce que j'ai besoin de savoir, c'est-à-dire pourquoi le rejeton d'un laird des Highlands s'est retrouvé en train de traîner à Ayr. McDougal se trouve dans les parages depuis plus de trois ans, ce qui en soi est déjà étrange. Il n'a pas de famille par ici, que je sache. C'est donc le but de ma deuxième lettre. Les Hemmings sauront si McDougal a une raison valable, liée à ses affaires par exemple, de se trouver dans les alentours d'Ayr. Et s'ils ne peuvent pas me répondre eux-mêmes, ils sauront à qui poser la question.

Il marqua une courte pause, avant d'ajouter :

— Il ne m'a pas échappé qu'Ayr était très éloigné des Highlands, et avec tous les bateaux qui, sans cesse, entrent au port et en sortent, c'est aussi un endroit très commode pour s'enfuir.

Elle cligna des yeux.

— Vous ne pensez tout de même pas que McDougal est… quoi donc ? Un criminel ?

— Je n'irais pas forcément jusque-là. Mais, comme vous l'avez fait remarquer, c'était un ami de vos frères, donc il y a des raisons de douter de son honnêteté.

Elle fit la grimace en regardant ses papiers.

— Oui, en effet.

— Pour en revenir à ce que j'essayais de vous expliquer, voici la façon dont fonctionne une grande famille puissante et prospère. Entre nous, nous sollicitons l'aide des uns et des autres. Une famille qui comprend que la vraie force, c'est de se soutenir mutuellement va forcément devenir le plus puissant des clans.

Elle leva les yeux et le contempla d'un air presque désolé.

— Je n'ai pas une famille comme cela.

— Non. Mais moi si.

Il soutint son regard.

— Et vous m'avez moi.

Vraiment ? Niniver le scruta au fond des yeux et vit cette force tranquille et inébranlable avec laquelle il la fixait toujours. Pendant une bonne minute, elle soutint son regard et réussit à se convaincre qu'il était en train de suggérer qu'elle lui demande son aide. Elle n'avait pas besoin de le supplier, mais seulement de le lui demander. Et si elle le faisait, il s'exécuterait de bonne grâce.

Elle lui en avait déjà tant dit, pourquoi ne pas lui avouer le reste ? Et si, comme il l'avait laissé entendre, il pouvait lui apporter son secours ? Alors, pour le bien du clan, elle devrait accepter sa proposition.

Mais ce n'était pas une décision si simple à prendre.

Certes, elle n'était pas loin d'être à bout. Certes, elle était presque prête à se raccrocher à n'importe quoi. Pourtant, si elle lui révélait la véritable source de son angoisse, ne serait-ce pas pour elle un moyen de le lier à elle ? De le forcer à rester ici, de lui donner une raison de le faire ? Une raison qui pourrait l'amener à séjourner au manoir pendant longtemps encore et qui pourrait faire que leur liaison se prolonge ?

C'était ce qu'elle voulait. Elle n'avait aucun doute là-dessus.

Quand il était entré et s'était installé dans le fauteuil, elle était sûre que c'était pour lui dire qu'elle n'avait plus besoin de sa protection et pour lui annoncer qu'il rentrait chez lui, à Bidealeigh.

Au lieu de cela, elle était en ce moment précis en train d'hésiter à lui demander ou non de l'aider de nouveau.

Et c'était lui qui l'encourageait à le faire, comme s'il aimait l'aider, comme si relever ce défi lui plaisait. Vue sous cet angle, sa petite manipulation du début devenait un échange de bons procédés, non ?

Elle baissa les yeux. Puis elle fouilla dans ses papiers et sélectionna deux séries de feuilles.

— D'après moi, c'est l'équilibre des comptes qui met en péril la situation financière du clan.

Il prit les rapports et les comptes rendus qu'elle lui tendit. Pendant qu'il les étudiait, elle croisa les mains sur le bureau et commença à décrire les problèmes financiers du clan tels qu'elle les voyait. C'était quelque chose dont elle n'avait jamais parlé à personne.

Le soulagement était… énorme.

Il posa des questions, et elle répondit. Maintenant qu'elle avait ouvert les vannes, elle ne voyait aucune raison de les refermer. S'il pouvait l'aider, s'il acceptait de l'aider, alors il était de son devoir de lui dire tout ce qu'elle savait.

Au bout d'un moment, elle avoua :

— Si j'étais aussi agacée par les hommes du clan qui essayaient de me faire la cour, c'était parce que je me débattais contre tous ces problèmes pour le bien du clan, alors qu'eux semblaient déterminés à me compliquer encore plus l'existence.

Il poussa un petit grognement compréhensif, puis posa des questions sur les récoltes.

Ils passèrent tout au crible. Il remit en question la

nécessité de certaines dépenses mais, quand elle s'expliqua, il changea d'avis. Elle était soulagée de constater qu'il l'écoutait et qu'il comprenait ses actes et ses intentions. Comme son père — mais contrairement à ses frères —, il semblait comprendre le besoin de prendre en compte les personnes concernées et être d'accord pour reconnaître qu'un clan, c'était avant tout les hommes et les femmes qui le constituaient. Et, pour finir, il convint avec elle qu'elle avait déjà supprimé toutes les dépenses qui pouvaient l'être sans que cela nuise au clan lui-même.

Mais il ne se contenta pas de cela. Il proposa d'étudier avec elle les comptes de chaque établissement du domaine un à un, et de les évaluer séparément. Cela signifiait qu'il fallait se plonger dans tous les livres de comptes, dans ceux qui étaient en cours, mais aussi dans tous ceux des années précédentes, afin de pouvoir établir des comparaisons. Il alla chercher deux autres tables à l'autre bout de la bibliothèque et les plaça de part et d'autre du bureau pour qu'ils puissent étaler les documents et tout voir en même temps.

Ferguson passa s'enquérir du déjeuner. Niniver lui demanda d'apporter une collation froide, et Marcus et elle mangèrent et burent tout en travaillant.

Durant l'après-midi, ils dressèrent des tableaux des dépenses et des revenus de chaque établissement du clan, et se concentrèrent sur ceux pour lesquels, ces derniers temps, les dépenses dépassaient les revenus. Pour finir, Marcus condensa l'essentiel dans des tableaux de comptes et dessina une frise chronologique mettant en évidence, une fois de plus, les revenus et les dépenses, mais semaine par semaine cette fois.

Niniver se pencha au-dessus du bureau pour voir ce

qu'il écrivait. Ses griffonnages étaient moins lisibles que sa propre écriture, mais il s'agissait surtout de chiffres, et elle arrivait à suivre.

Il finit par entourer trois paiements.

— Voilà.

Il se cala dans son dossier, fixa sa frise chronologique pendant plusieurs secondes, puis leva les yeux vers elle.

— Voici les paiements qui vous posent problème. À la fin de l'année — et il montra les chiffres situés au bout de son schéma —, vous serez sortie du rouge. Pas de beaucoup, mais suffisamment pour que cela vous donne une marge de sécurité. Suffisamment en tout cas pour que le clan soit à l'aise tout au long de l'année suivante. Et ensuite, les choses devraient s'améliorer.

Elle approcha le papier et l'étudia. Les paiements en question étaient importants. Elle ne voyait pas du tout comment trouver les fonds pour les solder. Elle fit la grimace, mais se souvenant des conseils que Marcus lui avait donnés plus tôt, elle se tourna vers lui.

— Alors, comment dois-je faire pour venir à bout de ces trois problèmes ?

Il esquissa un sourire qui ne dura pas.

— D'après moi, trois solutions s'offrent à vous. Vous pouvez demander un prêt à une banque ou à un investisseur. Vous pouvez aussi hypothéquer une partie des terres du clan. Ou bien…

Il s'interrompit. Il n'allait pas commettre l'erreur de lui suggérer d'accepter un prêt de la part de sa famille. Chaque clan avait sa fierté. Mais il doutait sérieusement qu'une banque accepterait de prêter de l'argent à un clan dirigé par une femme. Et l'hypothèque était quelque chose de délicat, étant donné qu'il s'agissait des terres du clan tout entier. Il se concentra sur la feuille qu'il avait recouverte de griffonnages et qui se trouvait pour l'instant devant Niniver. Il fronça les sourcils et tendit la main.

— Laissez-moi regarder d'un peu plus près, je vous prie.

Elle lui passa la feuille.

Il parcourut les deux colonnes, en se concentrant sur la fluctuation des chiffres.

— Si à la fin vous vous retrouvez dans le positif, alors il doit être possible de modifier le calendrier de vos paiements afin de maintenir le clan à flot.

Il esquissa une grimace en examinant le papier. Pour le remplir, il avait utilisé les chiffres qu'il avait trouvés dans les registres.

— Nous devons revenir à nos précédents calculs et comprendre précisément ce que recouvrent ces paiements, afin de voir si certains peuvent être divisés en de plus petits montants qui s'étireraient sur de plus longues périodes.

Au début, elle ne comprit pas. Mais quand il lui eut montré ce qu'il voulait dire, elle s'attela à la tâche ingrate de décortiquer *tous* les versements. Il travaillait sur les dépenses. Elle s'occupait des revenus.

Une autre heure s'écoula. Ferguson vint leur servir du thé et des tranches de cake aux fruits, qu'ils burent et mangèrent l'esprit ailleurs. Ils ôtèrent les miettes du bureau et reprirent leurs griffonnages. Elle avait déclaré qu'elle savait y faire avec les comptes. Alors qu'il épluchait les chiffres qu'elle lui avait fournis, il fut frappé par l'exactitude des calculs et des prévisions de Niniver. Elle était bien plus fiable que ses frères.

L'après-midi tirait à sa fin lorsqu'ils rangèrent les livres de comptes, empilèrent et poussèrent les feuilles qu'ils avaient noircies, et finirent de remplir le calendrier prévisionnel des dépenses et des revenus, qui étalait les paiements semaine par semaine.

Marcus plaqua ses paumes sur le bureau, s'appuya sur ses avant-bras et étudia les chiffres. Niniver vint se poster à côté de lui. En se mordillant la lèvre, elle l'imita.

Lentement, quelque chose qui ressemblait fort à un sentiment de triomphe monta en lui. Il se força à vérifier par deux fois pour ne pas lui donner de faux espoirs, mais oui, la solution était là.

— Vous pouvez y arriver.

Il tourna la tête pour la regarder.

— Si vous dites à ces quatre marchands — en lui montrant les papiers, il désigna quatre noms, qui correspondaient à quatre paiements importants — que le clan souhaite régler ce qu'il leur doit par mensualités, vous étalerez suffisamment les paiements pour ne jamais vous retrouver à court de fonds.

Elle relut les quatre noms et fronça les sourcils.

— Accepteront-ils ?

— Oui.

Il se redressa et sourit.

— En fait, ils préfèrent ce genre d'arrangements, car ils sont ainsi plus sûrs d'être payés, et la régularité de ces rentrées d'argent les aide dans la gestion de leur trésorerie. Cependant, cela signifie que le clan procédera aux premiers paiements de façon anticipée, en août, et donc que vos finances seront négatives un court laps de temps… durant ce seul mois d'août, en réalité. Mais les marchands voient rarement cela comme un problème, du moment que vos versements leur sont garantis.

Il s'interrompit, puis ajouta :

— C'est plus sûr pour eux, et vous réussirez à éviter *trois* périodes difficiles.

Se tournant de nouveau vers elle, il scruta son visage.

— Avec cet arrangement, le clan passera facilement l'année.

Sans quitter des yeux les colonnes de chiffres, elle se laissa lentement retomber dans son siège. Il contourna le bureau pour venir s'asseoir lui aussi.

Elle finit par lever les yeux et l'observer. Une lueur d'émotion éclairait le bleu de ses yeux.

— Merci.

Sa gratitude était sincère et profonde, cela s'entendait. Elle examina de nouveau les papiers et ce qui ressemblait fort à un plan de sauvetage.

Il savait que le clan signifiait beaucoup pour elle, qu'elle prenait son rôle de chef élu très au sérieux, et surtout, très à cœur. Pourtant, derrière ses paroles de remerciement, dans l'immense soulagement qui émanait d'elle, il sentait quelque chose de plus profond encore. Un engagement encore plus fort.

— Niniver ?

Il ne savait pas comment poser la question. Il sentait que quelque chose d'autre ne tournait pas rond, et il aurait été bien incapable de dire quoi, mais il devait en avoir le cœur net. S'il existait quelque chose qui affectait Niniver aussi profondément, il fallait qu'il sache de quoi il s'agissait. Quand elle leva les yeux et croisa son regard, il fit un geste vague qui englobait tout ce sur quoi ils avaient travaillé une grande partie de la journée.

— Pourquoi ?

Quelque part, enfouie au plus profond d'elle, il y

avait une raison, et une réponse à cette question. Il en était certain.

Elle l'observa pendant un long moment. Il s'écoula une bonne minute avant que, à voix basse, elle ne dise :

— Le jour de l'enterrement de mon père, je suis restée un moment auprès de sa tombe.

Il s'en souvenait. Il hocha la tête.

— Je…

Le regard de Niniver devint distant, et elle fronça les sourcils.

— Je le comprenais, je pense. Certainement mieux que Nigel, Nolan ou Norris ne l'ont jamais compris. Et bien mieux qu'il ne nous comprenait.

Elle prit une grande inspiration. Son regard était toujours perdu dans le lointain.

— Je savais qu'il avait été assassiné et, à l'époque, je me doutais déjà que sous le règne de Nolan les choses ne se passeraient pas comme elles auraient dû. Pas comme mon père les aurait prévues, et encore moins comme il les aurait voulues.

Elle marqua une pause, et il sentit qu'elle se concentrait davantage sur elle-même.

Puis elle poursuivit.

— Je sais qu'il ne m'a jamais vraiment accordé une quelconque importance, et qu'il n'aurait jamais imaginé qu'un jour je puisse faire quoi que ce soit pour le clan. Pourtant, pendant que j'étais en train de regarder sa tombe, j'ai senti… ce que cela faisait vraiment d'être une Carrick.

Elle leva de nouveau les yeux vers Marcus et reprit :

— J'ai prêté serment ce jour-là. À mon père, et à tous les Carrick qui l'avaient précédé, j'ai juré que je ferais tout ce qui serait en mon pouvoir pour réparer les torts causés par mes frères, et que je rétablirais la prospérité du clan, quoi qu'il arrive.

C'était donc cela qui l'avait conduite à transférer presque tout son argent sur les comptes du clan… C'était ce qui la poussait aujourd'hui encore à se démener pour que les choses rentrent dans l'ordre, sans se préoccuper de ce qui pourrait personnellement lui en coûter.

Elle serra la mâchoire et leva le menton. Marcus le savait déjà, mais elle précisa :

— Je vois ce serment comme quelque chose de sacré, comme une obligation formelle envers mon père et tout le clan, et je ferai tout ce que je dois pour tenir ma promesse.

Il y avait presque une lueur de défi dans ses yeux, à présent, comme si elle pensait qu'il allait se moquer d'elle ou prendre ses résolutions à la légère.

Mais rien n'était plus éloigné de ses pensées, de sa réaction première et instinctive. Il chercha son regard et inclina la tête.

— Merci de m'avoir dit ceci. Cela m'aide à comprendre ce que vous voulez faire.

Et cela allait l'aider à la soutenir dans ses projets.

Depuis qu'il savait, il découvrait que Niniver était encore plus complexe qu'il ne le pensait. Plusieurs facettes se superposaient en elle, et il n'était pas certain d'avoir assez de sa vie entière pour toutes les explorer. Mais, en réinterprétant tout ce qu'il avait vu d'elle à la lumière de son serment, il comprenait son obsession pour restaurer l'ancienne prospérité du clan Carrick et savait maintenant d'où venait sa volonté inébranlable.

L'engagement était quelque chose qu'il comprenait. Dire qu'il était impressionné par elle aurait été un euphémisme. À chaque fois qu'il pensait l'avoir comprise et cernée, elle révélait un autre aspect de sa personnalité qui lui parlait, le touchait au plus profond de son être, et résonnait en lui avec tant de clarté qu'il comprenait ce que voulait dire être conquis et subjugué.

Le gong leur annonçant qu'il était temps de s'habiller pour le dîner retentit dans toute la maison. Ils tournèrent instinctivement la tête en direction de la porte, avant de se regarder de nouveau. Puis ils baissèrent les yeux vers les innombrables papiers qui s'étalaient encore autour d'eux.

— Nous ferions mieux de ranger tout cela.

En se levant, elle prit la feuille sur laquelle étaient résumées les grandes lignes de leur plan de sauvetage.

Heureux qu'elle ait dit « nous » et non « je », il attrapa une pile de papiers.

— Mettez ces documents dans un endroit où vous pourrez les consulter à tout moment, et n'oubliez pas de reporter les montants au fur et à mesure.

Elle hocha la tête et glissa les papiers dans le tiroir du haut de son bureau.

Puis, ensemble, ils remirent la pièce en ordre.

Chapitre 10

Quand et comment allait-il lui demander sa main ?

Alors que la nuit tombait, Marcus était posté à la fenêtre de sa chambre et regardait distraitement dehors tout en repensant aux événements de la journée. Il avait fait un grand pas en avant vers le moment où il pourrait raisonnablement poser un genou à terre et prononcer les mots « Voulez-vous m'épouser ? » Mais cette avancée avait été suivie d'un léger recul. Malgré sa frustration, il sentait néanmoins qu'il avait progressé. Niniver avait fini par lui faire suffisamment confiance pour lui confier ses problèmes concernant le domaine, ce qu'elle n'avait fait avec personne d'autre jusque-là.

Savoir qu'il avait gagné sa confiance et qu'il l'avait aidée à y voir plus clair lui avait réchauffé le cœur durant la soirée, qui s'était passée de manière agréable, entre discussions légères à table, conversations plus soutenues au salon, et musique jouée tour à tour par Miss Hildebrand, Niniver et lui-même.

Niniver avait commencé à se détendre. Ses sourires étaient devenus plus fréquents, plus naturels, plus spontanés. En un mot, elle avait semblé plus heureuse. Et les chansons qu'elle avait choisi d'interpréter avaient reflété ce nouvel état d'esprit. Il l'avait remarqué, ainsi que Miss Hildebrand, même si contrairement à lui cette dernière ignorait la cause de ce changement. C'était pour lui très gratifiant, et alléger le fardeau qui pesait sur les épaules de Niniver était décidément un rôle qu'il entendait tenir de façon permanente.

Pour couronner le tout, qu'elle ait même accepté de lui faire part du serment fait à son père sur sa tombe avait accru ses espoirs. Et lorsqu'il avait pris connaissance de la teneur de ce serment, pris la mesure de la force de son engagement, il était encore plus tombé sous son charme.

Faire passer sa famille — ou son clan — avant soi-même, en étant même prêt à aller jusqu'à se sacrifier, était un code d'honneur de guerriers que quelques femmes observaient aussi. Chez Niniver, la détermination semblait faire partie intégrante de sa personnalité. Il la connaissait suffisamment désormais pour savoir qu'elle ne reculerait devant rien pour accomplir son devoir, qu'elle considérait comme sacré. Elle était le contraire de ceux qui prenaient tout, comme l'avaient fait Nigel, Nolan et même Norris. À la place, elle donnait. Toujours plus.

C'était une des raisons — et certainement la raison principale — pour lesquelles le clan la tenait en si haute estime et lui faisait aveuglément confiance. Et sa propension à donner sans réserve était, de façon claire, destinée à influer sur son futur rôle à lui. Il devrait en effet l'empêcher d'aller jusqu'à s'épuiser et piller ses propres ressources pour rien. Les guerriers les plus sages savaient conserver suffisamment de force pour continuer à se battre, mais, d'après ce qu'il avait pu voir, Niniver ne connaissait pas ses limites. Elle aurait été capable de pousser les choses jusqu'à s'effondrer — ou jusqu'à ce que quelqu'un la retire de la mêlée.

Ce qui de toute évidence était son rôle à lui, Marcus.

D'une certaine façon, c'était ce qu'il avait fait aujourd'hui, et cela lui avait semblé… parfait.

Donc la journée avait été loin d'être perdue. Cependant, il devait encore trouver un moyen de lui demander sa main.

Un léger coup fut porté à sa porte, qui s'entrouvrit.

Niniver entra.

Il n'avait allumé aucune lampe, mais malgré l'obscurité elle le repéra tout de suite. Elle ferma la porte, puis marcha vers lui avec confiance — et des intentions très claires.

Les pensées de Marcus se bousculèrent. Dans un éclair de lucidité, il se rendit compte qu'une grande partie des doutes qui l'avaient empêché de demander sa main trouvaient leur genèse dans la complexité même de Niniver. Plus il la voyait, plus il la trouvait fascinante, forte, exaltante, et plus il percevait les contradictions incroyables entre son apparence fragile et la force et la volonté intérieures qui l'animaient.

Chaque jour qu'il passait en sa compagnie ne faisait que le rendre plus conscient de la femme surprenante qu'elle était vraiment et qu'elle allait devenir.

Et… Il voulait qu'elle l'aime. Et pas seulement qu'elle ait besoin de lui.

Cette prise de conscience qui s'imposait à lui le laissa sans voix. Ce n'était pas vraiment un choc, ni quelque chose qui lui était extérieur, mais plutôt une chose enfouie en lui qui peu à peu avait pris tant de place qu'elle avait fini par ne plus pouvoir être contenue.

Il n'aurait pas dû être surpris, néanmoins — il était un Cynster après tout.

Mais que se passerait-il s'il la demandait en mariage ? Étant donné le dévouement de Niniver vis-à-vis des siens et le serment qu'elle avait fait à son père, se sentirait-elle obligée d'accepter pour le bien du clan plutôt que parce qu'elle le voulait, le désirait, *l'aimait*, avec la même force et la même passion qu'il la voulait, la désirait et — oui — l'aimait, lui aussi ?

Elle s'arrêta devant lui et fixa son visage plongé dans l'ombre.

L'attirance qu'elle semblait éprouver pour lui avait laissé penser qu'obtenir d'elle qu'elle accepte de l'épouser ne serait qu'une simple formalité. Il entendait presque le destin ricaner dans son dos…

Ses yeux couleur bleuet cherchèrent les siens, puis elle leva une main et la posa sur son torse.

Ses muscles se contractèrent, ses bras se tendirent instinctivement vers elle. Avec vigueur, il lutta contre ce réflexe.

Mais Niniver le remarqua. Elle esquissa un léger sourire, plein d'assurance féminine.

— Puisque vous restez…

— Il n'y a aucun prix à payer pour l'aide que je vous ai apportée cet après-midi.

Sa remarque fut catégorique, et son ton presque brusque.

Niniver inclina la tête et chercha de nouveau son regard, son visage, tout ce qu'elle pouvait voir de lui dans cette obscurité. Et tout ce qu'elle perçut confirma qu'il avait autant envie d'elle qu'elle avait envie de lui.

Elle avait passé le dernier quart d'heure à aller et venir en silence dans sa chambre, à réfléchir et à hésiter…

Puis elle avait pris son courage à deux mains et était venue frapper à sa porte. Étant donné tout ce qu'elle sentait de cette passion qui semblait déjà sur le point de les emporter, alors que seule sa main était posée sur le veston de Marcus, elle était très heureuse de sa décision.

— Je ne raisonnais pas en ces termes. Après la nuit passée, vous êtes toujours ici… Je pensais que vous viendriez me rejoindre dans ma chambre. Dans mon lit.

Encore plus sombres et insondables dans la nuit, les yeux de Marcus ne quittèrent pas les siens.

— Il est dans les habitudes que la femme, au cours de la soirée, adresse un signe à l'homme.

— Je ne le savais pas. Je ne sais pas comment fonctionne ce genre de choses.

Elle haussa très légèrement les épaules.

— Alors je suis venue à vous.

Comme il ne répondait pas, elle poursuivit :

— J'en veux davantage. Davantage de vous. Davantage de *nous*. Et je sais que vous désirez la même chose.

Elle avait pris sa décision, et elle était déterminée à saisir chaque moment qui lui était offert, à profiter de chaque minute et de chaque nuit, à faire durer leur liaison aussi longtemps que possible.

— Y a-t-il une raison qui nous empêcherait, vous et moi, d'être comme nous avons envie d'être ? De faire ce que nous avons envie de faire ? Ici, ensemble, rien que vous et moi ?

Ce fut comme si ces mots libéraient quelque chose en Marcus. Elle sentit le contrôle rigide qu'il exerçait jusque-là sur lui-même flancher, puis céder.

— Pas du tout.

Il leva les bras pour les passer autour d'elle et posa les mains à plat dans son dos.

— Et je veux plus de vous, moi aussi.

Elle se hissa sur la pointe des pieds tandis qu'il baissait la tête. Leurs lèvres se rencontrèrent, se touchèrent, s'effleurèrent, puis s'épousèrent. Elle entrouvrit les siennes, et il entra, avec une assurance et une facilité qui accrurent leur excitation.

Toujours en équilibre sur la pointe des pieds, elle se fondit en lui, lui aspira la langue et lança la sienne à l'assaut. En laissant sciemment la passion libre de se développer à sa guise, en glissant la main derrière sa nuque large, elle l'attira à lui et lui rendit son baiser, tout en déboutonnant le haut de son veston.

Ce soir, elle voulait faire plus que le suivre. Ce soir, elle voulait explorer, elle voulait en apprendre davantage, pas seulement sur lui, mais aussi sur elle-même. Elle voulait être la femme qu'elle avait découverte la nuit dernière, et vivre à travers elle. Elle voulait être la femme qu'elle était entre les bras de Marcus.

L'inciter à quitter sa veste et son veston ne fut pas si difficile. Quand elle tira doucement dessus, sans interrompre leur baiser, il l'aida et les ôta complètement.

Puis il mit les mains sur elle. Il parcourut ses courbes avec avidité. Et autorité.

Elle se laissa faire en toute conscience, et se laissa emporter par cette vague de désir qui croissait, encore et toujours.

Il était expert dans l'art du déboutonnage et du délaçage, ses doigts étaient rapides et sûrs. Elle enfouit les siens au milieu de ses boucles noires soyeuses, tandis que de l'autre main elle défaisait un à un les boutons de sa chemise.

Leurs lèvres se quittèrent juste assez longtemps pour qu'ils puissent reprendre leur souffle avant de replonger. Brûlantes, leurs langues se défièrent, et l'attention de Niniver fut écartelée entre l'engagement exalté de leurs bouches, la pression stimulante des mains de Marcus sur sa poitrine, et le torse puissant qu'elle s'apprêtait à découvrir.

La tension monta d'un cran. Les flammes du désir venaient la lécher et la tenter. Elle sentait cette inéluctable chaleur monter en elle, la submerger.

Elle en voulait plus. Toujours plus.

C'était un besoin viscéral et incontrôlable.

Mais cette fois elle savait que la satisfaction viendrait, qu'ils finiraient par atteindre ce point de satiété indescriptible. Alors que l'intensité du désir demeurait, et avec elle, l'urgence qui cognait dans ses veines, le battement était moins frénétique, le rythme moins précipité, beaucoup moins désespéré.

Cette fois… ils pouvaient prendre tout le temps qu'ils voulaient, lui et elle, pour profiter du plaisir dans toutes ses nuances. Comme elle ne pouvait savoir combien de temps il allait rester — combien de jours et de nuits leur liaison allait durer —, elle avait décidé de faire en sorte que chaque seconde compte.

Puis la chemise de Marcus s'ouvrit. Elle posa les mains sur sa peau et les laissa vagabonder.

Et il la laissa faire. Il la laissa emplir ses sens de son corps, de la chaleur et de la promesse contenues dans cette musculature puissante tandis qu'il la déshabillait, vêtement après vêtement.

Et qu'elle l'aidait à se défaire des siens.

Bientôt, il fut nu, mais elle portait encore de trop nombreuses épaisseurs de tissus sur elle. Il ne fut pourtant même pas distrait de sa tâche lorsqu'elle caressa son sexe fièrement dressé. Les flammes devinrent juste plus ardentes, et il montra plus d'empressement encore à délacer ses vêtements.

Son corset léger tomba à terre, puis sa chemise de corps rejoignit le reste de ses vêtements et elle fut nue devant lui. Nue, ou presque, puisqu'elle portait toujours ses bas et ses jarretières. En se préparant pour le dîner, elle avait ôté son bandage : sa cheville ne l'avait pas gênée de la journée.

La pudeur et la réserve avaient caractérisé la nuit passée. Celle-ci était placée sous le signe de la fascination.

La concentration et l'attention étaient absolues, chez elle comme chez lui.

Pendant plusieurs secondes, ils restèrent dans l'obscurité à se fixer, à se posséder du regard, appréciant chacun la promesse que représentait l'autre.

La bouche de Niniver était soudain devenue très sèche. Ses nerfs étaient tendus sous l'effet de l'impatience et de l'excitation.

Il relâcha son souffle et s'agenouilla devant elle. Il referma les paumes autour de ses chevilles, puis ses mains grimpèrent. Elle les sentit, brûlantes, sur ses mollets, sur la zone sensible située derrière ses genoux, et plus haut, jusqu'à ce que ses doigts atteignent ses jarretières. Avec des gestes lents et contrôlés qui la firent trembler, il les défit toutes deux et, du bout des doigts, roula ses bas le long de ses jambes.

Posant une main sur l'épaule de Marcus, elle leva

un pied, puis l'autre, pour l'aider à retirer ses bas, qui allèrent rejoindre le tas de vêtements éparpillés sur le sol.

Il s'assit sur les talons. Nu dans le clair de lune, il la regardait tel un dieu nocturne. Puis il tendit les bras vers elle, mit les mains sur ses hanches et l'attira à lui.

— Venez par ici.

Elle le laissa faire et plaça ses pieds de part et d'autre de ses genoux, comme il semblait le souhaiter. Elle surprit chez lui un léger sourire qui paraissait impatient et avide, puis il se pencha pour déposer un baiser mouillé et goulu sur son nombril, et elle haleta.

Alors qu'il la léchait, la goûtait, l'inondait de baisers, elle inclina la tête en arrière pour mieux respirer — ce qui se révéla inefficace — et posa la main sur son crâne pour mieux l'ancrer à elle.

Il baissa davantage la tête. Ses lèvres et sa langue traçaient une ligne descendante.

Alors qu'il continuait de dispenser sa magie, elle eut de plus en plus de mal à respirer.

Puis il se retrouva entre ses cuisses. Sa langue plongea, des sensations brûlantes la parcoururent, et elle eut du mal à retenir un cri.

— *Marcus !*

— Hum.

Ce fut tout ce qu'il répondit. Il poursuivit ses explorations intimes, qui se firent encore plus osées. Il souleva une de ses cuisses et passa son genou autour de son épaule, afin qu'elle s'ouvre à lui et à ses soins experts.

Il léchait, aspirait doucement, goûtait… Bientôt elle fut à bout de souffle et perdit ses esprits, prête à s'évanouir de plaisir.

L'intensité de son désir sans cesse grandissant la surprit,

mais elle n'allait pas se priver de cela, ni en priver Marcus. Plutôt que de se dérober, elle se jeta à corps perdu dans l'instant, pour le vivre dans toute sa splendeur, avec un abandon qui venait du plus profond de son âme. De son besoin d'être cette femme, cette femme pleine de vie, vibrante, qui s'engageait dans l'existence sans demi-mesure.

Qui s'engageait *avec lui*. De façon intime. Entière.

Fermement maintenue par les mains de Marcus arrimées à son bassin, elle offrit son sexe à sa bouche avide, elle s'abandonna, elle prit et donna, et lui agrippant le crâne, l'encouragea à poursuivre.

En elle, les flammes s'élevèrent, puis crépitèrent. La passion jaillit et se propagea dans ses veines.

Et à chaque coup de langue, à chaque aspiration, la conflagration ne faisait qu'augmenter.

Elle sentait ses nerfs se tendre de plus en plus, prêts pour l'ascension finale. Et pourtant, pourtant…

Il lui fallut plusieurs secondes pour comprendre ce qui n'allait pas. Pour comprendre qu'elle voulait l'avoir en elle, et que ce n'était pas négociable.

En essayant de rassembler tout ce qui lui restait de volonté, elle tira doucement sur les cheveux de Marcus. Mais elle ne parvint pas à trouver les mots pour formuler sa demande.

Il comprit, cependant. Peut-être ressentait-il la même chose. Il dégagea la jambe de Niniver de son épaule et, sans lui lâcher le bassin, se leva.

Son érection montrait clairement qu'il désirait la même chose qu'elle, et avec la même force.

Son visage était sombre. Ses traits austères respiraient la passion. Son regard, noir comme le ciel nocturne et pourtant brûlant d'une flamme intérieure, était fixé sur le visage de Niniver.

Elle s'avança vers lui, et il l'attira plus près.

Leurs corps entrèrent en contact, chair torride contre peau brûlante. Il pencha la tête et elle se hissa sur la pointe des pieds. Leurs lèvres, leurs bouches s'épousèrent de nouveau.

Plus brûlant, plus fiévreux, plus intime, plus désespéré fut leur baiser.

Les mains de Marcus lui parcoururent le corps, puis il la saisit et la souleva. Instinctivement elle écarta les cuisses, ficha ses genoux dans ses flancs. Puis il la fit glisser contre lui. Elle haleta lorsqu'elle sentit l'extrémité de son sexe en érection entrer en elle. Centimètre par centimètre, il l'emplissait.

Elle perdit définitivement le souffle en poussant un cri muet lorsqu'il la pénétra pour de bon. Ces sensations… Elle s'accrocha à lui, s'accrocha à leur baiser, comme si elle avait besoin de cette stimulation tactile.

Mais alors il la souleva de nouveau — et elle faillit protester, de peur de perdre l'exquise sensation d'être entièrement emplie par lui. Mais, au dernier moment, il changea de position et la laissa de nouveau glisser sur son sexe. Et elle comprit, elle accepta, et elle laissa les flammes se déchaîner.

Tour à tour il la faisait monter, descendre, et elle s'accrochait, et ils brûlaient. Elle se concentra pour le caresser à l'aide de ses muscles intérieurs, et elle fut récompensée lorsqu'il gémit, enfonça les ongles dans ses fesses et contracta davantage tous ses muscles.

Même si le frottement de son torse contre ses seins

gonflés était une stimulation supplémentaire, elle avait envie de sentir son poids sur elle.

Comme avec lui elle s'était autorisée à demander tout ce qu'elle voulait, elle interrompit une seconde leur baiser pour dire, haletante :

— Le lit…

Les paupières alourdies par le désir, il la contempla. Il resta immobile un instant puis, en la portant toujours, il se dirigea vers le lit.

Les mouvements de son sexe en elle pendant qu'il marchait la firent gémir.

Il arriva au bord du lit, mais au lieu de l'y allonger, il se tourna et s'assit. Lui saisissant les cuisses, il fit en sorte qu'elle le chevauche. Ses yeux, ses yeux sombres à moitié cachés par ses longs cils, ne lâchaient pas les siens. Les larges mains de Marcus remontèrent dans son dos, vers ses épaules, puis redescendirent le long de ses bras, et il se laissa retomber sur le matelas.

Elle se pencha en avant et prit appui sur son torse. Elle le regarda, et regarda leurs corps imbriqués dans cette nouvelle position. Ainsi, les sensations étaient encore plus fortes.

Pendant une seconde, elle ferma les yeux, pour se faire à cette situation inédite, puis elle le dévisagea, sourit et réussit à demander :

— Et maintenant ?

Comme elle le fixait, un peu perdue, il lui saisit les hanches et la souleva, puis il la laissa lentement redescendre. Il avait les yeux mi-clos sous l'effet du plaisir, comme s'il ne se contrôlait plus. Instinctivement, elle se contracta autour de lui, et il émit un gémissement guttural.

Elle n'eut pas besoin d'encouragement ni d'instructions

supplémentaires. Elle avait chevauché toute sa vie : elle apprit vite le juste mouvement. Et, cette fois, c'était elle et elle seule qui tenait les rênes. Elle expérimenta des variations de rythme, d'angle, de pression.

Il tendit les mains pour les poser sur ses seins. Il les caressa, puis tira sur ses mamelons.

Quand, les yeux fermés, elle haleta et changea légèrement de position, il gémit et caressa ses mamelons durcis de plus belle.

La chaleur montait, et avec elle les flammes qu'ils connaissaient bien, désormais. Elles léchaient sa chair et attisaient leur désir.

Tout ce qu'elle ressentait était merveilleux. Ces pénétrations répétées, les contractions et les spasmes de son vagin autour du sexe d'acier de Marcus… Et surtout, elle avait une conscience aiguë et délicieuse de l'urgence qui se faisait de plus en plus pressante, qui amenait Marcus à lever le bassin pour aller à la rencontre du sien, dans un réflexe impossible à contrôler.

Il porta les mains à ses hanches. Elle se pencha en avant et augmenta l'intensité de ses mouvements. Ses cheveux volaient autour de ses épaules et balayaient le torse de Marcus. C'était comme si elle le fouettait pour l'encourager à augmenter la cadence.

Bientôt, elle les conduisit à l'extrême limite.

Au point où il leur en fallait plus, toujours plus. Au point où leurs sens hurlaient, et où leurs nerfs étaient si tendus qu'ils risquaient de se rompre à tout moment.

Puis arriva le moment où ils s'envolèrent, propulsés par la force de leur passion.

Les sensations explosèrent dans un feu d'artifice de plaisir et l'extase vint enfin les saisir.

Elle cria alors même qu'elle était à bout de souffle. Marcus enfonça les doigts dans ses hanches, l'agrippa et poussa un gémissement long et sourd tout en frémissant sous elle.

Elle se sentit fondre. Elle n'eut plus aucune force, soudain, et elle s'écroula sur son torse.

Marcus leva les bras, les passa autour d'elle et la serra fort. Il écouta les halètements de Niniver et sa propre respiration saccadée. Il entendit leurs cœurs cogner à l'unisson.

Il n'avait jamais éprouvé une plénitude si aiguë, si intense.

Si significative.

Si lourde de conséquences.

Il la serra un peu plus fort, ferma les yeux, et laissa ses sens absorber absolument tout, la douceur de ce moment où ils étaient unis l'un à l'autre, comblés. Il laissa son esprit se remémorer le chemin parcouru depuis le moment où elle était entrée dans sa chambre et où elle avait tendu les mains vers lui, depuis le moment où leurs lèvres s'étaient touchées, chaque contact, chaque caresse, chaque regard échangé.

Il avait toujours le goût de Niniver sur la langue, entêtant, enivrant, telle une ambroisie. La douceur veloutée qu'il avait embrassée tout à l'heure enserrait encore son membre tandis que la douceur satinée des seins et du ventre de Niniver reposait sur lui comme une couverture voluptueuse.

Elle avait clairement dit qu'elle le voulait, qu'elle voulait plus que ce qu'ils avaient partagé la nuit précédente. En acceptant de lui donner ce qu'elle réclamait, il avait espéré pouvoir prendre la mesure de ce qu'elle ressentait à son égard, pas seulement sur le plan sexuel, mais aussi émotionnel. Il avait espéré pouvoir sonder son cœur, découvrir s'il commençait à y trouver sa place, savoir si elle était bien partie pour l'aimer.

Il avait regardé, il avait observé, mais tout ce qu'il avait vu chez elle, c'était son goût non dissimulé et immodéré du plaisir physique avec lui. Elle était prête à montrer sa joie sans retenue. Mais il n'avait absolument rien vu de son cœur.

Il ignorait totalement si pour elle les sentiments entraient en jeu, si quoi que ce soit de ce qu'ils avaient partagé avait pu l'atteindre.

Elle frissonna légèrement. La chaleur de leurs deux corps avait commencé à se dissiper. Il l'allongea à ses côtés. Ensemble, ils se glissèrent sous les couvertures et se blottirent de nouveau dans les bras l'un de l'autre.

Alors qu'il était allongé sur le dos, avec Niniver nichée contre sa poitrine, il inspira profondément pour s'imprégner de son odeur, de l'odeur de leur union. Et il se sentit aussitôt rassuré. Alors qu'une douce plénitude le gagnait, il se demanda comment il allait pouvoir accéder à ce cœur si lourdement cuirassé.

Il s'endormit sans avoir trouvé la réponse.

Niniver écouta la respiration de Marcus devenir de plus en plus lente tandis qu'il sombrait dans le sommeil, et s'étonna de cette émotion à l'état brut qu'elle sentait palpiter en elle. Ce sentiment était beaucoup plus puissant qu'elle ne l'aurait jamais imaginé.

Elle connaissait cette sensation terrassante et presque suffocante qui lui saisissait les poumons et lui enserrait le cœur, pourtant. Elle savait ce qui la nourrissait et la gouvernait.

Mais elle se força à l'accepter sans réagir, se força à la laisser croître et l'inonder.

Un jour, un jour proche sans doute, il déclarerait qu'elle n'avait plus rien à craindre et retournerait vivre sa vie à Bidealeigh. Et quand ce moment arriverait… il faudrait qu'elle sourie avec légèreté et le laisse partir. Elle ne pouvait s'attacher à lui. Elle ne pouvait pas — ni maintenant ni jamais — lui montrer à quel point son cœur était pris au piège et conquis. À quel point elle l'aimait. Ce n'était pas la faute de Marcus s'il était le seul homme qui ait jamais véritablement su voir la femme en elle, le seul qui l'ait jamais émue, physiquement.

Elle l'avait supplié de l'aider, et il s'était engagé à la protéger des menaces extérieures. Dès le début, elle avait compris que son propre devoir était de protéger son cœur. Elle avait pris la décision de ne pas le faire en ayant pleinement conscience des conséquences que cela pourrait entraîner. Elle aurait eu fondamentalement tort de faire en sorte de l'attacher à elle à cause de ses propres choix. Et elle avait déjà été récompensée de sa décision d'une façon plus qu'acceptable. Oui, son cœur souffrirait quand Marcus s'en irait, mais si elle n'avait pas saisi sa chance et si elle n'avait pas insisté pour qu'ils deviennent intimes elle et lui — le seul homme avec qui elle pouvait imaginer une telle chose —, elle n'aurait jamais connu les délices qu'il lui avait déjà fait vivre.

Et elle n'aurait jamais su non plus ce qu'était aimer.

Aimer et perdre… Quelqu'un n'avait-il pas écrit que cela valait mieux que de ne jamais avoir aimé du tout ?

Pour sa part en tout cas, elle en était de plus en plus persuadée.

Et, en plus de lui avoir réchauffé le cœur, elle lui était reconnaissante pour tout ce qu'il lui avait montré, pour tout ce qu'il lui avait dévoilé et appris sur elle-même. Sur la femme qu'elle avait toujours soupçonnée être, au fond d'elle-même, mais qui ne s'était jamais révélée au grand jour.

Avec lui à ses côtés, elle devenait chaque jour et chaque nuit un peu plus cette femme. Et cela la rendait plus forte et mieux armée pour s'occuper du clan.

Bercée par les vagues de chaleur qui la baignaient et la conduisaient vers le sommeil, apaisée par les battements de cœur de Marcus près de sa joue, son esprit se mit à dériver, à imaginer… Pour finalement faire machine arrière.

Elle savait quel type d'homme il était. Elle devait faire en sorte de ne jamais lui laisser deviner la teneur de ses sentiments à son égard. Elle devait s'accrocher à sa fierté et ne jamais baisser la garde, parce qu'elle ne voulait surtout pas être confrontée à une demande en mariage de sa part uniquement motivée par son sens de l'honneur ou par la pression sociale.

Elle ne pourrait le supporter.

Les yeux fermés, elle plongea à l'intérieur d'elle-même jusqu'à cette douce chaleur qui vivait désormais en elle et qui était la source de ces sentiments débordants.

Elle allait partir à la découverte de cette flamme, l'explorer, en jouir même, mais elle la garderait enfermée, afin que, jamais, il ne puisse rien deviner.

*
* *

— Bon sang !

Ramsey McDougal claqua la porte de sa chambre derrière lui. Il se dirigea vers la chaise située près de la table et s'y effondra.

Il regarda dans le vague pendant quelques secondes, puis il avisa la dernière bouteille de whisky bon marché qui se trouvait juste à côté de son verre. Il hésita, mais ne tendit pas la main vers elle. Il avait besoin d'avoir l'esprit à peu près clair.

En appuis sur les avant-bras, il pianota sur le plateau avec les doigts d'une main.

Le temps jouait contre lui.

— Je savais que ça arriverait un jour, mais trois petites semaines…

Ses murmures résonnèrent dans la pièce chichement meublée.

Son créancier le plus pressant l'avait retrouvé, ou plutôt, les larbins de ce dernier s'en étaient chargés… Les deux hommes l'avaient menacé et lui avaient donné *trois semaines* pour rembourser son prêt, avec intérêts.

Il n'avait pas cet argent. En tout et pour tout, il possédait moins d'une guinée.

Après plusieurs minutes d'hébétude, il se redressa et attrapa la bouteille. Il se servit un demi-verre et, les yeux plissés, porta la boisson à ses lèvres.

Et soudain un plan de sauvetage financier se forma dans son esprit. Il avait compris depuis longtemps que Niniver Carrick était sa meilleure chance de salut.

— Je n'ai pas besoin de l'épouser dans les trois semaines. L'annonce de nos fiançailles suffira à éloigner les vautours.

Il n'avait pas spécialement envie de se montrer dans

les parages. Si possible, il aurait préféré éviter de croiser la route de Marcus Cynster, en tout cas tant que c'était ce dernier qui tenait les rênes.

Cependant, étant donné les liens qu'il avait pu observer entre Cynster et Niniver, pouvait-il se permettre de perdre une seule journée ?

Il avala une autre gorgée de whisky, ignorant la brûlure qu'elle lui causa. Puis il sourit.

— Est-ce que ça me dérange vraiment que Cynster réussisse à coucher avec elle ? dit-il tout haut.

En réalité, la réponse était non. Niniver en elle-même lui importait peu. Elle était suffisamment jolie pour que coucher avec elle ne soit pas une corvée, mais il se moquait bien qu'elle soit encore vierge ou pas.

Du moment que c'était lui qui l'épousait, c'était tout ce qui comptait.

Peu à peu, les détails de son plan se précisèrent et se mirent en place les uns après les autres jusqu'à ce qu'il obtienne quelque chose qui ressemblait à un tout cohérent.

Il vida son verre, déglutit bruyamment et fit la grimace.

C'était peut-être un peu fou, mais ce n'était pas ça qui avait arrêté Nolan. Même si ce dernier avait fini par perdre la raison, son plan avait impeccablement fonctionné.

Ramsey n'avait pas l'intention de perdre la raison, quant à lui. Il se concentra pour étudier son plan, puis hocha la tête.

Un peu fou, décidément, et audacieux, mais c'était sans doute ce qu'il fallait pour venir à bout d'un Cynster.

Chapitre 11

Marcus attendait Niniver lorsqu'elle apparut dans la salle à manger le lendemain matin. Il avait l'intention de passer à une nouvelle étape. Malgré le sentiment d'urgence un peu confus qui le pressait d'obtenir sa main et l'impatience qui en résultait, il avait trop d'expérience pour foncer tête baissée. Il sourit et inclina la tête devant elle.

— Bonjour.

— Bonjour à vous.

Avec un sourire lumineux et l'air léger, elle se dirigea vers la table du buffet.

Lorsqu'elle vint le rejoindre à la grande table, il se leva et tira la chaise qui était située à côté de la sienne.

Elle accepta l'invitation avec un sourire qui laissait transparaître tant de décontraction, de proximité et de confiance qu'il s'en sentit bouleversé.

Après l'avoir aidée à s'installer, il reprit sa place. Il avait déjà terminé de manger. Il saisit sa tasse de café.

— Quels sont vos projets pour la journée ?

Elle le regarda et son sourire s'évanouit. Elle marqua un temps d'hésitation, puis demanda :

— Avez-vous besoin de retourner à Bidealeigh ?

Il reposa sa tasse en secouant la tête.

— Mes serviteurs savent ce qu'ils font, et il n'y a rien qui requière ma présence en ce moment. Et si par hasard ils avaient besoin de moi, ils sauraient où me trouver.

Il sourit avec décontraction et fit un geste vague de la main.

— S'il y a le moindre sujet à propos duquel vous auriez besoin d'assistance ou de conseil, considérez que je suis à votre entière disposition.

Elle n'hésita qu'un court instant.

— Une nouvelle société nous a contactés pour acheter la peau de nos chèvres afin d'en faire des gants. Je n'ai pas encore rencontré leur représentant. Cela ne me dérangerait pas que... Non, plutôt, j'*apprécierais* beaucoup que vous assistiez à ce rendez-vous et que vous me donniez votre opinion sur ce qu'ils nous proposent. Et ensuite j'ai un autre rendez-vous, avec le représentant local de Carter Livestock. Ils nous ont déjà acheté notre bétail excédentaire à un prix raisonnable. Mais d'après Rafferty, leur représentant, les prix sont très bas cette année.

Marcus fronça les sourcils d'un air surpris.

— C'est la première fois que j'entends dire que les prix sont bas.

Niniver pinça les lèvres.

— Exactement... Je ne suis pas du tout sûre de le croire. En même temps — et elle haussa les épaules —, qui sait ?

Le visage plus sévère, il inclina la tête.

— Quand est votre premier rendez-vous ?

Elle jeta un œil à l'horloge qui était posée sur la table du buffet.

— Dans une heure. J'ai juste le temps de déjeuner et

d'aller rendre une petite visite à Oswald. J'ai dit à Sean que je passerais le voir.

Ils revenaient de l'écurie. Oswald semblait avoir profité des soins attentifs qui lui avaient été prodigués après sa blessure, et il se remettait vite et bien. Lorsqu'ils furent dans le couloir, ils entendirent des voix en provenance du hall d'entrée. Il s'agissait de Ferguson et d'un autre homme.

— Ce doit être l'homme qui est intéressé par nos peaux de chèvres.

Niniver attrapa Marcus par la manche.

— Passons par ici.

Elle le conduisit, via le couloir des domestiques, vers la porte de service située au bout de la bibliothèque. Elle ouvrit la porte sans faire de bruit et entra. Marcus la suivit et referma derrière lui. Elle se dirigea vers le bureau, s'y assit, puis, à la hâte, rangea ses papiers du mieux qu'elle put.

Marcus resta à la fixer pendant quelques secondes — elle sentit le poids brûlant de son regard —, puis il alla chercher un fauteuil, qu'il installa sur un côté du bureau, un peu en retrait.

Il se raidit lorsque Ferguson frappa.

— Entrez, dit-elle.

Ferguson regarda à l'intérieur et sourit lorsqu'il vit qu'elle était prête — et Marcus aussi — et qu'elle attendait. Puis il annonça :

— Mr Quinn, de Waltham and Sons, milady.

Il fit un pas de côté et ouvrit grand la porte.

Un individu petit et plutôt rond entra dans la pièce. Il était habillé de façon très classique d'une veste en tweed un peu passée, il avait des cheveux bruns qui commençaient à se dégarnir, des lunettes rondes perchées au sommet d'un nez quelconque et il marchait d'un pas un peu saccadé.

Elle se leva.

— Mr Quinn.

Elle désigna la chaise située face au bureau.

— Asseyez-vous, je vous en prie.

Mr Quinn s'avança. Son regard passa de Niniver à Marcus, pour revenir vers elle. Il semblait décontenancé.

— Bonjour, euh… milady.

Elle sourit poliment et se rassit.

Quand Quinn regarda de nouveau en direction de Marcus, ce dernier inclina la tête et, l'air impassible, se cala dans son fauteuil. Du coin de l'œil, elle le vit croiser les jambes avec élégance et prendre ses aises.

Quinn semblait tendu, au contraire, et il s'assit de façon très raide sur sa chaise. Puis il plaça sa sacoche en cuir sur ses genoux.

Niniver posa les mains à plat sur le bureau et le scruta.

— Je crois que vous avez une proposition à faire au clan concernant nos peaux de chèvres, sir. Si vous pouviez préciser ce qui vous intéresse, nous pourrions peut-être faire affaire.

Quinn semblait de plus en plus perdu.

— Je… Ah…

Il observa Marcus à la dérobée, puis revint à Niniver.

— J'espérais parler avec votre… époux, peut-être ? Avec le laird du clan ?

Marcus s'étira, ce qui attira l'attention de Quinn.

— Lady Carrick est officiellement la lady du clan Carrick. C'est elle que vous devez voir.

Il regarda Quinn dans les yeux.

— C'est elle que vous devez convaincre de l'intérêt de votre proposition.

— Ah…

Quinn cligna les yeux plusieurs fois. Puis il prit une grande inspiration et se tourna de nouveau vers Niniver en inclinant la tête.

— Toutes mes excuses, milady. Je ne savais pas. J'espère que vous excuserez ma maladresse, qui était totalement involontaire, je vous assure.

Marcus se dit que, mis à part son apparence, Quinn lui plaisait. Peu d'hommes se seraient tirés si adroitement et avec tant d'élégance de la situation.

— J'accepte vos excuses, sir.

Niniver lui fit signe de poursuivre.

— Si vous nous expliquiez pourquoi votre société s'intéresse aux peaux de nos chèvres ? J'avoue que c'est la première fois que l'on m'en parle.

— Vraiment ? Eh bien, Walthman and Sons cherche à diversifier ses sources d'approvisionnement. Notre société…

Marcus écouta Quinn présenter la place qu'occupait ladite société dans la fabrication mondiale de gants et son intérêt pour les peaux du clan, même si le cheptel était assez modeste. Quand le petit homme précautionneux se rendit compte que Niniver savait non seulement à quelle race appartenaient les bêtes, mais aussi combien d'animaux — précisément — naissaient et étaient conduits à l'abattoir chaque année, il devint tout à fait enthousiaste. Marcus dissimula un sourire. D'après son attitude, Quinn ne voyait plus Niniver comme une femme fragile et délicate, mais comme la propriétaire d'un cheptel caprin qui intéressait fortement sa société.

Quand vint le moment de discuter des détails d'un accord potentiel, Niniver n'eut besoin d'aucune aide, et Quinn ne risquait plus de douter de son sens des affaires. Il s'ensuivit un âpre marchandage. Même s'il ne montra rien, Marcus fut stupéfait du prix que Niniver obtint par chèvre. L'arrangement semblait convenir aux deux parties. Pour Niniver, cela permettrait de remplir un peu les coffres du clan cette année et durant les années à venir.

Ce marché brillamment conclu, Quinn prit sa sacoche puis se leva et, avec un grand sourire, tendit la main.

— Ce fut un plaisir de faire affaire avec vous, Lady Carrick.

Niniver se leva et lui serra rapidement la main. Puis Quinn adressa un signe de tête aimable à Marcus et se dirigea vers la porte.

Marcus lui emboîta le pas et lui montra le chemin. En refermant la porte, il songea que, bien qu'elle ait manifesté la volonté de bénéficier de son soutien, elle n'avait eu besoin d'aucune aide pour traiter avec Quinn.

Le visiteur suivant, cependant, était d'un genre tout à fait différent. Un quart d'heure après le départ de Quinn — quart d'heure durant lequel Marcus et Niniver avaient été occupés à passer en revue l'état du cheptel caprin et à discuter de l'opportunité de l'agrandir —, Ferguson frappa à la porte. Après en avoir reçu l'ordre, il ouvrit et annonça :

— Mr Rafferty, de Carter Livestock, milady.

Marcus décroisa les jambes et se leva. Niniver fut moins prompte à se mettre debout. Un seul coup d'œil à son visage suffit à lui faire comprendre qu'elle n'aimait pas Rafferty.

Une fois de plus, elle avait raison d'écouter son instinct. Même s'ils ne s'étaient jamais rencontrés, Marcus connaissait l'homme de réputation. Son père lui avait dit par le passé que ce n'était pas quelqu'un à qui l'on pouvait faire confiance. Autrefois grand et fort, Rafferty s'était épaissi au niveau de la taille, ce qui ne l'empêchait pas de marcher avec assurance, le regard dur.

— Mr Rafferty.

Le ton de Niniver était légèrement autoritaire et distant. Elle désigna la chaise que Quinn avait occupée.

— Asseyez-vous, je vous en prie.

Elle s'assit et attendit que Rafferty fasse de même pour déclarer :

— J'ai vérifié les prix que nous avons obtenus de vous au cours des années passées. Il me semble que vous souhaitez les baisser.

Même s'ils n'avaient jamais été présentés, Rafferty reconnut Marcus, ce qui sembla le perturber. Fronçant les sourcils, il observa ce dernier, qui était de nouveau installé à son aise.

— Si je puis me permettre, sir, j'ai toujours traité avec un Carrick pour ce qui concernait le cheptel appartenant aux Carrick. Je sais que Lady Carrick est désormais chef de clan.

— En effet.

Marcus sourit avec une amabilité qui ne se vit pas dans ses yeux.

— Comme vous le soulignez justement, je ne fais pas partie du clan, mais pour cette affaire vous pouvez me considérer comme l'assistant de Lady Carrick.

Rafferty faillit s'étrangler. Mais après un moment d'hésitation il se tourna vers Niniver.

Elle le regarda dans les yeux et haussa les sourcils.

— Mr Rafferty, je serai honnête avec vous. Je ne vois pas pourquoi vous baisseriez vos prix. Nos conditions commerciales n'ont pas changé. Si Carter Livestock ne peut pas nous donner ce que nous demandons, alors nous trouverons un autre partenaire commercial.

— Jamais vous ne ferez cela.

Rafferty se pencha en arrière et glissa les pouces dans les poches de son veston.

— Je peux vous assurer que vous ne trouverez aucune autre compagnie prête à vous offrir autant que Carter Livestock. C'est pour cette raison que votre père travaillait avec nous depuis longtemps. Et si vous voulez des explications : eh bien, le marché n'est pas loin d'être inondé, vous ne le saviez pas ?

Sans attendre de réponse, Rafferty enchaîna en déroulant tout un exposé sur les marchés excédentaires.

Alors que Niniver ne montrait aucun signe de faiblesse, et semblait encore moins prête à s'effondrer et à le supplier d'acheter le bétail du clan au prix ridicule qu'il proposait et à propos duquel il répétait que c'était « la meilleure offre que personne lui ferait jamais », Rafferty devint de plus en plus belliqueux.

Marcus se tendit, mais il se contrôla. Niniver affichait un visage de marbre et elle restait inflexible.

Rafferty la fixa et se pencha en avant en agrippant le bord du bureau.

— Donc vous voyez, conclut-il, vous avez vraiment tout intérêt à accepter mon prix.

Il interrogea Niniver du regard, puis demanda :

— Alors, marché conclu ?

Elle le regarda droit dans les yeux.

— Non.

Rafferty cligna les yeux, puis il se leva d'un bond et se pencha d'un air vindicatif au-dessus du bureau.

— Comment…

En moins d'une seconde, Marcus fut debout.

— Rafferty.

Il n'eut pas besoin de prendre une voix plus grave pour qu'elle paraisse menaçante : le ton était sans ambiguïté. Rafferty tourna la tête dans sa direction, et Marcus continua d'une voix calme, en articulant bien et en le fixant dans les yeux :

— La Lady, avec un grand L, a dit non.

Rafferty le dévisagea pendant un long moment. Peu impressionné, Marcus soutint son regard.

Les yeux de Niniver passaient de l'un à l'autre. En ce qui concernait l'intimidation, Rafferty avait trouvé plus fort que lui. Elle laissa ce face-à-face se poursuivre quelques instants, puis elle se leva, ce qui attira l'attention de son visiteur.

— Merci, Mr Rafferty. Si le clan décidait de poursuivre son partenariat commercial avec Carter Livestock, nous vous le ferions savoir.

Rafferty cligna des yeux. Il scruta Niniver, puis Marcus. Puis il se redressa et remit son veston en place.

— Je vous le dis, vous n'obtiendrez pas de meilleur prix…

— Merci, Mr Rafferty. Vous vous êtes très bien fait comprendre.

Elle fixa l'homme d'un œil impassible, ce qu'elle trouva relativement aisé à faire avec Marcus debout à ses côtés. Elle adressa un petit signe de tête à son visiteur pour le congédier.

— Bonne journée, sir.

Rafferty n'eut d'autre choix que de serrer les dents, tourner les talons et se diriger vers la porte. Il sortit, sans refermer la porte derrière lui.

Marcus s'étira, puis traversa la pièce. Il referma la porte et revint près du bureau.

Niniver se laissa tomber dans son fauteuil en soupirant.

— Quel personnage détestable.

— C'est vrai.

Marcus déplaça son siège pour s'installer face à elle. Une fois qu'il fut assis, elle le regarda dans les yeux.

— Nulle part je n'ai entendu dire que le prix du bétail s'effondrait. Et vous ?

Il secoua la tête.

— Et jamais je n'aurais accordé crédit aux dires de Rafferty, ou de Carter Livestock, sur le sujet.

Elle soupira de nouveau et baissa les yeux. Au bout d'un moment, elle demanda :

— Connaissez-vous d'autres compagnies à qui nous pourrions vendre notre bétail ?

Quand elle releva la tête, elle vit qu'il regardait dans le lointain, puis il revint vers elle.

— À votre place, j'écrirais à Thomas pour le lui demander. Il y a deux ans, j'aurais pu vous répondre avec certitude. Mais, depuis que Thomas a épousé Lucilla et est venu s'installer à la Vallée, je m'occupe exclusivement de nos moutons. Cependant, j'ai entendu dire que Thomas avait trouvé un meilleur acheteur pour notre bétail. Et de mémoire, votre troupeau, même s'il est plus petit que le nôtre, est composé des mêmes bêtes que celui de notre famille.

Elle acquiesça.

— Oui, ce sont à peu près les mêmes.

Elle réfléchit, puis sortit une feuille de papier d'un tiroir.

— Je vais écrire à Thomas.

Elle prit une plume et continua :

— Je pense que Rafferty va revenir à la charge. Et à ce moment-là j'aimerais pouvoir lui dire que nous vendons notre bétail à quelqu'un d'autre.

Marcus esquissa un sourire. Il la regarda penchée sur sa lettre et se dit que la matinée s'était plutôt bien déroulée.

Après un après-midi et une soirée très calmes — et après une nuit qui le fut beaucoup moins —, Marcus réussit à convaincre Niniver de sortir sa meute et d'aller chasser dans les collines avec lui.

Rien que tous les deux. Ils n'avaient besoin de personne d'autre, et elle tomba très vite d'accord avec cela.

Alors qu'ils foulaient les grandes herbes des parties basses des collines pour s'enfoncer ensuite sous les ombres des grands arbres, il chercha dans son esprit le terme correspondant à ce qu'il était en train de faire. *Il faisait sa cour.* Il ne la faisait peut-être pas de façon conventionnelle, mais il la faisait néanmoins.

Il jeta un coup d'œil à Niniver pendant qu'elle marchait à ses côtés. Elle avançait en regardant par terre, en faisant attention à l'endroit où elle mettait les pieds. Elle portait une jupe en sergé épais, avec une simple veste par-dessus son chemisier. Comme beaucoup d'Écossaises — nobles incluses —, elle avait pour raison de commodité enfilé sous son jupon et sa jupe un pantalon qui lui arrivait aux mollets. Ses bottes d'équitation qui dépassaient lui firent penser à sa blessure.

— Comment va votre cheville ?

Ils avaient laissé leurs chevaux au dernier enclos et marchaient depuis au moins vingt minutes.

— C'est complètement remis.

Elle leva la tête et rejeta ses cheveux en arrière.

— Je n'ai pas du tout porté la bande hier et je n'ai pas ressenti la moindre gêne.

Elle venait à peine de prononcer ces mots lorsqu'elle trébucha.

Il se précipita pour la retenir par le bras. Il changea son fusil d'épaule pour la plaquer contre lui.

Elle poussa un long et douloureux soupir. Puis elle remua.

Il la laissa se tourner dans ses bras pour lui faire face.

Elle l'observa, puis se tapota la poitrine.

— Ce n'est rien. Juste une pierre qui a glissé sous ma botte. Et ce n'était même pas la même jambe.

Il savait qu'il devait être en train d'afficher un air inquiet et sceptique.

Elle le regarda dans les yeux, puis sourit, se hissa sur la pointe des pieds et lui déposa un baiser léger sur les lèvres.

— Je vais parfaitement bien. Laissez-moi partir et continuons.

Il grommela quelque chose et la lâcha. Ils avaient pris avec eux cinq lévriers, qu'ils avaient choisis après quelques délibérations. Il y avait ses deux chiens les plus forts, un chien plus jeune et très prometteur, et deux chiennes qui étaient sœurs et appartenaient à cette famille capable de renifler en l'air.

Les lévriers s'étaient rassemblés autour d'eux, comme

ils avaient l'habitude de le faire, pour savoir ce qui se passait et pour y prendre part. Une fois que Marcus l'eut libérée, Niniver secoua ses jupes et donna aux chiens l'ordre de se remettre à pister un éventuel gibier. Puis ils reprirent la route.

Ils marchèrent, franchirent plusieurs vallées étroites et grimpèrent un peu plus haut sur la colline. C'était la fin de la saison officielle pour la chasse aux femelles chevreuils. Ils aperçurent plusieurs cerfs communs, mais comme ils avaient dépassé depuis longtemps les limites du domaine des Carrick et qu'ils étaient sur des terres appartenant à la Couronne, ils respectèrent les interdictions en vigueur, retinrent les chiens et laissèrent ces cerfs partir.

Ils avaient laissé leurs chevaux en fin de matinée. Lorsqu'ils eurent quitté l'étage boisé et qu'ils atteignirent une grande prairie balayée par les vents, Niniver inclina la tête pour étudier la position du soleil.

— Midi est passé depuis longtemps. Arrêtons-nous pour pique-niquer.

Marcus était en train de regarder tout autour de lui.

— Il y a un ruisseau tout près. Je l'entends.

Niniver donna un ordre à ses chiennes. Les deux bêtes levèrent la tête, humèrent le vent, puis toutes les deux se tournèrent vers une légère pente.

— C'est très net.

Marcus remit en place sa gibecière qu'il portait en bandoulière sur une épaule.

— Voyons voir si elles ont raison.

Et il s'avéra que oui. Niniver suivit la direction indiquée par les chiennes et, en bas d'une petite descente, elle trouva un minuscule ruisseau qui courait sur un lit de cailloux.

Ils déroulèrent la toile que Marcus avait enroulée et qu'il avait accrochée sous sa gibecière. Il posa le sac sur la toile, et Niniver s'occupa de déballer la collation que Gwen leur avait préparée. Du fromage fermier, du pain frais, des tranches de jambon, des morceaux de volaille rôtie — poulet, perdrix, pintade —, ainsi que des sandwichs au concombre et des sandwichs à l'œuf. Il y avait une bouteille de bière pour Marcus, et une bouteille du cidre préféré de Niniver. Il y avait aussi des os et des biscuits secs pour les chiens.

Alors qu'elle se tournait pour distribuer ces largesses à ses lévriers, Marcus s'assit à côté d'elle.

— Un repas digne d'un roi et de sa meute.

Elle se tourna vers lui en haussant un sourcil.

Il ricana.

— Et bien entendu, de sa reine aussi.

Sa reine. Elle soutint son regard et regretta que le bleu nuit de ses yeux soit si impénétrable. Il avait pourtant gardé un air léger, décontracté, qui ne suggérait en aucun cas qu'il ait voulu signifier quelque chose de particulier en employant ce pronom possessif… même si la façon dont il l'avait prononcé l'avait fait tressaillir puis frissonner.

Laissant la question de côté, elle fouilla dans une poche latérale du sac.

— Pêches, figues, noix, et abricots, également.

Elle montra ses trouvailles et les disposa avec le reste.

— Le plus difficile, c'est de savoir par quoi commencer.

Il déboucha la bouteille de cidre et la lui tendit.

— Commencez par ce qui vous fait le plus envie.

De nouveau, elle trouva son ton légèrement… suggestif.

Elle surprit une lueur malicieuse dans son regard. Elle sourit, inclina la tête et prit la bouteille.

— Vous avez raison. C'est un très bon début.

Elle porta la bouteille à ses lèvres et but.

Marcus ricana et se servit une cuisse de poulet.

Ils mangèrent en silence. La pente sur laquelle ils se trouvaient était plutôt une ride sur le flanc de la colline. À son bord, le sol s'effritait et offrait une vue dégagée jusqu'aux Rhinns of Kells. Il était incroyablement agréable d'être assis là au soleil et de sentir la chaleur sur ses épaules, d'entendre les légers reniflements émis par les chiens qui, satisfaits de leur collation, s'étaient installés en tas autour d'eux.

Elle n'aurait pas cru cela possible, mais ils mangèrent tout ce que Gwen avait préparé. Le grand air et l'exercice, supposa-t-elle.

Repue, elle soupira, puis s'allongea sur le dos et contempla le ciel sans nuages.

Au bout de plusieurs minutes, Marcus déplaça le sac vide, puis il étendit ses grandes jambes et s'allongea à côté d'elle, assez près pour que leurs épaules se frôlent, mais pas plus.

— Il ne faut pas que je reste trop longtemps allongée au soleil, sinon je vais attraper des taches de rousseur.

Il rit doucement.

— Désolé de vous dire cela, mais vous avez déjà plusieurs taches de rousseur à la base de votre nez.

— Je vous remercie. J'avais vraiment besoin d'entendre cela.

— Enfin..., poursuivit-il en faisant mine de ne pas avoir écouté, je les aime assez. Je les aime même beaucoup.

Et qu'était-elle censée répondre à cela ? Au lieu de

tenter de trouver les mots, elle ferma les yeux, prit une longue inspiration, puis relâcha lentement son souffle.

— J'avais oublié ce que cela fait… de passer la journée juste à marcher, sans aucun but précis. Sans être obligé de faire quelque chose. J'avais oublié à quel point j'aime cela, à quel point c'est… reposant. Merci de me l'avoir proposé.

Sans regarder dans sa direction, Marcus lui prit la main, la porta à ses lèvres et l'embrassa.

— Il faut me croire si je vous dis que tout le plaisir est pour moi.

Il fut surpris par la vérité même de ce qu'il venait de dire. Il éprouvait un plaisir réel et profond. Savoir que, en organisant cette petite excursion, il avait réussi à la soulager de ses soucis lui réchauffait le cœur d'une façon inédite pour lui. En entrelaçant ses doigts aux siens, il baissa leurs deux mains, puis resta simplement allongé à côté d'elle, à regarder lui aussi l'immensité de l'azur.

Il était tentant, dans cet état de bien-être prodigué par ce copieux repas et par la chaleur des rayons du soleil, d'envisager de l'embrasser — et d'explorer ensuite d'autres plaisirs.

Il n'oubliait cependant pas le rang qui était celui de Niniver. Ils étaient dehors, et n'importe qui — un membre de son clan profitant du beau temps pour se promener, pourquoi pas ? — pouvait passer par là. Tout bien réfléchi, en examinant les possibilités qui s'offraient à lui, il fut surpris de constater à quel point il était devenu instinctif pour lui de penser avant tout aux conséquences que pourraient avoir ses actes sur la position de chef de Niniver. Dans toutes les situations qu'ils rencontraient, ces considérations n'étaient jamais bien loin de son esprit.

Étant donné le rôle qu'il convoitait — devenir l'époux de Niniver —, avoir pris cette habitude était à la fois sage et rassurant. Il faudrait toujours qu'il agisse avec précaution, en ayant en tête de préserver l'image et le statut de celle-ci quelle que soit la situation. Comme il l'avait fait avec Quinn et Rafferty. Il n'était pas intervenu, jusqu'à ce que Rafferty dépasse les bornes et devienne menaçant.

Pour dire la vérité, il était assez fier de sa propre retenue.

Il devait comprendre et accepter, au plus profond de lui, que son rôle était de la soutenir et non de la diriger. De protéger, et non d'isoler.

De laisser la volonté de Niniver, sa détermination et sa dignité intactes, de la laisser commander et agir, et de ne jamais l'enfermer ni la retenir.

Son père avait compris la chose, et son beau-frère était sur la bonne voie, lui aussi. Dans son cas à lui… La vérité, c'était qu'il avait été élevé pour tenir ce rôle. « Pour faire de la figuration derrière une femme », comme auraient dit nombre de ses congénères.

Il ferma les yeux. Ses lèvres esquissèrent un sourire. Sa grand-mère Helena avait eu raison. Devenir un époux consort nécessitait plus de confiance en soi et de force virile que de se contenter d'être un mâle dominant.

Pour les hommes tels que lui, le caractère dominant s'affirmait facilement, tandis que reconnaître, respecter et servir la force d'une femme était un défi.

Un défi qu'il comptait bien relever.

Quelques minutes plus tard, Niniver se redressa.

— Si nous restons ici, je vais m'endormir et je vais finir par griller au soleil.

Il s'assit à son tour.

— Dans ce cas, allons-y.

Les chiens se levèrent et s'ébrouèrent. Niniver secoua la toile pour ôter les miettes, puis la plia et la roula, avant de la tendre à Marcus. À part les bouteilles vides, il n'y avait plus rien de lourd dans sa gibecière. Il l'enfila en bandoulière puis la fit passer dans son dos, avant de ramasser le fusil de chasse qu'il avait emprunté au manoir.

Niniver siffla les chiens pour qu'ils se rassemblent. Marcus la rejoignit et ils rebroussèrent chemin en direction de leurs chevaux.

Ils empruntèrent des vallées étroites qu'ils n'avaient pas traversées à l'aller. Et n'aperçurent aucun cerf.

Il surveillait les chiens de près. Le simple plaisir de la journée aurait dû être une récompense suffisante, mais… Alors qu'ils avançaient toujours, il murmura :

— Je vais me sentir un peu frustré si nous rentrons au manoir sans aucune prise.

Niniver lui adressa un petit coup d'œil de côté, avant de porter de nouveau son regard sur ses chiens.

— Cela ne nous a pas empêchés de passer une bonne journée. Cela ne viendrait à l'esprit de personne de…

Le chien qui se trouvait en tête de meute s'arrêta. Le museau dressé, il regardait vers leur gauche, au-delà d'un plissement du terrain, vers un endroit situé en contrebas où les arbres étaient plus denses. Quoi que son chien ait vu, elle ne pouvait pas l'apercevoir.

Les deux chiennes rejoignirent le lévrier de tête, en reniflant l'air toutes les deux. Elles s'immobilisèrent à leur tour, concentrées sur le fourré.

Sans un mot, il se débarrassa de la gibecière et la tendit à Niniver. Elle la prit, puis observa Marcus en silence faire les gestes auxquels sa meute était habituée à obéir. Il choisit le chien de tête et la chienne la plus âgée pour qu'ils viennent avec lui, et donna l'ordre aux trois autres de rester avec elle.

Puis il se dirigea vers le fourré et s'enfonça sans un bruit sous les arbres.

Elle attendit. Une minute passa, puis elle entendit un fracas paniqué, presque immédiatement suivi par un coup de fusil. D'autres bruits, plus étouffés, suivirent, puis tout devint silencieux.

Elle s'accroupit et appela les trois chiens restés avec elle. Elle les occupa pendant qu'elle détachait la toile de la gibecière. Puis elle mit le sac sur son épaule et, avec la toile dans les mains et les chiens frétillant d'impatience, elle s'enfonça sous les arbres.

Marcus avait abattu une femelle chevreuil de belle taille. Il était en train de ligoter les pattes de l'animal quand Niniver le rejoignit.

Cela faisait longtemps qu'elle avait accepté que, étant donné que les chevreuils étaient nombreux et que les gens devaient manger, ce n'était pas un crime contre la nature de tirer à l'occasion sur ceux qui se présentaient. Elle se souvenait aussi que Marcus et toute sa famille suivaient un code très strict concernant les animaux qui vivaient sur les terres de la Lady.

Il leva les yeux lorsqu'elle s'arrêta à côté de lui. Voyant qu'elle portait la toile, il hocha la tête.

— Merci. Pouvez-vous m'aider à le placer à l'intérieur ?

À eux deux, ils réussirent à envelopper le chevreuil dedans, en laissant dépasser les pattes ligotées.

— Votre cuisinière sait-elle utiliser toutes les parties de l'animal ? demanda Marcus.

Elle hocha la tête.

— Pas de gaspillage : nous suivons le même credo que vous à la Vallée.

Maintenant qu'elle y pensait…

En se redressant, elle plissa le front.

— Cela doit remonter à une époque lointaine, lorsqu'il y avait davantage de liens entre le manoir et la Vallée.

Elle croisa le regard de Marcus.

— Je sais qu'Algaria était une parente de mon père. À un moment, nos deux maisons ont dû être plus étroitement liées.

— Peut-être.

Il se pencha et souleva le chevreuil afin de le poser sur ses épaules. Il saisit les pattes ligotées et positionna bien le corps de l'animal.

— Mais l'explication la plus probable, c'est que les terres du manoir et les terres sur lesquelles nous nous trouvons en ce moment même sont pareillement placées sous l'autorité de la Lady.

Elle se pencha pour ramasser le fusil. Il avait déjà retiré la cartouche vide et l'avait sans doute fourrée dans sa poche.

— Comment le savez-vous ? Comment savez-vous que les terres du manoir se trouvent sous l'autorité de la Lady ?

Il la regarda dans les yeux. Il s'écoula une seconde, puis il dit :

— Je le sens.

Il se tourna et s'apprêta à traverser le fourré en sens inverse pour retrouver le sentier.

Elle suivit. Alors qu'ils marchaient, plus lentement maintenant que Marcus portait la dépouille du chevreuil, elle demanda :

— Comment le sentez-vous ?

Il réfléchit avant de répondre.

— Je ne suis pas comme Lucilla. Elle… C'est comme si elle pouvait communiquer directement avec la Lady. Moi, je dois marcher dans la campagne pour la sentir. C'est une présence. Comme quand vos sens vous avertissent que quelqu'un vous regarde. Sauf que dans le cas de la Lady, elle ne nous regarde pas vraiment, elle se contente d'être.

— Est-ce que vous sentez cela, sa présence, quand vous êtes à cheval ?

— Oui, mais moins distinctement.

Parfois elle oubliait qu'il était à ce point connecté à la terre. C'était quelque peu mystique, mais le pouvoir de la Lady semblait si inoffensif qu'elle ne voyait aucune raison de le craindre. Cependant, elle ne voyait aucune raison non plus de ne pas le reconnaître. Le clan et elle devaient accepter toute l'aide qu'ils pouvaient obtenir.

— Même mon père…

Elle se rendit compte qu'elle avait pensé tout haut mais, quand Marcus l'observa, elle continua :

— Je ne pense pas qu'il y croyait véritablement. Cependant, il s'est toujours montré très respectueux envers tout ce qui concernait la Lady. Je me souviens l'avoir entendu dire qu'il aurait fallu être sot pour la contrarier.

Marcus rit.

— Cela ressemble bien à Manachan.

Des souvenirs relatifs à ce dernier refirent surface. Non pas des souvenirs des années précédant sa mort, mais plutôt des souvenirs remontant à l'enfance de Niniver, quand son père était encore cette figure charismatique qui emplissait l'essentiel de sa vie.

Elle sentit le regard de Marcus sur son visage plus d'une fois, mais il n'ajouta rien, et elle non plus. Ils regagnèrent l'endroit où ils avaient laissé leurs chevaux. Marcus accrocha le chevreuil à l'arrière de la selle de Niniver. Elle appela ses chiens une fois qu'ils furent tous les deux prêts à partir, puis ils se dirigèrent vers la ferme du vieil Egan.

Le lendemain, Marcus accompagna Niniver qui souhaitait faire le tour du domaine à cheval comme elle en avait l'habitude.

Il ne l'avait pas dit, mais cela lui avait fait plaisir qu'elle lui propose de venir avec elle. Si elle ne l'avait pas fait, il serait venu tout de même, mais il avait été soulagé de ne pas avoir à la convaincre qu'il ne pouvait pas la protéger s'il n'était pas à ses côtés. D'autant plus qu'il était moins aisé qu'auparavant de lui expliquer de façon rationnelle de qui il entendait la protéger.

Ses prétendants issus de son propre clan, ceux-là même dont les actes avaient poussé Niniver à s'adresser à lui en premier lieu, avaient ouvertement cessé de l'importuner. Et même si les anciens du clan avaient été aussi préoccupés que lui par le coup de feu qu'ils avaient essuyé, le tireur était introuvable, et tout cela ressemblait de plus en plus à une balle perdue d'un chasseur.

Il en venait à penser qu'il n'existait plus aucune menace réelle pesant sur Niniver, rien qui n'exige qu'il la protège.

Cela ne signifiait pas pour autant qu'il allait — ni qu'il pouvait — la laisser parcourir le domaine à cheval seule.

Ils contournèrent le manoir par l'est, puis parcoururent la partie sud du domaine, en s'arrêtant pour parler avec tous les hommes qu'ils croisèrent dans les champs, et en faisant halte à toutes les fermes et à tous les cottages.

Il suivit Niniver à l'intérieur des maisons, se baissant sous les linteaux des portes pour rester derrière elle. Aux regards rapides et discrets que les membres du clan lui adressèrent, Marcus vit sans l'ombre d'un doute qu'ils avaient compris que sa présence aux côtés de Niniver signifiait qu'il avait des vues sur elle.

Fort bien… Mais heureusement pour lui, tandis que celle-ci parlait et discutait, elle sembla ne se rendre compte de rien du tout.

Quand ils se présentèrent à la ferme d'Egan et qu'ils voulurent cette fois rentrer dans la maison et non pas juste se contenter de rester dans la grange transformée en chenil, Marcus découvrit que le vieil homme vivait avec sa fille, le mari de celle-ci et leurs deux fils, dont l'un était marié à une femme qui venait de donner naissance à des jumeaux.

En tant que jumeau lui aussi, il sentit tout de suite un lien particulier s'établir. Mais quand la mère — qui, de toute évidence, connaissait bien Niniver — plaça une petite chose emmaillotée dans les bras de cette dernière, cela captiva son attention pour de bon.

L'expression de Niniver en train de sourire au bébé, son rire lorsque l'enfant joua avec ses boucles, contenaient tant d'amour et d'attention qu'il en eut littéralement le souffle coupé.

Ce spectacle le remua au plus profond de son être.

Et, à cet instant précis, il vit précisément pourquoi le clan l'avait élue comme chef. Contrairement à ce qu'elle pensait, cela n'avait rien à voir avec le nom qu'elle portait. C'était au contraire essentiellement lié à sa capacité à s'occuper et à se soucier d'autrui. De tout son cœur et de toute son âme.

Il avait déjà remarqué qu'elle faisait partie de ces personnes qui étaient toujours prêtes à donner aux autres et qui vivaient pour cela. Ce qu'il voyait révélé là, alors qu'elle berçait le bébé dans ses bras et que, en souriant comme une madone, elle gazouillait et faisait rire l'enfant, c'était un amour inconditionnel qu'il n'avait jamais observé chez personne d'autre. Et ce spectacle l'émouvait plus qu'il n'aurait su le dire.

Il s'approcha d'elle, poussé par une force invisible, avec l'envie de toucher du doigt cette joie qui irradiait, mais sans savoir comment s'y prendre.

Craignant que cette fascination qui le bouleversait ne se voie sur son visage, il se força à regarder le bébé.

— Tenez.

Avant qu'il puisse l'en empêcher, Niniver lui avait mis l'enfant dans les bras. Étant oncle depuis peu, il savait comment tenir un bébé, et instinctivement il se mit à le bercer.

Le père, tout fier, s'approcha et caressa du doigt la joue de l'enfant avec douceur.

— Il sera une vraie petite terreur celui-là. J'en suis sûr.

Marcus se surprit lui-même à répondre, et il ne lui fallut pas beaucoup de temps pour participer à cette conversation pleine d'humour sur l'avenir des jumeaux.

Comme tous savaient qu'il avait lui-même une sœur jumelle, ils sollicitèrent ses conseils. Ce fut Niniver qui se lança, puis elle fut imitée par les parents, les grands-parents et même les arrière-grands-parents des nouveau-nés. On leur proposa du thé et des biscuits, qu'ils acceptèrent. Puis, à contrecœur, ils durent prendre congé. Mais alors qu'ils chevauchaient côte à côte sous le soleil, il sut qu'il n'oublierait jamais ce moment.

Imaginer Niniver avec leur fils à eux dans les bras, en train de sourire à leur enfant comme il l'avait vue faire…

Mais il chassa cette pensée pour se concentrer sur le trajet et sur ce qu'il leur restait à faire.

Alors qu'ils poursuivaient le tour de la propriété, s'arrêtant dans chaque ferme, Niniver se sentit soulagée lorsqu'il fut clair que Marcus était sincèrement intéressé par les visites qu'ils étaient en train de faire. Il ne se contentait pas de la suivre parce qu'il s'y sentait obligé. Alors qu'ils passaient d'une ferme à l'autre, elle se demandait inlassablement comment faire pour l'amener à rester au manoir, afin que leur histoire continue.

Ils n'étaient pas seulement devenus amants, et elle avait le sentiment qu'elle avait à ce sujet encore beaucoup à apprendre, à découvrir, et à expérimenter. Elle voulait tout ce qu'elle pourrait prendre — de lui, de leur relation. Mais pour cela elle avait besoin qu'il reste, alors même que les hommes de son clan avaient cessé leur stupide cour et qu'elle n'avait plus aucun Rafferty à affronter…

Quand ils quittèrent la ferme des Bradshaw, elle crut tenir peut-être une solution. C'était cette visite qui lui en avait donné l'idée quand, après avoir été accueillis par le fermier et sa femme, ils avaient discuté des futures récoltes. Bradshaw faisait partie des anciens du clan et il était le porte-parole de tous les cultivateurs. Il était très influent et disposait de nombreux soutiens au sein de leur communauté, et elle était encore surprise qu'il se soit effacé face à elle pour la laisser devenir chef.

Étant donné les problèmes financiers contre lesquels

elle bataillait pour maintenir le clan à flot, elle écoutait toujours les avis et les conseils de Bradshaw avec la plus grande attention.

Mais au moment de se quitter, lorsqu'elle lui fit promettre de l'avertir si elle pouvait rendre service à qui que ce soit qui connaîtrait des difficultés, il hocha la tête d'un air grave.

— Prenez soin de vous également, milady, dit-il alors. Et ne pensez surtout pas que nous ne nous rendons pas compte de tout ce que vous faites.

Bradshaw se tourna ensuite vers Marcus et lui adressa un signe de tête pour le saluer.

Ce dernier lui répondit de la même manière, puis ils reprirent côte à côte la direction du manoir.

C'était presque l'heure du déjeuner, donc ils ne firent pas d'autres haltes, ce qui laissa à Niniver le temps de réfléchir.

Lorsqu'ils ralentirent pour pénétrer dans la cour de l'écurie, elle chercha le regard de Marcus.

— Cela fait longtemps que je n'ai pas été contactée par un des amis de Nigel et Nolan.

Elle fit un effort pour que son regard paraisse le plus innocent possible.

— Je me demandais si McDougal avait l'intention de faire savoir à tout le monde que je n'étais plus en deuil. Qu'en pensez-vous ?

Marcus cligna les yeux. Mais elle avait fait en sorte de poser sa question juste avant que Sean et Mitch ne se montrent pour s'occuper des chevaux et qu'il la prenne dans ses bras pour la faire descendre de sa monture — un moment qu'elle ne redoutait plus, mais qu'elle attendait au contraire avec impatience. C'était sans nul doute la conséquence la plus agréable de son entorse. Tout cela pour qu'il ne puisse pas lui répondre tout de suite.

Le temps que la graine qu'elle venait de planter dans son esprit commence à germer.

Une fois qu'ils furent débarrassés de leurs chevaux, et juste avant de pénétrer dans le manoir, elle lui adressa un petit regard interrogatif.

L'expression de Marcus était impassible, aussi indéchiffrable que d'habitude, mais son regard était sombre et orageux.

— Me mettre à la place d'un type comme McDougal n'est pas quelque chose que j'aime faire. Mais de toute façon — et il lui tint la porte — nous serons rapidement fixés.

Elle entra, et il la suivit.

« Nous serons rapidement fixés. » Elle se sentit tout de suite d'humeur plus joyeuse.

Il referma derrière eux et traversa à ses côtés le long couloir qui menait au hall d'entrée principal et à la salle à manger. Les yeux baissés, il dit avec une légère moue :

— Depuis qu'il vous a vue à Ayr, McDougal n'a pas essayé de prendre contact avec vous. Il a peut-être compris. Cependant, si je me souviens bien, il y avait d'autres amis de Nigel et Nolan qui semblaient s'intéresser à vous.

Il la dévisagea, et elle hocha la tête avec vigueur.

— Oui. Plusieurs. Au moins trois. J'ai refusé de les recevoir en arguant que j'étais en deuil.

Elle lui jeta un bref coup d'œil.

— Mais je ne peux plus le faire. Et, s'ils se présentent ici, je serai obligée de les recevoir. La plupart sont des fils de notables, et refuser de les voir serait perçu comme un affront.

Marcus leva les yeux lorsqu'ils arrivèrent devant la

porte de la salle à manger. Il fit signe à Niniver d'entrer, et espéra avoir réussi à cacher sa jalousie à l'idée que celle-ci reçoive les amis peu fréquentables de ses frères.

— Nous verrons bien ce qui va se passer. Je suis certain que si certains d'entre eux se présentent ici et découvrent que je me suis installé au manoir, ils abandonneront vite tout espoir vous concernant.

Et si ce n'était pas le cas, il se ferait un plaisir de les convaincre qu'ils pouvaient renoncer à Niniver.

Il esquissa un sourire tout en suivant celle-ci dans la pièce pour l'aider à s'installer.

Elle venait de lui fournir une autre raison de presser le pas et d'intensifier sa cour, ainsi que le meilleur argument qu'il puisse brandir pour justifier le fait de poursuivre son séjour au manoir.

Le lendemain soir, juste après le dîner, Marcus marchait en compagnie de Niniver et de Miss Hildebrand en direction du salon. La vie était belle. La seule chose susceptible de rendre sa journée encore plus agréable aurait été que Niniver accepte de l'épouser.

Il commençait à voir ses efforts pour la courtiser comme autant de fils à entrelacer et qui finiraient par la lier définitivement à lui. La journée passée à chasser les avait encore rapprochés. Et aujourd'hui, lorsqu'elle s'était retirée à la bibliothèque après le petit déjeuner pour s'occuper de la comptabilité et étudier une lettre adressée par la banque qui détenait les comptes du clan, il s'était appuyé sur la confiance qu'elle semblait désormais lui témoigner pour la suivre. Il avait dû recourir à de subtils encouragements, mais il avait été récompensé par le fait qu'elle lui demande son avis — un peu timidement, comme si elle n'osait pas. Il le lui avait donné, et quand elle s'était détendue et s'était montrée plus ouverte et encourageante à son tour, il avait même pris sur lui pour lui donner quelques conseils.

Ils avaient passé toute la journée à la bibliothèque à éplucher les comptes. Il en avait appris beaucoup plus sur les finances du clan, et avait été encore plus surpris qu'une jeune femme n'ayant reçu aucune formation en gestion et encore moins en finance ait été capable de saisir toute la complexité de la chose et ait obtenu de si bons résultats.

Dès qu'il découvrait quelque chose de nouveau sur elle, il était encore plus… fasciné, intrigué, mais aussi respectueux et fier.

Il avait réussi à échanger quelques mots avec Miss Hildebrand avant que Niniver les rejoigne au salon avant le dîner. Dès qu'ils furent de retour dans la pièce, l'ancienne gouvernante se dirigea droit vers le piano.

— Vous avez besoin d'un peu de gaieté après tout ce dur travail de comptabilité, ma chère. Je vais jouer, et je suis sûre que Mr Cynster se fera un plaisir de vous inviter à danser.

Miss Hildebrand souleva ses jupes volumineuses et s'assit sur le tabouret du piano. Elle ouvrit le couvercle de l'instrument et leva les yeux avec un air totalement innocent.

— Une valse, peut-être ?

— Bonne idée.

Marcus s'arrêta à côté de Niniver. Lorsqu'elle se tourna vers lui, il s'inclina, puis tendit la main.

— Si vous voulez bien me faire l'honneur de

m'accorder cette danse, Lady Carrick, je vous en serai à jamais redevable.

Elle rit, mais s'empressa de poser sa main dans la sienne.

— Je ne suis pas sûre du tout, Mr Cynster, que vous ayez ce droit.

Quand il la prit entre ses bras et qu'elle posa son autre petite main sur son épaule, le bleu de ses yeux devint plus profond.

— Pour toutes ces journées passées, c'est moi qui vous suis redevable à vie, et si vous avez envie de danser, alors, je serais plus que ravie d'être votre cavalière.

Sans la quitter des yeux, il la fit tourbillonner dans la pièce. Tout au bout, lorsqu'il ralentit pour tourner, il dit à voix basse, les yeux dans les yeux, juste pour elle :

— Dans ces moments, il n'est pas question de paiement, de rétribution, ou même de récompense. Pour moi, des moments comme celui-ci, ou comme celui que nous vivrons cette nuit — tous ces moments de rire et de plaisir — ne concernent rien d'autre que nous. Rien d'autre que le simple bonheur d'être ensemble.

Niniver observa ses yeux, son expression, et n'y vit rien d'autre que de la sincérité. Et, lorsqu'elle repensa à ces jours et à ces nuits, elle dut reconnaître que pour elle aussi ces moments de pur bonheur, de plaisirs simples, de ravissement intime, n'avaient rien été d'autre que cela. Des moments où, tous les deux, ils avaient partagé du plaisir, des sensations. Et des moments rendus plus joyeux encore par le partage même.

Ils traversèrent la pièce en tourbillonnant dans l'autre sens. En la regardant toujours, il pencha légèrement la tête.

— Je vous en prie, dites-moi que vous ressentez la même chose.

Il n'y avait rien de désinvolte ni de charmeur dans sa voix. Il paraissait au contraire vulnérable et peu sûr de lui. Elle ne chercha pas à cacher son étonnement.

— Oui, je ressens la même chose.

Au bout d'un moment, elle avoua :

— Je ne suis pas habituée à avoir quelqu'un avec qui partager quoi que ce soit, et surtout pas le type de moments que nous avons partagés. C'est en partie ce qui me rend parfois un peu hésitante.

Alors qu'ils entamaient une nouvelle traversée de la pièce, elle fit un petit geste qui les englobait tous les deux.

— Je ne suis même pas habituée à avoir quelqu'un avec qui danser.

Cela le fit sourire, et elle le sentit très nettement se détendre.

— Dans ce cas — il rit tout bas, et aussitôt se mit à tournoyer avec davantage d'énergie —, il faut en profiter.

Elle étouffa un petit cri. Elle avait l'impression de voler. Si auparavant il se retenait, ils valsaient désormais en toute liberté.

Hildy le remarqua et se mit à jouer avec davantage de vigueur encore.

Bientôt, Niniver était en train de rire, et Marcus aussi.

Elle le laissa la faire tourbillonner. Alors qu'une espèce de plaisir effervescent lui montait à la tête et l'étourdissait, elle s'abandonna au pur bonheur de la danse et du partage, librement, ouvertement, sans aucune retenue.

Et si surgie d'un recoin sombre de son esprit, la prudence pointait le bout de son nez — comme c'était régulièrement le cas depuis que Marcus était son amant —, elle la chassait en se disant que, étant donné que leur liaison allait fatalement se terminer un jour, bientôt sans doute, la seule chose sensée à faire était de saisir chaque moment d'émerveillement et de joie qui se présentait à elle, et de jouir autant qu'elle le pouvait de toutes ces petites minutes de délices et de partage.

Quelques heures plus tard, Marcus était allongé sur le dos dans le lit de Niniver, avec le petit corps tout chaud de celle-ci lovée contre lui. Il ressentait une plénitude totale, et une détente profonde. Mais, avant de sombrer dans le sommeil, le besoin pressant de s'assurer que Niniver deviendrait bientôt sa femme se refit sentir. Pouvait-il lui demander sa main *maintenant* ? Avait-il assez attendu ?

Était-elle déjà tombée amoureuse de lui ? Suffisamment, en tout cas, pour accepter de l'épouser ?

Sans savoir vraiment pourquoi, il avait l'impression d'être pris par le temps. Les hommes du clan ne faisaient plus pression sur Niniver et n'étaient donc plus un danger potentiel. Et la menace que représentaient les amis de Nigel et Nolan s'évaporerait dès qu'elle accepterait de l'épouser. Sans être présomptueux, il doutait que le moindre gentleman des environs ose lui marcher sur les pieds. Une fois leurs fiançailles annoncées, Niniver serait débarrassée de ce genre d'individus.

Il devait reconnaître qu'il était assez surpris que Ramsey McDougal n'ait pas fait savoir à tout le monde que celle-ci n'était plus en deuil. Cela aurait eu pour effet immédiat de déclarer la saison de la chasse à l'héritière ouverte. C'était peut-être pour cette raison, d'ailleurs, que McDougal s'était tu. Si lui-même avait toujours des vues sur elle…

Aussitôt, Marcus se tendit. Il n'avait pas encore de nouvelles de Glencrae, mais il n'était pas rare que le courrier mette du temps à arriver de si loin. Et Dominic attendait peut-être lui-même des informations pour pouvoir lui répondre. Il ne recevrait peut-être pas de lettre de sa part avant plusieurs jours. Et il lui faudrait donc attendre autant de temps avant de décider si oui ou non McDougal représentait un danger assez sérieux pour qu'il aille lui rendre une petite visite privée.

Après tout ce qu'il avait vu et appris au cours de ces derniers jours, il n'hésiterait pas à recourir à l'intimidation.

Il ne s'était pas remis de ce qu'il avait découvert à propos des comptes du clan. À cause de ses frères, Niniver s'était retrouvée totalement acculée financièrement, et pourtant elle n'avait jamais abandonné. Et elle s'était battue pour subvenir aux besoins des siens.

Coûte que coûte, et en faisant preuve d'une opiniâtreté à toute épreuve, elle s'en était sortie.

D'après ce qu'il avait pu voir, le clan était tiré d'affaire. Il faudrait des années avant que ses finances soient vraiment solides, mais elle avait sorti la tête de tout le monde de l'eau, et le terrain était de nouveau à peu près stable. S'il ne survenait aucun autre problème financier, alors elle allait tranquillement conduire le clan vers la prospérité, et respecter du même coup le serment qu'elle avait fait à son père.

Si elle l'épousait, alors aucune menace financière ne pourrait empêcher le clan d'avancer vers des temps meilleurs car, étant son mari, il ne permettrait pas que cela se produise. Il ferait en sorte de consolider durablement les finances du clan, soit par ses conseils, soit — si cela s'avérait nécessaire — par une aide financière directe. Mais, en tout cas, il ne se servirait pas de ce genre d'arguments pour la convaincre de l'épouser, sauf en tout dernier recours.

Mais il comptait sur quelque chose de beaucoup plus puissant pour obtenir sa main.

Il comptait sur l'amour.

Mieux que bon nombre de gentlemen, il savait ce qu'était l'amour, mais certains aspects lui échappaient encore.

Contrairement à la plupart des hommes qu'il connaissait, il se raccrochait à l'amour et essayait d'en faire son allié pour atteindre son but : convaincre Niniver de l'épouser. Il était prêt à aimer celle-ci de tout son cœur si seulement elle l'aimait en retour.

Cependant, il n'était toujours pas capable de dire ce qu'elle pensait, ce qu'elle ressentait.

Il ne savait pas si elle l'aimait, ou si elle était juste heureuse qu'ils aient une liaison.

Il n'avait jamais essayé de lire dans les pensées d'une femme auparavant, il n'en avait jamais eu besoin. Et maintenant…

Les actes parlaient avec plus de force que les mots. Il savait que c'était vrai, alors…

Si c'était vrai, étant donné la teneur de leur engagement au cours des nuits passées, et ce soir n'avait pas failli à la règle, elle devait être, sinon déjà amoureuse de lui, en tout cas bien partie pour. Telle était son analyse.

Toutes les nuits, lorsqu'ils s'unissaient, ce qui les liait l'un à l'autre — leur façon de se parler aussi bien avec les lèvres que la langue, en se touchant et en se caressant — devenait plus profond, plus intense, plus puissant, mais aussi plus subtil et nuancé.

C'était comme s'ils communiquaient dans un langage

qu'ils étaient encore en train d'apprendre, comme s'ils exploraient encore les limites de ce qu'ils pouvaient se dire, de ce que ce langage rien qu'à eux leur permettait de découvrir et de partager.

C'était à la fois exaltant et effrayant, comme l'étaient toutes les grandes aventures.

Et ils s'étaient lancés dans cette aventure *ensemble*, cela ne faisait aucun doute.

Cette nuit, ils avaient atteint un degré de lâcher prise et de don de soi — d'exposition émotionnelle et de partage illimité — qui l'avait complètement vidé, mais qui l'avait aussi comblé à un point qu'il n'aurait pas cru possible d'imaginer.

Sans retenue, elle s'était offerte. Elle ne lui avait pas seulement offert son corps, mais aussi son cœur, et il était allé à sa rencontre, jusque dans ses halètements et dans ses gémissements. Ils avaient été ensemble dans tous les sens du terme et dans tous les domaines.

Elle devait l'aimer. C'était obligé…

Elle devait en tout cas l'aimer assez pour qu'il lui demande si elle voulait l'épouser.

Il laissa cette conclusion cheminer dans son esprit, pour voir si elle allait s'y ancrer pour de bon.

Elle s'y ancra presque, mais pas tout à fait. Oui, il était temps qu'il se jette à l'eau, qu'il franchisse la dernière barrière et mette son cœur à nu, mais il restait une chose à faire pour préparer le terrain, afin de mettre toutes les chances de son côté et qu'il puisse l'entendre dire : « Oui, je le veux. »

Chapitre 12

— Je me demandais…

Marcus chercha le regard de Niniver pendant qu'il se levait pour reculer la chaise située à côté de la sienne. Il attendit qu'elle soit assise. Quand elle le fixa d'un air interrogateur, il se rassit, prit sa fourchette et contempla son *kedgeree*.

— Il faudrait que je fasse un saut à Bidealeigh, juste pour vérifier que tout va bien, et je me demandais si vous voudriez m'y accompagner.

« Juste pour vérifier. »

Niniver ravala les protestations et la déception qui lui étaient spontanément venues en entendant parler de retour à Bidealeigh, et espéra que le grand sourire qui fleurit sur ses lèvres masque son soulagement.

— Oui, bien sûr. J'adorerais.

Elle devait désormais être en train de sourire bêtement, elle en était certaine. En se concentrant sur son propre *kedgeree*, elle ajouta :

— Je n'ai aucun rendez-vous ce matin, et maintenant que les comptes sont faits il n'y a aucune raison que je ne puisse pas m'accorder un peu de temps libre. L'ancien propriétaire de Bidealeigh, qui à l'époque portait encore le nom de Hennessy, était devenu si acariâtre que je n'y suis plus retournée depuis. Enfin, sauf quand je suis venue vous trouver, évidemment…

Elle parlait pour ne rien dire, mais elle s'en moquait.

Il ne partait pas. C'était tout ce qui comptait. Elle n'avait pas besoin de savoir pourquoi il ressentait le besoin de demeurer au manoir. Du moment qu'il avait l'intention de revenir avec elle, et de rester ici dans un futur immédiat, alors elle était contente.

Elle ne voulait pas mettre fin à leur liaison, pas alors qu'il y avait encore tant à apprendre. La nuit passée, elle avait eu le sentiment que, ensemble, ils avaient été sur le point de toucher le ciel.

Ce qu'ils avaient fait naître était si merveilleux qu'elle en était bouleversée. Et elle ne supporterait pas de le perdre. En tout cas pas encore.

Elle se dépêcha d'avaler son petit déjeuner. Une fois son thé bu, elle se tourna sur sa chaise pour regarder par la fenêtre.

— Encore une belle journée. Mais en même temps nous n'allons pas loin…

— J'ai pensé que si vous en aviez le temps, nous pourrions justement pousser un peu plus loin pour aller voir mes chiens.

Il repoussa son assiette vide.

— Si je pouvais les faire courir un peu, aussi, ce serait bien.

Elle se tourna vers lui.

— Cela me plairait beaucoup. Je n'ai pas vu vos chiens depuis ce jour où nous nous sommes croisés sur les crêtes. Et encore, ce jour-là, vous n'aviez que quelques bêtes avec vous.

— Je n'en ai pas autant que vous.

Il se cala dans son dossier et la regarda dans les yeux, par-dessus sa tasse de café.

— Je me suis concentré sur deux reproductrices, sinon les pères viennent d'ailleurs.

Elle n'eut pas besoin de feindre l'enthousiasme.

— J'adorerais les voir. Qui sait ? Nous pourrions peut-être faire des croisements…

— J'aimerais bien savoir si certains de mes chiens ont cette capacité à renifler l'air.

Elle hocha la tête.

— Nous les testerons.

Elle repoussa sa tasse et recula sa chaise.

— Il faut que je me change. Je vous retrouve dans la cour de l'écurie ?

Il sourit.

— En attendant, je vais faire seller les chevaux.

Elle savait qu'elle souriait toujours en quittant la salle à manger. Et ce sourire ne la quitta ni dans le couloir ni dans l'escalier. Une fois arrivée à sa chambre, submergée par une vague de bonheur, elle se mit à chantonner et à valser jusqu'à son armoire.

En se moquant d'elle-même, elle sortit sa tenue d'équitation. Elle posa la lourde jupe, le pantalon et la veste en velours assortie sur le lit, puis alla fouiller dans ses tiroirs pour trouver un chemisier convenable.

Elle ne savait pas vraiment pourquoi elle était si heureuse. Mais le bonheur était une émotion qu'elle n'avait pas ressentie depuis si longtemps qu'il lui semblait miraculeux qu'il soit de retour, et avec tant d'intensité.

Marcus et leur liaison — tout ce qu'ils partageaient,

pas seulement la nuit, mais à toute heure de la journée — la rendaient heureuse.

Avec lui elle avait le cœur léger, il lui donnait envie de chanter.

Il lui faisait de nouveau croire en la vie, croire qu'après les jours malheureux, qu'après la lutte et les soucis les bons moments finissaient toujours par revenir.

Elle ôta rapidement sa robe et passa le chemisier qu'elle avait choisi — son chemisier à volants, dans lequel elle se sentait si féminine. Elle enfila ensuite son pantalon, sa jupe et sa veste. Puis elle chaussa ses bottes.

Des luttes et des soucis… C'était tout ce qu'elle avait connu au cours des années écoulées. Ainsi que l'inquiétude, l'angoisse, et même la tristesse, le désespoir et la peur.

Et maintenant… Même si ses problèmes n'étaient pas résolus, qu'il y avait des obstacles à franchir, elle se sentait… forte. Elle se sentait dynamisée, et confiante en l'avenir : elle savait désormais qu'elle réussirait à s'en sortir.

Qu'elle sauverait le clan et tiendrait la promesse faite à son père.

Elle se leva, tapa du pied pour mieux enfiler ses bottes, puis vérifia rapidement sa coiffure. Mais son chignon était déjà suffisamment serré, il tiendrait toute la journée. Puis elle attrapa ses gants de cheval, ouvrit la porte et se dirigea vers l'escalier.

Cette journée serait une nouvelle occasion d'en apprendre un peu plus sur Marcus, mais aussi sur elle-même et sur tout ce que la vie avait à lui offrir.

Elle dévala l'escalier en souriant.

*
* *

— Mais alors, quand allez-vous faire votre demande ?

Marcus leva la tête et, par-dessus le dos de son cheval, fixa Sean avec stupéfaction.

Ce dernier haussa les épaules.

— Les gens du clan parlent. Il s'agit de notre lady, après tout. Donc nous voulons savoir.

Marcus baissa les yeux et sangla la selle de Ned. Son premier réflexe aurait été de dire à Sean et au reste du clan de s'occuper de leurs affaires. Pourtant, ces derniers l'avaient aidé et soutenu… Si Niniver avait été à sa place, elle aurait sans doute trouvé la question tout à fait légitime.

— Je veux lui laisser le temps d'apprendre à mieux me connaître, plutôt que de paraître trop empressé. Les femmes aiment être courtisées.

Sean eut un reniflement.

— Si vous le dites, ça doit être vrai.

Marcus se retint de répondre que c'était la première fois qu'il faisait la cour à une femme : pas besoin de souligner qu'il était novice en la matière. Même s'il n'avait parlé de ses intentions d'épouser Niniver à personne, il n'était pas surpris que le clan l'observe et apparemment s'intéresse beaucoup au sujet. Si cela n'avait pas été le cas, ils ne l'auraient pas aidé à débarrasser Niniver de ses prétendants. Et il ne serait pas non plus étonné que tout le clan sache désormais qu'il partageait le lit de leur lady. Dans ce cas, des fiançailles devenaient bien évidemment obligatoires.

Ils avaient sellé et préparé les deux chevaux dans le vaste espace dégagé situé juste à l'intérieur de la grande écurie. Sean vérifia si la blessure d'Oswald était bien cicatrisée, puis conduisit la monture vers la porte.

— Du moment que l'engagement est pris, et du moment que c'est bientôt…

Marcus saisit les rênes de Ned et suivit Sean.

— Ce sera fait, je vous assure.

Ce serait peut-être pour le jour même, d'ailleurs, après qu'il eut fait visiter Bidealeigh à Niniver. Après qu'il lui eut fait comprendre les avantages matériels que représenterait leur union, peut-être même après qu'il l'eut séduite avec ses chiens. Alors, peut-être qu'il tenterait sa chance.

Il savait pourquoi il avait décidé de l'emmener à Bidealeigh. L'intensité de ce qu'ils avaient partagé la nuit passée lui avait fait comprendre que le moment de demander sa main était imminent, mais pour cela il avait besoin de prendre encore plus confiance.

Il n'était pas spécialement fier de ce constat de faiblesse, mais c'était ainsi.

En menant Ned par la bride, il suivit Sean et Oswald dans la cour de l'écurie.

Un sourire lumineux aux lèvres, Niniver marchait dans leur direction. Lorsqu'elle vit Sean avec Oswald, elle lui désigna l'escabeau qui se trouvait sur un côté de la cour et bifurqua avec les deux hommes à sa suite.

Marcus arrêta Ned, plaça sa botte dans l'étrier et grimpa en selle. Ce ne fut qu'une fois installé et avec les rênes en mains qu'il se rendit compte qu'il avait manqué l'occasion de hisser Niniver jusqu'à sa selle. En la voyant grimper, puis arranger ses bottes et ses jupes, il esquissa un haussement d'épaules. Ils avaient sans aucun doute dépassé le stade où ils avaient besoin de saisir toutes les opportunités de se toucher.

— Prêt ? demanda-t-elle.

Lorsqu'il inclina la tête et lui désigna la porte qui fermait la cour, elle démarra au pas.

— C'est plus rapide en prenant le chemin qui coupe à travers champs. Passez devant, je vous suivrai.

— Très bien.

Il tourna la tête de Ned en direction de sa maison, ou tout du moins ce que le cheval considérait comme telle. Alors qu'ils étaient en route et que les pas de sa monture résonnaient sur l'allée, avec derrière et en décalé le bruit des sabots d'Oswald, Marcus se rendit compte que sa propre boussole interne avait changé de cap : pour lui, Bidealeigh n'était plus sa maison.

Le trajet entre le manoir et Bidealeigh fut bref. Pendant tout le chemin, Niniver resta derrière lui. Quand ils traversèrent la grand-route, Marcus se retourna et fut surpris de constater que, loin d'être joyeuse et détendue, Niniver affichait une expression fermée et presque sinistre.

Il n'avait encore jamais senti son cœur s'effondrer, mais en cet instant précis ce fut ce qui se passa. Il ne sut pas pourquoi, néanmoins, car dès qu'il croisa son regard, elle s'illumina et lui adressa un sourire radieux.

Il lui rendit son sourire, puis dut se retourner car Ned franchissait en sautant un muret en pierre. Il s'en faisait pour rien, sans doute… Elle devait être en train de penser aux affaires du clan, à quelque chose dont elle ne lui avait pas encore parlé. Il découvrirait de quoi il s'agissait plus tard et, ensemble, ils résoudraient ce problème. Rien d'insurmontable. Il devait se rassurer : il n'y avait aucune difficulté réelle entre eux.

Ils pénétrèrent dans la cour qui se trouvait devant

l'écurie de Bidealeigh. Johnny vint à leur rencontre. Son visage s'éclaira lorsque ce dernier vit de qui il s'agissait.

— Bonjour, sir. Je suis content de vous voir de retour parmi nous.

Marcus tira sur les rênes de Ned.

— Je ne suis ici que pour la journée, donc si vous avez besoin de moi pour quelque chose, passez à la maison.

— Oh ! je vois… Très bien.

Johnny inclina la tête devant Niniver.

— Je n'aurai pas besoin de vous déranger.

Marcus descendit de cheval, tendit les rênes à Johnny et se tourna… pour voir Niniver en train de glisser vers le sol avec aisance. C'était une manœuvre bien rodée et elle pouvait l'exécuter facilement, et pourtant ces derniers temps elle attendait toujours bien sagement qu'il l'aide à descendre.

En souriant, elle tendit ses rênes à Johnny.

— Merci, dit-elle lorsqu'il les lui prit.

Puis elle se tourna pour observer la maison, tout cela en évitant de croiser le regard de Marcus.

Johnny emmena les chevaux. Une allée de graviers bordée de pelouse menait de la cour de l'écurie au perron de la maison.

Marcus se dirigea vers Niniver.

Lorsqu'il fut à sa hauteur, elle jeta un bref coup d'œil dans sa direction et désigna la demeure. Elle souriait toujours — mais ne le regardait pas.

— Y allons-nous ?

— Oui, allons-y.

Pendant qu'ils marchaient côte à côte, Niniver s'appliqua à retirer ses gants de cheval. Cela lui fournit sans doute une bonne excuse pour baisser les yeux, et étant donné leur différence de taille, Marcus ne pouvait voir son visage.

Alors qu'ils arrivaient devant la maison, il ressentit comme un frisson.

Que diable s'était-il passé ?

Il n'en avait aucune idée. Mais de toute évidence il avait manqué quelque chose.

Le problème, c'était qu'il ne pourrait réparer ce qui n'allait pas sans savoir de quoi il s'agissait.

Il devait faire confiance à Niniver : elle finirait bien par le lui dire. Ils avaient déjà franchi cette étape. Elle lui avait fait suffisamment confiance pour lui parler du serment qu'elle avait fait à son père. Et très certainement, une fois qu'elle aurait cerné le problème dans sa totalité, elle s'en ouvrirait à lui. Elle savait qu'il était prêt à remuer ciel et terre pour l'aider, alors…

Il ne pouvait rien faire d'autre qu'attendre.

Et ne pas insister.

Sa confiance, elle devrait toujours la lui donner librement. Ce serait toujours son choix, sa décision. Même lorsqu'ils seraient mariés.

Encore un défi supplémentaire à relever pour être l'époux de la lady d'un clan.

Mais, songea-t-il, là encore, il était de taille.

Ils franchirent le perron et il la dépassa pour lui tenir la porte.

— Bienvenue à Bidealeigh.

Sa déclaration sembla un peu sèche et formelle.

Elle inclina la tête et entra.

— Merci.

Mrs Flyte se montra aussitôt.

— Oh ! c'est vous, sir. Bienvenue à la maison.

Voyant Niniver, Mrs Flyte sourit et exécuta une petite révérence.

— Milady.

Puis elle regarda Marcus.

— Avez-vous besoin de quelque chose, sir ?

— Euh… Pas pour le moment.

Il jeta un œil à Niniver, mais elle était apparemment en train d'observer les murs lambrissés. Elle ne lui adressa aucun signe.

— Nous sommes ici pour la journée. Après que j'aurai examiné mon courrier, peut-être prendrons-nous le thé.

Il regarda de nouveau Mrs Flyte.

— Au salon, sans doute.

— Très bien, sir.

Mrs Flyte hocha la tête d'un air approbateur.

— Vous n'aurez qu'à sonner quand vous serez prêt, et je vous apporterai un plateau.

Après une nouvelle révérence, elle se retira.

Marcus se tourna vers Niniver.

— Mon courrier doit se trouver dans mon bureau. J'ignore combien de temps il va me falloir pour en prendre connaissance. Voulez-vous attendre au salon, ou…

Elle tendit le cou vers le couloir.

— J'attendrai dans le bureau.

Il la conduisit dans le couloir et tint la porte de la pièce confortable qu'il avait transformée en bureau. Elle n'était pas très large. Sur les trois murs intérieurs couraient des étagères où étaient rangés les registres de comptes, ainsi que différents traités et ouvrages sur les brebis, les céréales, le bétail, et bien sûr, les lévriers. La moitié du mur extérieur était occupée par une grande fenêtre avec vue dégagée. Un tapis oriental recouvrait la quasi-totalité du sol. Un bureau typiquement masculin se trouvait devant la fenêtre, face à la porte, flanqué de deux grands fauteuils. Il la suivit à l'intérieur et referma derrière eux.

Elle se dirigea directement vers la fenêtre.

— Je ne pensais pas que la vue était aussi belle.

— La maison est située sur le côté d'une crête. Cette situation dominante permet d'avoir une vue bien dégagée, en effet.

Il attendit, mais comme elle n'ajoutait rien et se contentait de regarder par la fenêtre, il contourna le bureau et s'y assit.

Aucune des missives empilées sur son sous-main n'était urgente. Il n'y avait aucune lettre de Glencrae, mais il lui parut néanmoins sage de traiter l'ensemble de son courrier. Si, un peu plus tard dans la journée, il demandait à Niniver de l'épouser et qu'elle acceptait, il s'attendait à être distrait pendant au moins plusieurs jours d'affilée.

Il procéda à un premier tri, puis contempla Niniver. Les bras croisés, elle n'avait pas bougé d'un millimètre. Il n'avait jamais trouvé la vue fascinante à ce point ! Mais, malgré son insistance, elle ne sembla pas sentir son regard posé sur elle et ne se tourna pas vers lui.

Il se concentra de nouveau sur ses lettres. Il ouvrit la première, puis se mit au travail.

Niniver finit par bouger et se promena dans la pièce, ce qui attira immanquablement l'attention de Marcus. Il força ses yeux à rester fixés sur la réponse qu'il rédigeait, mais il ne put s'empêcher de surveiller les moindres gestes de Niniver.

Il finit par désigner l'étagère située à droite du bureau.

— Les livres sur les lévriers écossais, et les autres lévriers, se trouvent ici.

— Ah. Merci.

Les premiers mots qu'elle prononçait depuis ce qui semblait être une éternité. Elle traversa la pièce, s'arrêta devant l'étagère et inclina la tête pour lire le dos des livres.

Il obligea son esprit distrait à se concentrer de nouveau sur la tâche qu'il avait à accomplir.

Contre toute attente, il réussit à en venir à bout : il cacheta la dernière missive et la posa sur la pile que Flyte allait se charger de distribuer.

— Voulez-vous que je les affranchisse ?

Il leva les yeux et vit Niniver, un livre ouvert entre les mains, en train de le fixer. Si elle affranchissait ces lettres, Flyte n'aurait qu'à les poster.

— Si ce n'est pas trop vous demander.

Elle ferma le livre, le rangea à sa place, puis se dirigea vers le bureau. Il lui tendit une plume et poussa l'encrier afin qu'elle puisse l'atteindre. Elle y plongea la plume, puis inscrivit lisiblement son nom dans le coin de chaque enveloppe, avant de lui rendre la plume.

— Tenez.

Elle se redressa.

Il essaya de capter son regard.

— Merci.

Elle hocha très légèrement la tête.

— Et maintenant, dit-elle sans le regarder dans les yeux, je crois que je suis prête à prendre le thé.

Il se leva et la suivit. Il la dépassa pour ouvrir la porte et la laisser passer. Elle marcha à pas rapides jusqu'au salon qui était situé tout au bout du couloir, et il n'eut donc aucune bonne excuse pour la toucher.

Il la suivit dans la pièce et alla sonner, tout en essayant de se dire que c'était une bonne chose qu'elle ait pris l'initiative de demander le thé. Que c'était une amélioration, et le signe qu'elle était peut-être prête à confier ce qui la rendait si sombre. C'était ce que tentait de lui souffler sa raison. Néanmoins, ce qu'il ressentait était tout autre : il avait la nette impression que le fossé qui les séparait était encore en train de se creuser, pour devenir un gouffre.

Niniver s'assit dans un fauteuil. Il prit l'autre. Ils attendirent en silence. Elle observait ses mains. Puis Mrs Flyte arriva avec le plateau.

Niniver leva les yeux et sourit avec naturel, normalement. Mais pas à lui. À sa gouvernante.

Avec le plateau en équilibre sur une seule main, Mrs Flyte installa une table basse juste devant Niniver.

— Je vais poser le plateau et je vous laisserai vous servir, si cela vous convient.

— Merci.

Niniver regarda Mrs Flyte poser le plateau.

— J'ai entendu dire que votre fille et votre gendre venaient d'avoir des jumeaux. Vous devez être ravie.

Mrs Flyte se redressa, l'air radieux.

— Oh ! oui, nous sommes absolument enchantés. C'est merveilleux ! Il y a beaucoup de jumeaux par ici, en ce moment, mais quel bonheur…

— Est-ce qu'il s'agit d'une fille et d'un garçon ? demanda Niniver en attrapant la théière. On ne me l'a pas dit.

— Ce sont deux garçons, ce qui nous ravit tout particulièrement.

Mrs Flyte posa les deux mains sur sa taille ample.

— C'est un peu la panique pour tout le monde,

bien sûr. Il n'y a jamais eu de jumeaux dans la famille, et nous ne nous y attendions pas, voyez-vous. En fait…

Alors que Mrs Flyte continuait ses bavardages, Niniver tendit une tasse de thé à Marcus, en le regardant à peine. Il l'accepta et elle prit celle qu'elle s'était servie. Elle se cala dans son dossier et, en fixant Mrs Flyte d'un air amical, but son thé.

Marcus écouta sa gouvernante répondre aux questions habilement posées par Niniver. Contrairement aux apparences, Mrs Flyte n'était pas quelqu'un de bavard. C'étaient les questions de Niniver qui l'incitaient à parler.

Il essaya de manger une part du gâteau aux fruits de Mrs Flyte. Il devait être aussi délicieux que d'habitude, mais aujourd'hui il avait pour lui un goût amer. Il reposa son assiette avec les restes de sa part tout émiettée sur le plateau.

Mais ni l'une ni l'autre ne remarqua son soudain manque d'appétit plutôt inhabituel chez lui. Elles étaient tout à leur discussion sur les difficultés d'élever des jumeaux.

Lui-même avait une sœur jumelle. Ses propres parents étaient donc *aussi* parents de jumeaux, tout comme sa sœur et son beau-frère. Il avait des jumeaux pour neveux. Pourtant ni Niniver ni Mrs Flyte ne songèrent à l'inclure dans la conversation ou à lui poser la moindre question.

En d'autres circonstances, il se serait dit que c'était une bonne chose qu'elles soient toutes deux engagées dans une discussion aussi animée. Mais là, il savait très bien que si Niniver parlait avec sa gouvernante, c'était principalement pour ne pas lui parler à *lui*.

Niniver ignorait que son cœur puisse être à ce point piétiné et réduit en miettes. Mais elle n'avait pas le temps pour l'instant de s'y attarder. Sa priorité, c'était de traverser cette journée avec un semblant de dignité.

Les difficultés qui se présentaient à elle exigeaient que tout son être se concentre sur ce but. Il fallait, coûte que coûte, éloigner son esprit de ses émotions. Ses émotions, elle s'en occuperait plus tard.

Quand elle aurait le temps de soigner ses blessures, de panser ses plaies et de s'occuper de son cœur brisé.

Elle ne savait pas du tout comment elle allait réussir à passer toute une journée avec Marcus à Bidealeigh, mais elle y parviendrait. Il le fallait. Ce n'était pas sa faute à lui. Il avait accepté de la protéger des menaces extérieures. Mais c'était à elle qu'aurait dû revenir la tâche de protéger son propre cœur. Cela aurait même dû être son devoir.

C'était elle qui avait pris la décision de devenir sa maîtresse, elle qui était à l'initiative de leur liaison. C'était elle qui n'avait pas voulu se cuirasser et avait laissé le lien qui s'était tissé entre eux prendre de plus en plus d'importance.

Elle avait pris le risque que quelque chose comme ce qui venait de se passer arrive, et ce en toute connaissance de cause.

Et maintenant que c'était arrivé, elle ne pouvait tenir Marcus responsable de sa souffrance.

Quand Mrs Flyte eut terminé de livrer absolument tous les détails sur ses petits-enfants, Niniver avait fini son thé, et Marcus aussi.

La gouvernante cligna les paupières lorsqu'elle vit les tasses vides.

— Mon Dieu, j'ai traîné. Bon, eh bien, je vais remporter le plateau, si vous avez terminé.

Marcus hocha la tête et Niniver sourit, avant d'acquiescer à son tour. Mrs Flyte ramassa le plateau et s'en alla.

Niniver l'observa partir et attendit. Elle sentait le regard de Marcus posé sur son visage, mais elle ne se tourna pas vers lui. Après ce thé, elle se sentait un peu mieux. Elle allait y arriver.

— J'avais pensé, peut-être, vous faire visiter la maison.

Elle aurait dû anticiper cela, mais elle n'avait pas eu assez de temps pour réfléchir. Que dire ? Elle lui adressa un bref coup d'œil, mais évita à tout prix de croiser ses yeux.

— Avez-vous réglé tout ce dont vous deviez vous occuper ?

Il pinça les lèvres. Au bout d'un moment, il dit :

— Il faudra que je parle avec Flyte, et avec Earnest, mon contremaître. Je n'en aurai pas pour longtemps, ni avec l'un ni avec l'autre. Mais Earnest ne sera pas de retour avant l'heure du déjeuner, donc…

Il s'interrompit brièvement, puis reprit :

— J'avais pensé que nous pourrions prendre un déjeuner léger ici, puis aller voir les chiens, avant de rentrer au manoir.

Ce n'était pas un mauvais programme, même dans les circonstances actuelles. Elle inclina la tête.

— Très bien. Donc cela nous laisse…

Elle tourna le buste pour regarder l'horloge posée sur la cheminée.

— Une heure à occuper ?

Elle le regarda de nouveau.

Il acquiesça.

— À peu près une heure, oui. Donc qu'aimeriez-vous faire ? Visiter la maison, ou… ?

Garder son calme et son sang-froid pendant qu'ils visiteraient la maison lui semblait impossible. D'une part, les couloirs étaient si étroits qu'elle ne pourrait ignorer longtemps la présence d'un corps qu'elle connaissait désormais intimement et qu'elle avait pris l'habitude de toucher quand elle en avait envie. D'autre part, comment réagir s'il lui montrait sa chambre ?

— En fait, je préférerais faire une balade autour de la maison, pour mieux apprécier sa situation, et la vue.

Il l'observa. Elle continuait de le regarder et n'essaya pas de tourner la tête. Elle savait qu'il ne verrait rien sur son visage. Ces dernières années lui avaient appris l'art de cacher ses sentiments derrière une façade impénétrable. Elle n'avait pas utilisé cette arme avec lui récemment — ni jamais, d'ailleurs —, mais c'était sa seule façon de survivre à cette journée. Calmement, froidement, elle fronça les sourcils.

— Y allons-nous ?

La mâchoire contractée, les lèvres serrées, il hocha néanmoins la tête et se leva.

Elle n'attendit pas qu'il lui tende la main. Elle se leva à son tour et quitta la pièce la première.

Ils firent le tour de la maison, en marchant lentement, pour que Niniver puisse contempler le paysage. Elle s'arrêtait de temps en temps, soi-disant pour admirer la vue — mais bien plus certainement pour gagner du temps. Marcus la regardait, en se demandant s'il allait oser lui prendre le bras… Mais il avait l'impression de ne plus en avoir le droit.

Elle s'était éloignée. Sans un mot, sans la moindre raison, sans aucune explication.

C'était le chaos dans son esprit, tant et si bien qu'il ne parvenait pas à réfléchir. Il se sentait si oppressé qu'il peinait à respirer.

Les mains dans les poches, il la suivait sans rien dire.

Un silence pénible régna durant le déjeuner. Même si le repas froid que leur servit Mrs Flyte méritait d'être apprécié, ni Niniver ni lui ne manifestaient beaucoup d'appétit.

La conversation fut inexistante. Elle continuait d'éviter son regard. Pourtant, elle ne semblait pas contrariée…

En fait, elle ne semblait rien du tout. Il ne pouvait pas déchiffrer ses émotions, et elle affichait un air qui n'était pas inexpressif à proprement parler mais qui paraissait ne refléter en rien ce qu'elle ressentait. Son visage était devenu un joli masque, un masque qui ne lui parlait pas.

Le lien privilégié qui s'était noué entre eux, l'échange facile et permanent : tout cela avait disparu.

Et cette absence laissait comme un vide dans son âme.

Il était accablé et se cacha à son tour derrière son propre masque, derrière sa propre façade opaque.

Ils quittèrent la salle à manger et la ferme pour se diriger vers la cour de l'écurie.

L'escabeau n'était pas tout à fait assez haut pour elle. Elle dut le laisser la hisser jusqu'à sa selle. Mais, en la portant, il eut l'impression de tenir une poupée articulée : il ne sentit chez elle aucune réaction.

Il profita du parcours jusqu'au chenil, qui était situé non loin de la ferme, à l'abri dans une sorte de creux naturel, pour réfléchir. Il fallait absolument qu'il réussisse à se détacher de cette panique qui s'était emparée de lui et qu'il examine ce qui avait pu conduire à un tel revirement.

Le matin même, durant le petit déjeuner, elle était enjouée, pétillante, et cela se voyait qu'elle était heureuse. Elle était enthousiaste à l'idée de l'accompagner à Bidealeigh. Certes, elle n'avait pas attendu qu'il l'aide à grimper en selle, mais elle avait profité de la présence de l'escabeau. Le fait qu'elle se soit dépêchée de monter sur son cheval était sans doute le signe de son impatience à partir.

Cet enthousiasme s'était évaporé pendant qu'ils coupaient à travers champs. Quand ils étaient arrivés à Bidealeigh, elle n'était plus la même. À partir de ce moment, pas à pas, elle s'était retirée dans un lieu où il ne pouvait l'atteindre, ni physiquement ni émotionnellement. Comme s'ils étaient de lointaines connaissances, et non pas amants.

Que s'était-il passé, alors, durant le trajet pour Bidealeigh ? Il n'avait rien remarqué de spécial. Ils n'avaient croisé personne. Mais il avait chevauché devant et il ne pouvait pas la voir. Quand il s'était tourné la première fois vers elle, c'était au moment où ils avaient traversé la grand-route. Et c'était à partir de ce moment qu'elle s'était renfermée sur elle-même.

Il avait donc dû se passer quelque chose entre leur départ du manoir et cette route. Le fait de s'approcher de la grand-route avait-il fait resurgir chez elle de mauvais souvenirs ? S'était-elle remémoré le moment où elle avait frôlé la mort ?

Il ne comprenait pas bien comment un tel souvenir aurait pu amener Niniver à rompre le lien qui s'était tissé entre eux, mais il ne voyait rien d'autre susceptible d'avoir provoqué chez elle une telle réaction. Que pouvait-il faire alors pour combler ce fossé, pour la rassurer et la ramener à lui ?

Au moment même où ils pénétrèrent dans le chenil, une idée lui vint. Il avait trouvé sa planche de salut ! Il la conduisit vers les enclos et lui montra ses chiens. Reprenant un peu d'assurance à chaque fois qu'il présentait un animal, il lui parla de leur pedigree, et de leur comportement lorsqu'ils pistaient et chassaient.

Et elle commença à poser des questions.

Questions auxquelles il s'empressa de répondre.

À chaque question qu'elle posait, il se détendait un peu plus. Entre eux, le lien existait encore.

Puis il la conduisit vers les chiennes reproductrices et leurs chiots.

Alors que les lévriers gambadaient et sautillaient à ses pieds, Niniver rit. Elle avait décidé de garder ses distances, de rester de marbre même ici, mais comment y serait-elle parvenue ? Dans des conditions pareilles, c'était impossible. À chaque coup de langue enthousiaste, à chaque petit grognement des chiennes qui semblaient vouloir l'inviter à partager leur fierté quant à leur progéniture, elle sentait les murs qu'elle avait érigés autour de son cœur en train de céder.

Elle s'assit dans la paille et laissa les chiots se précipiter sur elle, la queue et les oreilles frétillantes. Lorsqu'elle leva les yeux, elle vit Marcus qui l'observait, appuyé contre une barrière. Elle vit son regard sombre et intense, mais elle ne put s'empêcher de sourire, elle ne put s'empêcher de plonger son regard dans le sien.

— Ils sont adorables. Quelle portée magnifique ! Ils sont joueurs, ils débordent de vie, ils sont en pleine santé.

Elle gratta le ventre d'un chiot qui ne demandait que cela, et l'animal se tortilla d'extase.

En levant de nouveau les yeux, elle vit Marcus hésiter. Puis il dit :

— Voici la chienne qui possède peut-être les caractéristiques que vous recherchez.

Elle observa la chienne. Pour l'instant, celle-ci surveillait de près ses petits qui s'étaient installés d'office sur les genoux de Niniver.

— Avant de la déranger, voyons si les chiots montrent certaines aptitudes.

Pendant la demi-heure qui suivit, elle leur fit subir les tests simples qu'elle avait mis au point pour déterminer quels individus dans la meute étaient susceptibles de pouvoir flairer dans l'air. Il semblait relativement sûr qu'au moins trois chiots femelles possédaient les qualités requises.

Marcus était resté à l'extérieur de l'enclos, et elle lui en était reconnaissante, car il n'y aurait pas eu assez de place pour eux deux et tous les chiots. Mais elle sentait l'intérêt de ce dernier et son excitation grandissante. Et elle éprouvait la même chose. En levant les yeux, elle désigna la chienne.

— Connaissez-vous son pedigree par cœur ?

Il le récita, génération après génération. Elle le compara mentalement avec celui de la lignée chez qui elle avait mis en évidence cette caractéristique singulière et remarquable. Soudain, elle s'écria :

— Le voici, le lien !

D'un air triomphal, elle regarda Marcus.

— Cela remonte à quatre générations, ce qui veut dire que c'est réellement une caractéristique héréditaire, et non un simple hasard.

— En effet.

Marcus contempla la chienne qui, intriguée par les nouveaux jeux auxquels ses chiots jouaient avec les humains, s'était levée et étirée, avant de s'avancer pour surveiller cela de plus près.

— Elle proteste à chaque fois que j'essaie de la séparer de ses petits.

Niniver se leva.

— C'est trop tôt encore pour les dresser.

— Et elle se fait vieille : ce sera sa dernière portée.

Marcus ouvrit le portillon.

Comme Niniver sortait, il désigna d'autres enclos.

— Mais j'ai sa fille aînée, là-bas. Elle a une portée un peu plus âgée et elle nous laissera les prendre.

— Merveilleux.

Elle ne réussit pas à masquer son enthousiasme et n'essaya même pas de le faire. Ce qui se passait entre eux hors du chenil n'était pas la faute de Marcus. Il n'y avait aucune raison qu'ils se privent du plaisir simple causé par une passion commune.

Ils commencèrent par tester l'autre portée, et deux femelles au moins montraient des signes indéniables.

— Ce sont des tests très rudimentaires, dit-elle, mais j'ai eu l'occasion de me rendre compte qu'ils étaient vraiment fiables.

Puis ils firent sortir la mère de son enclos et la conduisirent dehors, vers la zone de dressage. Après avoir passé du temps enfermée avec ses chiots, celle-ci était prête à jouer.

Quinze minutes plus tard, Niniver affichait un sourire rayonnant.

— Oui ! C'est bien !

Elle encouragea la chienne qui effectuait le dernier exercice avec application.

— Elle l'a, c'est sûr !

Elle regarda Marcus qui appelait sa chienne au pied.

— Vous avez dit que vous aviez deux lignées bien distinctes. Comment est l'autre, alors ?

— Il s'agit d'une lignée complètement différente, issue d'un reproducteur des Highlands. Mais nous pouvons tester les femelles, si vous voulez. Si la capacité à flairer dans l'air est une caractéristique rare, je m'attendrais à ce qu'elles ne la possèdent pas.

— Voyons voir.

L'après-midi tirait à sa fin quand ils eurent fini de vérifier que, comme ils le pensaient, les femelles de cette lignée issue des Highlands semblaient incapables de flairer ailleurs qu'à terre.

Les deux frères qui s'occupaient du chenil de Marcus étaient venus regarder pendant un petit moment, avant de se diriger vers un box situé au bout du chenil pour préparer le repas du soir des lévriers.

Marcus ramena le dernier chien à son enclos et referma le portillon. Niniver vint se poster à ses côtés, en souriant toujours. Elle se pencha par-dessus la clôture.

— Ce n'est pas grave. Tu n'en restes pas moins un bon chien.

Marcus sourit — spontanément — et ressentit un immense soulagement. Il se tourna vers elle en même temps qu'elle se tournait vers lui.

Ils furent tout à coup très proches. S'il inclinait la tête… L'envie de l'embrasser le prit, si forte et puissante qu'il aurait voulu crier…

Les yeux de Niniver vacillèrent, et elle s'écarta de lui.

Il claqua mentalement la porte à ses instincts, au besoin presque irrépressible de l'attraper et de l'attirer à lui. Pour l'embrasser… et la faire sienne.

La mâchoire serrée, il se tourna et fixa l'entrée du chenil. Il était incapable de regarder Niniver. Alors il ne trouva rien d'autre à dire que : « Allons-y. »

Sans un mot de plus, il se dirigea vers l'endroit où étaient attachés les chevaux. Elle marcha à pas rapides derrière lui. Il s'arrêta à côté d'Oswald. Sans rien laisser paraître, il la hissa jusqu'à sa selle.

Puis il saisit les rênes de Ned et grimpa à son tour sur le dos de sa monture.

Il jeta un coup d'œil à Niniver et constata que ses traits s'étaient durcis et que son masque — cet horrible écran à travers lequel il ne pouvait rien voir — était de nouveau en place.

Ils prirent la direction de l'ouest, et il ouvrit la marche pour rentrer au manoir, qu'il avait désespérément envie de considérer comme sa maison.

Ils pénétrèrent dans la cour de l'écurie bien trop tôt. Bien trop tôt pour qu'il ait eu le temps de dominer ses émotions et d'apaiser son tourment.

Il lâcha les rênes, et Ned, comme contaminé par son état d'esprit, tapa du pied et secoua la tête.

Niniver les dépassa pour aller se ranger à l'endroit qui était le plus proche du manoir. Elle libéra ses pieds des étriers et se laissa glisser jusqu'à terre.

Son expression était toujours aussi indéchiffrable. Sans un regard à Marcus, elle tendit les rênes à Mitch qui s'était précipité en courant vers elle. Elle n'attendit pas pour vérifier qu'il les tenait bien en main : elle se dirigea aussitôt vers la porte latérale du manoir.

— J'ai des lettres à écrire, lança-t-elle avec un geste vague en direction de Marcus. Nous nous verrons au dîner.

Toujours en selle, il l'observa s'éloigner.

Mitch et Sean, qui s'était approché de Ned, l'imitèrent.

La mâchoire serrée, Marcus descendit de cheval.

La porte du manoir se referma.

Les deux hommes se tournèrent vers lui et le dévisagèrent avec insistance.

Marcus tendit les rênes à Sean.

Ce dernier s'en saisit et demanda :

— Ça ne s'est pas passé comme vous l'espériez ?

En grinçant des dents, Marcus se dirigea vers la porte.

— On peut dire ça comme ça.

Il ouvrit la porte et se lança à la poursuite de Niniver.

Chapitre 13

La première intention de Marcus avait été de suivre Niniver. Mais, une fois devant la porte de la bibliothèque, il changea d'avis. La bibliothèque était son refuge à elle. S'il y faisait irruption et qu'elle avait l'impression de ne plus être en sécurité même là…

Il ravala un grognement et alla donc se terrer dans le bureau. Il s'effondra sur un siège et broya du noir. Au bout d'un moment, il se ressaisit et essaya de revenir au début de la journée, quand Niniver semblait si heureuse, si insouciante. Mais sur le chemin qui les menait à Bidealeigh, quelque chose avait changé.

Il passa l'heure suivante à se remémorer chaque minute de leur journée, en essayant de trouver des indices susceptibles de l'aider à comprendre pourquoi elle s'était coupée de lui de manière si radicale. En vain…

Lorsque le gong retentit pour annoncer qu'il était temps de se changer pour le dîner, il n'avait toujours aucune idée de ce qui avait pu se passer. Il se leva, quitta le bureau et se dirigea vers le grand escalier. Mais ses pas ralentirent d'eux-mêmes, et il s'arrêta devant la bibliothèque. Il fixa la porte fermée, puis saisit la poignée et ouvrit sans faire de bruit, et regarda à l'intérieur.

Niniver n'était pas là. Elle avait déjà dû monter.

Elle avait au moins décidé de le rejoindre au dîner, semblait-il…

Il gagna sa chambre. Une fois à l'intérieur, il ne broncha pas et tendit l'oreille. Il perçut, assourdis, des bruits de déplacements et des voix féminines.

Rassuré sans trop savoir pourquoi, il se changea et troqua sa culotte de cheval et ses bottes pour un pantalon et des chaussures, sa veste et sa chemise d'équitation pour une chemise du soir en fin coton, un veston en soie à rayures et une veste de soirée. Il ôta le foulard qu'il portait négligemment autour du cou depuis le début de la journée, et choisit une cravate blanche assez stricte.

Malgré l'attention qu'il porta au nouage de sa cravate, sa transformation ne prit pas longtemps. Il entendait toujours du mouvement dans la pièce à côté. Niniver n'était pas encore descendue.

Il hésita, mais s'il pouvait l'entendre, alors elle aussi le pouvait. Dans l'état d'esprit qui était celui de Niniver actuellement, elle préférerait sans doute ne pas le croiser dans le couloir. Néanmoins, il serait au salon quand elle s'y montrerait. Sans vraiment chercher à se montrer discret, il quitta sa chambre et descendit au rez-de-chaussée.

Au salon, il se planta près de la cheminée et fixa les portes. Craignant que cela ne paraisse trop intimidant, il s'assit dans l'un des fauteuils qui étaient installés devant l'âtre, croisa les jambes pour avoir l'air détendu, et attendit.

Miss Hildebrand apparut la première. Il se leva. Quand elle le salua avec sa bienveillance habituelle et un sourire sincère, il réussit à lui rendre son sourire. Après qu'elle se fut installée sur le sofa et qu'il eut repris son siège, elle l'interrogea sur la journée que Niniver et lui avaient passée. Énumérer les faits et rien que les faits lui évita de mentir et il ne se permit pas le moindre sous-entendu. Évidemment, Miss Hildebrand dut supposer que Niniver s'était amusée.

C'était bien le cas — mais pendant qu'ils étaient au chenil uniquement, car ensuite elle était redevenue froide et distante. Cette journée de tension avait dû être aussi peu agréable pour elle que pour lui.

Miss Hildebrand avisa la porte ouverte, puis parla d'une histoire qu'elle avait lue dans les journaux et qui, pensait-elle, était susceptible de l'intéresser. Ils discutèrent de sujets concernant l'actualité locale de façon un peu décousue, tandis qu'ils continuaient tous les deux de surveiller la porte.

Ils finirent par entendre les pas de Niniver sur le carrelage du grand hall. Elle apparut dans l'embrasure de la porte, toute de soie bleue vêtue. Elle observa Marcus, puis Miss Hildebrand.

— Vous m'attendiez, et je m'en excuse. J'ai été retardée.

Il se leva en fixant Niniver, mais elle ne le regardait déjà plus.

Elle s'était arrêtée juste devant la porte.

Ferguson apparut derrière elle.

— Le dîner est servi, milady.

— Merci, Ferguson.

Niniver regarda de nouveau Miss Hildebrand, puis Marcus.

— Y allons-nous ?

Il alla aider la vieille gouvernante à se lever et lui donna le bras. Niniver les guida vers la salle à manger, en marchant suffisamment devant eux pour qu'il n'ait pas l'idée de lui prendre le bras à elle aussi, comme il l'avait fait tous les autres soirs.

Après avoir aidé Miss Hildebrand à s'installer, il fit le tour de la table pour s'asseoir à sa place désormais habituelle, à côté de Niniver. Elle avait fait signe à un valet pour qu'il tienne sa chaise et était déjà assise.

Comme il prenait place, il remarqua que Miss Hildebrand les scrutait tour à tour, Niniver et lui. À son air préoccupé, il était clair qu'elle avait remarqué le malaise qui s'était installé entre eux.

Mais alors Niniver déclara d'un air candide :

— Nous avons passé une très bonne journée à Bidealeigh.

En dépliant sa serviette, elle questionna Miss Hildebrand.

— S'est-il passé quelque chose de notable en notre absence ?

Il s'attendait à ce que la conversation à table soit éteinte. Au lieu de cela, Niniver discutait — sinon joyeusement, en tout cas avec grand entrain — à propos de tout et de rien, de choses concernant la maison ou le clan, en s'adressant presque exclusivement à sa vieille gouvernante.

On leur servit deux plats.

Aux regards de plus en plus gênés que lui adressait Miss Hildebrand, il était clair que cette dernière avait compris que Niniver l'ignorait. Elle fit plusieurs tentatives pour l'inclure dans la conversation, mais à chaque fois Niniver changea brusquement de sujet. Cela ne le dérangeait pas spécialement. Il n'avait aucune envie de parler du clan ou de la vie du manoir. Il avait besoin de lui parler d'*eux deux*, et il aurait été préférable de le faire en privé.

À la fin du repas, il resta à table pour qu'elle puisse

se détendre quelques minutes en son absence sans avoir besoin d'être sur ses gardes. Il ne faisait aucun doute, en effet, qu'elle se surveillait en sa présence : quand elle avait voulu quitter la table et qu'il s'était levé pour reculer sa chaise, elle s'était tendue.

Elle était méfiante, et sur la défensive.

Et il trouvait cette pilule particulièrement dure à avaler.

Une rasade de bon whisky l'y aiderait peut-être. En tout cas, cela ne lui ferait pas de mal.

Une fois les valets partis, quand Ferguson apporta le plateau avec la carafe et les verres en cristal, ce dernier murmura :

— Que s'est-il passé ?

Marcus attrapa la carafe.

— Je n'en ai pas la moindre idée.

Il se servit deux doigts de whisky et porta le verre à ses lèvres.

— Mais j'ai bien l'intention de le découvrir, dit-il.

— Très bien.

Ferguson hésita, avant d'ajouter :

— Nous pensons tous que vous et Lady Carrick… Ce serait une bonne idée.

Marcus inclina la tête pour montrer qu'il appréciait et qu'il était d'accord.

— Depuis plusieurs jours, je fais tout pour l'en convaincre, mais quelque chose s'est dressé en travers de ma route, et je n'ai pas encore compris ce que c'était.

Il but une gorgée et baissa son verre.

— Mais je ne me laisserai pas décourager.

Ferguson hocha la tête.

— Je vous souhaite de réussir.

Il s'en alla, et Marcus, le dos calé contre son dossier, but et attendit.

Il retourna au salon juste avant que le thé ne soit servi. La conversation était poussive. Cela dit, il était content — et il était certain que Niniver l'était aussi — que Miss Hildebrand n'ait pas proposé qu'ils jouent de la musique ou, pire encore, qu'ils dansent. Ils burent leur thé, puis Niniver annonça qu'elle était fatiguée, et ils se levèrent tous.

Comme d'habitude, Miss Hildebrand les quitta en haut de l'escalier, toujours persuadée que la femme de chambre de Niniver attendait cette dernière dans ses appartements…

Niniver regarda sa vieille gouvernante grimper l'escalier et lutta pour calmer sa respiration et son pouls, pour étouffer ses sens. Mais toute sa conscience était accaparée par l'homme qui se tenait, sombre, silencieux et puissant, à ses côtés.

Elle avait besoin de se retrouver en sécurité dans sa chambre. Mais courir dans le couloir — ou même marcher trop vite — aurait été une erreur. Elle savait qu'essayer d'échapper à un prédateur n'était pas une bonne idée, et ses sens l'informaient qu'en ce moment précis, Marcus avait beau la respecter, il la considérait aussi comme une proie.

Si elle pouvait éviter tout contact avec lui pendant quelques minutes supplémentaires…

C'était ce qu'elle voulait, n'est-ce pas ?

Dans le couloir, elle marcha donc d'un pas normal. Si elle avait su, elle n'aurait pas insisté pour qu'il occupe la chambre située à côté de la sienne.

Ils arrivèrent devant la porte de Marcus. Elle allait

lui adresser un petit regard et lui souhaiter bonne nuit, lorsqu'elle sentit les doigts de ce dernier se refermer comme une menotte d'acier autour de son poignet.

Il l'obligea à se tourner vers lui et avança vers elle.

Elle recula instinctivement. Le cœur battant, le souffle court, elle fixa son visage.

Se servant de son corps, il la poussa jusqu'à ce que le dos de Niniver heurte le mur. Il posa la paume de son autre main contre la paroi, près de la tête de celle-ci, et se pencha. Elle leva sa main libre, mais elle ne le repoussa pas.

Il était très près, tout à coup. Elle sentait sa force virile qui l'entourait tel un mur brûlant et impossible à déplacer. Sans lâcher son autre main, il entrelaça ses doigts aux siens, baissa la tête et la regarda dans les yeux.

La lumière dispensée par les appliques murales ne suffisait pas à éclairer ses yeux sombres, mais elle sentait son regard bleu nuit, et quelque chose chez elle refusa de tourner la tête. Mais…

Non. Ne fais pas ça. Ne dis rien. Ne mets pas fin à tout ce qui s'est passé entre vous deux.

Ces mots — une supplique insensée — passaient en boucle dans sa tête, alors même que ses sens trop longtemps privés de lui se tendaient vers Marcus.

Il gonfla la poitrine, puis il lui demanda, d'une voix basse et si retenue que son ton semblait presque grinçant :

— Mais que s'est-il donc passé ?

Je vous ai entendus, vous et Sean. Je sais…

Ce qu'elle savait, ce qu'elle avait compris n'était que bien trop clair dans sa tête. Mais les émotions provoquées par cette prise de conscience — la trahison, la déception, la perte, le chagrin, le désespoir — se mélangeaient et s'unissaient pour lui obscurcir l'esprit, la privant des mots qu'elle aurait pu lui jeter à la figure.

Depuis l'instant où elle avait découvert les vraies raisons qui avaient poussé Marcus à rester ici, auprès d'elle, elle avait tenté de calmer ce tourment intérieur, d'accepter et de surmonter sa réaction première afin de trouver un moyen d'affronter cette vérité. Afin de se préparer à des moments comme celui qu'elle était en train de vivre, et à tous ceux qui suivraient.

Pour l'instant, elle n'y avait pas réussi. Elle n'avait pas réussi à prendre la distance nécessaire. Elle était toujours dominée par le chaos qui faisait rage en elle, et elle n'avait rien de rationnel ni de logique à répondre à Marcus.

Tout ce qu'elle avait, c'était ses émotions déchaînées.

Et elles étaient suffisamment puissantes pour la faire trembler.

Il la fixait avec intensité, scrutant son visage. Peut-être en vit-il assez pour deviner son incapacité à trouver les mots et son impuissance devant ce déchaînement d'émotions… Toujours est-il que quelque chose changea sur son visage et qu'il jura à voix basse.

Puis il pencha la tête et l'embrassa.

Il l'embrassa comme s'il avait été privé trop longtemps de sa saveur. Et aussitôt, elle se jeta sur lui avec voracité. Elle entrouvrit les lèvres dans un halètement avide, incapable de songer une seule seconde à se retenir.

Il plongea dans sa bouche et s'empara d'elle, ce qui causa chez elle une montée de désir.

C'était cela qu'elle voulait. C'était cela qu'il lui fallait, maintenant et pour toujours.

Et même si ce n'était pas pour toujours, eh bien, elle pouvait au moins avoir ce qu'elle voulait *maintenant*.

Maintenant. Cette nuit. Et jusqu'à ce qu'il prononce les mots fatals qui réduiraient leur paradis à néant.

Les lèvres de Marcus la dévoraient et, avec audace, les siennes ripostèrent. Elle lui rendit son baiser, avec la même avidité que celle qu'elle sentait chez lui.

Si elle pouvait l'empêcher de parler — si elle pouvait faire en sorte qu'ils ne dépassent jamais ce degré d'engagement —, alors elle pourrait nourrir entièrement son cœur de cela. De sensations, d'émotions, de partage et de merveilles.

Tout en l'embrassant, elle tendait la main vers lui. Elle posa d'abord les paumes contre son torse, puis elle lui parcourut les épaules. Elle s'écarta du mur et, en enfouissant les doigts dans ses cheveux, avança vers lui, se hissa sur la pointe des pieds pour le couvrir de baisers brûlants.

Il se raidit. Il posa les mains sur son dos et, avec force, l'attira à lui. Puis il descendit plus bas. Il lui saisit les fesses et plaqua son bassin contre le sien. Son sexe d'acier était à présent collé contre son ventre.

Elle ouvrit la bouche et attisa délibérément le feu de leur passion dévorante.

Il recula en haletant, murmura quelque chose d'inintelligible, puis la porte de sa chambre s'ouvrit et il la poussa à l'intérieur.

Et il la reprit dans ses bras. Elle s'y réfugia avec empressement. Elle entendit à peine le verrou alors que leurs lèvres et leurs corps se retrouvaient, et ils replongèrent dans les flammes.

Elle le voulait et peu lui importait ce qu'elle devrait donner en échange pour assouvir les désirs qui habitaient son cœur. Cette nuit d'amour lui appartenait, et elle saisissait sa chance et Marcus avec le même abandon.

Et il semblait la vouloir avec la même intensité, avec le même besoin sauvage.

Le même feu.

Les vêtements volèrent sans la moindre inhibition. Ils retombaient n'importe où, par terre, sur une chaise…

Marcus jura lorsqu'il fallut s'attaquer au corset de Niniver. Elle l'aida à défaire les nœuds et à desserrer les liens.

Il finit par tomber, et elle prit une grande inspiration. Puis il posa les mains sur ses seins, et elle inclina la tête en arrière et gémit.

Elle écarta les doigts sur son dos puissant et s'y accrocha, alors que ses sens se rebellaient et que son esprit s'emballait. Sans retenue, elle s'abandonna au somptueux plaisir qu'il lui prodiguait. Il caressait, pinçait, titillait, et elle sentit ses genoux devenir tout à coup très faibles. Il lâcha un sein pour attirer Niniver à lui. Tandis qu'il tenait toujours son autre sein en main et ne le laissait pas tranquille un seul instant, il pencha la tête pour retrouver ses lèvres, sur lesquelles explosa un baiser qui les emporta tous les deux et leur fit couler une lave en fusion dans les veines.

Elle s'en abreuva et en voulut davantage. Elle le voulait lui, de la façon la plus crue et la plus intime qui soit. Rien d'autre ne pourrait étancher cette soif qui ravageait son âme.

Elle avait besoin de le sentir de nouveau en elle, elle avait besoin de se délecter de ce lien sublime. Maintenant. Une dernière fois.

Ses jupons glissèrent le long de ses jambes. Elle fit un

pas de côté et les écarta d'un coup de pied. Alors qu'il l'aidait à quitter sa chemise, elle s'attaqua aux boutons de son pantalon.

Ils se déplaçaient vers le lit en décrivant des cercles, presque comme s'ils avaient valsé. Alors qu'elle défaisait le dernier bouton et dénouait son caleçon, elle sentit contre ses cuisses le cadre du lit. Avant qu'elle réussisse à faire glisser l'ensemble le long des jambes musclées de Marcus, il la saisit par la taille et la déposa à genoux sur le lit. Puis il lui ôta complètement sa chemise en la faisant passer par-dessus la tête.

Avant qu'elle ne reprenne son souffle et ne retrouve son équilibre, il se tourna, s'assit sur le lit, et retira ses bottes. Elles retombèrent à terre, l'une après l'autre.

Puis il se leva, et retira son pantalon et ses sous-vêtements, avant de revenir vers le lit.

Il n'avait laissé aucune lampe brûler dans sa chambre. La seule lumière était celle que dispensait la lune et qui entrait par la fenêtre dont les rideaux n'étaient pas tirés.

Elle l'avait déjà vu nu, mais seulement allongé sur le lit. Là… Le clair de lune argenté baignait son physique puissant, soulignait les contours musclés, parait de nuances nocturnes chaque creux et chaque saillie.

En cet instant, il était un dieu debout devant elle, la manifestation vivante de ses rêves.

Avant qu'il ait le temps de bouger, elle leva la main.

— Attendez.

Il s'immobilisa.

Un sentiment de puissance étrange et enivrant monta en elle. Elle descendit du lit pour venir se poster nue devant lui. Tous ses sens étaient fixés sur lui. Il accaparait toute sa conscience. Du bout des doigts, elle toucha les muscles épais de son torse. Puis, sans savoir ce qui la guidait mais en se fiant à son instinct, elle tourna lentement autour de lui, en faisant courir ses doigts sur sa peau.

Il se tendit. Ses mains, qui jusque-là pendaient lâchement de part et d'autre de son tronc, se crispèrent. Il serra les poings.

Mais il resta immobile et il lui accorda ce moment, ce qu'elle apprécia. Tout en tournant autour de lui, elle le dévorait des yeux. Il était magnifique. Et de toute évidence, en ce moment précis, il voulait être à elle.

Sans restriction, sans réserve.

Mais pour la toute dernière fois.

Cette certitude cognait dans ses veines, la portait et la poussait de l'avant. Si elle voulait encore apprendre, si elle voulait encore découvrir, il fallait qu'elle saisisse sa chance maintenant, sans attendre une autre opportunité qui ne se présenterait jamais.

Elle se sentait de plus en plus sûre d'elle. Lorsqu'elle eut terminé sa petite inspection et vint se planter entre lui et le lit, elle posa les mains sur les flancs de Marcus et se contenta de dire :

— À mon tour.

Elle fit glisser ses mains le long de son torse, puis de sa taille et de ses hanches, et s'agenouilla. Elle était peut-être innocente, mais elle n'avait jamais été prude. Elle en avait assez entendu pour savoir ce qu'elle voulait. Elle tendit les mains et saisit son membre dressé, qu'elle caressa amoureusement. Puis elle pencha la tête et porta ses lèvres à l'extrémité engorgée de son sexe, qu'elle lécha.

En l'entendant respirer avec peine, elle sourit. C'étaient les seuls encouragements dont elle avait besoin.

Elle l'inonda de baisers, l'explora avec ses lèvres et sa langue, puis le prit tout entier dans sa bouche et savoura.

Marcus rejeta la tête en arrière, ferma les yeux et lutta pour tenir. En parfait gentleman, il voulait rester maître de lui-même, l'attendre, mais comme toujours elle avait réussi à abattre son bouclier et avait réveillé ce qu'il y avait de plus primitif en lui. Et cette part primitive qui était en lui — et qui y occupait une place prépondérante — voulait cela. Elle voulait tout ce que Niniver et lui pouvaient partager. Ses sens se délectaient de chaque coup de langue, de chaque aspiration. Sans qu'il en ait vraiment conscience, il avait enfoui les deux mains dans ses longs cheveux et la guidait…

Comme toujours, elle se révéla être une élève exemplaire. Tout son bas-ventre était en feu, et la tension montait, montait… Avant de perdre définitivement le contrôle, il glissa son pouce entre ses lèvres gourmandes et se libéra du havre soyeux de sa bouche.

Lorsqu'elle se releva en le frôlant, les muscles bandés de Marcus tressaillirent. Les petites mains de Niniver qui remontaient le long de son corps brûlant, c'était irrésistible. Alors il la prit dans ses bras et la jeta presque sur le lit, où il vint la rejoindre.

Toute réflexion était bien loin de lui. Quand il s'allongea sur elle et qu'elle l'accueillit, toute raison semblait l'avoir abandonnée elle aussi.

Les lèvres soudées, les bouches collées, les langues mêlées, les doigts joints, poussés par un désir sauvage, ils roulèrent et se démenèrent, savourèrent et profitèrent, prirent et donnèrent.

Puis il l'emprisonna sous lui, lui écarta les cuisses, et d'un seul coup puissant, la pénétra. Elle poussa un petit cri, se cabra sous lui, avant de l'agripper et d'enrouler ses jambes fines autour de ses hanches. Puis, dans un long mouvement ondulatoire, elle inclina son bassin vers le sien et l'emporta dans la plus sauvage des danses.

Ensemble, ils s'abandonnèrent au rythme compulsif de cette étreinte et, instinctivement, leurs corps soudés se mouvaient en harmonie. Rien d'autre ne comptait. En ce moment précis, il n'y avait qu'eux. Pas elle et lui, mais eux *ensemble*, unis dans cette danse vieille comme le monde. Et cette danse n'emportait pas que leurs sens, même si ces derniers étaient submergés pour de bon, elle faisait surgir une force plus profonde, plus primitive, plus envoûtante encore.

C'était une force qu'eux-mêmes avaient créée, qui s'exprimait sans effort dans leur étreinte et qui les liait de façon viscérale. Il n'existait rien de plus puissant au monde.

Les yeux fermés, abandonné à ce rythme effréné, à cette chaleur addictive, Marcus sentait la tension monter en lui comme en elle. Mais il ne voulait pas que cette danse cesse. Pas encore.

Il s'ancra profondément en elle, puis il la serra fort et roula sur le dos, en la maintenant pour qu'elle s'installe à califourchon sur lui tout en le gardant en elle.

Niniver gémit, appuya les mains contre son torse, puis les bras, et saisit cette chance qu'il lui offrait. Avec abandon, elle le chevaucha.

Elle était sauvage, libre, débridée.

Cette nuit, elle voulait tout. Elle ne voulait pas perdre une miette de sensation. Il posa les mains sur ses seins et les caressa en suivant le rythme de ses va-et-vient.

Elle avait l'impression que son esprit ne connaissait

plus de barrières, que toutes ses défenses avaient sauté, que la sensation pure s'était emparée d'elle et la gouvernait, complètement.

Il s'appuya sur un coude pour lui embrasser la poitrine. La caressant toujours d'une main ferme, il la mordilla, puis prit son mamelon durci et douloureux dans sa bouche et aspira.

Elle cria. Tout en lui agrippant la tête pour qu'il ne la lâche pas, elle le chevauchait avec frénésie.

Le désir les consumait. La passion leur fouettait les sens. L'extase était proche.

Parvenue tout en haut, elle relâcha toute la tension et s'élança.

Des ondes de plaisir explosèrent en elle et lui inondèrent les veines. Puis l'orgasme l'emporta.

Il la tint fermement contre lui, jusqu'à ce que cessent ses spasmes, puis il roula et l'installa de nouveau sous lui.

Elle pensait être trop faible, trop vidée pour l'aimer encore, mais comme il le lui avait appris au cours des nuits précédentes, elle était plus forte qu'elle ne le croyait.

Et bientôt son corps répondit à l'appel de Marcus.

Bientôt, il alla et vint en elle de nouveau, et elle s'agrippa, aima cela et l'incita à continuer.

Cette fois, quand arriva la fin, qui les emporta tous les deux très loin, le cataclysme fut si puissant qu'il les ébranla jusqu'au plus profond de leur âme.

Ils s'accrochèrent, résistant comme ils le pouvaient au tourbillon qui les entraînait au milieu de la chaleur et des flammes, alors que leur passion les brûlait et les consumait tout entiers. Jusqu'au moment où toute la tension disparut. Alors ils se laissèrent retomber sur terre.

L'extase se jeta sur eux et se chargea de réparer leurs corps épuisés de plaisir, jusqu'à faire d'eux des êtres neufs.

Ils revinrent doucement à la réalité. Leurs corps étaient moites et collés l'un à l'autre, leurs cœurs cognaient, leurs sens étaient comblés.

Ils étaient emplis l'un de l'autre. Et irrémédiablement liés.

Satisfaits, chacun à leur manière, enlacés, ils sombrèrent dans un océan de bien-être.

Il la tira du sommeil de la façon qui lui semblait la plus appropriée.

L'aube n'était encore qu'une lueur perlée à l'horizon quand, le torse collé contre son dos, le bas-ventre soudé à ses fesses, il glissa son sexe douloureusement dur dans son petit orifice tiède.

Et il la sentit se réveiller.

Il sentit ses sens reprendre vie et son corps l'enserrer doucement.

Il lui embrassa le lobe de l'oreille, puis murmura :

— Ne bougez pas. Ne faites rien d'autre que rester allongée et sentir.

Lentement, il se retira puis, tout aussi lentement, la pénétra de nouveau. Il ferma les yeux et se concentra lui aussi sur la sensation pure.

— Restez allongée sans bouger et laissez moi vous aimer.

Ce fut ce qu'il fit, en orchestrant les vagues de plaisir pour qu'elles montent doucement et les baignent. Des vagues incessantes, de plus en plus hautes, qui finirent par se briser sur eux, les submerger et les emporter vers ce rivage que seuls les amants pouvaient atteindre.

Ce rivage où l'on entendait les cœurs battre à l'unisson, ce rivage où l'extase était reine.

Les minutes passèrent. C'était une communion muette. C'était la joie absolue de ne faire qu'un.

Lentement, très lentement, ils retournèrent sur terre.

Bien qu'engourdi par le bien-être, Marcus força son esprit à revenir à la réalité. *Leur* réalité. Il n'avait toujours pas élucidé ce qui s'était passé la veille, mais avec ces intermèdes nocturnes — intermèdes durant lesquels ils avaient de leur plein gré abattu tous leurs remparts pour se retrouver et se donner l'un à l'autre sans réserve —, il ne pouvait douter qu'elle le veuille exactement de la même façon qu'il la voulait lui.

Ce qui signifiait, même s'il craignait encore de le dire tout haut, qu'il l'aimait et qu'elle l'aimait en retour.

Après la nuit passée — et même après tous ces jours passés, après tous les sentiments complexes qu'ils avaient fait naître l'un chez l'autre —, ce qui les liait et la nature de la force qui les poussait l'un vers l'autre ne faisaient plus aucun doute.

Il savait aussi que le temps jouait contre lui, qu'il devait parler maintenant, qu'il ne pouvait pas se permettre de la laisser quitter ses bras, son lit, sa chambre sans avoir refermé la brèche qui s'était ouverte entre eux la veille.

Il ne savait peut-être pas ce qui l'avait causée, mais il savait bel et bien qu'elle était là.

Ici, maintenant, durant la nuit, ils avaient été comme ils devaient être : ensemble. S'il voulait faire en sorte que cela continue et qu'être ensemble devienne un état de fait, accepté par tous les deux, alors il ne pouvait plus se taire.

Même s'il s'était retiré d'elle, il était resté blotti contre Niniver, le torse collé contre son dos, le bassin contre ses fesses, les jambes contre les siennes. Alors qu'il réfléchissait aux mots qu'il allait prononcer, il se dit que la position dans laquelle ils se trouvaient était un avantage. Niniver était si proche qu'il pourrait sentir sa réaction. Et, pour ne pas être distrait, il était peut-être aussi bien qu'il ne puisse pas la regarder dans les yeux.

Il répéta plusieurs phrases dans sa tête, puis choisit son approche. Lorsqu'il se concentra de nouveau sur elle, il se rendit compte à sa respiration lente et régulière qu'elle dormait.

Il hésita à attendre, mais… il savait que c'était le moment.

Il leva la tête et lui déposa un doux baiser sur la tempe.

— Niniver.

Niniver l'entendit l'appeler. Elle était encore dans cet état de merveilleux bien-être. Elle ne voulait pas quitter ce royaume de plaisir profond vers lequel il l'avait emmenée. Elle voulait s'accrocher à ce lien — même s'il était illusoire — aussi longtemps que possible, mais la part la plus pragmatique de son être savait ce qui s'annonçait.

Savait qu'elle devait renoncer.

À contrecœur, elle émergea. Elle ouvrit les yeux en clignant les paupières lorsqu'il prononça de nouveau son nom.

— Oui ?

Sa voix était un peu rauque et grave. Il n'y avait pas que sa conscience qui était revenue : ses émotions aussi.

Les lèvres de Marcus lui caressaient la tempe.

— Nous sommes ensemble depuis une semaine. Je suis resté à vos côtés, et je vous ai vue affronter quantité de problèmes et relever autant de défis. Je vous ai emmenée à Bidealeigh hier afin que vous puissiez voir ce que je possède, afin que vous compreniez que j'ai des terres et que je ne manque pas d'argent. Et nous nous entendons bien, au lit et ailleurs. Nous sommes complémentaires à bien des égards, et nous partageons les mêmes idéaux et les mêmes centres d'intérêt.

Il marqua une pause, puis reprit :

— Je veux vous épouser. Je veux que vous m'épousiez, que vous me preniez comme époux et que vous deveniez ma femme. Je veux rester à vos côtés et vous protéger dans le futur. Je veux que nous partagions ce futur.

Elle ne dit rien. Elle eut l'impression que son cœur se brisait en mille morceaux.

— S'il vous plaît, Niniver, dites que vous voulez m'épouser.

Ses mots étaient tendres, mais elle ressentait pourtant une pression sous-jacente, une compulsion qu'elle ne comprenait pas.

Lentement, elle emplit ses poumons. Puis elle rejeta les couvertures, s'extirpa de ses bras, démêla ses jambes des siennes, et s'assit au bord du lit. Sans le regarder, elle dit :

— Je suis désolée, mais non. Je ne souhaite pas vous épouser.

Il se figea. Elle aurait juré qu'il avait cessé de respirer.

Sachant qu'elle devait s'en aller — maintenant, avant qu'il ne se ressaisisse, qu'il ne proteste et qu'il n'insiste —, elle se leva et, sans se soucier de sa nudité, alla ramasser ses vêtements. Sa chemise était tout au-dessus. Elle l'enfila.

— Non ?

Le ton de Marcus témoignait d'une profonde incompréhension.

Elle tira sur sa chemise, puis se pencha et ramassa ses vêtements. Elle les posa en pile sur le lit afin de pouvoir extraire son châle qui était complètement emmêlé avec le reste. La mâchoire ferme, sans croiser son regard, elle dit :

— Que vous m'épousiez n'a jamais fait partie de mes attentes. Je vous ai invité à partager mon lit, certes, mais en tant qu'amant. Je n'ai jamais rien dit sur le mariage. Ce n'est pas du tout ce que je recherche. Je n'ai jamais voulu que vous vous sentiez obligé de demander ma main. Je suis désolée si d'autres personnes — et, en libérant son châle, elle fit un geste vague de la main — vous ont donné l'impression que je souhaitais me marier, avec vous ou avec quelqu'un d'autre. Mais j'ai été très claire dès le début : le mariage n'est pas pour moi, et rien de ce qui s'est passé entre nous ne m'a fait changer d'avis.

Quand elle avait compris que c'était son clan qui avait incité Marcus à demander sa main, cela n'avait fait que la convaincre davantage que le mariage n'était pas la voie qu'elle devait choisir.

Elle noua son châle autour de ses épaules. L'honnêteté, et ce qui restait entre eux, la forcèrent à dire :

— J'ai aimé être avec vous. J'ai aimé toutes les heures passées en votre compagnie. Mais vous piéger et vous forcer à m'épouser n'a jamais été mon but.

Elle leva brièvement les yeux vers ceux de Marcus. Avant de manquer de courage, elle s'obligea à ajouter :

— Si vous avez quelque sentiment pour moi, j'apprécierais que vous quittiez le manoir le plus vite possible.

Sur ce, elle ramassa ses vêtements et, s'accrochant à sa dignité, avança jusqu'à la porte, l'ouvrit et sortit.

Marcus s'appuya sur un coude. Il regarda avec incrédulité la porte se refermer.

— Non !

Il avait l'impression qu'elle venait de lui jeter un pavé

en pleine tête. Il ne parvenait pas à recouvrer ses esprits. Qu'avait-elle dit ? Qu'il s'était senti *obligé* de demander sa main ? Que d'autres personnes…

— Quelles autres personnes ?

Ce qu'elle avait essayé de lui dire le plus sérieusement du monde était que… tout ce qui s'était passé entre eux n'avait pas compté pour elle ?

Ou pas assez en tout cas pour qu'elle abandonne cette idée stupide selon laquelle le mariage n'aurait pas été fait pour elle.

Après tous les efforts qu'il avait fournis pour ne pas marcher sur les pieds de la lady du clan ? Après toutes ses démonstrations pour la convaincre qu'il resterait dans son ombre et n'essaierait jamais de prendre le contrôle de quoi que ce soit ?

Ah non, ça n'allait pas se passer comme ça !

Il rejeta les couvertures, sauta hors du lit et se lança à sa poursuite.

Il était trop tôt pour que les femmes de chambre soient dans les environs, et personne n'occupait les autres chambres de l'étage.

Elle avait fermé sa porte. Il l'ouvrit et fit irruption dans la chambre. Il repoussa la porte vivement, mais la retint avant qu'elle claque.

Lorsqu'il se retourna, il vit Niniver très surprise. Il savait qu'il était nu, mais il s'en moquait.

Elle se tenait face à lui, ses vêtements encore à la main.

Il la crucifia du regard, puis avança vers elle. Il réussit à dire, de façon à peu près calme :

— Je crois qu'il faut que nous discutions de ma proposition.

Elle contracta la mâchoire et pencha la tête.

— Non. S'il vous plaît, allez-vous-en.

— Pas tant que je n'aurai pas expliqué quelques points.

Il s'arrêta alors qu'elle était à peine hors de sa portée. Elle ne se détendit pas, mais elle ne se déroba pas non plus. Elle resta face à lui, les yeux plissés. Il mata les sentiments qui tentaient de le submerger.

— Je ne sais pas comment vous avez interprété ma demande, mais…

Les yeux de Niniver lancèrent des éclairs.

— Je vous ai entendu.

— Dans ce cas, vous allez peut-être pouvoir m'expliquer pourquoi une demande tout à fait normale…

— Je ne voulais pas dire *tout à l'heure*.

Elle désigna la porte.

— Je vous ai entendu avant ! Hier.

Il fronça les sourcils.

— Pardon ?

Elle émit un grognement contrarié. Elle posa ses vêtements sur une chaise puis lui fit face. Ses yeux, d'habitude si clairs et limpides, avaient pris la couleur d'un ciel d'orage.

— Je vous ai entendu parler avec Sean dans l'écurie hier matin.

Il cligna les yeux et fouilla dans sa mémoire pour retrouver ce dont ils avaient parlé, ce qu'ils avaient dit.

Elle vit qu'il ne comprenait pas, et un rire amer lui échappa.

— Sean vous a demandé quand vous alliez demander ma main.

Elle leva le menton. Ses yeux devinrent plus froids.

— Je vous ai entendu accepter de m'épouser afin de rassurer le clan.

Il la dévisagea, incrédule.

— Pas du tout !

Offensé, il se planta les poings sur les hanches. Puis, au léger mouvement de recul de Niniver, il se rendit compte que sa posture était menaçante. Il s'obligea à laisser pendre ses bras, la regarda dans les yeux et essaya de mettre le plus de conviction possible dans son ton.

— Il n'a jamais été question de cela lors de ma conversation avec Sean.

Elle pinça les lèvres, contracta la mâchoire. Elle plissa les yeux et tendit un doigt vindicatif en direction de son nez.

— Je. Vous. Ai. Entendu.

Elle ponctua chacun de ses mots en pointant l'index dans sa direction.

— J'ai entendu les mots sortir de votre bouche et j'ai entendu ce qu'a dit Sean aussi.

Elle prit une voix plus grave pour répéter la scène :

— « Du moment que l'engagement est pris, et du moment que c'est bientôt… »

Elle reprit sa voix normale pour ajouter :

— Et vous lui avez assuré que ce serait le cas !

— Bon sang !

Il baissa les yeux et se passa une main dans les cheveux.

— Oui, il a bien prononcé ces mots, et moi aussi.

Il la contempla de nouveau et, en essayant de prendre la mesure de tout ce qu'il pouvait voir dans le regard agité de Niniver et de tout ce qu'il pouvait entendre dans son ton torturé, il se rendit compte qu'il avançait sur un terrain miné.

Il essaya de se calmer, et de faire de même avec elle, suffisamment en tout cas pour qu'elle l'écoute.

— Niniver… Je sais que le clan veut que je vous épouse, mais ce n'est pas pour cette raison que j'ai demandé votre main.

Elle rit encore, avec un mépris qui lui brisa le cœur.

— Oh ! vraiment ? Vous me croyez à ce point naïve ?

Sa voix montait dans les aigus, son regard s'assombrissait. Avant qu'il ne puisse répondre, elle le fixa droit dans les yeux et dit :

— Je vous faisais confiance.

Son phrasé, son ton faisaient de cette constatation une accusation.

— Je vous ai laissé me courtiser. Je me suis ouverte à vous. Et, oui, j'adore être la femme que je peux être avec vous.

Elle pointa de nouveau le doigt vers lui.

— Avec vous et vous seul.

Comme si elle ne supportait plus de rester immobile, elle se dirigea vers la fenêtre.

— Je ne vous demande pas de comprendre, mais je voulais être cette femme, la femme que je peux être si je suis libre d'être moi, *sans restrictions*. Mais, dès le début je savais que le temps passé ensemble serait compté et qu'à un moment, vous retourneriez à votre vie…

Elle s'interrompit.

Face à la fenêtre, elle reprit, d'une voix plus basse et sombre, presque étranglée :

— Jamais je n'aurais imaginé qu'un homme tel que vous céderait à la pression du clan et demanderait ma main.

— Niniver…

— Non !

Elle regarda dans sa direction, mais en évitant ses yeux.

— Écoutez-moi. Laissez-moi dire ceci, une bonne fois pour toutes, parce que je ne sais pas si je serai capable de le répéter.

— Vous n'êtes pas obligée de…

— Si !

Alors qu'il gardait le silence, elle reprit son souffle avec difficulté et, la tête levée, déclara :

— J'ai toujours voulu que quelqu'un, qu'un homme, père, frère, membre du clan, amant, peu importe me voie comme la femme que je suis vraiment. Pas comme la petite Niniver, délicate et fragile, pas comme Niniver la chef de clan, tellement occupée à régler les problèmes des autres qu'elle n'a jamais de temps pour elle. Je voulais que quelqu'un me voie *moi*. Et me veuille, *moi*, comme amie, comme fille, comme lady, comme maîtresse, pour la femme que je suis vraiment.

Elle serra le poing et se le plaqua contre la poitrine.

— La femme que je suis à l'intérieur. La femme que je veux être, et que je pourrais être si seulement quelqu'un croyait en moi.

Elle prit de nouveau une inspiration torturée. Marcus n'avait qu'une envie : se précipiter vers elle et la prendre dans ses bras. Mais…

Elle lui adressa un bref regard.

— Je ne pensais pas que je ressentirais cela, ce vide, cette dévastation. Je ne sais vraiment pas ce que vous croyez pouvoir expliquer. Je vous ai entendu. Je sais que si vous demandez ma main, c'est uniquement parce que vous vous sentez obligé de le faire. Je…

Elle s'interrompit pour reprendre sa respiration, qui était heurtée.

Instinctivement, il fit un pas vers elle, en levant une

main pour lui toucher le bras et l'attirer à lui. Pour la réconforter.

— Non !

Elle s'écarta.

— S'il vous plaît.

Et cette fois, ses mots étaient véritablement une supplique.

— Je ne veux plus parler de cela. S'il vous plaît, allez-vous-en maintenant.

Il dut faire un effort pour saisir le sens et les implications de ce qu'elle venait de dire, en essayant de comprendre ce qui n'avait été dicté que par ses émotions. Mais c'était difficile, car lui-même était en proie aux siennes. Comme il ne réagissait pas immédiatement, à sa grande surprise, elle vint vers lui, lui fit signe de partir et le repoussa des deux mains, jusqu'à ce que, pas à pas, il recule.

Elle le chassa de la chambre. Lorsqu'elle posa la main sur la porte, elle le regarda enfin. Ses yeux étaient baignés de larmes.

— S'il vous plaît.

Elle avait la voix rauque.

— Partez.

Voir ses larmes l'avait cloué sur place. La souffrance dont elles témoignaient le crucifiait.

Il n'avait jamais voulu la faire souffrir. Comment les choses en étaient-elles arrivées là ?

Elle claqua la porte.

Puis il entendit Niniver tourner le verrou.

Pendant une bonne seconde, il resta immobile à contempler la porte. Les émotions de Niniver avaient provoqué une déchirure en lui. Il avait l'impression que ses propres sentiments coulaient à flots par cette plaie ouverte.

Et il y en avait tant que la tête lui tournait.

Il appuya une main contre la porte, puis se laissa guider par son instinct et appliqua son front contre le bois froid.

Derrière le battant, il entendit Niniver renifler, puis elle commença à pleurer presque en silence.

Ce bruit le déchira.

Il sentait son désespoir, son chagrin. Il savait qu'ils étaient bien réels.

Il ne voulait rien d'autre que la consoler. Tout son être était instinctivement tourné vers cela. Mais elle ne voulait pas qu'il la console.

Elle ne voulait pas de lui.

Il savait que les raisons qu'elle avait avancées étaient fausses, et que les conclusions auxquelles elle était arrivée l'étaient tout autant. Il avait bien compris ce qu'elle avait dit. Mais rien de tout cela n'expliquait pourquoi elle pouvait penser qu'il était assez faible pour céder à la pression du clan ! Il avait su voir à travers la cuirasse de Niniver, mais celle-ci était restée aveugle, semblait-il.

Je vous aime. C'est pour cela que je demande votre main. C'est pour cela que je vous veux pour femme.

Elle avait dit qu'elle rêvait que quelqu'un croie en elle, mais elle n'avait pas cru en lui.

Que faire, alors ? Il se força à prendre une grande inspiration, essaya de réfléchir, et se rendit compte que c'était une cause perdue. Il n'arriverait à rien ici et maintenant.

Elle voulait qu'il s'en aille. Elle l'avait supplié de partir. Et il avait besoin de s'éloigner d'elle pour y voir plus clair.

Donc il allait partir — pour l'instant.

Il retourna à sa chambre, ouvrit l'armoire, sortit son

sac, le posa sur le lit. Il s'arrêta une seconde pour réfléchir : devait-il prendre tous ses vêtements, ou alors… ? Il avait besoin d'habits propres de toute façon.

Les émotions qui se déchaînaient et menaçaient de le submerger l'empêchaient de se concentrer sur quoi que ce soit de rationnel plus d'une seconde.

Lorsqu'il fut lavé, habillé, et fin prêt, il réussit à réfléchir suffisamment pour se convaincre que sa décision — son départ — était ce qu'il y avait de mieux pour le moment. C'était mieux pour lui, et c'était mieux pour eux deux.

Il prit son sac et quitta la chambre, en laissant la porte grande ouverte. Il descendit l'escalier sans faire de bruit. Il était encore très tôt et il n'avait besoin de voir personne, ni d'expliquer quoi que ce soit à quiconque.

Il n'avait surtout pas envie de perdre de temps. Il sentait que Niniver lui accorderait une chance supplémentaire — mais une seule —, et cela seulement parce qu'il avait la ferme intention d'insister jusqu'à ce qu'elle accepte. La prochaine fois qu'il viendrait la trouver, la prochaine fois qu'ils se parleraient, il faudrait qu'il soit au point. Il faudrait qu'il ait tous ses arguments prêts et en ordre pour espérer réussir à convaincre Niniver — cette entêtée ! — de changer d'avis.

Chapitre 14

Il quitta le manoir à toute allure.

Quand il était arrivé pour seller son cheval, Sean, qui habitait au-dessus de l'écurie, l'avait entendu et était descendu voir ce qui se passait.

Ce dernier s'était approché de lui alors qu'il était en train de sangler Ned.

D'un seul regard sombre, Marcus l'avait dissuadé de dire le moindre mot.

Sean avait tendu les deux mains en signe de bonne volonté et, sagement, s'était tu. Mais il n'était pas parti.

Une fois sa monture sellée, Marcus avait fini par dire :

— Je pars. Une journée. Vingt-quatre heures. Ensuite je reviendrai pour reprendre les choses où je les ai laissées.

Il avait marqué une pause, avant de reprendre :

— Elle nous a entendus parler, vous et moi, hier, et elle a mal interprété nos propos. Elle est très en colère. Elle a besoin d'une journée pour se calmer et réfléchir. Je vous recommande fortement, à vous tous, de ne pas vous en mêler et de la laisser tranquille.

Il avait saisi les rênes, mis le pied à l'étrier et avait grimpé en selle. Une fois calé sur sa monture, il avait ajouté :

— Et pour l'amour de Dieu, ne lui parlez ni de moi ni de mariage.

Avec prudence, Sean avait hoché la tête.

— Très bien. À demain, alors.

Marcus avait quitté l'écurie sans se retourner et avait lancé Ned au galop dans l'allée.

Le bruit des sabots de sa monture et la puissance des foulées de l'animal apaisaient les émotions bouillantes de Marcus, car cela lui donnait au moins l'impression de ne pas rester inactif.

Mais en réalité, il faisait la seule chose qu'il pouvait faire pour le moment : se retirer pour pouvoir mieux se battre un autre jour. Il s'isolait pour mieux préparer l'assaut final.

Alors qu'il approchait de la grand-route, il regarda à droite et à gauche et, comme il s'en doutait, ne vit personne.

Des images de la veille lui revinrent alors en mémoire. Quand Niniver et lui avaient atteint la grand-route, il avait compris que quelque chose la perturbait. Mais un peu plus tôt, à l'écurie, elle avait suffisamment bien caché sa réaction pour qu'il ne devine pas que l'incident qui l'avait amenée à prendre ses distances s'était en fait passé là.

Et quand bien même ! S'il avait su qu'elle les avait entendus, il n'aurait pas imaginé qu'elle aurait interprété leurs propos comme elle l'avait fait. Oui, le clan était pressé qu'il la demande en mariage. Ils n'étaient ni stupides ni aveugles. Cela ne voulait pas dire pour autant que c'était à cause d'eux qu'il voulait l'épouser.

Il aurait simplement dû lui dire qu'il l'aimait.

La sagesse acquise après coup était une chose merveilleuse. Mais, hélas, il aurait dû le lui dire plus tôt, *avant* qu'elle n'entende cette conversation entre Sean et lui. S'il se déclarait maintenant, elle penserait sûrement que c'était une manœuvre pour la faire douter, et qu'il n'était pas sincère.

Il n'arrivait toujours pas à raisonner correctement. Pourtant, malgré le chaos qui régnait dans son esprit, un point devenait de plus en plus clair. Il allait devoir trouver un moyen de la convaincre qu'il l'aimait.

Et autrement que par de belles paroles.

Il arriva au bout de l'allée. Il ne fit pas ralentir Ned, qui traversa la grand-route comme un éclair puis sauta au-dessus du muret en pierre pour filer à toute allure vers les terres de Bidealeigh.

Il passerait la journée au calme, à la ferme, et se consacrerait à des choses ordinaires, le temps de laisser son esprit reprendre ses marques. Puis il échafauderait un plan.

Et, dès le lendemain matin, il retournerait au manoir et s'attellerait à reconquérir Niniver.

Car s'il y avait bien une chose qu'il n'avait jamais remise en question, c'était celle-ci : en aucun cas, il n'allait renoncer à faire d'elle sa femme. Il n'abandonnait pas cette idée, et il ne l'abandonnait pas *elle*. Son départ n'était qu'une retraite tactique.

Ramsey McDougal était à cheval, caché dans un taillis au bord de la grand-route.

Il s'était arrêté à cet endroit, qui offrait une vue dégagée depuis les champs des Carrick jusqu'au manoir, pour réfléchir une nouvelle fois à son plan.

Puis, alors qu'il ne s'y attendait pas du tout, il avait

vu Cynster passer à cheval. Il était ridiculement tôt, et pourtant l'homme chevauchait à toute allure.

Ramsey l'avait épié sans faire de bruit. Grâce à l'allée qui formait un virage à cet endroit, il voyait très bien le visage de Cynster.

Son expression était sombre, fermée, taciturne.

Cynster avait continué son chemin. Ramsey avait observé le cheval traverser la grand-route puis franchir le mur en pierre et filer. À en juger par leur direction et le sac qui était accroché à la selle, Ramsey avait compris que son rival rentrait chez lui.

— Bien, bien, bien.

Il resta immobile sur son cheval pendant plusieurs minutes pendant qu'il réfléchissait à ce qu'impliquait le départ de Cynster, et à ce que cela pouvait signifier pour lui.

Il s'était préparé à passer à l'action, mais son plan était risqué, c'était certain. Mais si Cynster était parti de son plein gré, alors peut-être que de son côté il n'aurait pas besoin de mettre son plan à exécution, après tout.

Il examina l'allée qui menait au manoir, mais il était encore très tôt. Il fit sortir son cheval du taillis et, au petit trot, ils prirent la direction du village de Carsphairn.

Cet après-midi-là, Niniver était assise à son bureau dans la bibliothèque et essayait de se concentrer sur les chiffres et les mots qu'elle lisait. Le représentant du clan à Dumfries avait écrit pour annoncer qu'il avait réussi à obtenir un meilleur prix que prévu pour des brebis qu'ils avaient mises en vente. Étant donné l'état des coffres du clan et ses déboires récents avec Carter Livestock, c'était une bonne nouvelle.

Mais elle n'arrivait pas à trouver suffisamment d'énergie en elle pour s'en réjouir.

À sa grande surprise, personne n'avait évoqué le départ de Marcus. L'absence de commentaires avait été si éloquente qu'elle en avait conclu qu'il avait dû dire quelque chose à quelqu'un avant de s'en aller, quelque chose expliquant son départ. Elle avait essayé d'imaginer quelle histoire il avait pu inventer, mais cela n'avait fait qu'exacerber le mal de tête qui la tiraillait depuis le matin.

Depuis cette horrible scène qui s'était déroulée dans sa chambre, et suite à laquelle elle avait passé une bonne heure à pleurer.

Elle n'avait pas pleuré depuis la mort de son père, mais cela l'avait désespérée de découvrir que Marcus ne valait pas mieux que ses autres prétendants et d'avoir dû rompre avec lui. Et elle se sentait encore plus seule qu'avant. Encore plus vide.

Il n'était resté au manoir que neuf jours, et pourtant cela lui avait semblé beaucoup plus long. Même si tout le monde à part lui était encore là, elle ressentait son absence comme elle avait ressenti celle de son père : elle avait l'impression d'avoir un trou béant à l'âme.

Et, avec Marcus, la sensation était encore plus vive. Le vide était plus désolé encore.

Elle fixait la lettre sur son sous-main sans la voir, sans en mesurer la portée davantage qu'avant, quand des voix en provenance du hall d'entrée la tirèrent de sa rêverie stérile.

Les voix en question s'approchèrent. L'une était celle de Ferguson, la seconde celle d'un autre homme qu'elle crut reconnaître… Elle ne comprenait pas ce qu'ils se disaient, mais elle avait l'impression qu'il s'agissait d'une dispute.

Puis la porte s'ouvrit — et Ramsey McDougal entra.

Quand il la vit, il lui adressa un large sourire.

— Vous voici, ma chère ! Je savais que vous ne pouviez pas être vraiment en train de travailler par une si belle journée.

Une belle journée ? Elle se tourna vers la fenêtre. Le soleil brillait, en effet... Mais ce spectacle ne réussit pas à faire fondre la glace qui lui enserrait le cœur.

Quand elle quitta la fenêtre des yeux, elle vit Ferguson, qui avait suivi McDougal à l'intérieur, adresser un regard courroucé et ouvertement désapprobateur à l'ami de ses frères.

— J'ai expliqué à Mr McDougal, milady, que vous étiez occupée.

Les vêtements de Ferguson semblaient un peu en désordre, comme s'il avait essayé d'empêcher physiquement McDougal de la déranger et qu'il avait été bousculé.

— Merci, Ferguson.

Elle ne le congédia pas. Elle ne faisait pas spécialement confiance à McDougal.

Pour sa part, Ferguson la sonda et, comme elle ne lui faisait pas signe de se retirer, il réajusta sa veste et se planta près de la porte qui était toujours ouverte.

Rassurée, elle daigna regarder son visiteur importun. Ce dernier s'avança vers le bureau. Son visage exprimait une bienveillance affable, mais il avait l'œil trop acéré, trop scrutateur. Il observait la pièce — et Niniver — d'un regard conquérant.

Elle trouva cela insupportable. Elle crispa la mâchoire

et ses tempes se mirent à cogner. Son humeur était devenue exécrable.

— Pourquoi vouliez-vous me voir, Mr McDougal ?

Elle garda un ton neutre, mais il n'y avait aucune inflexion chaleureuse dans ses mots, ni rien qui puisse lui laisser penser qu'il était le bienvenu.

McDougal la regarda en souriant d'une façon exagérément aimable.

— Je suis venu vous présenter mes hommages, ma chère. Une pure visite de courtoisie. Étant donné ma longue amitié avec vos frères, je considère que la moindre des choses est de vous offrir mon bras, au cas où vous auriez besoin de vous y appuyer. J'ai été surpris d'apprendre que le clan vous avait confié une responsabilité aussi lourde.

Il dévisagea Ferguson avec une moue à la fois réprobatrice et dubitative.

— Je trouve cela très injuste, si vous voulez mon avis. Mais…

McDougal se tourna de nouveau vers elle.

— … Si vous avez besoin du moindre conseil, je serais heureux de vous épauler. Vous pouvez compter sur moi.

Il arriva au bureau et s'arrêta devant l'un des fauteuils, attendant clairement qu'elle l'invite à s'y asseoir.

Niniver se cala dans son siège et l'observa. Étant donné les commentaires qu'il venait de faire, il semblait clair que McDougal la considérait comme une jeune femme bien gentille et fragile, un peu bête et naïve. D'habitude, elle n'entreprenait rien pour détromper ceux qui, ne faisant pas partie du clan, pensaient cela d'elle. Parfois, il pouvait s'avérer utile d'être sous-estimé par ses adversaires. Mais concernant McDougal…

Elle se faisait peu d'illusions sur l'homme qu'il était

vraiment. Même sans se laisser influencer par l'antipathie qu'il inspirait à Marcus, elle avait instinctivement compris qu'il était un… crapaud. Gluant à l'extérieur, laid et possiblement venimeux.

En outre, si Marcus avait été là, elle doutait sincèrement que McDougal aurait essayé de forcer son chemin pour parvenir jusqu'à elle. Il n'aurait sans doute même pas osé franchir les portes du manoir.

Néanmoins, il se tenait devant elle à présent…

— Mr McDougal. Pour ne rien vous cacher, j'ai un compte à régler avec vous. Et pas n'importe lequel.

— Oh ?

Il haussa les sourcils pour feindre l'innocence, mais elle vit dans ses yeux qu'il se demandait ce qu'elle avait bien pu apprendre.

— Je crois savoir, sir, que ces dernières semaines vous avez encouragé certains hommes de mon clan à me faire activement la cour, ce qui nous a causé de graves problèmes, à moi et à tous ceux qui vivent ici.

Il écarquilla les yeux. Cette fois, il paraissait sincèrement surpris.

— Ah…

Pendant une brève seconde, il sembla en proie à la plus grande panique, comme s'il ne savait pas s'il devait nier ou pas. Puis il tendit les mains, comme pour signifier « Que voulez-vous que je vous dise ? », et sourit de façon mielleuse.

— Je reconnais, ma chère, que dans le but de m'attirer vos bonnes grâces, j'ai essayé d'apparaître sous un meilleur jour que les hommes de votre clan. J'espérais que vous réfléchiriez à ce qu'ils vous proposaient et que, ainsi, lorsque je vous approcherais, vous comprendriez que je valais mieux qu'eux… Que vous verriez d'un meilleur œil mon dévouement à votre égard.

Il prit une expression contrite dont elle ne fut pas dupe.

— Je ne pensais pas que les hommes de votre clan se montreraient maladroits au point de causer de sérieux problèmes, et je ne peux qu'implorer votre pardon.

Il la scruta, d'un air qui se voulait sincère.

— Je vous assure qu'il n'a jamais été dans mon intention de vous causer du tracas.

Elle le toisa avec froideur. Pas dans son intention ? Comment aurait-il espéré la convaincre de son « dévouement à son égard » s'il n'avait pas eu pour projet de se faire passer pour celui qui mettrait fin aux problèmes causés par les hommes de son clan ? Mais, malheureusement pour lui, les problèmes en question l'avaient poussée à se tourner vers Marcus plutôt que vers lui.

Elle continuait de regarder McDougal, mais avec une animosité croissante cette fois, afin qu'il ne sache pas à quoi s'attendre. Avant qu'il puisse trancher, elle ajouta :

— Même si l'on laisse vos intentions de côté, et, à leur sujet, je reste dubitative, vous avez causé bon nombre de perturbations inutiles au sein du clan. Étant donné votre conduite, étant donné votre amitié avec mes frères, ce qui joue largement en votre défaveur, je ne puis vous considérer qu'avec méfiance et dédain.

Elle le fixa droit dans les yeux.

— Je ne vous fais pas confiance, sir, et cela ne risque pas de changer. Il n'y a rien pour vous ici et, en vous souhaitant une bonne fin de journée, je vous prierais donc de prendre congé.

McDougal avait pâli. Son sourire disparut. Un muscle de sa mâchoire tressaillit.

— Vous pouvez sans doute m'accorder une heure de votre temps. Et me laisser m'expliquer.

— Vos explications ne m'intéressent pas, sir. Et comme vous pouvez le constater — elle désigna la lettre qui était devant elle, et toutes les autres qui attendaient à côté — j'ai du travail.

Elle regarda à l'autre bout de la pièce.

— Ferguson, pouvez-vous raccompagner Mr McDougal ?

Le masque de McDougal tomba. Dessous, il était livide. S'ils avaient été seuls, elle était sûre qu'il aurait refusé de partir. Même là, il jetait des petits regards à Ferguson, et cela se voyait qu'il hésitait à obéir.

Mais Ferguson ne le quittait pas des yeux. Et attendait.

McDougal reprit le contrôle de son expression, mais son visage resta empourpré. Avec une politesse raide, il s'inclina devant elle.

— Comme vous voulez, Lady Carrick. J'espère que nous nous reverrons dans *d'autres circonstances*.

Sa façon d'appuyer sur ses derniers mots fut on ne peut plus claire : il souhaitait qu'elle paie un jour pour l'affront qu'elle venait de lui faire subir.

Elle l'observa traverser la pièce. Il passa devant Ferguson et, sans se retourner, franchit le seuil de la porte. Ferguson le suivit des yeux, puis il se tourna et lui emboîta le pas, en refermant la porte derrière lui.

Niniver fixa la porte en ruminant. Elle avait dit la vérité à McDougal : elle ne lui faisait pas confiance. Elle ne l'aimait pas, c'était certain. Mais était-il vraiment différent des autres ? De tous les hommes qui, à des degrés variables, lui avaient fait la cour ? Ils la voyaient tous comme un pion, comme une chose à gagner, puis à utiliser, avant de la jeter. Comme une chose, et non comme une personne. Comme un chef de clan, pas comme une femme. Aucun d'eux ne s'était intéressé à elle pour ce qu'elle était vraiment.

Elle avait pensé que Marcus était différent, mais… Elle fronça les sourcils et essaya de se rappeler comment Marcus s'était comporté avec elle — avait-ce été différent avec lui, ou pas ? — mais ses sentiments et ses émotions encore trop vives s'en mêlèrent et parasitèrent ses pensées.

Elle ne voulait pas replonger. Se complaire dans ses émotions ne faisait que la vider, la clouer sur place et l'empêcher d'avancer.

Son regard se posa sur la correspondance qui l'attendait. Pinçant les lèvres, elle attrapa la lettre de leur représentant à Dumfries. Il fallait qu'elle réponde. Il fallait qu'elle reprenne sa vie telle qu'elle était avant et qu'elle arrête de se morfondre sur ce qu'elle aurait pu être.

Cela faisait moins d'une journée que Marcus était parti, et déjà le premier gêneur s'était présenté.

Ce souvenir encore tout neuf la fit grimacer.

Mais elle s'était débarrassée de McDougal toute seule, elle n'avait pas eu besoin que Marcus la protège.

Et c'était tant mieux, parce qu'il n'était plus là.

Elle était de nouveau seule, et même si elle avait l'impression de l'être encore plus que par le passé, c'était une illusion. Il fallait qu'elle redevienne celle qu'elle était avant, avant qu'elle ne prenne le risque de demander de l'aide à Marcus, avant qu'elle ne prenne le risque d'exposer son cœur.

Elle s'empara d'une feuille de papier vierge, la posa sur son sous-main, puis attrapa sa plume. Elle commença à rédiger sa réponse. Lorsqu'elle eut terminé, elle signa « Lady Niniver Carrick », puis s'interrompit.

Qui était Lady Niniver Carrick ? Oui, qui était-elle au juste désormais ? En regardant en elle, elle se rendit compte qu'elle n'était plus la même jeune femme que dix jours plus tôt.

Si elle avait été confrontée à McDougal dix jours plus tôt, l'aurait-elle congédié de façon aussi expéditive ? Aurait-elle fait preuve de la même assurance ?

Cela faisait longtemps qu'elle avait appris à quel point il était sage d'être honnête envers soi-même. Il semblait que les neuf jours qui venaient de s'écouler l'avaient changée. Elle était plus forte, plus confiante, plus sûre d'elle. Moins influençable, moins sur la défensive.

Elle fixa la lettre, puis leva les yeux, et son regard se perdit dans le vague. Elle devait peut-être d'autres choses aussi à Marcus, mais en tout cas ce regain de force était de son fait.

Au bout d'un moment, elle chassa ces pensées. C'était de nouveau la confusion la plus totale dans son esprit. Il suffisait qu'elle songe à Marcus une seconde pour que ses émotions — des émotions suffisamment puissantes pour empêcher toute réflexion rationnelle — la submergent.

— Il faut que je sois Lady Carrick.

Elle contempla les lettres étalées devant elle. Et, pinçant une nouvelle fois les lèvres, elle attrapa son coupe-papier.

Un peu plus tard dans la soirée, Niniver était assise dans son fauteuil habituel, dans le salon. Elle croisait les genoux et un de ses pieds se balançait stupidement. Elle se demandait quand Ferguson allait arriver avec le thé. Elle n'avait jamais prêté attention à comment elle occupait ses soirées, avant, mais elle était certaine de ne jamais s'être sentie aussi… désœuvrée. Elle s'ennuyait à mourir, et rien ne l'intéressait.

Elle ressentait cruellement l'absence d'un homme qui, dix jours auparavant, ne faisait pas encore partie de sa vie. Pas à ce point. Il lui manquait.

Après avoir congédié Ramsey McDougal, elle avait réussi à faire quelques efforts pour « être Lady Carrick ». C'était étrange : c'était la première fois qu'elle songeait à elle en ces termes — « Lady Carrick ». Mais maintenant elle accordait beaucoup plus d'importance à ce titre, comme si elle commençait à se faire à ce rôle.

En fait, elle commençait à se voir comme le chef du clan et à prendre conscience des changements qui s'étaient opérés en elle.

C'était comme si elle avait grandi.

Si son entrevue pénible avec McDougal l'avait aidée d'une quelconque manière à y voir plus clair à propos d'elle-même, alors peut-être aurait-elle dû remercier ce dernier !

Elle faillit ricaner.

Comme d'habitude, Hildy l'avait rejointe pour le dîner. Elles avaient mangé presque sans rien dire. Niniver ne se souvenait pas des sujets qu'elles abordaient avant. Mais peut-être qu'avant Marcus elles ne parlaient jamais, à table…

C'était sans doute cette dernière hypothèse qui était la bonne, mais cela ne faisait que quelques jours qu'elle avait commencé à le remarquer.

Les minutes s'égrenaient, et elle employa ses pensées à essayer de se souvenir où elle avait laissé son ruban préféré, avec le petit camée qu'elle y avait accroché ce matin. Cela l'agaçait de ne pas se le rappeler. Elle l'avait porté presque toute la journée, mais pendant qu'elle travaillait dans la bibliothèque, elle l'avait retiré : il l'avait gênée quand elle s'était penchée sur ses lettres.

Elle croyait l'avoir laissé sur un coin de son bureau, mais un peu plus tard, quand elle l'avait cherché, elle ne l'avait pas trouvé. Bien sûr, elle avait alors douté de ses souvenirs, et maintenant, elle ne savait plus du tout où elle l'avait posé. Il faudrait penser à dire à Mrs Kennedy de demander aux femmes de chambre d'ouvrir l'œil, songea-t-elle.

Ferguson finit par arriver avec le thé. Hildy fit le service, puis chacune but sa tasse, avant de se lever et de quitter la pièce, en direction de l'escalier. Sur le palier, Hildy se retourna.

— Bonne nuit, ma chère, dit-elle. Dormez bien.

— Vous aussi. À demain.

Elles se séparèrent, et Niniver alla vers sa chambre. Une fois la porte close, elle fut soulagée de sentir tout autour d'elle la paix et le silence de cet endroit privé.

Sans se presser, elle se déshabilla, puis enfila sa chemise de nuit et se coucha. Allongée sur le dos, les draps remontés jusqu'au menton, elle fixait le plafond. Elle remarqua les ombres dansantes que projetaient les feuilles des arbres éclairées par la lune et agitées par la brise.

Elle avait enfin retrouvé un certain calme et se sentait l'esprit clair. Elle pouvait réfléchir, pas forcément à Marcus lui-même — c'était encore un sujet trop sensible —, mais plutôt à elle. Elle avait besoin de méditer sur ce qu'elle allait faire ensuite, à la façon dont elle voulait avancer. À la nouvelle direction qu'elle voulait imprimer à sa vie.

À cette personne neuve et plus forte qui était en train

d'émerger de la chrysalide de son passé, du temps où elle était plus jeune, moins assurée, plus timide.

Marcus était peut-être parti, leur histoire était peut-être terminée, mais le temps qu'elle avait passé avec lui — qu'ils avaient passé ensemble — l'avait changée en traçant pour elle une nouvelle voie.

Pendant qu'elle était avec lui, ses yeux s'étaient ouverts sur la femme qu'elle pouvait être. La femme qu'elle devenait entre ses bras. Et cette femme existait vraiment à l'intérieur d'elle. La force, l'audace, la capacité à agir efficacement, à imprimer un sens à sa vie : toutes ces caractéristiques, que les neuf jours passés ensemble avaient libérées, demeuraient.

En regardant en arrière, et en elle, elle avait l'impression que, dix jours auparavant, elle manquait de cette confiance pourtant essentielle. Elle avait le sentiment, aussi, que le fait d'avoir demandé l'aide de Marcus, et les jours et les nuits qu'ils avaient ensuite partagés, lui avaient fourni cet élément vital et avaient libéré et rendu plus forte la femme qu'elle était vraiment.

La femme qu'elle avait *besoin* d'être.

La femme qu'elle *voulait* être.

Cette nouvelle version d'elle-même, la femme qu'elle sentait grandir en elle, lui plaisait. À chaque nouvelle étape dans sa transformation, à chaque nouvel acte, comme le renvoi de McDougal, quand elle faisait appel à ses nouvelles forces, elle se sentait plus sûre d'elle, plus solide. Plus elle-même. Comme si elle reposait sur un sol de plus en plus ferme.

Ce changement en elle était bien réel.

Elle prit une profonde inspiration et, en fixant le plafond sans le voir, elle s'accrocha à cette nouvelle force, à ce calme intérieur croissant, et elle laissa son esprit glisser vers Marcus.

Elle essaya de voir plus loin que ses émotions nébuleuses. Tout ce qu'elle sentait, au-delà, c'était un trou béant. Le vide. Et malheureusement c'était la pure vérité, là aussi.

Elle avait exposé son cœur, et il l'avait pris.

Et elle ne pouvait plus rien y faire.

Marcus était assis à son bureau à Bidealeigh et regardait d'un air maussade la lettre qu'il venait de relire.

Il avait passé la journée à parler avec ses domestiques et ses employés, et à s'assurer que tout se passait bien au domaine. Il s'était démené et s'était occupé l'esprit, en laissant ses émotions et ses sentiments tranquilles.

Il était rentré du chenil au crépuscule, et c'était là qu'il avait trouvé la lettre. Il l'avait lue, puis il s'était lavé et avait dîné, avant de se retirer dans son bureau pour la relire et planifier sa journée du lendemain.

Au bout d'un moment, il leva le gobelet en cristal qu'il tenait dans une main pour boire une longue gorgée de whisky des Highlands. La même provenance, songea-t-il, que ce message qui le perturbait tant.

Le comte de Glencrae, Dominic, ne mâchait pas ses mots. Il avait écrit que Ramsey McDougal avait été banni de ses terres ancestrales — une punition qui témoignait par elle-même de la gravité de ses actes — pour avoir tenté de contraindre la fille d'un laird voisin à l'épouser en essayant de la violer. S'il n'y était pas parvenu, c'était uniquement parce que les frères de la jeune fille étaient intervenus à temps pour la sauver.

Apparemment, McDougal n'avait pas été juste prié de s'en aller. Il avait été banni sans ménagement, et sa famille — qui avait tout de même réussi à lui éviter un procès — l'avait déshérité et renié.

Dominic conseillait à Marcus de ne pas attendre que McDougal lui donne une bonne raison de le chasser de la région avant de s'attaquer au problème.

Les yeux fixés sur la lettre, Marcus but une nouvelle gorgée. Il avait déjà décidé de retourner au manoir de Niniver dès le lendemain matin. Quand il serait là-bas, sa seule tâche serait de convaincre celle-ci de l'accepter comme époux. Comme il ne la quitterait pas un seul instant des yeux jusqu'à ce qu'ils soient mariés, elle n'aurait rien à craindre de McDougal ni de personne d'autre. Mais, dès qu'il en aurait l'occasion, il irait parler à Sir Godfrey Riddle, le magistrat local, pour voir ce qu'ils pouvaient faire du cas McDougal.

Pas étonnant que ce sinistre personnage ait choisi Ayr comme base. Avec tous les bateaux qui passaient par le port, il pourrait s'enfuir n'importe où si quelqu'un en avait après lui.

Marcus chassa McDougal de son esprit et se concentra de nouveau sur son but principal, qui était même son seul et unique but : convaincre Niniver de l'épouser.

Maintenant qu'il avait vécu auprès d'elle, maintenant qu'il avait vu et compris toutes les pressions qui pesaient sur ses épaules, les exigences auxquelles elle était soumise à cause de son rôle de chef de clan, il saisissait parfaitement pourquoi le destin les avait liés.

Être son époux était le rôle idéal pour lui, tout comme être sa femme serait aussi pour elle un rôle qui l'épanouirait.

Fort bien. À présent, un autre défi se présentait à lui : il devait la convaincre de lui faire confiance. Plus précisément, il fallait qu'il lui ouvre les yeux afin qu'elle comprenne qu'elle lui faisait déjà suffisamment confiance, qu'elle l'avait déjà accepté. Il fallait juste qu'il l'amène à en prendre conscience.

Comment allait-il procéder ? Là était la question.

Il avait bien remarqué qu'il était tombé dans le même piège que son père et que Thomas, mais peut-être était-ce une étape nécessaire ? Il avait quitté la femme qui allait devenir son épouse. Certes, ce n'était pas lui qui l'avait voulu, et il irait la retrouver dès le lendemain, pourtant il semblait que le fait de l'avoir laissée soit une espèce de rite de passage auquel l'avait soumis le destin pour que leur couple soit plus solide encore.

Peut-être parce que le fait de revenir était une déclaration tacite ?

Pour lui comme pour eux, revenir montrait qu'ils avaient pris leur décision, et qu'elle était irrévocable. C'était un engagement, une promesse solennelle.

C'était cela : revenir, c'était s'engager.

Et il était déjà impatient de voir le jour se lever.

Faisant la moue, il repensa à leur séparation du matin. Et il n'était pas content de lui.

Au bout d'un moment, il vida son verre. Puis le reposa.

Pourquoi ne lui avait-il pas dit qu'il l'aimait ?

C'était la vérité, et les mots n'étaient pas si durs à prononcer, bon sang !

Une telle déclaration, qui tirait toute sa force de sa simplicité même, aurait stoppé net Niniver. Elle aurait désamorcé la trahison que celle-ci avait pu ressentir et aurait permis à Marcus de l'atteindre. Ils auraient pu parler.

Cela aurait été encore mieux qu'il le lui ait dit plus tôt, au lieu de…

Il s'obligea à voir la vérité en face. Il s'était montré lâche, car il avait ressenti le besoin d'être sûr qu'elle l'aimait en retour. C'était ce besoin un peu égocentrique qui l'avait poussé à lui faire la cour. En fait, ce n'était pas tant pour elle qu'il l'avait fait, mais pour lui.

Et, comme d'habitude, le destin avait compris sa petite manœuvre, avait ri, et avait décidé de lui donner une petite leçon. S'il avait mis son cœur à nu devant elle et l'avait demandée en mariage sans avoir besoin de lui faire la cour pour se sentir plus sûr de lui, elle n'aurait rien entendu qui soit susceptible de l'amener à se méprendre sur les raisons qui le poussaient à vouloir l'épouser.

Maintenant qu'elle avait cette idée fausse en tête, il allait être plus compliqué de lui faire en démordre.

Et il allait être obligé d'attaquer le problème de front. Finie, la dissimulation. Finis, les écrans de protection autour de son cœur.

Il avait pu observer le phénomène assez souvent comme cela, chez ses parents, chez Lucilla et Thomas, chez d'autres proches à lui. Au départ, beaucoup essayaient de résister, mais c'était toujours une cause perdue et il n'était pas d'humeur à gaspiller davantage de temps.

Depuis qu'il était rentré à Bidealeigh, il avait une conscience accrue de chaque heure qui passait.

Alors dès le lendemain matin, il retournerait au manoir. Et une fois qu'il serait là-bas il déposerait — verbalement, métaphoriquement, mais aussi de toutes les façons qui s'offriraient à lui — son cœur aux pieds délicats de Niniver Carrick. Et il l'y laisserait, car telle était sa place.

Cela faisait des années que son cœur appartenait à celle-ci, mais, croyant à tort la protéger, il ne le lui avait jamais dit.

Et si elle ne l'aimait pas autant qu'il l'aimait ?

Tant pis.

Il se démènerait, il se battrait, il la protégerait et s'occuperait d'elle jusqu'à ce qu'elle l'aime.

Chapitre 15

Niniver se réveilla à l'aube avec les mots « pour de vrai » en boucle dans la tête. Les brumes du sommeil obscurcissaient toujours ses pensées. Encore à moitié endormie, elle laissait son esprit vagabonder.

Et il se dirigea tout droit vers les moments, les minutes et les heures qu'elle avait passés avec Marcus. Là, dans son lit. Dans ce manoir. Sur ses terres.

Et, dans ces moments, ils avaient tout partagé : les expériences, le plaisir.

Et la joie.

Toutes ces choses avaient existé pour de vrai, elles aussi.

Cette prise de conscience alla s'ancrer en elle, là où résidaient ses émotions.

Au bout d'un moment, elle fronça les sourcils et ouvrit les yeux.

Elle regarda droit devant elle.

Pour de vrai.

Comment était-ce possible ? Ce fut pour elle comme une révélation. Elle essaya de la mettre en doute, de trouver des raisons de la nier, de prouver sa fausseté…

— Bon sang !

Plus du tout endormie, elle se tourna sur le dos.

Oui, elle avait très bien entendu ce qu'avait dit Marcus… Et Sean.

Mais était-ce *juste* parce que le clan voulait que Marcus l'épouse qu'il avait demandé sa main ?

« Je sais que le clan veut que je vous épouse, mais ce n'est pas pour cette raison que j'ai demandé votre main. »

— Oh ! Seigneur !

Il lui avait dit que ses raisons étaient tout autres, mais elle avait pris ses mots comme un moyen trop évident de lui prouver qu'elle avait mal interprété ce qu'elle avait entendu.

Elle avait supposé qu'il faisait semblant, que chaque raison avancée par lui serait forgée de toutes pièces pour la forcer à accepter de l'épouser. Elle était persuadée qu'il avait été sur le point de lui jurer qu'il l'aimait, et elle aurait été forcée de répondre que c'était un mensonge. Qu'elle *savait* que c'en était un.

Et s'il lui avait dit la vérité, néanmoins ? Et s'il voulait vraiment l'épouser ? Pas parce que le clan souhaitait qu'il le fasse, mais pour une autre raison ?

Elle lui avait fait confiance : dès le départ, elle avait senti qu'elle pourrait se fier à lui. Et son instinct ne s'était pas trompé. Toutes les fois où elle s'en était remise à Marcus — aveuglément —, il ne l'avait jamais laissée tomber.

Alors il n'y avait vraiment aucune raison pour qu'elle se mette à douter de son instinct maintenant. Aucune raison de ne pas continuer à faire confiance à Marcus et accepter qu'il ne ferait jamais rien pour la faire souffrir, en tout cas intentionnellement.

Il fallait qu'elle soit franche avec elle-même : elle croyait toujours en lui, et il ne lui avait donné aucune raison de changer d'attitude à son égard.

Mais qu'il veuille l'épouser — pour une autre raison que pour faire plaisir au clan — ne signifiait pas non plus pour autant qu'il l'aimait.

Elle appréciait de l'avoir à ses côtés. Elle appréciait sa compagnie autant qu'elle appréciait de l'avoir comme amant. Elle se sentait plus sûre d'elle et en sécurité quand il était avec elle, et davantage capable de bien remplir son rôle de chef de clan.

Mais elle n'avait pas besoin d'un mariage pour tout cela.

Pourtant, elle était certaine que ce serait le prix qu'il demanderait et qu'il s'attendrait à ce qu'elle paie.

Elle ne voulait pas prendre le risque de se marier, même avec lui, mais elle ne voulait pas le perdre non plus, pas si elle pouvait l'éviter.

Dans ce cas, il ne servait à rien de réfléchir à ce qu'il y avait de mieux pour le clan. Si la raison qui le poussait à vouloir l'épouser était acceptable pour elle, alors les bénéfices pour le clan seraient potentiellement immenses, sans parler des questions de succession.

Et si cette raison n'était pas recevable, alors le clan serait mieux servi si elle restait célibataire.

Tout était donc suspendu à la raison pour laquelle il voulait l'épouser.

Et il lui fallait aussi faire abstraction du clan et qu'elle veuille, en tant que femme et non en tant que lady, vraiment l'épouser elle aussi.

Au cours des dernières années, elle n'avait pas pensé à elle, ni à ses besoins et envies personnels. Ses responsabilités l'avaient accaparée, et elles étaient si exigeantes qu'elles l'avaient amenée à considérer le mariage comme impossible pour elle.

Mais maintenant… Si elle laissait décider la femme

plus forte et plus sûre d'elle qu'elle était en train de devenir, alors…

— S'il m'aime, je suis prête à l'épouser demain.

Elle ne connaissait pas grand-chose à l'amour. Comment le reconnaître ? Sa mère était morte quand elle était très jeune, et elle n'avait qu'un vague souvenir de son oncle et sa tante, les parents de Thomas. Elle n'avait pas de vrai guide, pourtant elle avait toujours eu le sentiment que, pour une femme, l'amour était la seule garantie pour être heureuse en mariage.

L'amour, si Marcus le lui offrait, était le seul argument qui pourrait la convaincre de lui dire oui.

Bien entendu, s'il l'aimait, il voudrait qu'elle l'aime en retour, mais ce n'était pas un problème. Elle l'aimait depuis des années, et s'il l'aimait pour de vrai, elle n'aurait aucune réticence à l'admettre.

S'il l'aimait…

Comment allait-elle pouvoir le découvrir ?

À sa grande surprise, la réponse surgit dans son esprit aussitôt la question formulée. Certes, cette suggestion venait de la « nouvelle » Niniver, mais ce n'était qu'une raison de plus pour l'accepter.

Elle rejeta les couvertures, se leva et se dirigea vers sa table de toilette. Le sourire aux lèvres, elle versa l'eau du broc dans la cuvette. L'ancienne Niniver n'aurait jamais eu l'assurance nécessaire pour entreprendre ce qu'elle s'apprêtait à faire.

Elle voulait savoir, donc elle irait le trouver pour le lui demander.

M'aimez-vous ? Leur avenir était suspendu à ces trois petits mots.

Elle lui faisait confiance : elle était certaine qu'il ne

lui mentirait pas. Et elle faisait désormais suffisamment confiance à son instinct : alors, même s'il essayait de lui mentir, elle le sentirait aussitôt.

Ils régleraient ce problème aujourd'hui même, dans la matinée, face à face.

Elle reposa le broc avec la certitude d'être en accord avec elle-même et avec celle qu'elle avait décidé d'être. *Carpe diem* était la nouvelle devise qu'elle entendait suivre. Elle plongea les mains dans la cuvette et s'aspergea le visage d'eau.

Marcus était en train de prendre son petit déjeuner dans le petit salon quand Mrs Flyte entra. Elle qui d'habitude était toujours joviale arborait un visage interdit.

— Mindy vient de trouver ceci devant la porte d'entrée, sir.

Elle tendit à Marcus un petit paquet cacheté.

— Juste devant la porte d'entrée. J'ignore pourquoi celui qui a déposé ceci n'a pas frappé à la porte, et Flyte dit qu'il n'a rien vu ni entendu.

Marcus prit le paquet.

— Merci.

Mrs Flyte inclina la tête et se retira.

Marcus examina le paquet sommaire, constitué d'une feuille de papier pliée autour de quelque chose de mou et scellée à la cire. Son nom était inscrit sur le dessus, d'une écriture masculine. Marcus retourna le paquet, glissa un doigt sous le cachet, le rompit, puis en fit sortir le contenu.

Un ruban auquel était accroché un petit camée tomba sur la table, en même temps qu'une lettre pliée.

C'était la première fois qu'il voyait ce camée, mais le

ruban, en revanche... Il le reconnut immédiatement. Il l'avait souvent vu autour du joli cou gracile de Niniver. Il reposa sa fourchette et déplia la lettre.

Je l'ai. Si vous voulez la revoir, venez à l'ancienne mine de plomb, celle dont le portique tient toujours debout. Venez seul. Ne dites rien à personne, et ne tentez pas de donner l'alerte. Vous êtes surveillé. Si vous tentez de prévenir qui que ce soit, vous ne la reverrez jamais vivante.

Venez seul, et venez sur-le-champ. Sinon vous pourrez dire adieu à la douce Niniver.

Comme il aurait pu s'en douter, le message n'était pas signé.

Marcus étudia la graphie et pensa à la lettre qui se trouvait sur son bureau, la lettre de Glencrae.

Était-ce là l'œuvre de McDougal ?

Il avait préparé son sac à l'avance et l'avait laissé près de la porte d'entrée. Il avait déjà fait prévenir Johnny de seller et de préparer Ned.

Était-il surveillé de très près ?

Allait-il oser laisser un mot, et demander à Johnny d'aller le porter ?

Ou bien prévenir Flyte et supposer que quand lui, Marcus, serait parti pour la mine, celui ou ceux qui le surveillaient allaient le suivre ?

Il resta assis quelques minutes, puis finit par se lever et se diriger vers son bureau. Il laissa la lettre de Glencrae, le billet rédigé par le ravisseur de Niniver et le camée en évidence sur son sous-main. Il ne pouvait rien faire qui puisse présenter un risque pour Niniver. Mais, s'il se passait quelque chose et qu'il ne revenait pas, son bureau serait le premier endroit qu'inspecteraient son père ou ses frères.

Puis il quitta la pièce en refermant la porte derrière lui et prévint Mrs Flyte qu'il allait faire un tour à cheval et qu'il reviendrait chercher son sac plus tard.

Il quitta la maison en enfilant ses gants de cheval. Ned était prêt à partir. Johnny le regarda un peu bizarrement quand Marcus ne lui rendit pas son sourire, mais il n'avait pas le temps de s'en préoccuper. Tout son esprit était accaparé par l'urgence de retrouver Niniver et de la ramener.

Peu importait que ce soit Ramsey McDougal ou un autre qui soit l'auteur de ce rapt.

Quelqu'un l'avait enlevée. Il devait la retrouver.

La vengeance viendrait dans un second temps.

Une fois en selle, il talonna les flancs de Ned et partit pour les mines de plomb désaffectées.

Abandonnées depuis longtemps, les anciennes mines se trouvaient au nord du domaine des Carrick. Les terres appartenaient à la Couronne, ce qui signifiait que personne ne les entretenait, et la zone aux alentours était envahie par la végétation.

Pour Marcus, et pour tous ceux qui avaient grandi dans la région, la mine dont parlait la lettre avait exercé une grande fascination sur l'enfant qu'il avait été. Et, bien qu'on lui ait toujours interdit de s'en approcher, il avait désobéi, comme les autres. Cela étant, il ne s'y était pas aventuré depuis plus de dix ans.

Il ignorait combien de mines il y avait au total. Mais une seule conservait encore son portique, sur lequel, à l'origine, était fixé un système de poulies servant à transporter les seaux de minerai.

Il lui fallut un peu plus de quinze minutes pour atteindre le point de rendez-vous. L'entrée était un trou en forme d'arche creusé dans le flanc d'une colline, à l'abri d'un affleurement rocheux. Le portique rouillé se trouvait juste devant l'entrée, qu'il encadrait. Au-dessus de la mine, la colline s'élevait vers la crête d'un de ces pitons rocheux qui parsemaient le paysage et évoquaient des doigts tendus vers le ciel.

Bien qu'envahi par les herbes folles, le chemin qui conduisait à la mine était toujours visible. Il menait à une zone à peu près dégagée mais pas très large se trouvant juste devant l'entrée. Mais tout autour les arbres et les buissons avaient poussé partout.

Pour qui voulait se cacher, il n'y avait que l'embarras du choix.

Marcus fit le tour de la mine, mais tout ce qu'il aperçut fut un cheval solitaire, accroché à un arbre non loin de l'entrée. Il portait sur son dos une selle d'homme. Il n'y avait aucun autre cheval en vue, ni aucun attelage de quelque sorte que ce soit, mais Niniver était si légère que l'individu qui l'avait enlevée avait très bien pu la transporter jusqu'ici sur ce même cheval.

Il semblait peu probable, en tout cas, qu'elle soit venue là de son plein gré.

Il essaya de ne pas songer à ce qui avait pu se passer, pourtant l'impensable le poussait à entrer dans la mine sans plus tarder. Il revint vers l'entrée béante, devant laquelle il descendit de cheval. Il faisait noir à l'intérieur, mais on distinguait de la lumière, un peu plus loin dans le tunnel.

— Niniver ?

Il ne fut pas surpris quand seul le silence lui répondit.

Se sentant d'humeur de plus en plus sombre, il enroula les rênes de Ned sur elles-mêmes et les accrocha à la selle. Bien que turbulent, son cheval était attaché à lui. Il partirait peut-être, mais il n'irait pas loin, et il reviendrait toujours si Marcus le sifflait. Et si quelque chose lui arrivait, Ned ne laisserait personne d'autre l'approcher. Il rentrerait peut-être à Bidealeigh, ou à l'écurie du manoir, mais il ne laisserait personne d'autre le monter — mis à part Lucilla, qui savait elle aussi amadouer l'étalon.

Quand Marcus poussa Ned loin de l'entrée de la mine, le cheval protesta bruyamment, mais il finit par aller brouter un peu plus loin.

Marcus se tenait face à la cavité béante. Tête penchée, il écoutait, mais il n'entendit pas le moindre bruit. Il se redressa et pénétra dans l'obscurité.

Presque aussitôt, il dut se pencher plus encore pour que sa tête ne heurte pas le plafond. Le tunnel descendait sous la colline et, comme Marcus l'avait deviné, une lampe avait été posée près du premier virage, à l'endroit où le tunnel obliquait vers la gauche.

Le silence était total, ce qui laissait penser que rien n'allait se passer dans l'immédiat. Marcus s'arrêta donc pour laisser le temps à ses yeux de s'habituer à la pénombre. Dès qu'il se sentit capable de voir où il mettait les pieds, il se remit en marche.

Le tunnel avait été sommairement creusé à coups de pioche dans la roche et était étayé par de gros pieux. Juste avant le virage, le conduit se resserrait. Marcus continua et découvrit que la lampe était encore plus loin, près d'un autre virage qui tournait cette fois vers la droite.

La lumière y était plus vive.

— Niniver ?

Il pressa le pas jusqu'au virage. Une lanterne était en effet posée sur un côté du tunnel. Il observa rapidement autour de lui puis marcha jusqu'au bout de la surface éclairée. Mais il n'y avait personne, ni rien d'autre là-bas. Juste la lanterne…

Crac !

Un bruit de bois en train de se briser.

Marcus regarda en direction de l'entrée.

Crac !

Un grondement de pierres entrechoquées.

Marcus jura et courut en sens inverse. La lampe, les deux virages… Il arriva à temps pour apercevoir une silhouette sombre à contre-jour, juste à l'entrée de la mine, cogner avec une masse sur un des étais en bois.

Dans un fracas assourdissant, le plafond du tunnel s'effondra.

Marcus fit demi-tour pour se mettre à l'abri. En courant, il trébucha et s'étala de tout son long. Des pierres volaient et rebondissaient. Il se protégea la tête avec les bras et releva les jambes. Il essaya de ne pas respirer pour ne pas avaler la poussière qui avait tout envahi.

Le vacarme finit par cesser.

Lentement, Marcus leva la tête. Il ouvrit les yeux en clignant les paupières, mais il se trouvait désormais dans l'obscurité la plus complète. Le courant d'air causé par l'éboulement avait dû souffler la lampe. Il déplia prudemment ses membres, puis tenta de s'asseoir. Il souffrait de multiples coupures, ecchymoses et griffures, mais rien ne semblait cassé.

Tout à coup, en provenance de l'autre côté de l'éboulement, il entendit une voix résonner de manière sinistre.

— Merveilleux !

Il reconnut tout de suite Ramsey McDougal.

— Au revoir, Cynster. Je doute que vous puissiez m'entendre, mais au cas où, je suppose que je dois vous remercier d'avoir mordu à l'hameçon et d'avoir accouru si vite. Et, si vous êtes encore vivant, je vais vous faire gagner du temps : j'ai vérifié, et maintenant que ce tunnel est condamné, il n'y a aucune voie de sortie. Je vais donc vous laisser méditer sur vos erreurs. Pendant ce temps, je vais aller prendre votre place. D'une façon ou d'une autre, Niniver Carrick sera bientôt à *moi*. Et avec elle, tout ce qui lui appartient.

Marcus ne répondit pas. Il écouta les bruits de pas de plus en plus lointains de McDougal.

Puis le silence se fit.

Il fut interrompu par un autre grondement de pierres en train de s'effondrer.

Marcus fronça les sourcils. Maintenant que ses yeux s'étaient habitués à cette obscurité plus profonde, il se rendit compte qu'il ne faisait pas complètement noir. Cela n'aurait pourtant pas dû être le cas. Il y avait une source lumineuse quelque part, et cette fois elle provenait de l'entrée de la mine.

Lentement, il se leva. Des pierres et des gravats s'étaient entassés près du virage. Il les escalada et se retrouva face à un véritable mur de pierres éboulées qui occupait tout le petit rétrécissement — mais il y avait une petite ouverture. Le support en bois à sa gauche était resté en place, et une partie de la structure qui soutenait le plafond y était toujours fixée.

Un immense soulagement l'envahit. Jusqu'à ce que disparaisse cette oppression autour de sa poitrine, il ne s'était pas rendu compte qu'il retenait son souffle. Il inspira en faisait attention à ne pas avaler trop de poussière. Avec quelques gestes rapides, il appuya avec ses mains gantées sur l'éboulement rocheux pour tester sa résistance.

L'amas de pierres était bien plus important sur la droite, où les étais avaient complètement cédé. Par là, il ne pourrait jamais passer. Mais sur la gauche… La base de l'éboulement était très large, mais tout en haut, lorsque Marcus appuya, il déclencha une petite avalanche de pierres grosses comme le poing.

Il se mit donc à les enlever, une par une, afin d'agrandir le trou.

Un énorme bruit, suivi immédiatement de deux autres, le fit sursauter. L'effondrement partiel du tunnel avait affaibli toute la structure, et le souterrain allait sans doute s'écrouler totalement d'un moment à l'autre.

Il économisa son souffle en se retenant de crier.

Avec acharnement, il déplaçait cailloux et gravats. Mais au-delà des premières pierres, au-delà des premiers centimètres, l'éboulement redevenait plus important, et Marcus dut retirer un nombre considérable de pierres pour agrandir le trou de quelques centimètres à peine.

Il ne ralentit pas. Il ne pouvait pas abandonner. Hors de question. D'une part, il voulait vivre. Mais, surtout, il y avait Niniver à sauver.

Ramsey McDougal avait été banni parce qu'il avait essayé de forcer un mariage par le viol. Niniver ignorait ce fait. Elle n'avait aucune raison de soupçonner McDougal de nourrir d'aussi viles intentions à son endroit.

Et les membres de son clan non plus.

Il fallait qu'il sorte d'ici et qu'il coure vers elle, car s'il ne la sauvait pas, qui le ferait ?

Niniver pénétra dans la cour de l'écurie à Bidealeigh alors que cinq de ses lévriers emboîtaient le pas à Oswald. Elle avait emmené les chiens au cas où elle aurait eu besoin d'une excuse pour expliquer sa présence chez Marcus.

Elle avait réussi à quitter le manoir sans que Sean ni personne d'autre ne l'escorte. Les trois palefreniers et les deux garçons d'écurie se trouvaient dans l'enclos qui était situé derrière l'écurie pour aider une jument à mettre bas. Niniver avait réussi à s'y faufiler, à seller Oswald — ce qui n'avait pas été une mince affaire —, à monter en selle et à filer à travers champs sans que personne ne s'en rende compte. Elle s'était arrêtée à la ferme du vieil Egan pour prendre ses chiens, puis elle était partie en direction de Bidealeigh.

Maintenant qu'elle avait décidé de demander à Marcus s'il l'aimait ou pas, elle avait bien l'intention de se lancer le plus vite possible.

Le domestique de Marcus annihila ses espoirs.

— Mr Cynster est parti à cheval il y a peu, milady.

— Oh.

Elle fronça les sourcils.

— Savez-vous où il est allé ? En a-t-il pour longtemps, à votre avis ?

— Il ne m'a pas dit où il allait, mais il est parti dans cette direction.

Le garçon d'écurie tendit le doigt vers le nord-ouest.

— Je ne pense pas qu'il en ait pour trop longtemps. J'ai entendu Mrs Flyte dire qu'il retournait au manoir, qu'il avait laissé son sac près de la porte, et qu'il repasserait le prendre.

— Ah.

Il avait donc déjà l'intention de venir la retrouver ? Cela semblait prometteur.

— Je vais peut-être entrer pour lui laisser un message.

Un message d'encouragement.

Le domestique tint Oswald pendant qu'elle descendait de cheval.

— Je n'en ai pas pour longtemps.

Elle donna l'ordre aux lévriers de s'asseoir et de l'attendre. Ils obéirent, mais gémirent lorsqu'elle s'éloigna.

Une fois devant la porte, elle sonna à la cloche et entendit aussitôt des bruits de pas lointains. Une minute plus tard, Mrs Flyte ouvrait la porte.

Le visage de la gouvernante s'éclaira lorsqu'elle la vit.

— Lady Carrick.

Mrs Flyte ouvrit grand la porte.

— Le maître des lieux vient de quitter la maison, mais il a dit qu'il serait bientôt de retour.

La gouvernante regarda le sac de Marcus, qui était posé près de la porte.

— Mr Cynster vous attendait-il, milady ?

— Non. Je me promenais avec mes chiens, et j'ai eu l'idée de m'arrêter.

Niniver commença à enlever ses gants.

— J'aimerais lui laisser un mot, pour qu'il sache que je suis passée.

— Oui, bien sûr, milady.

Mrs Flyte recula, et Niniver pénétra dans le petit hall d'entrée. La gouvernante ferma la porte, puis lui désigna le couloir qui menait au bureau de Marcus.

— Je suis certaine que Mr Cynster ne vous en voudra pas si vous utilisez son bureau. Il range son papier dans le tiroir situé en haut à droite.

— Merci. Ce sera parfait.

Avec grand empressement, la gouvernante ouvrit la porte du bureau et fit signe à Niniver d'entrer.

— Si vous voulez bien m'excuser, milady, j'ai une casserole sur le feu, et je dois aller remuer pour que ça n'attache pas. Mon mari est parti au marché, et la femme de chambre est absente pour la journée. Je suis donc seule ici, mais surtout appelez-moi si vous avez besoin de quoi que ce soit.

Niniver acquiesça.

— Je ne pense pas en avoir pour longtemps.

Mrs Flyte exécuta une petite révérence, puis se hâta en direction de la cuisine. Niniver regarda autour d'elle et se dirigea vers le bureau. En retirant son deuxième gant, elle baissa les yeux et vit… son ruban préféré, enroulé avec soin et placé dans un angle du sous-main.

Interdite, elle le saisit.

— Mais… Comment est-ce possible ?

Elle enroula le ruban autour de ses doigts et reconnut aussitôt ce contact soyeux qui lui était si familier. Puis elle regarda le camée. Il s'agissait bien du sien.

Fixant le bijou, elle essaya de réfléchir. Elle avait choisi ce ruban la veille parce que c'était son préféré et qu'elle avait besoin de réconfort. *Après* le départ de Marcus. Elle était certaine d'avoir porté le ruban autour du cou durant toute la matinée, et de l'avoir retiré un peu après le déjeuner.

Comment s'était-il retrouvé là, chez Marcus ?

Lorsqu'elle regarda le bureau, elle se rendit compte que

le ruban n'était pas le seul objet posé sur le sous-main. S'y trouvaient également deux lettres, tournées dans la direction des personnes susceptibles d'entrer dans la pièce, comme si elles les invitaient à les lire. L'une était une missive rédigée dans une écriture élégante, l'autre était un court billet.

Elle prit la première lettre et la lut. Le « Glencrae » apposé à la fin la renseigna sur son auteur et lui laissa penser que les informations qu'elle contenait étaient capitales, ce qui était bien le cas. Lorsqu'elle en eut pris connaissance, elle ne put que se féliciter de n'avoir jamais, pas plus que Marcus, fait confiance à Ramsey McDougal.

Elle reposa la lettre de Glencrae et se saisit ensuite du court billet.

Lorsqu'elle parcourut les quelques lignes, son sang se glaça.

Quand elle eut fini de lire, son cœur s'était arrêté de battre.

— C'est un piège.

Un piège destiné à Marcus.

Elle commença par céder à la panique. Son cœur battait à tout rompre. Mais elle prit une grande inspiration et tenta de se calmer. N'était-elle pas cette nouvelle personne, plus forte, plus déterminée, plus maîtresse de sa vie ?

Marcus était tombé dans un traquenard, sciemment. Il se doutait qu'il s'agissait d'un piège — vu les deux lettres et son ruban laissés en évidence —, pourtant il était parti. Et étant donné ce qu'avaient dit Johnny et Mrs Flyte, il n'avait pas pris le risque de prévenir qui que ce soit.

Elle était venue jusqu'ici avec l'intention de lui demander s'il l'aimait, mais les mots n'étaient plus nécessaires.

Il était parti pour la sauver. Il agirait toujours en faisant en sorte de la protéger et de la défendre.

Et celui qui était derrière tout cela — Ramsey McDougal — avait eu l'idée de se servir d'elle pour le faire mordre à l'hameçon. Ce dernier savait qu'elle était le point faible de Marcus. Parce qu'il lui était tout dévoué.

Parce qu'il l'aimait.

Elle n'avait pas besoin d'autres preuves de son amour.

Maintenant, c'était à elle de le sauver, *lui*.

Il avait dit qu'il voulait partager son futur. Ce serait impossible s'il mourait.

Elle reposa le billet avec la lettre et laissa son ruban également. Puis elle se dépêcha de quitter la pièce et de gagner la cuisine.

— Mrs Flyte ?

La gouvernante leva les yeux de la marmite dont elle était en train de mélanger le contenu.

— Oui, milady ?

Niniver prit une grande inspiration et dit, d'une voix aussi calme et assurée que possible :

— Je crois que Mr Cynster est en danger, peut-être même en danger de mort. Il s'est rendu à un rendez-vous pensant que j'avais été enlevée, mais comme vous le voyez, je suis libre et je me porte tout à fait bien. Il est parti à l'une des anciennes mines de plomb, celle dont le portique tient toujours debout. Savez-vous de laquelle il peut s'agir ?

Mrs Flyte ouvrait des yeux de plus en plus immenses.

— Oh ! Seigneur !

Elle en lâcha sa louche et s'essuya les mains sur son tablier.

— Je suis désolée, milady, mais je ne suis jamais allée

près des anciennes mines. Je vois à peu près où elles se trouvent, mais je ne sais rien sur les mines elles-mêmes.

Niniver fit la grimace.

— Pareil pour moi.

Alors que tous les garçons de la région connaissaient les mines par cœur, peu de filles s'étaient aventurées dans ces endroits sales et dangereux.

— Johnny saura peut-être.

Mais, une fois que Mrs Flyte eut retiré sa marmite du feu et qu'elles furent allées trouver le palefrenier à l'écurie, ce dernier secoua la tête.

— Je suis désolé, milady, mais je ne suis pas né dans le coin. Je viens d'Ayr et le maître m'a fait venir ici parce que je connaissais bien les chevaux.

Niniver ne se faisait guère d'illusions sur ses chances de retrouver Marcus si elle devait explorer au préalable toute la zone des mines désaffectées. Ses chiens, sentant son angoisse grandissante et sa détresse, s'approchèrent. Les deux chiennes s'appuyèrent contre ses jambes et collèrent leurs têtes contre ses mains.

Tout à coup, Niniver sembla se rendre compte de leur présence.

— Mais bien sûr !

Elle leva les yeux vers Johnny.

— Certains de mes lévriers sont capables de suivre une piste en flairant dans l'air. Mr Cynster est-il parti avec Ned ?

Comme Johnny acquiesçait, elle demanda :

— Vite, apportez-moi la couverture de Ned !

En se tournant vers Mrs Flyte, elle ajouta :

— Mr Cynster a ramené hier les vêtements qu'il a portés ces derniers jours. Les avez-vous déjà lavés ?

— Non, milady. Ils sont à la buanderie. Mindy s'en occupera demain quand elle sera là.

— Parfait.

Niniver attrapa le bras de Mrs Flyte et le pressa d'un air implorant.

— S'il vous plaît, voulez-vous bien aller chercher l'une des chemises de Mr Cynster, une qu'il a récemment portée ? Son odeur y sera encore et, avec un peu de chance — elle regarda ses chiens — mes lévriers seront à la fois capables de retrouver la trace de Ned et de son maître.

— Mais vous ne pouvez pas y aller seule, milady.

Mrs Flyte paraissait catastrophée.

— Flyte est absent, et aujourd'hui tous les autres hommes sont dans les champs qui se trouvent à la limite orientale de la propriété, très loin d'ici.

Niniver secouait déjà la tête.

— Je ne peux pas attendre qu'on les prévienne.

Elle ignorait d'où lui venait cette certitude, mais elle savait qu'elle devait retrouver Marcus sur-le-champ.

Chaque minute comptait.

C'était le défi qu'elle devait relever si elle voulait, en récompense, pouvoir partager sa vie avec lui.

Johnny revint avec une grosse couverture de cheval. Niniver désigna les barrières.

— Laissez-la là pour l'instant, près des chiens, et allez seller un cheval pour vous. J'ai besoin d'envoyer un message au domaine de la Vallée.

Se tournant de nouveau vers Mrs Flyte, elle agrippa le bras de cette dernière et la poussa gentiment vers la maison.

— Il me faut cette chemise. Pendant que vous allez la chercher, je vais écrire un mot aux parents de Marcus, à mon cousin Thomas et à Lucilla. Je vais leur expliquer ce que je pense avoir compris, où je vais, et où se trouve Marcus. Je vais leur suggérer de me rejoindre là-bas, en passant peut-être d'abord par le manoir.

Si la personne qui se trouvait derrière tout cela était bien McDougal, cela signifiait qu'elle était sa cible ultime, et que ce piège avait été conçu pour se débarrasser de Marcus, et ensuite être libre de se présenter devant elle pour, de nouveau, la harceler. Quoi qu'il en soit…

— Je crois que le coupable, me croyant chez moi, au manoir, va s'y rendre.

Elle lâcha Mrs Flyte et se dirigea la première vers la maison. Elle commençait à entrevoir le plan de McDougal.

— Je pense que Mr Cynster a été piégé dans la mine. Prions le ciel et la Lady pour qu'il ne soit pas déjà mort.

C'était peut-être l'expression de son souhait le plus cher, une incapacité à croire au pire, ou quelque chose de plus mystérieux, mais au fond d'elle-même, elle était sûre que Marcus était encore vivant.

— Mais l'homme qui se trouve derrière tout cela ignore que je suis ici et que je sais déjà où se trouve Mr Cynster. Je ne pense pas qu'il — le coupable — sera toujours à la mine quand j'y arriverai.

Elle gagna le bureau tout en détaillant à voix haute ce qu'elle avait l'intention de faire.

— Si je ne peux pas libérer Mr Cynster moi-même, j'irai trouver les Canning et les Bradshaw. Leurs fermes sont celles qui sont les plus proches de la mine, et il y aura assez d'hommes pour m'aider.

S'arrêtant devant le bureau, elle regarda Mrs Flyte.

— J'ai besoin de cette chemise. *Tout de suite.*

Mrs Flyte exécuta une petite révérence.

— Oui, milady.

Et, sans protester, elle fila.

Niniver ouvrit la porte et alla s'asseoir au bureau. Elle trouva du papier et une plume à peu près utilisable, et se dépêcha d'écrire un billet — elle n'avait pas le temps de faire plus long — où elle énumérait simplement ce qui s'était passé, ce qui, selon elle, était arrivé à Marcus, et ce qu'elle proposait.

Elle ne perdit pas de temps à soigner la présentation ni à rédiger des phrases complètes. Elle signa, puis fit sécher l'encre et plia la feuille.

Alors qu'elle se levait, la lettre à la main, Mrs Flyte apparut devant la porte avec l'une des chemises de Marcus.

— Parfait.

Niniver se hâta de rejoindre la gouvernante. Elle prit la chemise.

— Quand Flyte, ou n'importe quel autre homme, sera de retour, demandez-lui de rester ici et d'attendre les ordres de Mr Cynster.

Mrs Flyte se tordit les mains.

— J'espère vraiment qu'il va bien, milady. Ces mines sont si vieilles, et elles ont toujours eu la réputation d'être traîtres.

Niniver refusa de réfléchir aux dangers qu'encourait Marcus. Elle enfila ses gants d'équitation et se dirigea vers la porte d'entrée.

— Je suis certaine que Mr Cynster vous préviendra dès que nous l'aurons libéré.

Elle courut vers l'écurie, suivie par Mrs Flyte.

Johnny les attendait au-dehors et tenait les rênes d'un cheval qui avait belle allure.

— Je me suis dit que Mr Cynster voudrait que je prenne un de ses chevaux les plus rapides.

— En effet.

Niniver lui tendit le billet.

— Le majordome de Carsphairn Manor s'appelle Polby. Remettez-lui ceci en mains propres. Dites-lui que cela vient de moi, que Mr Marcus est en danger, et qu'il faut immédiatement remettre ce billet à Lord Cynster, à Lady Cynster, à Mr Thomas Carrick ou à Mrs Carrick.

Johnny rangea la lettre dans sa poche pendant qu'il répétait les ordres de Niniver.

Elle hocha la tête.

— Très bien. Maintenant, allez-y !

Johnny sauta en selle et lança son cheval au galop.

Niniver se tourna vers ses chiens. Elle prit la couverture et la présenta aux cinq lévriers en leur donnant l'ordre de renifler. Puis, alors que Mrs Flyte l'aidait en accrochant la couverture à la selle d'Oswald, Niniver appela les deux chiennes qui possédaient ce flair exceptionnel, et à l'écart, leur donna la chemise de Marcus pour qu'elles la sentent.

Mrs Flyte leva les yeux vers elle.

— J'espère que vous allez retrouver notre maître et qu'il va bien. Faites attention à vous, milady, et bonne chance !

Niniver hocha la tête. Elle donna l'ordre aux chiens de se mettre en chasse et lança Oswald derrière eux.

Alors qu'elle suivait une piste qui menait, comme l'avait annoncé Johnny, vers la partie nord-ouest des terres de Bidealeigh, elle s'autorisa enfin à penser à ce qu'elle pourrait trouver en arrivant à l'ancienne mine.

Elle imaginait que McDougal avait assommé Marcus,

l'avait ligoté et l'avait caché dans la mine. Cela semblait le scénario le plus probable. Elle ne voulut pas réfléchir à d'autres possibilités, pas avant que quelque chose ne se présente. Elle songerait au pire quand elle y serait confrontée.

Les chiens couraient librement et gardaient la direction des mines désaffectées.

Niniver encouragea sa meute et son cheval.

Et, en silence, elle pria.

Chapitre 16

Marcus restait sourd aux grondements qui résonnaient tout autour de lui et, avec persévérance, continuait d'enlever une à une les pierres de l'éboulement l'empêchant de sortir de la mine. De temps en temps, des gravats et de la poussière tombaient du plafond, signes avant-coureurs de l'effondrement final qui ne tarderait pas.

Il ne voulait pas mourir. Il continuait de déplacer, de soulever, de pousser, mais c'était un travail de longue haleine. Il avait réussi à agrandir le trou qui, au départ, était plus petit que son poing. Il avait pour l'instant la taille d'une grosse citrouille, mais ce n'était toujours pas suffisant pour qu'il s'y faufile. Pour le moment, seule sa tête passerait.

Pour une fois, avoir de larges épaules n'était pas un avantage.

Il ignorait totalement le temps qu'il lui restait avant que le tunnel ne s'effondre pour de bon. Peut-être aurait-il mieux fait d'accepter son sort et consacrer ses derniers instants à prier Dieu et la Lady.

Mais il n'arrivait pas à croire que c'était la façon dont devait se terminer son existence. Pas alors qu'il avait encore tant à faire ! Comme dire à Niniver qu'il l'aimait.

Comme la protéger de McDougal et des hommes du même acabit.

Le simple fait de penser à ce que ce scélérat pouvait avoir en tête la concernant lui fit serrer la mâchoire et l'incita à redoubler d'efforts.

Il fallait qu'il sorte, pas tant pour lui, mais surtout pour Niniver. Il fallait qu'il la rejoigne avant qu'il ne soit trop tard.

La poussière qui flottait dans l'air gênait sa respiration. Il s'arrêta pour évaluer la taille du trou. Pas assez large, encore.

Un bruit familier de grattements parvint à ses oreilles.

Des chiens ?

En inclinant la tête, il regarda à travers le trou, en direction de l'entrée.

Et il vit plusieurs lévriers écossais se presser au pied de l'éboulement. En le voyant, les chiens aboyèrent, puis un ordre lancé d'une voix nette et autoritaire les fit taire et reculer.

Marcus emplit ses poumons. Il était sur le point de crier lorsque Niniver se précipita dans le tunnel.

— Marcus ?

Elle vit les pierres effondrées.

— Oh ! non !

— Je vais bien, lança-t-il.

Un autre bruit horrible retentit, et une pluie de fines pierres s'abattit sur eux.

— Dieu merci, vous êtes vivant.

Elle se mit à tousser. En penchant la tête et en se couvrant le nez et la bouche, elle se précipita vers l'éboulement.

— Niniver... Non ! Sortez de là.

Il renouvela ses efforts pour agrandir le trou, en délogeant les pierres écroulées le plus rapidement possible.

Elle ignora son ordre. Lorsqu'elle fut devant l'éboulement, elle y posa ses mains gantées, puis se hissa sur la pointe des pieds et, à travers le trou, regarda Marcus.

— Non. Je ne vous laisserai pas ici. Continuez de creuser.

Elle se mit à retirer des pierres elle aussi, petites et grosses.

Le grondement dans le tunnel semblait se renforcer. De la poussière et des gravats tombaient presque constamment. La roche craquait et se fissurait. Des éclats retombaient sur le sol.

Les gants de Marcus étaient déchirés. Il continua de retirer des blocs de pierre, mais même pour gagner quelques pauvres centimètres, cela lui prenait un temps fou.

— Niniver, *s'il vous plaît*, dit-il d'une voix suppliante. Cela ne sert à rien que nous mourions tous les deux.

Elle était en train de déplacer une grosse pierre et ne leva même pas les yeux.

— Si vous mourez, je mourrai aussi, que ce soit dans ce tunnel ou ailleurs.

Elle accompagna ses efforts d'un petit grognement, et réussit à retirer la pierre.

— Alors cessez de discuter. Continuez de creuser, c'est tout.

Il perçut une panique grandissante dans sa voix, mais il connaissait aussi son entêtement. Et sa volonté implacable.

Il jeta l'éponge et, avec frénésie, déplaça les pierres les unes après les autres.

— Je vous aime.

— Je sais.

Il cligna les paupières, puis chassa ses cheveux de devant ses yeux.

— Vous savez ?

Elle fit un petit geste de la main.

— Oui, sinon pourquoi seriez-vous ici ?

Elle dégagea une pierre et la lança derrière elle.

— Vous pensiez que McDougal m'avait enlevée, et vous êtes venu me sauver tout en sachant qu'il s'agissait très vraisemblablement d'un piège.

— Il avait votre ruban.

— Je pense qu'il me l'a volé.

Il souffla en déplaçant une énorme pierre.

— Si nous sortons d'ici…

— *Quand* nous sortirons d'ici, corrigea-t-elle, en transportant des pierres dans ses bras. En parlant de cela, à votre avis, pouvez-vous passer ?

Il s'arrêta pour évaluer la taille du trou.

— Pas encore tout à fait.

À peine avait-il prononcé ces mots qu'un long et horrible grondement se fit entendre au-dessus de leurs têtes, suivi de trois craquements sourds et brefs.

Ils se figèrent. Le silence sembla revenir.

Il sentit un changement dans l'atmosphère.

— Le tunnel est en train de céder.

Il la regarda.

— Sortez… maintenant ! Courez !

— Pas sans vous !

Elle se jeta à travers le trou et lui empoigna les mains.

— Allez ! Essayez !

Le trou n'était pas aussi large que lui. Mais il serra les mâchoires, se libéra les mains et se hissa vers l'orifice. En prenant appui avec ses bottes sur les pierres écroulées, il passa d'abord les bras par l'ouverture, puis se tourna et ajusta sa position pour rentrer les épaules autant que possible.

Niniver lui attrapa les mains. Elle n'allait pas l'abandonner. Rien ni personne ne lui prendrait Marcus.

Elle lui agrippa ensuite les poignets et tira de toutes ses forces alors qu'il se tortillait pour passer.

Autour d'eux, il pleuvait des pierres et des rochers. À l'extrémité de son champ de vision, elle vit une fêlure apparaître dans la roche au-dessus d'eux.

L'air semblait frémir, et tout à coup, le sol trembla.

Le tunnel, et tout le flanc de la colline gémirent comme un être torturé.

Marcus progressait, mais l'ouverture était horriblement étroite. Elle entendait ses vêtements se déchirer, elle entendait sa respiration laborieuse, mais ses épaules étaient presque passées.

Ignorant sa gorge qui grattait, elle prit une immense inspiration, cala ses bottes contre la roche et s'arc-bouta pour tirer de toutes ses forces.

Il grogna, se tordit, puis — enfin ! — ses épaules passèrent par le trou qu'ils avaient creusé.

Il se libéra les mains, les posa à plat sur la pierre et dégagea le haut de son torse, puis ses hanches et ses jambes.

Il s'extirpa complètement et retomba à plat sur le sol du tunnel.

Elle lui saisit la main.

— Levez-vous… Levez-vous, vite !

De son autre main, elle lui attrapa le coude et l'aida à se relever.

— Dépêchez-vous !

Elle posa le bras de Marcus sur ses épaules et passa l'autre autour de sa taille. Il pleuvait des pierres de plus en plus grosses. Elle pria pour qu'aucune ne les assomme pendant que tous les deux, ils se mettaient à courir.

Vite ! Ils se précipitèrent vers l'entrée du tunnel.

Derrière eux, le plafond s'effondra.

Le rugissement était tel qu'on aurait dit qu'un lion féroce était à leurs trousses. La poussière était partout et les empêchait presque de voir où ils allaient, mais la lumière du jour semblait de plus en plus vive au fur et à mesure qu'ils avançaient.

Marcus sentit un changement dans la pression de l'air alors que le tunnel cédait derrière eux, et que des pans entiers de galerie s'effondraient les uns après les autres, de plus en plus près d'eux. Des rochers dégringolaient autour d'eux. Plusieurs rebondirent à leurs pieds et roulèrent jusqu'à la bouche du tunnel.

Il leur restait plusieurs mètres à parcourir lorsqu'il vit l'entrée du tunnel se déformer et s'affaisser.

Il accéléra et sentit Niniver faire la même chose.

Avec tout ce qui lui restait de force, il l'attira à lui et bondit en avant.

Ils franchirent l'entrée et se retrouvèrent dans la lumière. Il tourna sur lui-même et ils atterrirent enlacés. Ils roulèrent au sol pour s'écarter le plus possible du tunnel alors que le fracas atteignait son apogée. Puis le flanc de la colline tout entier s'effondra et emplit la mine, la scellant à jamais.

Le rugissement cessa et fut remplacé par une série de grondements assourdis. Peu à peu, l'écho se dissipa. Les bruits de pierres en train de s'écrouler s'espacèrent, avant de cesser complètement.

Pendant un moment, le silence soudain résonna à leurs oreilles, puis les sons d'une belle matinée de printemps à la campagne surgirent et les engloutirent.

Marcus roula pour se retrouver sur le dos et contempla le bleu du firmament. Il remercia le ciel du fond du cœur de pouvoir jouir d'un tel spectacle. Et de voir Niniver, vivante, à ses côtés.

Il la sentit se tourner vers lui. Il la dévisagea. La poussière avait recouvert ses cheveux blonds et avait déposé une fine pellicule grise sur son teint d'albâtre. Mais ses yeux étaient toujours si étincelants, toujours si bleus. Une écorchure lui barrait le front, mais c'était la seule blessure qu'il voyait.

Elle observa ses yeux à son tour, puis le reste de son visage. Elle leva la main et lui effleura la joue.

— Vous êtes griffé.

Il sourit.

— De partout. Mais je survivrai.

Ils se fixèrent un long moment. Puis il lui prit la main, porta son poignet à ses lèvres et déposa un baiser sur sa peau fine. Avec gravité, il dit :

— Je n'aurais jamais réussi à sortir si vous n'étiez pas venue, et si ensuite vous n'étiez pas restée. Merci. Merci d'être têtue au point d'avoir ignoré mes ordres. Merci de ne pas être partie.

En guise de réponse, elle sourit, mais elle ne lâcha pas son regard.

— Vous m'avez sauvée de bien des façons au cours des jours passés. Et vous étiez prisonnier parce que vous vouliez encore me sauver.

Elle soutint son regard puis, doucement, ajouta :

— Vous vous êtes jeté sciemment dans la gueule du loup parce que vous m'aimez.

Avant qu'il puisse répondre ou même acquiescer, elle ajouta :

— Je devais venir vous sauver moi aussi, car qui m'aurait sauvée à l'avenir si je vous avais laissé mourir ici ?

Il n'était pas abattu au point de ne pas reconnaître une déclaration quand il en entendait une.

— Vous m'aimez ?

Elle soupira, puis entrelaça leurs doigts.

— Depuis toujours.

Elle s'interrompit. Il vit qu'elle fronçait légèrement les sourcils.

— En fait, je ne me souviens pas d'un temps où je ne vous aurais pas aimé. Même quand nous étions enfants, vous étiez ce garçon du domaine de la Vallée, celui que je ne pouvais pas m'empêcher de regarder dès que nous nous croisions.

Il leva les yeux, puis avoua :

— Je savais que vous étiez une Carrick, que vous viviez au manoir, mais je ne vous ai jamais vraiment remarquée avant la mort de votre père.

— Vous étiez un garçon. Les garçons ne remarquent pas les filles, jusqu'au jour où, au contraire, ils se mettent à ne plus voir qu'elles.

Il ricana.

— J'ai une sœur jumelle, vous vous souvenez ? J'ai toujours fait attention aux filles, et je vous assure que Lucilla et mes cousines ont toujours tout fait pour que je ne considère pas les filles comme des êtres de moindre importance.

— Hum. Alors c'est peut-être votre sœur et vos cousines à qui je dois que vous soyez ce que vous êtes.

Elle tourna la tête pour le scruter.

— Vous m'avez toujours vue comme celle que je suis vraiment. Vous savez que ce n'est pas parce que je suis frêle physiquement que je suis faible ou incapable.

Il la regarda dans les yeux.

— Vous êtes l'une des femmes les plus fortes que je connaisse, et j'en connais quelques-unes.

Elle soutint son regard, puis elle roula sur le côté pour s'appuyer sur le coude. En se penchant au-dessus de lui, elle appuya délicatement sa main gantée contre son visage et posa ses lèvres sur les siennes.

Il savoura ce contact. Il s'attarda délicieusement sur ces douces courbes roses, et la tension qui persistait en lui céda. Il soupira tout en l'embrassant.

Il leva les mains et l'étreignit en douceur, tandis qu'à ce premier baiser succédaient de nombreux autres. Quel bonheur de reprendre ces explorations, ces échanges, ce partage.

Quel bonheur de retrouver cette intimité.

Puis des truffes humides les reniflèrent et, en riant, ils se séparèrent.

Les lévriers s'étaient rassemblés tout autour d'eux. Ils gémissaient doucement et s'approchèrent davantage. Leurs corps frémissaient et leurs queues frétillaient, comme s'ils voulaient s'amuser eux aussi. En riant, Niniver s'assit et les repoussa.

— Non… Assez !

Elle se tourna vers Marcus.

— Je ne vous aurais pas retrouvé aussi vite… Pas retrouvé à temps sans eux.

Il fronça les sourcils et s'assit à son tour.

— Comment avez-vous su où me chercher ? Quelqu'un de Bidealeigh vous a-t-il prévenue ? Non… Ils n'en auraient pas eu le temps.

Ignorant la douleur que lui causaient ses multiples contusions, il se leva.

— Je suis arrivée à Bidealeigh peu de temps après votre départ. J'avais emmené les chiens au cas où j'aurais eu besoin d'une excuse.

Elle le fixa dans les yeux.

— Je venais vous demander si vous m'aimiez. Je me suis rendu compte que je ne vous avais pas laissé l'occasion de vous expliquer, et que ce n'était pas forcément parce que le clan voulait que vous m'épousiez que vous aviez demandé ma main.

— À mes yeux, l'approbation du clan n'est que secondaire. Dans ces circonstances un peu particulières, bien sûr que leur soutien est un avantage, mais les souhaits du clan n'ont en rien influencé ma décision.

Il soutint son regard.

— J'avais l'intention de revenir au manoir dès l'instant où je l'ai quitté. Je ne suis parti que parce que vous m'avez supplié de le faire. J'étais sur le point de venir vous rejoindre quand j'ai reçu le mot de McDougal.

Elle hocha la tête.

— J'ai vu votre sac et j'ai compris que vous n'aviez pas l'intention de renoncer à ce que nous avions construit, à ce que nous avions découvert ensemble. Alors j'ai demandé à vous laisser un mot et Mrs Flyte m'a conduite dans votre bureau. J'ai trouvé mon ruban et j'ai lu les lettres que vous aviez laissées en évidence.

Elle le dévisagea.

— C'était bien McDougal ? Il semble le coupable le plus probable.

— Oui, c'était lui. Sans aucun doute.

Marcus sentit son visage se crisper alors qu'il se remémorait les instants qui avaient suivi l'effondrement de la mine.

— Il était si sûr de m'avoir enseveli et que je ne survivrais pas qu'il n'a pas pu s'empêcher de parler.

— Il jubilait, j'imagine.

— Exact.

Marcus s'épousseta, puis examina ses vêtements. Ils étaient si déchirés qu'ils ne pourraient être recousus, mais pour l'instant il ferait avec.

Toujours assise, Niniver caressait les oreilles de ses chiens.

— Je ne savais pas à quelle mine aller, mais les lévriers ont pisté Ned et m'ont amenée jusqu'ici. Et les chiennes capables de renifler dans l'air m'ont confirmé que vous étiez à l'intérieur.

— En parlant de Ned, nous devrions le retrouver et retourner chez vous, au manoir.

Il lui tendit la main et l'aida à se relever.

— D'après ce que McDougal a dit, je suppose qu'il avait l'intention de venir vous trouver directement.

— Sauf que je suis partie à Bidealeigh pour vous voir.

Elle secoua ses vêtements pour faire tomber la poussière du mieux possible.

Ses épaisses jupes d'équitation et sa veste en velours étaient sales, mais intactes.

— Vous êtes présentable, rassurez-vous. Et moi je le serai dès que je me serais changé. Pour l'heure…

Il s'interrompit et siffla. Quand leurs deux chevaux arrivèrent tous les deux en trottant, il regarda Niniver.

— Nous devons retourner au manoir sans tarder.

— Et ensuite, ajouta-t-elle d'une voix pleine de détermination, il faut que nous arrêtions McDougal et que nous l'empêchions de nuire.

Supposant que McDougal se trouverait au manoir, ils redoublèrent de précautions lorsqu'ils approchèrent. Niniver ouvrait la marche, sur un chemin qui suivait les barrières des enclos à chevaux situés derrière l'écurie. Là, ils étaient invisibles depuis le manoir — sauf peut-être depuis les lucarnes du grenier — car l'écurie et la vieille grange faisaient écran. Comme c'était déjà la fin de la matinée, il était peu probable qu'un domestique voie depuis sa chambre des cavaliers en train d'approcher et prévienne tout le monde.

La jument dont s'occupaient tous les palefreniers et tous les garçons d'écurie quand Niniver était partie avait réussi à mettre bas. Elle se trouvait désormais dans l'enclos le plus proche de l'écurie, avec son poulain qui avait encore un peu de mal à tenir debout.

Fred était assis sur la barrière et contemplait la mère et son petit. Lorsque Niniver et Marcus approchèrent, le palefrenier sourit et inclina la tête.

— Nous nous demandions où vous étiez passée, milady.

— J'avais à faire avec Mr Cynster.

Elle tira sur ses rênes.

Alors que les chiens se précipitaient contre la clôture pour renifler la jument et son poulain, Fred regarda Niniver un peu mieux. Puis il observa Marcus… et écarquilla les yeux.

— Seigneur ! Que vous est-il arrivé ?

— C'est une longue histoire, que nous raconterons sans faute à tout le monde très bientôt, répondit-il.

Puis, le visage fermé, il regarda vers l'écurie.

— Mais d'abord, McDougal est-il ici ?

Fred plissa les yeux. Il se retourna et descendit de la barrière.

— Si vous voulez parler du gentleman qui prétend avoir été l'ami des deux jeunes maîtres, celui-là même qui s'est présenté hier et a été reçu par Lady Carrick, celui que Ferguson a suivi jusqu'à dehors pour s'assurer qu'il quitte bien le manoir, alors oui. Il est arrivé il y a à peu près une demi-heure. J'ai vu Sean tenir son cheval par la bride dans la cour, et après, plus rien…

— C'est lui.

Niniver échangea un regard avec Marcus, puis se tourna vers Fred.

— Pouvez-vous nous ouvrir la porte arrière de l'écurie ?

Le visage sombre, Marcus acquiesça.

— Cachons-nous, tâchons de découvrir où se trouve McDougal et ce qu'il fait, et décidons ensuite de ce que nous allons faire.

Fred ouvrit les portes de l'écurie, dans laquelle ils pénétrèrent à cheval. Les chiens suivirent. Niniver et Marcus étaient en train de descendre de selle lorsque Mitch arriva.

— Dieu du ciel ! Que vous est-il arrivé à tous les deux ?

— Plus tard, répondit Marcus. D'abord, nous devons découvrir si McDougal est toujours à l'intérieur, l'endroit précis où il se trouve, et ce qu'il est en train de faire.

Mitch quitta la cour de l'écurie pour appeler Sean. Niniver n'eut qu'à dire aux trois palefreniers que McDougal avait essayé de tuer Marcus en faisant croire qu'il l'avait enlevée et qu'il avait l'intention de la forcer à l'épouser afin de prendre le contrôle du clan pour que les trois hommes soient prêts à faire tout ce qu'elle demanderait.

Mitch retourna au manoir pour se renseigner sur McDougal.

Entre-temps, pour réduire les risques que ce dernier ne s'échappe, Sean ôta la selle et la bride de son cheval, qu'il conduisit dans une stalle située tout au bout de l'écurie.

Mitch revint avec Ferguson.

Niniver coupa court aux questions de ce dernier avant même qu'il ait le temps de les poser.

— Nous vous expliquerons tout plus tard. Pour l'instant, nous avons besoin de savoir où se trouve McDougal et ce qu'il fait.

Ferguson cligna les yeux mais il dut percevoir l'urgence dans la voix de Niniver, car il répondit immédiatement.

— Il a demandé à vous voir. Je l'ai conduit au salon et je suis allé vous chercher. Sean m'a dit qu'Oswald n'était pas là, donc j'ai dit à McDougal que vous étiez partie à cheval. Il a réfléchi un moment avant de demander s'il pouvait vous laisser un mot. Je l'ai conduit à la bibliothèque. Je ne voulais pas le laisser seul, mais il m'a ordonné de sortir.

Ferguson regarda en direction du manoir.

— Il y est toujours. J'ai laissé un laquais devant la porte afin qu'il me prévienne quand McDougal aurait terminé et serait prêt à partir.

— Il ne faut pas qu'il parte.

Marcus fixa Niniver.

— McDougal est dangereux, et pas seulement pour

vous et moi. Nous devons mettre un terme à ses agissements *maintenant*.

Niniver réfléchit vite. Pour l'instant, la seule preuve de la culpabilité de McDougal reposait sur le témoignage de Marcus, qui avait reconnu sa voix lorsqu'il était prisonnier de la mine. Niniver ignorait quelle pouvait être l'influence de la famille de McDougal, mais même s'ils l'avaient banni, ils avaient déjà réussi à lui éviter un procès malgré la gravité de ses actes. En mesurant bien ses propos, elle déclara :

— Je veux que McDougal se retrouve derrière les barreaux, où il ne pourra plus nuire ni à moi, ni à vous, ni à personne du clan. Alors — et elle regarda les autres personnes autour d'elle — je veux lui offrir l'occasion de nous en dire plus. Il faut que nous le fassions parler, afin qu'il nous fournisse suffisamment de preuves et que, cette fois, il ne puisse pas s'en tirer.

Elle se tourna de nouveau vers Marcus.

— Je vais rentrer et me changer.

Elle s'adressa ensuite à Ferguson.

— Je veux que vous rentriez et que vous disiez à McDougal que je suis de retour, que je suis en train de me changer, et que je vais le rejoindre sous peu.

Elle visualisa leur rencontre.

— Qu'il reste dans la bibliothèque, ajouta-t-elle, c'est là que je lui parlerai.

Marcus se raidit.

— Pas seule.

À leurs visages, il était clair que tous les autres étaient d'accord avec lui. Elle ne put retenir un petit sourire, mais elle inclina la tête pour le cacher.

— Je ne serai pas vraiment seule, mais lui croira

que je le suis. Je veux que vous soyez — tous — dans le couloir, et que vous écoutiez aux deux portes. Prévenez Hildy, Mrs Kennedy et Gwen, aussi. Je veux qu'il y ait des témoins, mais je sais aussi qu'il ne parlera pas librement si quelqu'un d'autre se trouve dans la pièce. Si j'entre seule et que vous écoutez tous sans faire le moindre bruit, il n'y a pas de raison pour qu'il se doute de votre présence. Une fois qu'il en aura dit assez, vous pourrez entrer, et nous le retiendrons prisonnier jusqu'à l'arrivée des autorités.

Les yeux de Marcus n'avaient pas quitté son visage. Elle voyait qu'il était indécis. Il savait que son plan était bien pensé et qu'il avait des chances de fonctionner. Mais si par hasard McDougal en venait à se douter de quelque chose et la prenait en otage…

Elle soutint le regard de Marcus.

— Il n'y a pas de meilleur moyen, dit-elle d'un ton sans appel.

Il fit la grimace et baissa les yeux, qui se posèrent sur les chiens qui étaient assis aux pieds de Niniver.

— Prenez au moins les lévriers avec vous.

Il regarda de nouveau Niniver.

— Je suis d'accord avec vous : plus nous aurons de preuves contre McDougal, mieux ce sera. Mais vous avez besoin de pouvoir vous protéger de lui en cas de problème, et les chiens seront efficaces pour cela.

Elle hocha la tête avec conviction.

— C'est une excellente idée, je vais tous les prendre avec moi. Il n'est pas censé savoir que je leur interdis l'entrée de la maison. Et le cliquetis de leurs griffes sur le sol couvrira les bruits éventuels que vous pourriez faire.

Les autres hommes manifestèrent leur accord, et

aussitôt, le plan fut mis à exécution. Niniver donna l'ordre à ses chiens de la suivre et, escortée par Ferguson et Mitch, elle entra dans le manoir.

Après s'être assuré que McDougal était toujours à la bibliothèque, Mitch fit entrer les autres par la porte latérale. Ils laissèrent des instructions strictes aux garçons d'écurie qui gardaient les chevaux afin que McDougal n'essaie pas d'en voler un pour s'enfuir.

Quand Marcus, Sean et Fred rejoignirent Mitch dans le couloir, ce dernier ajouta :

— Il frétillait comme une anguille, McDougal, quand il a appris que Lady Carrick était rentrée et qu'elle allait bientôt descendre pour le voir. Il est installé dans la bibliothèque, comme elle le souhaitait.

Ferguson les retrouva au bout du couloir qui longeait la bibliothèque.

— Je jurerais que cette ordure était plongée dans les comptes du clan quand je suis entré.

Marcus esquissa un sourire ouvertement carnassier.

— Laissons-le rêver. Cela ne durera pas longtemps.

Quelques minutes plus tard, Niniver descendait les escaliers quatre à quatre, entourée par sa meute qui se déplaçait avec fluidité autour d'elle. Elle tourna dans le couloir, et Marcus remarqua que, en plus d'avoir passé une robe bleu clair, elle s'était lavé le visage et avait fait un effort pour effacer tous les signes susceptibles de trahir sa présence dans la mine.

Elle vit qu'il la regardait et lui adressa un petit sourire. À lui et aux autres, elle murmura :

— Prêts ?

Tous hochèrent la tête. Elle leur passa devant et s'engagea dans le couloir. Les lévriers, ravis d'avoir eu le droit de rester avec elle, trottaient joyeusement à ses côtés et derrière elle. Les hommes suivaient, en prenant bien garde de ne pas faire de bruit et de marcher sur le tapis pour amortir leurs pas.

Alors qu'ils approchaient de l'entrée principale de la bibliothèque, Marcus aperçut Miss Hildebrand, Mrs Kennedy, Gwen ainsi qu'une autre domestique, qui arrivaient depuis l'autre couloir et prenaient place devant la porte de service située à l'autre extrémité de la bibliothèque.

Niniver était devant la porte principale. Elle posa la main sur la poignée, se tourna brièvement vers Marcus, puis, avec son calme habituel, entra.

Elle ne referma pas complètement derrière elle, mais puisque les chiens se pressaient à ses côtés, cela dut paraître naturel.

Marcus se posta près de la charnière de la porte, tandis que Ferguson, Sean et Mitch se regroupaient de l'autre côté. Par l'étroite ouverture située entre la porte et son cadre, Marcus voyait McDougal assis au bureau, dans le siège de Niniver.

Cette ordure était bel et bien plongée dans les comptes du domaine, mais quand Niniver entra, il referma à la hâte le registre qu'il était en train de consulter et se leva.

— Bonjour, Mr McDougal.

Le ton glacial de Niniver confirmait qu'elle aussi avait remarqué ce à quoi il était occupé. Elle s'arrêta au milieu de la pièce.

— Je suis surprise que vous vous soyez de nouveau présenté ici, malgré l'épisode d'hier. Je pensais vous avoir fait clairement comprendre que je ne souhaitais plus vous revoir.

Le sourire de McDougal était un mélange de suffisance et de douceur mielleuse.

— C'est vrai, vous vous êtes montrée claire à ce sujet, mais aujourd'hui je suis ici par charité. Je pense que vous me serez reconnaissante de vous avoir désobéi pour vous rapporter les graves informations que je détiens.

Niniver conserva son attitude glaciale, mais ajouta à son expression une touche d'incertitude et de nervosité.

— De quoi parlez-vous ? Quelles graves informations ?

D'un claquement de doigts, elle ordonna à ses chiens de s'asseoir.

— Cela concerne Cynster, j'en ai peur.

McDougal s'efforça de prendre un visage sombre et inquiet.

Niniver le toisa. McDougal la pensait-il naïve au point de le croire sincèrement affligé ?

Toujours avec la même mine, ce dernier secoua la tête.

— Il a été gravement blessé et il demande à vous voir.

Il la regarda fixement.

— J'ai proposé d'aller vous chercher.

Il désigna le bureau.

— Comme vous étiez absente, j'étais en train de vous écrire un mot. Mais ceux qui sont à son chevet disent que vous devez venir immédiatement si vous voulez le voir. Je ne veux pas vous alarmer, mais personne ne sait pour combien de temps il en a encore.

Niniver imaginait très bien comment elle aurait réagi à cela si elle n'était pas allée à Bidealeigh le matin même. Elle aurait paniqué et, oubliant son inimitié pour McDougal, elle serait partie avec lui pour retrouver Marcus. Elle prit une inspiration. Ce ne fut pas si facile, car elle sentait les émotions monter en elle alors qu'elle prenait la mesure de tout ce qui aurait pu se passer.

— Où se trouve-t-il ?

— À l'auberge du village.

C'était un endroit où elle n'aurait pas hésité à suivre McDougal. Les chambres situées à l'étage étaient accessibles par un escalier extérieur. Si l'aubergiste était occupé à servir ses clients et que sa famille se trouvait en cuisine, ces chambres étaient l'endroit idéal pour ce que McDougal devait avoir en tête.

Elle demanda :

— Il est à l'auberge ?

McDougal acquiesça.

— Dans l'une des chambres, à l'étage.

Elle fronça les sourcils.

— Et sa famille ?

— L'aubergiste les a fait prévenir. Ils devraient être avec Cynster quand nous arriverons là-bas.

McDougal fit le tour du bureau.

Les lévriers se redressèrent et rampèrent légèrement pour s'interposer entre elle et lui. Le regard fixé sur les chiens, McDougal s'arrêta, puis il leva les yeux vers elle.

— Nous devons y aller immédiatement. Cynster était très mal en point quand je suis parti. Il ne survivra peut-être pas longtemps.

— En fait, McDougal, je me porte comme un charme.

Marcus pénétra dans la pièce. Fixant McDougal, il haussa un sourcil.

— Et vous, comment allez-vous ?

Niniver s'était tournée vers Marcus. Quand il s'arrêta à côté d'elle, elle regarda de nouveau McDougal, juste à temps pour voir son expression stupéfaite et horrifiée.

McDougal bondit vers la porte-fenêtre grande ouverte qui donnait sur la terrasse et la pelouse. Il se précipita au-dehors.

Les chiens s'étaient levés. Prendre la fuite devant un lévrier écossais suffisait pour devenir une proie.

— Arrêtez-le !

Niniver avait sifflé ses chiens, et les cinq lévriers sautèrent par la fenêtre, puis par-dessus la balustrade de la terrasse et coururent aussi vite qu'ils le purent.

Ils rattrapèrent McDougal alors qu'il avait déjà parcouru les deux tiers de la pelouse.

Les lévriers n'étaient pas dressés pour mordre, mais ils l'acculèrent. Il se débattit et donna des coups de pied pour essayer de les repousser, mais il n'était pas de taille à lutter contre cinq lévriers écossais très bien entraînés.

Marcus fit signe à Niniver de passer par la porte-fenêtre, puis il la suivit. Les autres firent irruption dans la bibliothèque pour leur prêter main-forte. Côte à côte, Niniver et Marcus descendirent les marches de la terrasse et traversèrent la pelouse sans se presser.

Niniver était certaine d'une chose : tout le monde était bien content de voir McDougal malmené par les chiens.

Lorsqu'ils arrivèrent à sa hauteur, il était plaqué face contre terre par deux lévriers qui avaient posé leurs pattes sur son dos, tandis que deux autres, qui tenaient ses manches dans leur gueule, lui faisaient écarter les bras. Le dernier lévrier allait et venait devant lui pour empêcher toute tentative de fuite.

McDougal avait capitulé et ne bougeait plus.

— Rappelez-les.

Marcus attendit que Niniver en ait donné l'ordre, puis il attrapa McDougal par le col et le releva.

Il le força à le regarder et, avec un grand sourire, dit :

— Au cas où vous penseriez pouvoir nous convaincre de vous laisser partir…

Puis il lui écrasa son poing en pleine figure.

Il y eut un bruit d'os brisés. McDougal chancela.

Marcus le lâcha. Les yeux de McDougal se révulsèrent, puis il s'écroula sur le gazon à leurs pieds.

Sean s'était placé sur un côté et toisa McDougal sans masquer son dégoût. Puis il secoua la tête.

— Vous n'auriez pas dû le frapper si fort. Maintenant vous ne pouvez plus recommencer.

En se frottant les jointures des doigts, Marcus observa McDougal et, à contrecœur, constata que l'homme avait eu son compte. Il haussa les épaules.

— Il y a toujours un après.

Sean pencha la tête et prit un air pensif.

— Très juste.

Marcus regarda Niniver, puis tendit la main vers elle.

Elle lui attrapa les doigts et quitta des yeux la silhouette étendue à ses pieds pour dévisager Marcus.

Pendant un long moment, il la contempla. Il contempla sa beauté éthérée et ses yeux couleur bleuet, si pleins de vie. Il médita sur tout ce qu'elle était pour lui, sur tout ce qu'elle représentait.

Elle le regardait fixement. Sans doute était-elle en train de penser la même chose que lui.

Puis il sentit ses doigts fins se raidir et elle lui pressa la main. Elle considéra alors tous ceux qui les entouraient : les membres du clan qui s'étaient trouvés dans le couloir pour écouter McDougal avaient été rejoints par le reste de la maisonnée.

Niniver prit une grande inspiration. Elle se sentait tout à coup un peu nerveuse.

— J'ai une annonce à faire.

Tout le monde la regarda, y compris l'homme qui se trouvait à ses côtés et qui comptait tant pour elle. La tête bien haute, elle continua :

— Mr Cynster et moi-même avons l'intention de nous marier…

Elle ajouta « très prochainement », mais ses mots furent noyés sous les acclamations, les applaudissements et les félicitations qui pleuvaient tout autour d'eux.

Elle se tourna vers Marcus pour voir comment il avait réagi à son initiative.

Il la scruta avec intensité, et tout ce qu'elle vit dans le bleu sombre de ses yeux, ce fut de la chaleur et du bonheur.

Ce fut de l'amour.

Il lui souleva la main et, avec douceur et tendresse, lui embrassa les doigts.

— Merci.

Elle sentit son cœur se gonfler de joie.

— Non, merci à vous. Merci d'avoir vu celle que j'étais vraiment et d'avoir cru en moi, merci de m'aimer pour moi-même. Merci de m'avoir donné la chance d'être celle que je peux être lorsque vous êtes à mes côtés.

Le sourire de Marcus la combla.

— Vous avez toujours été cette femme-là, Niniver. Vous avez toujours eu cette force en vous.

Il l'attira à lui, puis elle se hissa sur la pointe des pieds tandis qu'il baissait la tête, et ils s'embrassèrent.

La foule manifesta sa joie, son approbation, et applaudit, tandis que les chiens jappaient et dansaient autour d'eux.

Chapitre 17

Niniver se rendit vite compte qu'annoncer leur mariage était la partie la plus simple. Passer à l'étape suivante tout en s'occupant en même temps de régler son compte à McDougal était autrement plus difficile.

Néanmoins, depuis qu'elle avait fait part de leurs intentions, elle était impatiente de passer devant l'autel et, avec Marcus à ses côtés, elle avait l'impression de pouvoir conquérir la terre entière. C'était une sensation grisante dont elle ne voulait plus se passer.

Après s'être assurés que McDougal, qui maintenant se tenait le nez en gémissant, était enfermé comme il le fallait à la cave, Marcus et elle retournèrent à la bibliothèque. Après avoir rapidement passé en revue les solutions qui s'offraient à eux, ils tombèrent d'accord sur le fait que s'ils souhaitaient régler les choses sans traîner, ils avaient besoin du soutien de plusieurs autres personnes.

— Mais d'abord, dit Marcus en regardant ses vêtements poussiéreux et déchirés, il faut que je me lave et que je passe une tenue présentable.

— Nous devons prévenir vos domestiques, aussi.

Elle lui expliqua quelle était la situation à Bidealeigh quand elle en était partie.

— Mrs Flyte doit être morte d'inquiétude. Et Flyte le sera aussi lorsqu'il sera de retour.

Elle répéta les informations qu'elle avait fait parvenir au domaine de la Vallée par l'intermédiaire de Johnny.

Marcus hocha la tête et attrapa du papier et de quoi écrire.

— Je ferais mieux d'envoyer tout de suite un mot à mes parents pour leur dire que nous allons bien et qu'ils n'ont pas besoin de se presser. Et pour leur annoncer nos fiançailles, également.

— Puis-je suggérer de parler plutôt de notre « mariage imminent » ?

Alors qu'il l'interrogeait du regard, elle haussa les épaules.

— Si nous voulons aller vite, autant prendre toutes les mesures pour.

Il sourit, plongea la plume dans l'encrier et se mit à écrire.

— Que mon père et Thomas ne soient pas déjà là donne à penser qu'ils ne devaient pas se trouver au manoir ce matin. Et c'est sans doute aussi le cas de ma mère et de Lucilla.

Il s'interrompit et relut ce qu'il venait d'écrire.

— Ils vont sans doute rentrer pour le déjeuner. Dois-je leur dire de venir ici ensuite ?

— Oui. Nous avons besoin de vos parents, au moins. Et de Thomas aussi, je crois.

Après qu'il eut terminé le rapide compte rendu adressé à ses proches, elle ajouta quelques lignes pour Thomas et ils demandèrent à Sean d'aller porter la missive à la Vallée. Une fois cela réglé, Marcus envoya Fred à Bidealeigh avec un mot pour ses domestiques. Ils lui demandèrent également de rapporter les lettres et le ruban se trouvant sur son bureau, ainsi que son sac.

Puis ils s'occupèrent de prévenir le magistrat local, Sir Godfrey Riddle. Avec l'aide de Marcus, Niniver écrivit une lettre où, avec des termes choisis avec soin, elle déclarait avoir arrêté un criminel et avoir des preuves à lui présenter. Ils lui demandèrent de venir lui aussi dans l'après-midi.

Fred revint avec le sac de Marcus. Ce dernier laissa Niniver terminer son message pendant qu'il montait se laver et se changer. Lorsqu'il revint, elle était en train de cacheter la lettre pour Sir Godfrey. Elle la remit à Mitch, qui attendait. Il les salua tous les deux et partit.

Puis Ferguson passa la tête dans l'entrebâillement de la porte pour annoncer que le déjeuner était servi, et ils se rendirent dans la salle à manger, où les rejoignit Hildy. Jusqu'à ce moment, ni Niniver ni Marcus n'avaient expliqué aux membres du clan ce qui s'était passé avant qu'ils n'arrivent au manoir, couverts de poussière, d'égratignures et d'ecchymoses. Encouragée par les questions empressées de Hildy, Niniver comprit que la meilleure façon d'éviter que les spéculations n'aillent bon train était de narrer leurs aventures à toute la maisonnée, et ensuite de les laisser se charger de répandre la nouvelle.

Car répandre les nouvelles était bien une chose dans laquelle les clans excellaient.

Elle parla de son idée à Marcus. Il acquiesça.

— Excellente idée. Sinon nous serons obligés de raconter l'histoire mille et mille fois, et elle finira par être déformée, même dans nos bouches, pour finir par devenir un fantastique récit de pure fiction.

Il sourit.

— C'était, je le concède, une aventure fantastique, mais ni vous ni moi ne souhaitons la revivre, n'est-ce pas ?

Elle se rendit compte combien c'était vrai. Alors que l'intense soulagement d'avoir sorti Marcus de là et d'avoir elle-même survécu n'avait pas de prix, et même si ce sentiment d'euphorie restait à jamais gravé dans sa mémoire, elle n'oubliait pas pour autant la terrible angoisse qui l'avait précédé et l'horreur qu'ils avaient tous deux ressentie quand ils avaient cru qu'ils n'auraient pas le temps de s'échapper. Non, elle n'avait nul besoin de revivre cela une autre fois ou plus, étant donné qu'ils devraient répéter l'histoire devant la famille de Marcus et Sir Godfrey plus tard…

Dès qu'ils eurent terminé le repas, elle demanda à Ferguson de rassembler tous les domestiques présents au manoir. Même s'il faisait de son mieux pour conserver son habituel flegme de majordome, comme tout le monde il semblait incapable de s'arrêter de sourire.

Niniver se rendit au salon avec Marcus et Hildy. Elle s'assit dans son fauteuil attitré. Plutôt que de prendre place dans le siège en face du sien, Marcus resta debout derrière elle, un pied sur le pare-feu et un bras élégamment posé sur le manteau de la cheminée.

Toute la maisonnée arriva, pressée d'entendre leur histoire. Niniver invita les femmes les plus âgées à s'asseoir, tandis que les hommes et les femmes plus jeunes prenaient place tout autour. Quand tout le monde fut là, elle regarda Marcus.

— À vous de commencer.

Il lui rendit son regard, hocha légèrement la tête, puis se tourna vers l'assemblée.

— J'étais sur le point de quitter Bidealeigh ce matin

pour revenir ici, quand ma gouvernante m'a tendu une lettre qui avait été déposée devant ma porte.

Il continua et expliqua ce qu'il avait fait ensuite. Niniver l'interrompit pour raconter comment son camée et son ruban préféré avaient disparu la veille, peu de temps après la visite de McDougal, alors qu'elle pensait les avoir laissés à la bibliothèque.

— J'ai cru le voir glisser quelque chose dans sa poche quand il s'est éloigné du bureau, dit Ferguson. Mais je n'ai pas compris ce qu'il pouvait avoir pris.

Niniver hocha la tête.

— J'étais certaine de les avoir laissés sur mon bureau, mais je ne les ai pas retrouvés ensuite.

Elle regarda de nouveau Marcus.

Il reprit son récit.

— Je suis alors allé vers la mine, celle dont le portique était toujours debout.

La plupart des hommes originaires de la région savaient de quelle mine il parlait : ils hochaient la tête.

Niniver se cala dans son dossier et écouta. Même si le récit de Marcus était purement factuel, grâce au lien qui existait entre eux, elle pouvait facilement se mettre à sa place. Sachant ce qu'elle aurait ressenti si c'était lui qui était censé avoir été enlevé et si c'était elle qui était allée à la mine en espérant le retrouver, elle ressentait avec force toutes les émotions qu'il avait dû éprouver.

Après qu'il eut décrit la façon dont McDougal avait abattu les étais qui soutenaient la galerie — « Je pense qu'il avait déjà affaibli la structure » — et après qu'il eut rapporté les paroles exactes de ce dernier à son endroit, les hommes du clan s'agitèrent, outrés et déterminés, en réclamant vengeance.

Marcus regarda Niniver.

— J'ai remarqué qu'il y avait un petit jour dans le coin supérieur gauche de l'éboulis. Je me suis mis à creuser à cet endroit.

Lorsqu'il hocha la tête dans sa direction, elle s'éclaircit la gorge et observa tous les visages autour d'eux.

— J'avais décidé de me présenter à Bidealeigh ce matin car j'ignorais que Mr Cynster avait l'intention de revenir au manoir. Sean et tout le personnel de l'écurie étaient dehors dans l'enclos, en train d'aider une jument à mettre bas, alors j'ai sellé Oswald moi-même et je suis partie. Je me suis arrêtée chez le vieil Egan…

Alors qu'elle énumérait les étapes qui l'avaient conduite jusqu'à la mine, où elle avait trouvé Marcus prisonnier de la galerie effondrée, elle se dit que c'était une excellente façon de s'entraîner pour leur rendez-vous de l'après-midi, quand ils devraient raconter leur histoire à la famille de Marcus, à Thomas et à Sir Godfrey.

Ils s'en tinrent tous les deux à l'essentiel, laissant de côté le drame, les moments d'horreur, et l'euphorie du dénouement. Alors qu'ils étaient presque au bout de leur récit — ils en étaient à la fuite de McDougal par la fenêtre et à l'intervention des chiens —, elle se rendit compte que présenter l'histoire à voix haute était aussi un moyen pour elle de tirer un trait dessus et de l'oublier pour de bon.

Lorsque le récit fut terminé et que tout le monde eut fini de s'exclamer, elle conclut :

— Nous, Mr Cynster et moi-même, vous avons dit tout cela afin que, le tenant de notre propre bouche, vous puissiez le répéter aux autres membres du clan, et annoncer également que nous allons nous marier dès que possible.

De nouveau, l'assemblée applaudit et manifesta sa joie. Puis, l'air rayonnant, tout le monde quitta la pièce. Les discussions allaient déjà bon train, et il n'y avait pas à douter que tout le clan serait bientôt averti.

Marcus s'accroupit à côté de la chaise de Niniver. Ils se regardèrent dans les yeux.

— Tout s'est bien passé, j'ai l'impression, déclara-t-il.

Elle acquiesça. Après un dernier regard aux personnes qui quittaient le salon, elle murmura :

— Honnêtement, je ne me souviens pas les avoir jamais vus sourire à ce point.

Il se sentit gagné par la bonne humeur à son tour. Il ne lui dit pas qu'elle aussi, elle souriait, et qu'il ne l'avait jamais vue sourire si longtemps. Il se releva et réajusta son veston. Puis un mouvement, à l'extérieur, attira son attention.

— Ah… Nous avons de la visite. Et il semblerait bien que ma famille m'ait cru quand j'ai dit qu'il n'y avait plus de danger. Ils ont même emmené les bébés.

En effet, à part Annabelle qui se trouvait toujours à Londres, la famille de Marcus était au grand complet : il y avait ses parents, ses frères cadets, sans oublier Lucilla et Thomas, et leurs jumelles Chloe et Christina.

Catriona — Lady Cynster — gravit la première les marches du perron où les attendaient Marcus et Niniver. Elle s'arrêta devant eux et les observa, puis elle sourit, écarta grand les bras et les étreignit.

— Mes chers enfants, si vous saviez à quel point je suis heureuse pour vous.

Lord Richard suivait son épouse. Quand Catriona les lâcha et fit un pas de côté, il embrassa Niniver sur la joue.

— Bienvenue dans la famille, ma chère. Nous sommes un peu turbulents, mais vous vous y habituerez.

Le sourire de Lord Richard offrait le meilleur démenti qui soit à sa mise en garde. Niniver découvrit que la timidité et le manque d'assurance qu'elle éprouvait d'habitude en société avaient totalement disparu. Elle observa le père de Marcus tandis qu'il regardait son fils aîné dans les yeux et éclatait de rire. Il lui tendit la main.

— Bienvenue au club. Tu vas désormais comprendre toutes les messes basses que Thomas et moi échangeons.

Marcus rit à son tour. Il contempla Niniver d'un air espiègle.

— Oh ! je crois que j'en ai déjà compris quelques-unes.

Puis ce fut au tour de Lucilla et de Thomas de se présenter devant eux, chacun portant l'une des jumelles. Quelques minutes plus tard, Calvin et Carter se joignirent au petit groupe. Niniver s'attendait à se sentir un peu noyée, voire carrément submergée, mais Marcus lui tenait la main bien fort. Grâce à cela, elle était calme et détendue, et elle découvrit que toute cette turbulence autour d'elle était plutôt agréable.

Tout le monde était encore sur le perron quand des bruits de sabots leur firent tourner la tête. Sir Godfrey arrivait sur un beau cheval bai. Sean apparut pour s'occuper de la monture. Après être descendu de cheval, Sir Godfrey se dirigea à grands pas vers les marches du perron. Il s'arrêta au pied de l'escalier et regarda le visage de chacun tour à tour.

— Eh bien ! Cela ressemble fort à une réunion de famille.

— C'en est une, mon cher Godfrey, dit Catriona. Mais, si j'ai bien compris, il y a un malfaiteur pas très loin.

— Ah, c'est bien ce qu'il me semblait.

Sir Godfrey grimpa les marches.

— Mais pourquoi un tel rassemblement ?

Marcus lui expliqua. Sir Godfrey fut prodigue en compliments et félicitations.

— Vous formez un très beau couple, vraiment. À bien des égards.

— Je vous en prie — en rougissant, Niniver désigna la porte —, entrez et asseyez-vous.

— Oui, faites donc.

Marcus poussa gentiment sa mère, sa sœur, Thomas et les bébés à l'intérieur.

— Nous avons une histoire à vous raconter, et c'est très bien que vous soyez tous venus. Ainsi, nous n'aurons pas à la répéter.

Tout le monde trouva un siège au salon. Niniver s'assit dans son fauteuil habituel, tandis que Catriona prit celui qui lui faisait face. Lord Richard et Marcus avaient adopté exactement la même pose : chacun restant debout derrière le fauteuil de son aimée, un bras appuyé contre la cheminée. Thomas et Lucilla étaient assis sur le sofa, avec les bébés sur les genoux. Calvin et Carter allèrent chercher deux chaises qu'ils disposèrent au bout du sofa, face à la cheminée, tandis que Sir Godfrey prenait le fauteuil installé face au canapé.

— Très bien.

Sir Godfrey regarda Marcus.

— Puis-je vous suggérer de commencer par le début, quel qu'il soit.

Marcus sortit alors la lettre de Glencrae de la poche de sa veste.

— En réalité, le début remonte déjà à quelques années. J'avais quelque raison de me demander pourquoi un homme tel que McDougal traînait autour d'Ayr, et ce depuis si longtemps. J'ai donc écrit à l'un de nos cousins résidant dans les Highlands — le comte de Glencrae — pour lui demander ce qu'il savait à propos de McDougal.

Il déplia la lettre et lut la réponse du comte à voix haute.

Sir Godfrey poussa un grognement contrarié.

— Je me suis posé la question, moi aussi. J'ai parfois croisé McDougal en société, et il m'a toujours paru un peu louche. Pas tout à fait à sa place dans le grand monde. On dirait que nous avions tous les deux raison de nous méfier de lui.

Sir Godfrey regarda Marcus d'un air entendu.

— Je suppose que McDougal est le malfaiteur auquel vous faisiez allusion dans votre missive.

Marcus acquiesça.

— McDougal se trouve en ce moment même à la cave, enfermé à double tour. Pour vous expliquer, il semble qu'il ait eu des vues sur Niniver : il voulait l'épouser, d'une façon ou d'une autre, et prendre ainsi le contrôle de la fortune des Carrick mais aussi du clan.

Avec calme et en procédant par étapes, Marcus expliqua ce que McDougal avait fait.

À chaque révélation, Sir Godfrey arrêtait Marcus et lui demandait s'il détenait la preuve de ce qu'il avançait, et quels témoins il pourrait appeler pour attester de la véracité de ses dires. Malgré son apparence bonhomme, Sir Godfrey était un homme d'une grande intelligence et d'un grand professionnalisme. Il était clair qu'il comprenait et enregistrait tout.

Lorsque Marcus raconta ce qui s'était passé quand il s'était rendu dans l'ancienne mine de plomb, Niniver remarqua un changement dans le comportement des membres de sa famille. Une tension plus importante chez les hommes, une inquiétude accrue chez Lucilla et Catriona. Thomas avait le visage sombre, et même les jumelles fixaient Marcus d'un air sérieux.

Puis Marcus s'interrompit et contempla Niniver. Ils échangèrent un bref regard, puis elle reprit le récit, en racontant qu'elle était allée à Bidealeigh, qu'elle avait compris ce qui s'était passé en voyant les lettres et le camée que Marcus avait laissés sur son bureau, et qu'elle était partie le chercher.

Lucilla, Thomas et les frères de Marcus semblèrent intrigués lorsqu'elle expliqua s'être servie des dons particuliers de ses lévriers pour le localiser.

Puis Marcus reprit la main et narra le reste, en taisant volontairement les moments les plus forts en émotion pour se concentrer sur les faits et rien que les faits.

Quand Niniver et Marcus répétèrent mot pour mot ce que McDougal avait dit dans la bibliothèque, après que Niniver l'eut surpris en train de consulter les livres de comptes, Sir Godfrey ricana.

— Et pas très malin, en plus de tout cela !

Il regarda ensuite Marcus et Niniver.

— Je suppose que d'autres personnes ont entendu.

Elle acquiesça.

— Plusieurs membres du clan, et aussi mon ancienne gouvernante, Miss Hildebrand.

Marcus décrivit ensuite la scène finale.

— Ah !

Sir Godfrey sourit.

— Comme cela, il s'est enfui ? Parfait. Il n'y a pas de meilleur aveu que la fuite.

Il regarda Lord Richard, puis Catriona et les autres. Sir Godfrey se tourna ensuite vers Niniver.

— Ma chère, je pense que nous allons pouvoir régler tout cela rapidement, d'autant plus que j'ai devant moi trois propriétaires terriens de la région : Lord Richard et Lady Catriona, vous-même et Mr Cynster. Si je pouvais parler avec les membres de votre clan — ceux qui ont entendu ce que McDougal a dit —, alors je crois pouvoir rendre un premier jugement et vous débarrasser de McDougal.

— Ferguson, notre majordome — Niniver observa Marcus, qui alla tirer sur la sonnette —, fera en sorte que vous puissiez vous entretenir avec tous ceux que vous souhaitez rencontrer.

Ferguson accourut, et il suffit de quelques mots pour que tout soit arrangé. Sir Godfrey se leva et adressa un regard appuyé à Lord Richard.

— Richard, Marcus, et peut-être, vu les circonstances, Thomas, également… Pouvez-vous m'accompagner ?

Sir Godfrey se tourna vers Niniver.

— Étant donné que c'étaient vous et votre clan qui étiez les principales cibles de McDougal, il est peut-être mieux que vous ne soyez pas présente lors de l'interrogatoire. Mais Thomas peut vous représenter.

— Oui, bien sûr.

Si Marcus était lui aussi présent, alors Niniver pouvait lui faire confiance pour que rien concernant les machinations de McDougal ne soit passé sous silence.

— Par ailleurs…

Les yeux de Sir Godfrey se mirent à briller.

— … Il me semble que vous avez un mariage à organiser. De grandes fêtes, les mariages Cynster !

Sur ce, assisté par les trois gentlemen qu'il avait choisis, il suivit Ferguson hors de la pièce.

— Parfait !

Après avoir pris Christina dans ses bras, Catriona, le regard étincelant, scruta Niniver puis Lucilla tour à tour, et ce plusieurs fois.

— Il me semble que Sir Godfrey a raison. Nous avons des choses à planifier. Avec Marcus, avez-vous décidé de quand vous voulez vous marier ?

Niniver hésita.

— Nous pensions… Le plus tôt possible ?

Catriona ouvrit grand les yeux, sembla réfléchir, puis sourit.

— Pourquoi pas, en effet ? Dans ce cas…

Elle adressa un regard interrogatif à Niniver.

— Il faut commencer par déterminer quand est « le plus tôt possible ».

Niniver s'arma intérieurement, craignant d'avoir à se battre pour s'imposer. Mais, même si Catriona et Lucilla avaient un avis sur beaucoup de choses et le donnaient librement, elles s'en remettaient toujours à elle. Elles l'encourageaient même à exprimer son point de vue, ses souhaits et ses désirs.

— Ce sera *votre* journée, très chère, déclara Catriona. Du matin au soir, c'est vous qui déciderez de tout.

À la grande surprise de Niniver, les deux frères de Marcus — Calvin, un jeune citadin élégant et sophistiqué, et Carter, le plus jeune de la famille, un artiste, plus calme et sans doute plus sensible que son frère — participèrent à la conversation. Ils firent au moins autant de suggestions que Lucilla, même si elles concernaient d'autres aspects de la journée. Ils donnèrent par exemple leur avis sur le nombre d'invités pouvant tenir dans la petite église du village.

— Si nous sommes tous parvenus à y entrer pour le mariage de Lucilla, alors nous réussirons pour celui-ci aussi, dit Carter en souriant à Niniver d'un air encourageant. Et j'ai la nette impression que Niniver et Marcus préféreraient une cérémonie plus intime.

En repensant au mariage de Lucilla, qui avait été impressionnant à bien des égards, Niniver jeta un regard à Catriona.

— Je sais que les Cynster sont nombreux. Mais si nous nous limitions à la famille proche ?

Catriona sourit d'un air rassurant.

— Cela ne causera pas de problème particulier. Nous pouvons laisser Marcus décider des membres de la famille qu'il veut inviter, mais nous veillerons à respecter l'équilibre entre les deux clans.

Ils se mirent tous d'accord pour que les bans soient publiés et s'arrêtèrent finalement sur une date quatre semaines plus tard.

— Cela vous laissera le temps de faire confectionner votre robe.

Lucilla sourit.

— Croyez-le ou pas, vous allez trouver cela très accaparant, et vous allez adorer cela.

Lucilla observa Niniver en inclinant la tête.

— Vous êtes si fine, si délicate. Vous allez ressembler

à une vraie princesse de contes de fées quelle que soit la robe que vous porterez.

— Hum.

Carter se pencha en avant et regarda Niniver de bas en haut d'un œil d'artiste.

— Je pourrais faire quelques croquis. Cela pourrait être drôle.

Calvin rit et donna des coups de coude à son frère, mais avec bonne humeur, et ce dernier répondit de la même façon.

Niniver avait l'impression de tourbillonner. Était-elle en train de rêver ? Son mariage prenait forme devant ses yeux. Et tout semblait si… facile. Elle s'attendait à se sentir sous pression, à se sentir sur la défensive et peu sûre d'elle. Au lieu de cela, elle était gagnée par la franche camaraderie et la bonne humeur qui semblaient régner chez les frères et sœurs Cynster. L'ambiance était on ne peut plus détendue et bon enfant.

C'est donc cela avoir une vraie famille.

Il était si tentant de se laisser aller à l'impression d'en faire partie.

Puis des voix masculines se firent entendre derrière la porte. Une seconde plus tard, elle s'ouvrit, et Sir Godfrey précéda les autres gentlemen dans la pièce. Il sourit gentiment à Niniver.

— Eh bien, ma chère, voilà qui est fait, et je suis satisfait. Je crois avoir suffisamment de preuves en ma possession pour pouvoir juger McDougal et le mettre définitivement hors d'état de nuire.

— Cependant, dit Lord Richard d'une voix tendue, alors qu'il venait reprendre sa place derrière Catriona, il y a un problème. C'est en tout cas ce que pense Marcus.

Thomas retourna s'asseoir à côté de Lucilla. Tous se tournèrent vers Marcus pendant qu'il fermait la porte et traversait la pièce.

Il s'arrêta et croisa le regard de Niniver, puis il observa sa mère.

— Si Sir Godfrey condamne McDougal pour tentative d'assassinat sur ma personne, alors il sera pendu.

Niniver ressentit un frisson glacial lui parcourir la nuque. Elle n'aurait pas su l'expliquer, mais cette idée la dérangeait. Non pas que McDougal ne méritât pas d'être pendu : il avait failli tuer Marcus, et elle préférait ne pas penser à ce qu'il lui avait réservé à elle. Mais…

Marcus la regarda dans les yeux.

— Pour moi, une pendaison n'est pas le bon prélude à un mariage.

— Ah.

Catriona fixait Marcus. Au bout d'un long moment, elle dit :

— Je ne puis qu'être d'accord.

Elle leva les yeux et tendit une main à Lord Richard. Quand il la saisit, elle parla, en s'adressant à son époux, mais aussi à tous les autres :

— Même si j'aime mieux voir McDougal disparaître de la surface du globe afin qu'il ne puisse plus nuire à personne, je dois reconnaître que Marcus a raison. Que la vie de couple commence pour Niniver et lui par une pendaison… La Lady n'approuverait pas. Elle est la vie, et non la mort. Et même si Marcus et Niniver se marient à l'église, ils se marient aussi sous Son égide. Ils ont tous les deux vécu sous Sa protection, et c'est Elle qui les a choisis tous les deux, tout comme Lucilla et Thomas, tout comme vous et moi.

Catriona se tourna pour scruter Sir Godfrey.

— Godfrey, je sais que cela ne vous plaît pas. Mais Marcus a raison.

— Je suis tout à fait d'accord, dit Lucilla, qui avait fermé les yeux.

Elle les rouvrit, croisa le regard de ses jumelles, et hocha la tête.

— Tu as raison, Marcus.

Lucilla observa Thomas, puis Sir Godfrey.

— Nous devons trouver une autre façon de régler son compte à McDougal.

Sir Godfrey fronça les sourcils. Chez quelqu'un d'autre, son expression aurait pu passer pour de la gêne.

— Tout cela est très bien. Mais je suis votre magistrat et je dois faire mon devoir.

Calvin se pencha en avant.

— Dans un cas pareil, en quoi consiste votre devoir, exactement ?

— Je dois rendre une sentence appropriée.

Sir Godfrey fit la grimace.

— Et la sentence doit être adaptée au crime commis, ajouta-t-il. Ici, il s'agit d'une tentative d'assassinat.

— Mais, insista Calvin, « adaptée » est un mot sujet à interprétation, n'est-ce pas ?

— Certes, admit Sir Godfrey.

— Ainsi, si nous pouvons décider ensemble d'une punition qui vous semble *adapté,* et qui n'est pas la pendaison, cela pourrait-il convenir ? demanda Calvin.

Sir Godfrey se mordilla les lèvres d'un air pensif, puis hocha la tête.

— Proposez-moi une punition adaptée, et j'accepterai de ne pas pendre ce scélérat.

Calvin sourit et regarda les membres de sa famille.

— Très bien. Que pouvons-nous proposer ?

Finalement, ce fut Thomas qui trouva la solution. Il leur parla du capitaine d'un navire de commerce connu pour être quelqu'un qui ne s'en laissait pas compter. Ils précisèrent quelques détails et finirent par convaincre Sir Godfrey de déclarer que, si McDougal acceptait l'alternative qu'ils lui proposaient, il échapperait au bourreau.

— Parfait !

Catriona contempla sa famille et Sir Godfrey avec le sourire aux lèvres.

— À présent…

En souriant toujours, elle se tourna vers Niniver.

— … Je crois que nous avons bien mérité notre thé !

Niniver lui rendit son sourire. Marcus sonna Ferguson. Puis Lucilla, Catriona, Calvin et Carter reprirent leur conversation sur ce sujet qu'ils semblaient considérer comme primordial : l'organisation du prochain mariage Cynster.

Quand les Cynster furent partis, Niniver avait l'impression de flotter hors de la réalité. Sir Godfrey avait pris congé juste après le thé. Il lui avait tapoté la main et, en souriant avec bonhomie, il lui avait assuré que lui, Marcus et Lord Richard faisaient de McDougal leur affaire et qu'elle pouvait donc se consacrer à ses préparatifs de mariage sans plus s'en préoccuper.

Comme c'était bien son intention, elle avait adressé un joli sourire à Sir Godfrey et lui avait dit au revoir.

Alors qu'il se tenait derrière elle sur le perron, Marcus avait murmuré :

— Il ne pensait pas à mal.

— Je ne l'ai pas mal pris. Pas du tout. Concernant McDougal, je suis prête à vous laisser prendre toutes les décisions à ma place.

Elle se tourna pour observer son visage.

— Mais quand avez-vous l'intention de lui parler ?

— Pas tout de suite.

Marcus l'avait suivie à l'intérieur.

— D'abord, il faut qu'il ait le temps de penser à la corde du bourreau.

Ils étaient retournés au salon et avaient plongé dans la chaude gaieté apportée par sa famille. Comme Lord Richard le lui avait dit, ils étaient du genre turbulent. Niniver finit par conclure que la disparition de sa timidité était un des effets bénéfiques que Marcus avait eus sur elle. C'était son regard croisant le sien, le soutien indéfectible qu'il lui témoignait, qui l'avait transformée.

Elle observa les mêmes relations complexes chez Lord Richard et Catriona, chez Lucilla et Thomas, et se sentit… comblée.

Car c'était ce à quoi allait ressembler sa vie à partir de ce jour.

À un moment, Ferguson avait fait son apparition mais, curieusement, c'était à Marcus qu'il avait voulu parler.

Après le retour de ce dernier, Catriona se leva et secoua ses jupes.

— Le moment est venu de rentrer à la maison.

Elle se pencha au-dessus de ses petites-filles et leur caressa tendrement les joues.

— Elles vont bientôt se mettre à pleurnicher, et il faudra leur donner à manger et les mettre au lit. Nous ferions donc mieux de retourner à la Vallée.

En bonne matriarche, Catriona rassembla toute sa

petite famille et les escorta jusqu'à Sean et Mitch, qui s'étaient occupés de leurs chevaux, et jusqu'à Fred qui avait gardé la voiture qui avait servi à Thomas pour conduire Lucilla et les bébés.

Depuis le perron, Niniver et Marcus leur adressèrent de grands signes pour leur dire au revoir.

— Ferguson vient de me rappeler que les chiens étaient toujours ici, dit-il une fois sa famille partie.

— Seigneur ! J'avais oublié.

Il sourit.

— Nous avons tout à fait le temps de les ramener à leur chenil. Ils ont fait un travail fantastique aujourd'hui, et ils méritent amplement de se reposer.

— Vous avez raison.

Niniver regarda sa robe.

— Mais je dois encore me changer. Je ne peux pas monter à cheval dans cette tenue.

Le bruit des roues de la calèche sur les graviers leur fit lever la tête.

— J'avais pensé que nous pourrions utiliser l'une des voitures de vos frères. Les chiens peuvent aussi bien suivre une calèche qu'un cavalier.

Elle cligna les yeux et se redressa.

— C'est vrai.

Hildy apparut alors dans l'entrée.

— Ah, vous voici.

Elle tendit à Niniver l'un de ses châles les plus chauds.

— Ferguson m'a dit que vous alliez au chenil, et le soleil est presque couché.

— Merci.

Niniver prit le châle et s'en drapa les épaules, puis elle sourit à Marcus.

— On dirait bien que je suis prête.

— Parfait.

Souriant à son tour, il lui proposa son bras, adressa un petit signe de tête à Hildy et conduisit Niniver en bas des marches. Les lévriers gambadaient autour d'eux, prêts à rentrer au chenil.

Après avoir aidé Niniver à monter, il fit le tour de la calèche, prit les rênes des mains de Mitch, puis grimpa aux côtés de Niniver. Agitant les rênes, il lança le cheval au trot. Niniver vérifia que les lévriers suivaient bien, puis elle s'installa confortablement pour profiter de la promenade.

Ils arrivèrent à la ferme d'Egan, bien trop vite à son goût. Marcus attacha les rênes, puis l'aida à descendre. Dans la grange, elle découvrit que le vieux fermier avait préparé de la nourriture pour les cinq chiens. Ils se jetèrent dessus. Pendant qu'ils mangeaient, Niniver contempla les autres enclos. Le reste de la meute avait déjà été nourri, avait reçu à boire et avait été rentré pour la nuit.

Après avoir raccompagné chacun des cinq lévriers héroïques dans leur enclos respectif, Marcus et elle quittèrent la grange.

Pendant qu'il remettait en place la lourde barre qui fermait les portes, elle regarda en direction de la ferme.

— Je suis surprise qu'Egan ne soit pas sorti. D'habitude, il accourt dès qu'il me voit arriver.

— Il est sans doute en train de se préparer à passer à table. Ou bien il est peut-être même déjà en train de manger.

Marcus la prit par le coude et l'aida à grimper en voiture.

— Nous pourrons peut-être revenir demain, et travailler un peu avec le reste de la meute.

— Oui, bonne idée, faisons cela.

Elle s'assit et arrangea ses jupes et son châle.

— Maintenant que je sais que le pistage dans l'air fonctionne et qu'il peut se révéler très utile, j'ai encore plus hâte de développer cette caractéristique.

Marcus vint s'asseoir à côté d'elle et prit les rênes.

— Que leur avez-vous fait renifler ce matin ?

Sur le chemin du retour, ils parlèrent des chiens, mais lorsque le manoir apparut, entouré par sa barrière de conifères, Niniver devint tout à coup silencieuse.

Marcus la scruta : elle était assise les mains croisées sur les genoux et fixait la demeure.

— À quoi pensez-vous ?

Elle lui jeta un bref coup d'œil. Au bout d'un moment, alors qu'elle fixait de nouveau le manoir, elle dit :

— Je viens de me rendre compte de l'endroit où je me trouvais et de celui où vous trouviez-vous ce matin même. J'étais seule ici, vous étiez à Bidealeigh. Et maintenant… Tout a changé.

Elle le regarda de nouveau et s'empressa d'ajouter :

— Tout va parfaitement bien maintenant, mais… tout semble s'être passé si vite.

— Vous sentez-vous dépassée par les événements ?

— Un peu. Et je me sens comme balayée et transportée dans un endroit qui ressemble tant à mes rêves que je ne suis pas sûre de m'y trouver encore si je ferme les yeux et les rouvre ensuite.

Il sourit.

— Je peux vous assurer que je ne suis pas un mirage, et que mon intention la plus ferme est de ne jamais me retrouver ailleurs qu'ici à vos côtés.

— Je sais.

Une seconde plus tard, elle ajouta d'une toute petite voix :

— Et je trouve cela plutôt… stupéfiant.

Il observa son profil, puis ajouta :

— Des regrets ?

Elle leva le menton et le fixa d'un air déterminé.

— Jamais de la vie !

Elle scruta ses yeux.

— Mais vous devez ressentir la même chose également.

Maintenant qu'elle en parlait… Il regarda en lui, puis admit :

— Oui et non. En ce qui me concerne, c'est plus comme si tout ce qui se trouvait en moi avait été enfermé, prisonnier derrière un mur. Et quand vous êtes venue me trouver pour demander mon aide, le mur s'est fissuré, et tout a commencé à s'échapper. J'ai l'impression d'être une rivière qui, enfin, coule librement.

Il lui jeta un petit regard.

— Si vous comprenez ce que je veux dire.

Elle soutint son regard pendant un long moment, puis hocha la tête et détourna les yeux. Au bout de quelques secondes, elle précisa :

— Pour moi, c'est plus qu'une libération. C'est comme si une porte s'était ouverte et que j'étais entrée dans un monde de nouvelles possibilités.

En entendant cela, Marcus sentit son cœur palpiter d'émotions. Si c'était ce que signifiait pour elle devenir son épouse… La joie qu'il éprouva tout à coup était immense.

Il conduisit la voiture jusqu'aux marches du perron. Fred accourut pour s'occuper des chevaux. Marcus descendit le premier et aida Niniver à en faire de même. En lui prenant le bras, il lui sourit.

— Venez.

Il lui fit gravir les marches du perron. Dès qu'ils approchèrent de la porte d'entrée, celle-ci s'ouvrit en grand.

Niniver poussa un cri muet, mais Marcus ne s'arrêta pas. Il la conduisit parmi les siens.

Tout le clan Carrick s'était rassemblé. Les anciens avaient fait venir tout le monde. Les portes du salon et de la salle à manger avaient été ouvertes en grand et les deux pièces formaient avec le hall d'entrée un vaste espace où tout le monde pouvait tenir. Personne ne manquait, depuis les vieilles femmes dans leurs fauteuils, jusqu'aux bébés et enfants de tous âges… Niniver les aperçut tous, pendant que Marcus la conduisait sous la haie d'honneur formée par les anciens et leurs épouses. Tout le monde affichait un sourire rayonnant.

La haie d'honneur menait à un petit marchepied installé devant la grande cheminée qui se trouvait dans le hall d'entrée. Marcus l'aida à y grimper. Elle se tourna alors vers la foule, sur laquelle elle avait une vue d'ensemble. Depuis cette petite hauteur, elle dépassait tout le monde d'une bonne tête.

Elle contempla cet océan de visages joyeux qui avaient l'air d'attendre quelque chose, sans avoir la moindre idée de ce qu'elle allait leur dire.

Mais apparemment ce n'était pas elle qu'ils étaient venus entendre.

Sans lui lâcher la main, Marcus se tourna lui aussi vers la foule, et tous les regards se posèrent sur lui.

— Mesdames et messieurs, chers anciens, et chers enfants du clan Carrick.

Sa voix, claire et forte, portait. Il pressa doucement la main de Niniver, avant de poursuivre :

— Aujourd'hui, je vous fais le serment que je répéterai à votre lady devant l'autel de l'église du village.

Il se tourna et posa sur Niniver un regard chargé d'émotions.

— Je vous fais le serment de vous honorer, de vous protéger et de vous servir jusqu'à mon dernier jour.

Il y eut un moment de silence, le temps que ces mots lourds de sens se répandent dans la foule. Puis une acclamation se fit entendre, de plus en plus forte.

Le bruit grossit, mais Niniver ne l'entendit presque plus dès l'instant où elle regarda Marcus dans les yeux. Elle y vit un engagement et un dévouement sans limites, ainsi qu'une détermination inébranlable. Elle posa la main sur son épaule et se pencha vers lui.

— Merci.

Puis elle posa son autre main sur la joue de Marcus.

Alors, devant l'ensemble du clan, elle l'embrassa.

Le grondement d'approbation qui se manifesta fit trembler murs et plafonds.

Après que Niniver eut exposé leurs projets concernant le jour du mariage et que tout le monde l'eut félicitée, Marcus et elle parcoururent la foule bras dessus, bras dessous en chemin inverse. Pour célébrer l'annonce de leurs fiançailles, Ferguson, Mrs Kennedy, sans oublier Gwen et son équipe, avaient organisé un dîner et le vin au gingembre coulait à flots.

Les gens pressaient la main de Niniver, souriaient timidement à Marcus ou lui serraient la main tout en les noyant sous les vœux et les compliments.

— C'est merveilleux, ma chère !

— Quelle joie !

— Jamais je n'aurais cru vivre assez longtemps pour voir cela, et je ne suis pas le seul dans ce cas !

— Vous nous comblez, milady !

— Cela faisait trop d'années que le clan n'avait rien fêté du tout !

Ce dernier commentaire toucha particulièrement Marcus et Niniver.

Les domestiques et les fermiers de Marcus avaient été invités, et ils étaient venus depuis Bidealeigh grossir l'assemblée. Marcus attira l'attention de Niniver sur le fait que plusieurs de ses paysans étaient en train de parler avec les siens, tandis que leurs épouses respectives s'étaient spontanément réunies et semblaient déjà complices.

— C'est agréable de les voir se mêler les uns aux autres. Il faudra que nous discutions un jour des associations que nous allons pouvoir faire.

Il la regarda en souriant.

— Mais pas ce soir, ajouta-t-il.

Ce soir…

Hildy joua du piano, et les gens s'écartèrent pour ménager un espace libre dans le salon. Marcus prit Niniver dans ses bras, et ils valsèrent.

Elle nageait dans le bonheur.

D'autres personnes les imitèrent. Un peu plus tard, Marcus et elle s'installèrent à leur tour au piano : il joua pendant qu'elle chantait, et peu à peu quelques personnes les rejoignirent pour former un chœur. Ils firent de la musique tous ensemble pendant que les étoiles brillaient dans le ciel.

Pendant la soirée, Marcus ne la quitta pas un seul

instant. En se promenant dans la foule, avec qui elle riait et discutait, Niniver se rendit compte qu'elle ne s'était jamais sentie aussi heureuse.

Elle s'arrêta devant la cheminée de l'entrée et contempla tous ces visages rayonnants. Elle percevait de la joie dans les voix de tous. Elle scruta Marcus et déclara :

— Comme quelqu'un l'a dit tout à l'heure, cela faisait si longtemps que le clan n'avait pas fait la fête comme cela.

Il soutint son regard.

— Ce n'est qu'un début. Vous vous êtes engagée personnellement pour guider le clan hors du désert. Pour qu'il quitte ce marasme financier, bien sûr, mais l'argent seul ne suffit pas. La sécurité financière n'est qu'une facette de la prospérité. Ceci — et d'un grand geste de la main, il désigna toute l'assemblée — est au moins aussi important. Ceci est votre premier pas pour rétablir la cohésion du clan, votre premier pas pour qu'il redevienne fort et uni.

Elle l'observa pendant un moment, puis lui serra le bras plus fort.

— Ce n'est pas *mon* premier pas. C'est *notre* premier pas.

Il sourit davantage.

— Étant donné que je serai toujours là à vos côtés, j'imagine que c'est vrai. Quelque chemin que vous empruntiez, je serai avec vous.

Plus tard, alors que Niniver faisait toujours la fête avec les membres de son clan, Marcus descendit à la cave, où était enfermé Ramsey McDougal.

Sean et Ferguson le suivirent. Quand Marcus tourna la grosse clé et poussa la lourde porte, les deux hommes se postèrent derrière lui, bien visibles malgré l'obscurité et prêts à intervenir au cas où McDougal essaierait de s'enfuir. Ils restèrent néanmoins à une distance suffisante pour que l'attention du prisonnier se fixe principalement sur Marcus.

McDougal était assis sur la paillasse qui avait été placée dans la petite pièce. Il ne se leva pas quand Marcus entra et se contenta de lever les yeux, le visage et le regard inexpressifs. Il était clair qu'il ne nourrissait ni espoir ni attente.

Marcus s'arrêta devant lui et le regarda.

Au bout d'une bonne minute, McDougal lâcha :

— Vous êtes venu jouir du spectacle de ma déchéance ?

— Je suis venu pour vous présenter les options qui s'offrent à vous.

— Des options ?

McDougal rit amèrement.

— Il n'y en a pas, n'est-ce pas ?

— Normalement non. Si vous ne vous trouviez pas sur les terres de la Lady, vous seriez destiné à la potence. Vous avez franchi la ligne rouge en essayant de m'assassiner.

— Je n'avais pas le choix. C'était cela ou la ruine.

— On a toujours le choix. Et je vais vous en donner un, là.

McDougal fronça les sourcils.

— Pourquoi ?

— Ce n'est pas de mon fait, le prévint sèchement Marcus. Mais, dans la région, il y a des… forces que nous honorons, et cela a certaines conséquences. L'une d'entre elles s'applique à votre cas. Vous avez certes essayé de me tuer, mais sans vous Niniver et moi n'aurions peut-être jamais découvert que nous étions faits l'un pour l'autre. C'est à cause de vous qu'elle s'est décidée à venir demander mon aide. Si vous ne vous en étiez pas mêlé et si vous ne l'aviez pas forcée à agir, elle n'aurait peut-être jamais franchi ce pas. Vous avez été le catalyseur nécessaire à notre rencontre. Par conséquent, elle et moi vous devons beaucoup. Nous avons donc intercédé en votre faveur auprès de Sir Godfrey, et il m'a autorisé à vous proposer une alternative à la corde.

Il s'interrompit, mais McDougal l'écoutait avidement.

— Sachez qu'il a fallu l'intervention énergique et l'appui de ma famille pour convaincre Sir Godfrey. Il était loin d'être ravi, mais il a finalement accepté. Cependant, ce n'est pas une proposition à considérer à la légère : la seule autre possibilité est la pendaison.

McDougal lui fit signe de poursuivre.

Marcus se retint de sourire.

— L'alternative est simple. Il y a un certain capitaine McPhee qui s'apprête à quitter le port d'Ayr. Il possède son propre navire et fait du commerce avec les colonies. Un tiers environ de son équipage est constitué de prisonniers jouissant d'un statut particulier. Sir Godfrey a accepté que vous soyez condamné à travailler pour McPhee pendant une période de vingt ans.

McDougal cligna les yeux.

— Vingt ans ?

Marcus chercha son regard.

— Cela fait moins long que ce qu'il vous reste à vivre.

Ses mots firent mouche. McDougal ne le quittait pas des yeux alors que lentement, il prenait conscience du choix qui s'offrait à lui.

Puis il se mit à fixer le mur situé à côté de la porte, mais sans sembler le voir.

Une autre minute passa, puis Marcus demanda :

— Alors ?

McDougal déglutit avec peine. Sans regarder Marcus, il répondit :

— J'accepte. Je n'ai pas vraiment le choix.

Marcus ne ressentit pas le besoin de lui dire que l'absence de choix et la durée de la peine étaient deux des arguments qui avaient contribué à convaincre Sir Godfrey d'accepter sa requête.

— Sir Godfrey enverra ses hommes vous chercher demain matin. En attendant — Marcus se tourna vers la porte —, dormez bien.

Il allait franchir le seuil quand, obéissant à son instinct, il se retourna. McDougal était toujours assis sur le bord de sa paillasse, l'air perdu et abattu. Marcus ne chercha pas à se censurer et dit :

— Malgré les apparences, une chance vous a été donnée. Ne la gâchez pas.

Sur ce, il quitta la petite pièce, referma la porte à double tour et tendit la clé à Ferguson.

Ce dernier la prit en hochant la tête.

— Vous avez largement fait votre part du travail. Laissez-nous prendre la relève.

Marcus inclina la tête en guise de réponse et remonta l'escalier de la cave vers la lumière et la gaieté.

Vers son amour qui attendait son retour à ses côtés.

Niniver ne voyait pas de meilleure façon de terminer la journée.

Les réjouissances finirent par prendre fin, et toutes les familles s'éclipsèrent et disparurent dans la nuit claire et fraîche.

Marcus attendait pour la conduire à l'étage. Hildy grimpa l'escalier en même temps qu'eux mais, comme d'habitude, elle continua vers ses appartements en leur lançant un joyeux « Dormez bien, très chers. »

Niniver marchait aux côtés de Marcus dans le couloir qui menait à leurs chambres. De plus en plus souriante, elle le regarda, puis lui prit la main et l'emmena jusqu'à sa porte.

Elle ouvrit et rit lorsqu'il la poussa à l'intérieur. Elle tourna sur elle-même et il la suivit. Il referma la porte avant de se jeter sur elle et de la conduire jusqu'à la fenêtre. Là, il la lâcha, lui prit le visage entre les mains et l'approcha du sien.

Il la regarda dans les yeux. Ses yeux à lui étaient sombres, intenses.

— Je vous aime.

Elle posa ses mains sur les siennes.

— Je vous aime moi aussi.

Pendant un long moment, ils écoutèrent le silence pour s'en imprégner, et s'émerveillèrent de la vérité et de la réalité inaltérable de ces mots.

Puis il pencha la tête, et elle se hissa sur la pointe des pieds. Leurs lèvres entrèrent en contact.

Elles s'effleurèrent, s'épousèrent, puis se mêlèrent et se fondirent alors qu'ils se perdaient dans ce baiser.

Ils se laissèrent emporter.

Ils laissèrent le désir croître et les embraser.

Ils laissèrent la passion crépiter, puis lancer des flammes.

Ils se laissèrent prendre, malmener, défaire et refaire par la passion.

Ils s'abandonnèrent à cette chaleur inéluctable, à la pulsation de l'urgence. Au bonheur de leur union, à ce lien fort et véritable qui allait bien au-delà du simple contact peau à peau et charriait des sensations bien plus intenses que les simples émotions.

Ils s'abandonnèrent et s'en remirent à ce lien qui liait leurs âmes.

Plus tard, lorsque, comblés, ils reposaient dans les bras l'un de l'autre et flottaient sur la mer tranquille de l'oubli, Marcus embrassa Niniver sur la tempe et murmura les mots qui, plus que n'importe quels autres, le gouvernaient désormais.

— Je vous aime.

L'émerveillement, l'acceptation et l'abandon à cette réalité qui le dépassait teintaient ses paroles.

Niniver battit des cils et ouvrit les yeux. Ses yeux d'un bleu clair intense plongèrent dans les siens.

— Et je vous aime exactement de la même façon.

Marcus se sentit sourire. Il lui effleura les lèvres, puis s'allongea sur le dos et ferma les yeux. Niniver était éthérée et fragile, délicate et frêle, pourtant, par la puissance de son amour, elle était son égale. Il n'avait pas le moindre doute sur le sujet : il avait trouvé celle qui lui était destinée.

Il avait trouvé l'amour. Le vrai, l'unique. L'amour éternel.

Le lendemain matin, le soleil brillait dans un ciel sans nuages. Niniver se réveilla tard, à cause de la façon particulière qu'avait Marcus de célébrer l'aube — et contre laquelle elle n'avait rien à redire. Elle découvrit qu'il était déjà levé et descendu.

Il était sans doute affamé. Pour sa part, elle l'était.

Après s'être lavée et habillée, elle descendit à la salle

à manger et, comme elle s'en doutait, elle le trouva assis à sa place habituelle, devant son habituelle montagne de *kedgeree*. Elle ne put s'empêcher de sourire bêtement lorsqu'elle lança un joyeux « Bonjour » et alla remplir son assiette. C'était sans doute un peu idiot, mais elle avait déjà l'impression de mener une vie de couple, et elle n'aurait jamais pensé que cela lui arriverait un jour.

Elle n'avait pas entendu ce que Marcus lui avait répondu, mais quand elle se tourna de nouveau vers la table, il se leva et tira non pas la chaise qui était située à sa droite, mais l'immense siège sculpté qui se trouvait en bout de table.

Le siège de son père.

L'assiette à la main, elle hésita, fixant le siège monumental qui pendant des générations avait été occupé par les chefs du clan Carrick. Puis elle prit une grande inspiration, chercha le regard de Marcus, dans lequel elle lut de l'encouragement. Ferguson se tenait près de la table du buffet et observait sans rien dire.

Elle déglutit avec peine et avança. Elle posa son assiette en bout de table, puis releva ses jupes et prit place.

Marcus rapprocha son siège, puis retourna s'asseoir.

Niniver regarda la table et regarda ensuite Ferguson. Puis elle se servit une tasse de thé.

Épilogue

Ils se marièrent dans la petite église du village de Carsphairn par un jour de mai resplendissant.

Tous les hommes, toutes les femmes, tous les enfants du clan Carrick assistèrent à la messe, et même s'il avait fallu faire des choix quant aux Cynster présents, l'église était pleine à craquer. Malgré tout, cela restait un petit mariage dans l'esprit, très simple et décontracté, contrairement à ce qu'avait pu être le grand mariage solennel de Lucilla.

Dans sa robe, qui était constituée d'une superposition aérienne de fines épaisseurs de dentelle et de soie, Niniver avait réellement l'impression d'être une princesse de conte de fées. La parure de saphirs bleu pâle que Marcus lui avait offerte en cadeau de mariage ornait sa gorge et son poignet, cependant que la bague qui brillait à sa main droite rappelait la lueur dont resplendissaient ses yeux.

Lucilla était sa demoiselle d'honneur, tandis que Thomas était le témoin de Marcus, les deux hommes étant très proches depuis que Thomas avait épousé Lucilla. La liesse qui entourait ce mariage était la preuve qu'il existait désormais un lien étroit appelé à perdurer entre les deux domaines voisins.

Norris était revenu pour conduire Niniver jusqu'à l'autel. Elle avait été heureuse de l'accueillir à la maison, même si ce n'était que pour un court séjour. Norris avait, semblait-il, trouvé sa place à l'université. Il était plus serein, plus confiant, plus sûr de lui, et Niniver ne l'avait jamais vu ainsi. Après plusieurs discussions très détendues avec lui et Marcus, elle était désormais rassurée sur les capacités de son frère à se débrouiller seul dans l'existence.

Tout semblait se mettre en place de manière parfaite. Rétrospectivement, il arrivait même à Niniver de bénir McDougal et les hommes qu'il avait réussi à convaincre de l'importuner. Sans eux, elle n'aurait peut-être jamais trouvé sa voie, et elle ne serait pas comme maintenant en train de contempler sereinement l'avenir avec Marcus Cynster à ses côtés.

Il l'avait toujours fascinée. Et pendant l'office religieux, dès l'instant où elle avait pénétré dans l'église et où elle l'avait vu en train de l'attendre au bout de la nef, elle n'avait eu d'yeux que pour lui. Il avait accaparé toute son attention, et, à la façon dont ses yeux bleu nuit étaient restés fixés sur elle, elle avait compris que la réciproque était vraie aussi. Et elle n'aurait pu être plus heureuse.

Puis il avait glissé un simple anneau d'or à son doigt, et son cœur s'était empli de joie.

La musique s'élevait dans l'église, de plus en plus festive et triomphale, alors que, après avoir signé tous les registres, ils se tournaient et, en tant que mari et femme, traversaient la nef en direction de leur avenir commun.

Ils sortirent de l'église sous les acclamations de la foule qui s'était massée sur la pelouse, sous le soleil printanier et une légère brise qui fit pleuvoir sur eux, telle une bénédiction de la nature en personne, les pétales d'aubépine qu'elle transportait.

Niniver se laissa aller à l'atmosphère merveilleuse de cette journée et à la fierté possessive qui brillait dans les yeux de Marcus. Avec joie, elle descendit avec son époux les quelques marches du porche de l'église et ils allèrent saluer leurs invités.

Au centre de la pelouse se trouvaient Lucilla et Thomas, entourés de quelques membres de la famille Cynster.

Niniver s'arrêta pour embrasser sur le front Chloe et Christina, qui étaient dans les bras de leurs parents.

Marcus lui serra la main plus fort — et elle perçut cela comme un encouragement — quand il la présenta au reste du groupe, composé de deux hommes très grands et d'une femme.

— Niniver, voici mes cousins. Je ne pense pas que vous ayez été présentés lors du mariage de Lucilla.

Le plus grand des gentlemen — un homme d'une beauté stupéfiante, avec des cheveux noirs, des traits aussi racés que ceux de Marcus, et d'incroyables yeux vert clair — le regarda à la dérobée avec un sourire cynique.

— Tu veux dire que tu as fait en sorte que nous ne soyons pas présentés, afin que nous ne puissions pas te couper l'herbe sous le pied.

Imperturbable, Marcus fronça les sourcils.

— Et je ne le regrette pas.

Il se tourna vers Niniver, mais avant qu'il puisse parler le gentleman s'empara de sa main en douceur, s'inclina et, en se redressant, lui sourit.

— Je me présente : Sebastian, marquis d'Earith. Bienvenue dans la famille, très chère.

Niniver pouvait être heureuse d'être mariée à Marcus

et donc de n'avoir rien à craindre ! Même si Sebastian lui lâcha la main de façon tout à fait correcte, et qu'elle ne se sentit pas directement menacée, il y avait quelque chose de particulier chez lui, qui se dégageait de l'aura qui flottait sur ses larges épaules comme un manteau invisible, quelque chose qui hurlait à toutes les femmes un tant soit peu réceptives : « Attention, danger ! »

Marcus avait toujours été pour elle suprêmement captivant, mais ses sens l'informaient que Sebastian, le marquis d'Earith, était sans aucun doute un des hommes les plus dangereusement séduisants qu'elle ait jamais rencontré.

À son grand soulagement, une fois que ce dernier lui eut lâché la main, il se tourna avec une certaine langueur paresseuse vers le gentleman qui se tenait à côté de lui.

Elle leva les yeux vers ce dernier et cligna les paupières. Il était lui aussi d'une beauté à couper le souffle, ce qui de toute évidence était une caractéristique familiale. C'était uniquement parce qu'il se trouvait à côté de son frère, le marquis, qu'elle ne l'avait pas remarqué. Leur lien de parenté sautait aux yeux : leurs visages étaient empreints de la même vigueur autoritaire. La différence résidait cependant dans la couleur de leurs cheveux et de leurs yeux qui, chez le frère du marquis, étaient très foncés.

— Je suis Michael Cynster, ma chère Niniver.

Il s'inclina devant elle avec autant d'élégance que son frère.

— Et comme l'a dit Sebastian, vous faites un très bel ajout au cercle familial, poursuivit-il.

Thomas, qui se trouvait juste en face de Michael, ricana.

— C'est étrange. Je ne me souviens pas que vous m'ayez, moi, accueilli en ces termes.

Michael se redressa en fronçant les sourcils, mais avant qu'il puisse répondre, la jeune femme brune qui se tenait à côté de lui — et qui semblait-il attendait avec impatience d'être présentée à Niniver — répliqua sèchement :

— C'est parce que vous êtes un homme.

En posant sur Niniver ses yeux du même vert clair que ceux du marquis, la jeune femme sourit :

— Nous avons besoin de davantage de femmes à poigne pour faire contrepoids. Les hommes de leur espèce sont bien trop nombreux chez les Cynster.

Marcus, Sebastian et Michael protestèrent, mais la jeune femme ne daigna pas leur adresser le moindre regard. Elle prit la main de Niniver, mais au lieu de se contenter de la serrer, elle s'avança pour l'étreindre.

— Bienvenue dans la famille, Niniver. Et si jamais vous avez besoin d'aide, vous pourrez toujours compter sur nous.

Elle adressa un regard rieur à Marcus tout en reculant.

— Cela vaut aussi pour toi, mon cher cousin.

Reprenant sa place auprès de Michael, elle ajouta :

— Oh ! et je suis Louisa, au cas où vous n'auriez pas deviné.

Niniver eut du mal à ne pas rire, tant la gaieté dans les yeux de Louisa semblait contagieuse.

— J'avais deviné, en fait.

Marcus lui avait fourni la liste de ses proches parents, et elle l'avait étudiée en détail pour préparer cette journée.

— Mais en parlant de femmes à poigne…

Sebastian désigna un groupe de trois personnes qui venaient à leur rencontre.

— … Nous nous trouvons là dans une situation de deux contre un.

Louisa regarda autour d'elle, puis se décala pour faire de la place.

— Je vous rappelle qu'une seule desdites femmes n'appartient pas à notre famille, mais elle est comme une sœur pour vous, donc cela ne compte pas. Non…, dit-elle. Nous avons besoin de femmes *extérieures* à la famille, capables de faire filer doux des gentlemen comme vous.

Sebastian ricanait avec mépris et murmurait entre ses dents « Dans tes rêves, petite sœur » quand les trois nouveaux arrivants rejoignirent leur petit groupe. Ils furent présentés à Niniver comme étant Prudence Cynster, une cousine au deuxième degré, Christopher Cynster, lui aussi cousin au second degré, et Lady Antonia Rawlings, qui ne faisait pas partie de la famille, comme l'avait dit Louisa, mais qui avait grandi avec eux.

Christopher possédait un don inné pour raconter des histoires : très vite, il les fit tous rire.

Alors que se poursuivait cette discussion animée, Niniver se rendit compte que toutes les femmes présentes dans leur groupe étaient plus âgées qu'elle et qu'aucune, à part Lucilla, n'était mariée. Elles ne devaient pas avoir tout à fait trente ans — elle se souvenait avoir entendu dire que Lucilla était la plus âgée de sa génération, et sa nouvelle belle-sœur était encore dans la vingtaine —, mais il était curieux que des jeunes femmes bien nées et bien éduquées comme elles soient toujours célibataires à leur âge.

Et dire qu'elle, à vingt-cinq ans, s'était crue déjà trop vieille pour le mariage !

Lucilla se trouvait à côté d'elle et berçait Chloe dans

ses bras. Elle remarqua l'étonnement de Niniver et, avec sa perspicacité légendaire, devina quelle pouvait en être la cause. Elle s'approcha pour murmurer à l'oreille de Niniver :

— Là plupart des jeunes femmes de la famille , et je considère Antonia comme faisant partie des nôtres, ont du mal à trouver des gentlemen susceptibles de s'accommoder de leur caractère. D'une certaine façon, ce que disait Louisa a son pendant : alors que les hommes de la famille sont compliqués à dompter, les femmes de notre famille trouvent difficilement quelqu'un à qui s'accorder.

Niniver se redressa et croisa le regard de Lucilla. Un sourire serein aux lèvres, celle-ci continua :

— Vous avez eu de la chance, vous avez trouvé un homme prédisposé et habitué au partage.

Elle jeta un regard à Marcus, puis à Sebastian et à Michael.

— La plupart des gentlemen de cette trempe ne sont pas spontanément prêts à cela. Il faut qu'ils y soient incités, et ce n'est pas chose facile, comme Prudence, Antonia, et plus encore Louisa — toutes les femmes de notre génération, en bref — sont en train de le découvrir. Pour notre génération, réussir un mariage heureux va devenir un vrai défi, peut-être pas plus important que celui qu'ont eu à relever nos parents, mais un défi différent, sans aucun doute. Le but sera difficile à atteindre.

Chloe tira alors sur l'une des tresses rousses de Lucilla pour attirer son attention.

Remarquant l'expression butée de l'enfant, Niniver rit.

Quelques secondes plus tard, Marcus lui prit la main, et ils s'excusèrent avant de prendre congé pour aller trouver d'autres invités.

Il lui proposa un circuit où ils purent aller présenter leurs hommages aux anciens de la famille. La grand-mère de Marcus était bienveillante et intimidante tout à la fois. Niniver ignorait comment la duchesse douairière pouvait être les deux en même temps, mais lorsqu'elle quitta la vieille dame, elle se sentit à la fois soulagée et fière que la matriarche ait semblé l'adopter et ait béni leur union.

Alors que, bras dessus, bras dessous avec Niniver, Marcus arpentait la foule qui ne paraissait pas pressée de se dissiper, il se sentait empli d'une grande satisfaction. Ensemble, ils avaient déjà accompli de grandes choses. Au cours du mois écoulé, il avait travaillé dur avec Niniver pour réorganiser et moderniser les pratiques en vigueur au domaine des Carrick, afin de rendre les terres les plus rentables possible, améliorer la situation financière du clan, et garantir la santé et le bien-être de ses membres. Les fermiers et les anciens les avaient ouvertement soutenus dans cette entreprise. Ils étaient clairement prêts à suivre Niniver dans cette phase de reconstruction.

Même si la plupart des fonds qui alimentaient les caisses du clan provenaient de Marcus, ainsi que de contacts sollicités par lui et Thomas, il avait fait en sorte que ce soit Niniver qui commande. C'était elle qui prenait les décisions finales, elle qui annonçait les changements et décidait de leur mise en œuvre. Il l'assistait à chaque étape du processus, mais c'était elle le chef du clan, et il était important pour l'avenir que leurs positions respectives demeurent claires et sans équivoque.

Le fruit de leurs efforts se trouvait là, tout autour d'eux. Il le voyait, il le sentait, dans les rires qui fusaient et dans les sourires, dans la joie palpable qui avait gagné tout le clan. Les gens qui travaillaient pour lui à Bidealeigh se mêlaient peu à peu aux membres du clan Carrick. À un moment donné, c'était fatal, les deux domaines fusionneraient complètement.

Mais ce n'était pas encore pour tout de suite. Et pour l'heure, le plus important était cette joie confiante qui se voyait partout autour d'eux.

— Nous avons réalisé un bon début, n'est-ce pas ? demanda Niniver.

Ils se regardèrent dans les yeux. Dans le bleu des siens, il vit cette satisfaction que lui-même éprouvait.

— Nous avons remis le clan sur le chemin de la prospérité, dit-elle.

Il se souvint du serment qu'elle avait fait à son père.

— Oui, c'est vrai. Nous sommes sur la bonne voie désormais, et nous allons continuer d'avancer dans cette direction.

Elle lui serra la main. Ses yeux débordaient d'amour.

— Ensemble.

D'un regard, il lui rendit tout cet amour, et même plus.

— Ensemble.

Ils restèrent à se contempler pendant un long moment, puis ils relevèrent la tête et continuèrent leur chemin.

La foule commençait seulement à se dissiper lorsque Niniver s'éclipsa.

Elle laissa Marcus parler chevaux avec Thomas, Sean, Mitch et Fred, et fit le tour de l'église jusqu'au cimetière attenant.

La tombe de son père se trouvait sous un arbre, dont le feuillage tout neuf et déjà dense brillait d'un vert éclatant. Elle s'arrêta devant la tombe et lut l'inscription funéraire : « Manachan Randall CARRICK, laird du clan CARRICK », avec ses dates de naissance et de mort.

Elle se souvenait du jour où son cercueil avait été mis en terre. Elle entendait encore les mots solennels qu'elle avait prononcés.

Sans quitter l'inscription des yeux, elle dit à voix basse :

— Nous n'en sommes pas encore là, mais c'est un bon début. Et ni Marcus ni moi ne baisserons les bras. Nous relèverons ce défi. Nous ferons tout ce qui est en notre pouvoir pour faire progresser le clan et le remettre sur la voie de la prospérité.

La tête penchée, elle sourit tendrement.

— Vous n'avez jamais vraiment fait attention à moi du temps où vous étiez vivant. Je me demande si vous me voyez de là où vous vous trouvez, maintenant que vous êtes mort. Si c'est le cas, je crois que vous pouvez être fier de ce que j'ai accompli. Et je pense que vous allez apprécier ce que le futur nous réserve.

Elle resta à contempler la tombe pendant quelques secondes puis, en souriant toujours, elle s'éloigna.

Soudain, elle aperçut Marcus qui l'attendait devant le portillon du cimetière. Elle sourit davantage et pressa le pas, ce qui fit froufrouter la soie et la dentelle de sa robe.

Comme elle approchait, il lui tendit la main.

Sans la moindre hésitation et le cœur empli de joie, elle la saisit et sentit sa chaleur passer en elle.

Il posa sur elle un regard plein de compréhension, porta la main de Niniver à sa bouche et l'embrassa, puis il lui prit son bras et la conduisit plus loin.

Vers leur futur, vers ce travail ardu qui les attendait, vers la satisfaction qui en découlerait, vers la certitude de joies et de soucis partagés.

Un futur placé sous le sceau de l'échange, du désir, du bonheur.

Un futur resplendissant d'amour.

Derrière eux, l'arbre qui abritait la tombe du dernier laird du clan Carrick bruissait dans la brise printanière.

Puis, le silence le plus complet se fit dans le cimetière, qui semblait endormi dans l'ombre et la lumière.

Et une paix profonde et durable s'installa sur les tombes.

Vous avez aimé ce roman ?
Retrouvez le premier tome de la série
« Intrigues à Carrick Manor »

1/ *Tentation au manoir*

disponible dès à présent sur harlequin.fr

Composé et édité par HarperCollins France.

Achevé d'imprimer en juin 2018.

CPI
BLACK PRINT

Barcelone

Dépôt légal : juillet 2018.

Pour limiter l'empreinte environnementale de ses livres, HarperCollins France s'engage à n'utiliser que du papier fabriqué à partir de bois provenant de forêts gérées durablement et de manière responsable.

Imprimé en Espagne.